走向世界的中国作家

逃婚记

野莽 著

文化发展出版社

图书在版编目(CIP)数据

逃婚记/野莽著.—北京：文化发展出版社，2019.6
 ISBN 978-7-5142-2623-2

Ⅰ.①逃… Ⅱ.①野… Ⅲ.①中篇小说－小说集－中国－当代 Ⅳ.①I247.5

中国版本图书馆CIP数据核字(2019)第077557号

逃婚记 TAOHUN JI

野 莽 著

出 版 人：武 赫
策划编辑：肖贵平
责任编辑：肖贵平
责任校对：岳智勇
责任印制：杨 骏
排版设计：辰征·文化

出版发行	文化发展出版社（北京市翠微路2号 邮编：100036）
网 址	www.wenhuafazhan.com
经 销	各地新华书店
印 刷	天津嘉恒印务有限公司
开 本	889mm×1194mm 1/32
字 数	262千字
印 张	10.25
版 次	2019年10月第1版 2019年10月第1次印刷
定 价	49.80元
ISBN	978-7-5142-2623-2

◆ 如发现任何质量问题请与我社发行部联系。发行部电话：010-88275710

"走向世界的中国作家"文库编辑委员会

主 编
野 莽

成 员
(以姓氏笔画为序)

王池英(美)　立松升一(日)　吕　华
安博兰(法)　许金龙　　　　周大新
贾平凹　　　野　莽

不仅是为了纪念

——"走向世界的中国作家"文库总序

野莽

在一切都趋于商业化的今天,真正的文学已经不再具有二十世纪八十年代的神话般的魅力,所有以经济利益为目标的文化团队与个体,像日光灯下的脱衣舞者表演到了最后,无须让好看的羽衣霓裳作任何的掩饰,因为再好看的东西也莫过于货币的图案。所谓的文学书籍虽然也仍在零星地出版着,却多半只是在文学的旗帜下,以新奇重大的事件,冠以惊心动魄的书名,摆在书店的入口处,引诱对文学一知半解的人。

这套文库的出版者则能打破业内对于经济利益的最高追求,尝试着出版一套既是典藏也是桥梁的书,为此做好了经受些许经济风险的准备。我告诉他们,风险不止于此,还得准备接受来自作者的误会,此项计划在实施的过程中不免会遭遇意外。

受邀担任这套文库的主编对我而言,简单得就好比将多年前已备好的课复诵一遍,依照出版者的原始设计,一是把新时期以来中国作家被翻译到国外的,重要和发生影响的长篇以下的小说,以母语的形式再次集中出版,作为中国当代文学的经典收藏;二是精选这些作家尚未出境的新作,出版之后推荐给国外的翻译家和出版家。入选作家的年龄不限,年代不限,在国内文学圈中的排名不限,作品的风格和流派不限,陆续而分期分批地进入文库,每位作者的每本容量为十五万字左右。就我过去的阅读积累，我可以闭上眼睛念出一大片在国内外已被认知的作品及其作者的名字，以及这些作者还未被翻译的本世纪的新作。

有了这个文库，除为国内的文学读者提供怀旧、收藏和跟踪阅读的机会，也的确还能为世界文学的交流起到一定的媒介作用，尤其国外的翻译出版者，可以省去很多在汪洋大海中盲目打捞的精力和时间。为此我向这个大型文库的编委会提议，在编辑出版家外增加国内的著名作家、著名翻译家，以及国外的汉学家、翻译家和出版家，希望大家共同关心和参与文库的遴选工作，荟萃各方专家的智慧，尽可能少地遗漏一些重要的作家和作品，这个方法自然比所谓的慧眼独具要科学和公正得多。

遗漏总会有的，但或许是因为其他障碍所致，譬如出版社的版权专有，作家的版税标准，等等。为了实现文库的预期目的，在全书的编辑出版过程中，出版者会力所能及地逐步解决那些障碍，在此我对他们的倾情付出表示敬意。

2018年5月12日改于竹影居

目　录

逃婚记 / 1

茴香馅儿的饺子 / 38

狗肉包子王和房东赫先生同居的日子里 / 66

野狐狸镇的三个娘们儿 / 131

盗墓贼 / 192

在袁太太家的最后一个夜晚 / 221

小恐龙出壳之谜 / 259

野莽主要著作目录 / 314

逃婚记

1

关于桃花庄的种猪自杀一案，不妨先从桃花庄养种猪的吴家父子说起。这对父子中的子叫吴小壮，父叫吴大壮，父的父叫吴老壮，吴老壮是吴大壮的先父，在桃花庄杀出一条奔小康的血路之后，第三年就死了，吴大壮成了桃花庄种猪养殖户的第二代掌门人。庄上有吃饱了没事干的人，曾经提出一条建议，能否把父子二人的名字对调一下，让牛高马大的儿子叫吴大壮，瘦得像个猴儿的爹叫吴小壮，或者索性，就实事求是地叫吴不壮，岂不更加合情合理？吴大壮听了心头火起，骂一声"调你妈的个——"，吴小壮却对那人耐心地讲解为何不能对调的原因，吴小壮摇着头，摆着手，轻着声，说："不能按个头的，应该按辈分的，我们吴家，早就把封建社会的家谱废了，按照小学识字课本重新编的排行，大、小、多、少、上、下、来、去……这个前后次序，不能调的。"

从这一点看来，吴小壮是个很好的男青年。不过这个男青年很好是很好，却一直没有找到很好的女青年，究其原因，才知道这种现状与他的工作有关。吴家父子的工作是养猪，据吃肉的人说，养猪是一项光荣的事业，去年镇上出了一个养猪大王，通过镇长的极力推荐，作为行业代表，还到北京去参加过世界畜牧组织的高端论坛，而他家同样也是养猪，差别怎么就这样大呢？再一了解，原来他家养的猪性质有所不同，养猪大王养的是肉猪，吴小壮家养的是种猪，肉猪是杀肉卖钱的猪，其中有公也有母，种猪是通过与母猪交配的形式创造下一代小猪的猪，自然非公猪莫属。同时两者在数量上也没有可比性，镇上的统计报表反映，养猪大王养了八百头猪，吴小壮家养了八头猪。

然而，这事也可以拿到论坛上去论一论的，首先说肉猪卖钱是一次性拉倒，它就是长到三百多斤，卖上两千多元，钱到手后就再也没有了。种猪却能配一次种，收一次钱，与肉猪的一锤子买卖相比，它更像一位在银行零存整取的客户，今天一笔利息，明天一笔利息，几年下来把大小利息赚了个够，而且利上滚利，本钱还一分不少，老种猪如果身体还行的话，还能和它的晚辈一道接着配种，这么一算，养种猪就比养肉猪的总收入还多。至于猪的头数，针对种猪的特殊性质也应该有个特殊算法，说一头种猪万夫不敌，属于虚夸，说它以一当十或者当百，却绝非浮报。

再说了，没有种猪，能有肉猪么？哪一头肉猪不是母猪和种猪合作生下来的？不信你找一头母猪把它单身一个关在闺房里让它生下一窝猪崽子试试！吃水不忘挖井人，那个养猪大王养的八百头猪全都是从他这八头猪里配去的种，随着时间的延长，它们还将繁衍出八百头，八千头，八万头，甚至更多一些的可能都有。

这就是吴老壮当年在桃花庄开创种猪事业的原始战略思想，他只考虑到经济效益，还没考虑到精神效益、社会效益、生命的传承和物种的不灭等方面的效益。这么说吧，缺少性生活的肉猪死后往往身无遗物，一了百了，挥一挥衣袖不带走一片云彩，种猪却可以老子死了还有儿子，儿子死了还有孙子，子子孙孙是没有穷尽的。因此，从这诸多方面进行论证，养种猪的吴小壮在养肉猪的养猪大王面前没有理由妄自菲薄，反倒是更有资格去参加世界畜牧组织的高端论坛，还可以适当地上台去发一发言。

不过话虽是这么说，镇上的女青年们却并不这么认为。她们可能觉得古人的话比今人更有参考价值,古人云,近朱者赤,近墨者黑,她们就举一反三地想,那么近种猪者呢,在生理和习气上会不会也和猪一样,荒淫无道,好色成性,情爱不专,逮谁是谁,完全没有道德君子的忠贞不渝可言?何况这个吴小壮名字叫壮,人也长得壮,以此类推,身体的有关方面肯定也比别人粗大茁壮,哎呀呀,一旦发起威来……女青年们就从这里误入了歧途,互相交流着狭隘而又偏激的思想,以至于每年春天,具体说就是阴历的三月三,春风送暖,万物发情,大家结伴到桃花庄来观赏桃花的时候,也要在吴家父子的门前绕道而行,仿佛不这样就不足以证明自己的洁身自好。

不能说以上想法就是唯心主义,便是换了唯物主义的观点来看问题,既然种猪要比普通的肉猪雄健,养种猪的人自然要比普通的肉人威势,否则它在事发途中因故要受到强行阻止,没有一把子力气就别想把它阻止住。吴大壮在这方面的能力虽有不足,他却只是吴老壮在世时的助手,吴老壮死后又有他的助手吴小壮顶替上来,就好像是前仆后继,一直都有真正的壮士与他同操此业,不然他早已改行养肉猪了。而吴小壮一出现在种猪群中,人们就对这位青年表示了信任,只是偶尔间吴小壮也会听到一些由猪及人的舆论,对养种猪者的婚事表示忧虑,于是便又耐心地对人讲解说:"养种猪是养种猪,娶媳妇儿是娶媳妇儿,这两件事一码归一码,又不是捆绑式的神舟八号,不能捆绑在一起的。"

说话间又到三月三了。三月三从《诗经》时代开始就是踏青的日子,也是相亲的日子,促使吴小壮骑着一头种猪到镇上去相亲的,是他的表婶郑玉花。郑玉花每次自称是吴小壮的表婶,吴小壮却每次都想不起他的表叔是谁,又不便向她打听虚实,私下里便转而问爹,吴大壮用手做成一只收缩自如的话筒,一头连着自己的嘴,一头对着儿子的耳朵,其言有些神秘兮兮:"她说是你表婶,你就认她是你表婶,你没赶上看革命京剧样板戏《红灯记》,李铁梅唱得最好的就是那段西皮流水,'我家的表叔数不清'……"吴小壮听不懂这话何意,是因为他后面还有一句没说出来:"别说是表婶,她说是你后妈,你就认她是你后妈。"吴大壮说到此处,嗓子眼儿被一股临时涌上来的口水给堵住了,他就把这话连同口水一起咽了下去。

郑玉花听不到他们父子对话,今日她来照例是给自家的母猪配种。早在吴老壮的创业初期,吴大壮还不大,吴小壮还小,郑玉花也还是一个少女的时候,她娘就带她常来常往了,那时她家也刚开始养猪崽卖。正是这个原因,她对这里轻车熟路,真如同是到亲戚家里,一进猪场就拐一个弯儿,两脚直奔右侧的第三号猪栏。第三号猪栏里住着一位年轻的白猪,那是她最近一年唯独看中的角色,郑玉花一生阅猪无数,之所以对它刮目相看,不仅因为它仪表堂堂,而且它还风度翩翩。第一次见到它的那天吴大壮并没给它们分栏,她看见六七头黑猪在一只瓦槽里面奋勇争食,吃声震耳,浆水四溅,唯有它绕着松木围栏像文科教授一样悠悠踱步,直到吴小壮另外端来一盆食料放在墙角,对它招了一个手道:"薛仁贵,你这个死要面子活受饿的家伙,到这里来吃吧!"它就到那里去吃了,依然走得不慌不忙。

就是那一次郑玉花认住了薛仁贵,也知道了这个名字是喜欢看点唱本小说的吴小壮给取的,把它比作《薛仁贵征东》里那员英雄无敌的白袍小将。她看出吴小壮喂它吃独食时,若是眼边有黑光一闪,还会从地上捡起一根棍子,站在那里做它的贴身护卫,不允许其他猪们前来分它的羹。当然,郑玉花觉得吴小壮这种偏亲偏爱的作风也是有问题的,不过薛仁贵的作风问题更大,它经常在吃饱喝足之后,宁可去睡觉也不愿和它的等候者们进行交配,其中也包括她带来的对象,她就当着吴家父子的面骂道:"你这个猪!你不就是个猪吗?你未必还是个人不成?你想和谁好就和谁好?不想和谁好就不和谁好?你也不想想,和谁好不是好?不就是一管子骚水吗?飙了就没有啦?飙完你就死啦?你这个蠢猪!"

说到一次，这个行业的一次和其他行业的一次意思是不同的，其他行业的一次就是一次，这个行业的一次却有可能是很多次。后者一般从时间上进行计算，前者却要看效果，全部流程是从最初试配到最后配上，配不上的哪怕十次也不作数，这个阶段有时候会相当的漫长。这是桃花庄种猪养殖创始人吴老壮传下的规矩，形成理论，就是以母猪怀上小猪的实践为检验真理的唯一标准，配种费也严格按照这个收取，一分不多，半毛不少。在他家过去的配种史上，虽然一次成功的大有猪在，但是两次以上也算正常，因此在表述中往往又把一大次划分为若干小次，一小次实际上应该叫作一个回合，好比古代小说里写的两员大将战了多少回合不分胜负，那都在一次战斗的范围之内。吴大壮把那一个回合简称为一回，在收费时往往这样问他的客户："你这次是第四回配上的吧？"那人听出他的话里含有一种占用了他四倍资源的意思，不想欠他太多人情，也往往隐瞒一回说："哪呀，第三回就怀上啦！"

郑玉花目前就遇上了这种情况，前前后后已经历了五个回合，五个回合还没有怀上，她既不能怪吴家父子，也不能怪自己猪，只能把失败的责任归结在薛仁贵的身上。郑玉花又忿忿然地向他们父子投诉，说她们每回都是冲着这头白猪来的，可它也未免太傲慢了吧，垮着一张猪脸，眯着一对猪眼，翘着一根猪尾巴，斜扫她们一眼就走到一边去了，这样才便宜了那些后备力量。那帮二流的畜生才不像它那样挑三拣四呢，它们简直就是一窝土匪，看那一副副从饿牢里放出来的馋相，那不等于是强暴她们姑娘，轮奸她们姑娘吗？

"你看我们姑娘漂不漂亮？你摸它这一身毛，油光水滑，黑得放亮，人家都叫它黑玉无瑕！"郑玉花把她的小母猪一会儿比作女儿，一会儿又起个绰号，委屈地描述着她们姑娘黑玉无瑕上一回被薛仁贵拒绝以后的凄惨。说它精神上受到了严重的打击，情绪低落，在几头黑猪的追求下敷衍塞责地走完程序，就耷拉着头跟她回家了，来时嘴里哼哼着像是唱歌，回去路上却分明在呜呜地哭，在这种情况下怎么能够怀上孕呢？"这种滋味你们男人永远也体会不到，只有我们女人才身有所感，我的头一胎就是这样给流掉的，他肯定是个儿子，活到今天都快有我们小壮这么大了！"

她把吴小壮叫作"我们小壮"，这让吴大壮听了心花怒放，眼前朦胧出现小壮他娘在世时的身影。他爱骂人的火暴性子此时破例的温柔和体贴着，在郑玉花不停的抱怨声中，陪同她牵着这头漂亮的小母猪进入第三号猪栏。郑玉花倚着栏杆，自己给自己打气道："这一回该能成了吧？"

吴大壮清楚地记得她这是第六回了，便也顺水推舟地鼓励她说："六六顺，这回肯定能成，兵家说失败乃成功之母也……"

他们二人嘴上这么说着，眼睛互相看着，心里头开始一点一点地热乎着，只是在身体之外感觉着三月初的天气还有些许的寒意，猪住的栏圈不像人住的房间那样有着取暖的设备。郑玉花在地上跺一跺脚，又在嘴边呵一呵手，提出可不可以到表哥的房里去取一取暖，吴大壮巴不得地对她笑笑，很默契地领着她到他的房里去了。

围栏外就只剩下了吴小壮。吴小壮并不怎么关注他爹和他表婶，他的主要精力还在薛仁贵和黑玉无瑕的身上，他发现它们两个一打照面，就好像浑身触了雷电，又像被高明的魔术师施了魔法，双方站在那里动都不能动了。他记得过去的薛仁贵可不是这样，正如他来历不明的表婶郑玉花所说，这是一头傲慢的种猪，来客稍不入眼它就走开。很多次对方慕名而求，它都卧在墙角懒得起身，急得那主人一会儿拍手跺脚，一会儿唉声叹气，吴大壮实在过意不去了，就当着人家的面大声吼它，骂它各种难听的罪名："你这个坏蛋，你这个骗子，你这个蠢货，你这个懒汉，这好的事情你都懒得来做，你真是懒到家啦?你还是个猪吗？你白吃白喝屁都不放一个，你还要不要你那张猪脸了?人家是养兵千日用兵一时，你倒好，养你一年多了，当出手时也不出手……"

薛仁贵由着他吼，由着他骂，仍然卧在墙角岿然不动。吴大壮见它是死心塌地要养精蓄锐，为了保存实力真的不要脸了，抄起一根竹竿猛戳它的屁股。薛仁贵不幸被戳中了一下，疼得纵身而起，从这个墙角转移到那个墙角，在广袤的围栏里与第二代掌门人打起了游击，一次又一次冲破他的围追堵截。每当这个时候，吴小壮就会出来为它救驾，吴小壮喜欢它的那个清高的劲儿，那个贞操的范儿，那个甚至有些愚蠢的样儿，为它取名叫作薛仁贵不久，他有一次进城去听鼓书艺人唱了一段柳下惠的故事，回来后还曾想过给它改名叫柳下惠。吴小壮甚至想，它比柳下惠更加君子，柳下惠还让那个女人夜晚坐在自己怀里，可它大白天的挨都不让那头母猪挨它一下，谁知道它的猪脑子里是不是装着另外一个相好！

吴小壮既要保护它，又不能得罪客户，还避免和他家的掌门人发生矛盾，最后还必须让来者完成配种的任务。他采取的是他长期研究出来的一个方略，扶着松木围栏像平常喂食一样大声唱歌，唱的就是他从城里听来的那段鼓书：

  骂一声柳下惠你太无情，
  入怀的小妇人也不动心。
  虽说是她不算白白嫩嫩，
  黑是黑她却是黑得精神。
  ……

围栏里的种猪们听不懂他的歌词，一听到这歌声还以为又开饭了，纷纷离开自己的铺位向他奔来，走近一看食槽空空，却有一头小母猪期期艾艾地躺在槽边，等待着情投意合的黑颜知己，于是就有几头性子急的饭也不吃,争着挤着向它扑去。这么一来,问题总算是得到了解决,配种者虽然没有得到薛仁贵,但是它们的主人也只好退而求其次,仰脸看看天上的日头,盼着早些事毕了好回家去做饭,吴大壮也就停止打骂,不再威逼着薛仁贵就范了。

2

今天的太阳真是从西边出来了,薛仁贵对黑玉无瑕表现出了一种前所未有的态度,这在吴小壮看来有点匪夷所思。吴小壮既欣喜也紧张,忽然间他又感到了害怕,他怀疑它们两个前世是一对仇人,这辈子变成了两头猪,一黑一白,一公一母,冤家路窄又在这里一头碰上,沉默之后马上就要爆发,一场生死决战看来在所难免。但他接着又发现,它们的沉默不是要爆发战争的先兆,它们的沉默是即将产生一次惊心动魄的爱情,因为它们彼此间已经发出信号,那两双原本眯缝着的小眼睛此时撑开了四个细长的洞孔,从里面放射出的光芒像是下雨过后天空出现的彩虹,他直担心双方再这么注视一会儿,那光芒就会像烈火一样燃烧起来。吴小壮心里叫着薛仁贵的名字,忍不住骂了一声:"你这个挑食的家伙,这回你可算是遇上中意的啦?"

吴小壮骂它挑食,和吴大壮骂它坏蛋、骗子、蠢货、懒汉的性质是不一样的,后面这四种角色都带着一定的污辱性,是批评它的品性和智商,挑食却并非嫌它拣好的吃,而是比方它在爱情上的苛刻,对于不合胃口的东西一点都不尝。这不能算是说它坏话,平心而论,薛仁贵如果知书达理,它应该表示承认和接受。果不其然,白袍小将薛仁贵听到他的骂声,稍稍迟疑了一下就向他指引的方向走了过来,它的样子很像一位身穿白色套装的男模,只是略微地胖了一点,步子却迈得徐缓而又从容，额上几道弯曲的皱纹轻轻蠕动着，恰似自愿来赴一场约会的微笑。黑玉无瑕也像是早已知道它的名气，并不等它走拢就主动地迎上去，站定在不能再近的地方，让它再仔细地打量一遍自己。薛仁贵的态度还真是这样，它观察得无微不至，由表及里，时而还深情地对视一眼，突然它就冲动地贴到了对方身上。处于下方的黑玉无瑕显得比它更加迫切，呼哧呼哧的喘气声让吴小壮听着都替它们害臊。

好青年吴小壮只觉得脸红心跳，热血上涌，很多日子以来，他极少见到他的薛仁贵有这般玩儿命的时候，现在它完全豁出来了，好像要让自己终于一见倾心的对象感觉到它究竟有多么威猛。吴小壮忽然发现了一个问题。他发现这个黑玉无瑕今天是头一回被送来，前几回被郑玉花送来的虽然也是一身黑毛，但那毛色发干，远没有它这一身黑得光滑柔润，美如其名，有一回他还看见一块小白疤长在一个大黑屁股上，弯弯的像夜空中的一轮半弦月。吴小壮不仅体格比他爹壮，眼睛比他爹好，脑子也比他爹灵活，过去他之所以受了郑玉花的蒙骗，这不能怪他愚蠢，只能说他过于诚实，对人全无防范之心，更何况是对他这个姓郑的表婶，绝不怀疑她还会在他们父子两个的眼皮底下耍这套花枪。

接下来他继续回忆着，又回忆出郑玉花此前牵来的还不止这一头，她是一回一换，总共换了五头之多。他疑心这些母猪要么是她自己家养的，她想以配种没有配上的名义，花一次钱而让它们全都配了，要么是别人家养的，她收了人家的代配费，五份归为己有，自己只出最后一份。吴小壮懂得她的思路之后就全懂了，她这样做不就相当于他们父子出人出猪，又出工夫还出场地，肥水却哗哗地流进她的田里了吗？自从有了这个发现，吴小壮就气不打一处来，没有心思再看这黑白二猪的恩爱了，他要将这事报告他爹，让他爹酌情拿出一个处理的方案。

但他一推开他爹的房门，慌得赶紧又把门拉上，他没料到那个在他父子面前耍花枪的郑玉花此时正和他爹亲热着呢。不过这里所说的亲

逃婚记　　9

热并不是接吻、拥抱，以及某种更加高级的形式，只是在阴历三月这个春寒料峭的日子里，身材丰满的郑玉花叉开两腿坐在他爹的对面，把她上身那件大红棉袄敞开三颗盘扣，露出里面的一层内衣。那层内衣的质地像是丝棉，薄如一张画画儿的宣纸，又正好是人肉的颜色，猛一看就和没穿是一样的，随着她说话时身子微微地往前倾倒，那两个肉色的圆团在大红棉袄里直想要跳出来。而且，郑玉花一边说着话，一边还用她的手掌在他爹的手背上轻轻拍打一下，说是拍打，打罢了并不及时收回来，就让它在上面搁着，看上去就像是在抚摸。

吴小壮拉上门后在外面站了一会儿，他想郑玉花为何不和今天她最关心的黑玉无瑕在一起，为何要和他爹在一起，还坐得那么近，还身子往前倾，还拍打他爹的手背，尤其是她为何要把大红棉袄敞开三颗扣子。这不过是三月初的天气，乍暖还寒，若实在嫌脖子勒得难受，顶多敞开最上面的一颗扣子也就罢了，敞开三颗不是明明要露出里面的内衣吗？那件内衣也是，又薄又紧身，又那么像肉的颜色，他爹的眼睛从去年开始老花，他还能看出那是丝棉做的内衣，他爹要不认为那就是两个肉做的奶子才是怪了！

直到这时他才仿佛明白过来一个道理，他爹的眼睛没瞎，脑子也不糊涂，郑玉花这个偷梁换柱的鬼把戏在他爹心里都明镜似的。他爹暗中可能算的是这个账，让她偷去，让她换去，这无非是一个比喻词，其实也没真到偷换一根梁柱的份儿上，房梁屋柱需要花钱买，那东西是自家猪身上产的，不用花一分钱，她占了便宜，他们也不吃亏，放弃一点经济上的利益，精神上却可以得到一定的补偿。

吴小壮既然是个很好的青年，就包括也是个很好的儿子，想起已经死去的他娘，他对活着的他爹这种开放性思维表示理解。他转过身去，打算离开这个他应该离开的地方，这时忽然听得背后的房门响了，回过头去一看，刚才他推开又拉上的门从里面敞得大开，一个笑嘻嘻的声音从里面追出来道:"侄儿别走哇,表婶正要跟你说个事呢,刚才我都跟你爹说了,你进来,你进来,你进来我们三人再一起说说!"

她的身子向前倾着,在空中像拍打他爹一样向他招手,吴小壮看见她的这个姿势,眼前出现了她胸口那两个肉色的圆团,正犹豫着是进还是不进,听得他爹又大声地补了一句:"进来!"吴小壮这就进来了。郑玉花随手把门关上,俨然家中的女主人,伸手推推身边的座椅,让吴小壮坐下来听她说事。吴小壮偷看一眼她的大红棉袄,露出的内衣看不见了,那三颗解开的扣子已扣严实。但他仍然把椅子往后挪了一些,坐下来听她说道:"表婶今天上你们家呢,一来是给我的猪配一个种,二来是给侄儿你做一个媒……"

这话让吴小壮的脸又一红,他这红既是害羞,也是生气,心想她说的什么话,怎么能把给猪配种和给人做媒扯在一起!郑玉花却自顾自地往下说着:"你听说了没有?镇上的养猪大王,就是上次当代表到北京去,参加有外国人的飞禽走兽大会那个,他的先进事迹都是假的,向上面报的养了八百头猪,实话讲只养了八十头猪,虽说还是比你家的猪多,可他家是肉猪,你家是种猪,杀肉的猪能和做种的猪比吗?要说能比我就让人把你家的薛仁贵杀了,赔你一百斤猪肉,看你答应还是不答应……"

吴小壮听得两眼发愣:"你说这个,和你要给我做的那个有什么关系?"

郑玉花一掌拍在他的腿上笑道:"有关系呀,关系大着呢,你听我从头说吧,这个养猪大王的媳妇儿名叫周美,周美是王镇长的外甥女,王镇长爹妈死得早,他是他姐姐从小带大的,他姐姐还有一个小女儿名叫周香,你们吴家……"

吴小壮使劲掰扯着周吴郑王之间的关系:"你是说镇长给自己的外甥女婿弄虚作假,封了他一个养猪大王,可这事和我……"

郑玉花一嘴把他接过的话夺了过去:"还说这事和你没有关系?我

逃婚记 11

的个糊涂侄儿，怪不得你一表人才到如今还打光棍呢！表婶是想把周香说给你，那样你不也成了镇长的外甥女婿，你家的八头种猪不也能变成八百头，下回不也能当代表，也能到北京去开那个有外国人的飞禽走兽大会了吗？"

"别呀，我总不能为了开那个会……"

自从知道她为图省钱用六头猪冒充一头，怕被发现又去房间里亲热他爹之后，吴小壮对这个表婶的印象已经坏了，说话中带有明显的抵触情绪，接在"我总不能为了开那个会"后面的话是"就去当镇长的外甥女婿吧？"但这后半句还在嘴里没有出来，就听得吴大壮一声嚷道："怎么跟你表婶说话的！"

郑玉花偏偏没有意见，还笑着竖起一根染了指甲的大拇指道："侄儿清高，侄儿有志气，侄儿看不起拿娶媳妇儿来换好处的人是不是？"

吴小壮当着他爹的面不客气地回答："可不是吗！"

吴大壮听了这话又要嚷叫起来，郑玉花却一嘴抢在了他们前面："是就是吧，男婚女嫁是一辈子的大事，不能为了当代表，为了去开那个会！可我又问你了，不为得到这些好处，就为以后有人给你爹做个饭吃，烧个水喝，三病两痛还能熬药喂汤，像你娘还在世的那会儿一样，这又有哪点儿不好呢？我问你，这又有哪点儿不好呢？嗯？"

听她突然问出这么一条，吴小壮毫无准备之下，张一下嘴又闭上了。吴大壮可算是高了兴道："别理他的！你快说说王镇长的那个小外甥女，快说说！快说说！"

郑玉花就转弯抹角地说："那我先说模样儿吧，模样儿比她姐姐半点儿都不差，她姐姐叫周美，把一个'美'字占去了，她就只好叫周香。性子也好，不言不语，要说缺点就是看上去人不是太直……"

王镇长的大外甥女，吴家父子都曾见过，嫁给养猪大王的时候坐在一顶四人抬的轿子里，锣鼓唢呐声中，绕着春风镇游行示威，那一天只要去镇上的人都看见了。长的是一个瓜子脸,那瓜子是正宗的南瓜子,而不是西瓜子和葵花子,配上大小合适的眉眼鼻嘴,模样儿是看得过去的。她的妹妹像她,会让人想到一颗小南瓜子,至于人不太直,春风镇人说的直是指个性直爽,直倔,耿直,憨直,总之是没有郑玉花这么多的曲扭拐弯。吴大壮笑着抬起手来,本想在她腿上拍一巴掌,忽一眼扫见身边坐着的儿子,就把巴掌拍在了自己腿上,这气魄很像是掌门人拍板定案:"人直有哪点好?俗话说,树直有用,人直没用,人太直了让人讨厌,上门来拿棒子往出赶!"

"这就好啦,有你当爹的这句话我就放心啦,我这做婶子的为侄儿操碎了心,今天总算是了了一桩心愿!天不早了,我去看看我们姑娘完事了没有,完事了我们就回去啦!大壮表哥,小壮侄儿,我看这事宜早不宜迟,明天三月三,就让侄儿到她家去一趟吧!记住,从镇子这头往过数左手第七家,别从那头数,也别从右边数,进门就说是你郑表婶叫你来的!放心,那一头我都说好啦,她家是她姐管事,她爹她妈还有她,统统都听她姐的!……哎哟,我还忘了一个事呢,她家的猪也到了配种的时候,明天最好把你家的种猪赶一头去,要赶就赶那个薛仁贵,谁叫它跟你一样是个帅哥呢,都是给你们吴家长脸的。反正顺便,空手也是一趟,这不是驼子作揖,起身不……"

郑玉花突然把话打住,就像汽车正开在上坡的路上一个紧急刹车,车上人惶然不知何故,而只有她这个司机知道,刚才她没说完的那句"驼子作揖,起身不难",也是春风镇的俗话,打比方给人做好事又不费力气,就好像一个弯腰驼背的人本来就身子前倾,鞠起躬来比身材笔直的人要方便得多。但她想起自己刚才还说周香人不太直,马上又打这个比方有点不合适,她就什么也不说了,站起身来打开房门,左三圈右三圈地活动了六下腰肢,朝着第三号猪栏走去。

远在百步以外她就能看见,她的黑玉无瑕身边站着一个白色的肉体，玉树临风一般，那正是她最看中的薛仁贵，这样看来它们两个是真的好上了，大约在几分钟前才作罢事，现在还依依不舍着。巧在她这回送来的猪恰好是自家的，而不是代理别人家的，她甚至还产生了一丝人心不足的后悔，早知有这么一个美好的结果，若是第一回就把它给送来，如今它的肚子里早已如愿以偿地怀上几个小薛仁贵啦。

　　吴大壮先是跟在她的背后，很快又和她并肩而行，嘴里说着只想让她一人听到的话。走在最后的吴小壮通过他们侧面的表情和手上的动作，料定郑玉花这回仍不用给钱了，因为她刚摸了一下自己的衣兜，他爹的双手就抽风似的两边直摆，又在空中画了一个圆形，估计是说等到她的黑玉无瑕肚子圆了再给不迟，严格地让实践来检验真理。郑玉花就顺势把手缩了回去，其实她本来也不会掏的，那手上的两个指头一直停留在衣兜口上不肯往里面伸。接着她哈哈大笑，说出一句他终于能够听到的话来："你让我姑娘怀上一胎，我让你儿子也怀上一胎！这事说起来算是扯平了，可我得的是小便宜，你得的是大便宜！不行，你得再给我一点好处，不然我就跟你翻脸！"

　　郑玉花说完这话真的把脸一翻，上面的笑容转眼间消失得无影无踪。吴大壮受了威胁却反而乐不可支，把声音提得比她还高道："今生今世，只要我在，你来配种我若收你一分钱的配种费我就是小狗！"为了讨得她的欢喜，同时也表示自己的决心和信用，他还学着小狗的声音叫了三下："汪！汪汪！"

　　吴大壮学得惟妙惟肖，前面是一个单音，停了半拍，后面又是两个连贯的双音，郑玉花就咯咯地笑了起来。他们最后的这段对话，吴小壮听起来振聋发聩，随着他爹模仿的三声狗叫，他的身子也打了三个哆嗦。他觉得这个女人为了得到他爹说的那点好处，把他当成了挣钱的种猪，还把他爹逼成了免费的狗！而在他爹眼里，郑玉花又何尝不像她的黑玉无瑕呢？她不远数里，来到他家，和他进行着类似的交易。通过他们定下的这个条约，吴小壮到底知道了明天他去镇上，和那个名叫周香的女子相亲有着多么重大的意义。

不过话说回来，他倒是真的需要有一个周香了，如果她的模样儿比她姐姐，比王镇长的大外甥女，比养猪大王的媳妇周美半点不差的话，看上去不太直就不太直吧，女人家要温柔委婉，太直了不就成了张飞、李逵、鲁智深，不就成了东征高丽国的薛仁贵吗？把一个性子不太直的媳妇儿娶到家里，就能把他家操持着回到他娘在世时的样子，外面那些有辱于他家的流言蜚语就会风定自停。

至于他将因为这个当上镇长的外甥女婿，成为代表，去北京参加世界畜牧组织的高端论坛，这事能成更好，俗话说人怕出名猪怕壮，但那只是俗话，世上又有哪一个人不想出名，又有哪一头猪想饿瘦呢？他给他这头心爱的白猪取名叫薛仁贵，当它听他唱完那段鼓书，知道了薛仁贵是东征高丽国的一条好汉，你看把它骄傲的，摇头摆尾，绕栏一圈，一顿吃了两顿的食。

3

吴小壮通宵不眠，第二天黎明即起，路过他爹的房门前他站了一会儿，鼾声从门缝里传出来，把过年贴的对联震得边角发颤，这种现象多半发生在他爹极其高兴的夜晚。老人家昨天被郑玉花拍打了手，夜里一定睡得很好，心里记着今天要办的大事，防止早上起得晚了，就提前在房门外放了一只藤编的大篮子，篮子里装着烟酒糖茶和干鱼腊肉之类，最大体积的是一块熏红的猪后臀，这些东西都是经济不太富足的养猪人以物相抵的配种费，看见它们还能想起当时物主的笑脸和商量。吴小壮心中明白他爹的用意，是让他去周香家相亲的时候带上，当作未来亲

逃婚记　15

家和女婿的见面礼。但他想了又想,决定还是不带,相亲就相亲,相上了,成了亲,那时再送理所应当,如今八字还没一撇就以财物相送,那不成了进贡讨好不是?他轻着脚步,快速离开,悄没声儿地溜到第三号围栏,首先去通知的是薛仁贵:"你这个懒家伙,今天三月三,跟我去出一趟差吧!"

他骂的"懒家伙"和他爹骂的"懒汉"虽然同有一个"懒"字,但在被骂者听来意思仍有不同。后者百分之百是骂,骂它分内该做的事情懒得去做,不够忠于职守,前者却有百分之七十多的亲昵和嬉笑在里面,有点儿类似于女人们的打情骂俏,朋友间的欲褒故贬,只含有不足百分之三十的善意的抱怨,觉得懒一点儿不算什么大的问题,特别勤快地去做一些本不想做的事情,那才是大问题呢。但他忘了点名,害怕他爹听到也不敢把声音放大,这让它在一群种猪中分不清他是叫谁,就继续闭着眼睛睡它的觉。

在昨天的一次相遇中,它表现得既英勇顽强,又酣畅淋漓,几乎耗尽了全部的精气和力量,此时夜晚已经过去,它大概刚刚做完一梦,梦里重演了天黑以前的故事,这一次可和它过去曾经有过的几次大相径庭。过去几次它是经过长期的失望,偶然走来一个稍有姿色的角儿,主人也逼,客人也催,自己也备受煎熬实在憋得难受极了,才潦潦草草地应酬一下,敷衍了事,浅尝辄止,一俟完成任务就鸣金收兵,事后连人家的长相也忘了个精光,第二天见面都认不出谁是谁了。而它这次一眼看到黑玉无瑕,就觉得它还没被剐去五个脚趾之前它们曾在哪里见过,那时候双方还小,现在当这个长大成年的身体突然出现在它的面前,一道迷人的黑光瞬间照亮了它的眼睛,同时也点燃了它埋在肌肉里的那一腔渴望,它情愿投身于这团里应外合的烈火之中,情愿把自己活活地烧死。

"薛仁贵你听到没有?你不是叫薛仁贵吗?今天你真的跟我去征一个东!"吴小壮第二遍点了它名,春风镇正好在桃花庄的东边。

它这才一头坐起来，接着又站正了身子，迷迷瞪瞪地仰望着它的恩人。自从来到这里的第一天起，它就记住了这个恩人的长相和声音，大概是前年腊月的一个清早，它被人剁掉四个脚趾，拖出去扔在血泊之中，若不是老天爷派了这个年轻人来把它救走，它会在婴儿时代就死于非命。那是它的第一户养家，用极低的价格，从集市上的贩子手中买了它去，回到家才看出它的每只脚上长着五个指头，比其他的同类多出一个，这是乡下人最大的忌讳，只听得那一家老少四口各自喊道："五爪猪！""要倒霉！""剁了它！""扔出去！"他们就言行一致地这样做了。那天清早命中注定，吴小壮因事路过这家的后门，在五十步外的草丛中听到它的哭声，他弯腰把它抱在怀里，解下手套裹住它的一双前脚，又脱下袜子裹住它的一双后脚，自己赤脚穿鞋走回了桃花庄。

人的记性不亚于猪，吴小壮至今记得自己抱它回家以后，对他爹编造了一个谎言，说他在集市上只花了十二块五角钱，买到这头被玻璃割破了脚的降价小猪，让一生爱占便宜的他爹喜笑颜开，表扬儿子总算有了经济头脑。因为它一身雪白，吴小壮当日为它取了一个威风凛凛的名字，那是从说书人嘴里吐出来的一员白袍小将，东征高丽国，隐身于火头军中，每次临危出阵，战无不胜，任何一个万夫不当的番将舞刀杀来，都被这小伙夫一杆方天画戟刺于马下。他每天单独喂它独食，看着它一天一天长到配种的年龄，发现了它在这方面的挑食，想着它小时受过的苦，于是就顺着它，愿配的配，不愿配的不配，完全尊重它的意愿，根本不去强它所难。客户来了点名要它，他一看模样儿长得不好就帮它撒谎，说它感冒发烧，浑身无力，勉强配出的种生下地来也是先天的病猪。他爹骂它，吼它，用竹竿戳它屁股，他用唱歌的方式把其他一些来者不拒的种猪召到阵前，让它们替岗值班，替它打掩护，完成它挨打挨骂也不肯完成的任务。

吴小壮侍候他的白袍小将静悄悄地吃完早餐，找出一根晾衣服的麻绳，在手上搓了又搓，搓软和了，松松地套在它脖子上，以免在去镇上的途中走失，因为它长这大还从没到过春风镇呢。然后他牵了它，两个一前一后，走上那条黄泥铺成的小路。三月三的乡间小路两侧，杏花开了，李花开了，桃花更是开得疯癫痴狂，这些白的粉的红的怀了春的女妖，憋不住从绿毛树怪的怀抱里成团成堆地挣出身子，招摇着扭捏着诱惑着，满口答应让各种鸟儿之类的小东西来寻欢作乐，哪怕它们之中除了蜻蜓蝴蝶还有难看的毛毛虫。

这景色吴小壮已见过二十八次，薛仁贵却只是见这一次，它在松木围栏里度过了此前所有的大好时光，一年多来，它的全部生活是吃喝拉撒和睡觉，它的全部工作是配种，若不是奉命跟随它的恩人出差东征，它今天的生活和工作还是这样，直至最后死期的到来。种猪的死期会比肉猪略为晚些，但是它们射出的精水一旦在母猪的肚子里不能变成一窝小猪，那个时间自然也会提前到来，没有人和它们签订合同。

它的脚早就好了，被分别剁掉一个脚趾之后，四只脚上各自剩下四个脚趾，和它的同类保持了高度的统一，生活和工作毫无影响，这也正是人的希望。现在它一边走路一边观花，每走一步都在乡间打着早霜的黄泥路上留下新的脚印，每只脚印由四个圆瓣组成，清亮的晨光下宛若四朵初绽的梅花。薛仁贵知道今天要跟着它的恩人出差，却不知道要出什么差，出差做什么和为什么出差，典型的知其然而不知其所以然，它只是出于信任，甘愿盲目地跟在它的恩人身后。

吴小壮手里握着的麻绳不能成为直线，只能是一道松松垮垮的弧形，很多时候中间一段都垂在地上，沾着泥土无声地向前拖动，因为薛仁贵出了门就一溜小跑，它要努力跟上他的步伐，绝不能拖了他的后腿。这是它第二次随他长征，不过第一次步行的是他一人，它只能躺在他的怀里陪同着他，那远的路，那冷的天，把他给冻坏了，也累坏了，它还清楚地听到他"哎哟"了一声，像是有一只脚在下坡时给崴了。

他们就这么一前一后地走着，约莫走了半里多路，它在后面总觉得他的两脚一快一慢，右边那只有一点儿瘸，直怀疑是去年抱它回家时崴了的那只脚，刚才出门时不小心又给崴了。这可不行，这不光是让他吃苦受罪，这样子还让他的形象大打折扣，本来多好的一个形象，比他矮小畏葸的老爹要好多了，这么一瘸让路上行人看见，还以为他是个天生的瘸子呢。薛仁贵的心里大概就是这样想的，它在他的背后哼了一声，突然就小跑着上前，摇着尾巴，扭着腰身，用一个年轻漂亮的大屁股挡住了他前进的道路。

吴小壮全然不懂它的心思，一脚迈出去正好抵在了它的后腿上，险些被绊翻在地，气得他想踢它一脚，但他那只脚已经抬了起来，脚尖快要挨着它时却停住了，在空中悬了一会儿又缩回来，换成嘴巴骂了它一句说："哼，昨天刚遇到一个合你意的，今天一早就嘚瑟啦？你这个沉不住气的家伙，屁股痒得难受，想让我抽你两下是吗？"

说着他低下头去左看右看，脸上做出愤怒的表情，两脚夸张地跺着路面，假装想从地上捡到一根代替皮鞭的树棍儿。薛仁贵斜眼看着他，知道他这是演戏给它看的，他才舍不得抽它呢，它倒是担心他这么一跺，害得他那只崴了两次的脚雪上加霜，把他的形象弄得更差。因此它不仅不回到本来的位置，反而还像是故意撩拨，用尾巴尖儿在他的腿上像轰赶蚊子一样扫了两扫。吴小壮就又骂道："嘿，你这是怎么啦？真来劲儿了不是？"

薛仁贵见他还不明白，当机立断，干脆"咕咚"一声卧倒在了地上。这下子吴小壮就纳闷儿了，他认为这事有些蹊跷，莫非生下来有五个指头的猪真是灵异之物，它能预感到今天出师不利，想以这种方式劝他取消行动不成？再看它卧倒的姿势，和别的同类不尽相同，它们习惯于侧身而卧，旁若无人地露出半边臃肿的肚子，一起一伏地鼓动着，像有一只打气筒在里面打气，而它却规规矩矩地趴在地上，端端正正地面

逃婚记

向前方，四脚纹丝不动，像遵守课堂纪律的小学生在写作业一般，还让人想到随时准备起跑的田径运动员。

吴小壮为自己刚才的态度后悔了："咦，你到底是什么意思？有话就说，有屁就放，你是不是听说我们今天要见的那个周香看上去不太直，你也学着不太直啦？"

它回头望他一眼，一副仍然不被理解的神情。吴小壮真拿它没办法了，举目四望，这时从对面走来一个老汉，身后跟着一条瘦狗，老汉目光如炬，十步开外就看穿了它的肠子，大声叹道："好一头通人性的灵猪！它要你骑在它的背上你都不懂？我的狗要是有它这番孝心，我早就骑上身啦！"

他以为瘦狗的主人是说笑话，但那老汉脸上绝不带笑，他也只笑了一个开头就不笑了，认真再看它那架势，这一下他才看懂，一点不错，它就是老汉说的那个意思！这瞬间他感动得快要流下泪来，想起自己刚才出于误解还骂了它，差点儿还踢它一脚，一丝愧意涌上心头。他在它的头上轻轻拍了两掌，试探着张开双腿，真的骑在了它的背上，嘴里安慰它说："好吧，你实在要我骑我就骑吧，我们两个之间也就不讲客气了，我就知道你还死死记着去年冬天的事，你这个良心没被狗吃的家伙！"

薛仁贵一感觉着背上有了重量，顿时起身向前走去，第一次踏上这条通往镇上的小路，穿过路边两排桃花盛开的树，它的步态从容得仿佛是一头大象穿过丛林。骑在背上的吴小壮不用掐指也能算出，把它被剁掉四个脚趾以前的日子加起来，它也才一岁零两个月，这个年龄的种猪腰杆结实，四肢粗壮，背上驮着一人走路不说是小菜一碟，可也不能说有多吃力。吴小壮还想向那一语道破天机的老汉招手道谢，刚一扭身，它却在走完几步之后开始了一溜小跑，他只得两腿夹紧它的肚子，两手抓紧它的耳朵，两眼盯准它的脑袋，再也不敢回头张望。

为了给自己壮胆，同时还享受一下这难得的快乐，他在嘴里干咳一

声,像一个喝醉了酒孤身走夜路的人,大声唱起了歌,唱的是他最着迷的鼓书《薛仁贵征东》:

> 却只见张元帅挺枪便往,
> 那番人头如斗丈二身长。
> 大战了数十合难以抵挡,
> 快去叫火头军白袍小将。
> ……

唱着唱着他生气了,原来东征军大元帅张士贵每当战不过高丽国大将的时候,便传令劈柴做饭的小火头军速速出阵,于是薛仁贵身穿白衣白甲,手持方天画戟,上马只几个回合就打死番将,张士贵却把功劳记在自己名下,又让那白袍小将回到火头军中,隐姓埋名。吴小壮抱不平地想,这不就相当于他胯下骑着的这头白猪,它辛辛苦苦为黑玉无瑕配完了种,圆满完成了郑玉花送来的任务,功劳被记在别的黑猪身上是一样的吗?这么一想他就更加地心疼起它来,昨天刚干那件伤元气的活儿,只休整了一个夜晚,今早就跟他一道出差不说,还让他骑在自己背上,这真是叫他于心何忍!

吴小壮骑在它的背上唱了几段鼓词,唱到薛仁贵奋勇杀敌时都毫发无伤,劈柴做饭却一斧子把脚给剁得皮开肉绽时,不禁又想起它曾经被前主人剁掉四个脚趾的事,没准儿那也是用斧子剁的。他的喉头发哽,没法再唱下去了,还用手紧了一下麻绳,不许它再这样跑,让它变成正常的步子随意前进。但他刚才一路的歌声,还有骑在它背上的样子,让过往的行人耳闻目睹,一个个乐得哈哈大笑,兴致更高的青年从兜里掏出手机,跑过来给他们拍照,或录下歌词,还要求跟他们合一张影。吴小壮最初也觉得很是有趣,和大家一起说笑聊天,后来慢慢开始烦了,担心再这样下去会耽误工夫,害得镇上第七户的周家久等不到,一气之下取消了见面的机会,便一纵身跳下它的背道:"别怪我屈枉了你一片好心,我是不想再出这个风头啦!"

他听它嘴里很不情愿地哼了几哼,这一次不再卧地不起,或许它是真的有点累了,居然就依顺了他,相跟在他的身后往镇上走着。这样走自然加快了一点速度,不到一个钟头已来到镇头左手的第一户人家,再过六户就是那个名叫周香的家了,吴小壮紧张起来,担心爱耍花枪的郑玉花空口白话,对他谎称已和周家说好,实际上连个招呼也没有打,双方见面,长得比她姐姐半点儿不差的妹妹要是不理他怎么办呢?这件事全世界都没人为他分忧,要问他只能回过头去问他的薛仁贵:"她要是不理我怎么办呢?"

薛仁贵一声不吭,吴小壮知道它回答不了,就教给它一个主意道:"那你也不理她家的猪吧!"他听到这次好像有个声音"嗯"了一下,宁可相信是它答应了,干脆替它变成话说:"对,就这么办!"

4

说话间他们两个到了左手第七户人家的院子门口,吴小壮先站住不动,转脸又从镇头数了一遍,确认是第七户无疑了,这才决定上去敲门。他绝没想到情况比他担心的要简单二十倍,他只轻轻敲了一下,那门就向两边敞开,门后像是有人在等着他,这让他把刚才还对郑玉花产生的怀疑撤了回来,还觉得有点儿对不起她。

"请问这是……周家……周香的家吗?我是……"他望着从门缝里伸出来的一张瓜子脸说,那脸被他认出来了,是镇长大外甥女兼养猪大王媳妇又兼周香姐姐的脸。

"你是桃花庄养种猪的,那个什么大壮……"瓜子脸的周美看来没有记住郑玉花向她介绍的名字,她和王镇长家沾亲带故,在镇上是一个有身份的人,很多人的名字都记不住,能记住他叫什么大壮已经是非常难得的事,那是觉得他有可能成为自己的妹夫。她问这个话时,眼睛从他的脸上滑下去,落到他的手上黯淡了一下。

"是的,不是,我姓吴,叫吴小壮,吴大壮是我爹,我是郑……"他第一次和镇长的亲戚说话,有些语无伦次,心里对她把他爹的名字安在他的头上很不是滋味。从她话中明知道可以不提郑玉花了,可他按照昐咐还是多余地提了一下,他看见了她失望的眼神,这时想起他爹房门外的那一只大篮子。

"知——道!你郑表婶就在我家等着你的,今早天一亮她就来了!"不料这话并非多余,她顺着这话告诉了他一个重要消息。

吴小壮刚一听到这个消息张了张嘴,已经对郑玉花撤销的怀疑咕嘟一下又冒出来,怀疑她在耍一个新的花枪。但他既来之则只能安之,回头看了看薛仁贵,拿不定是把它牵进屋里,还是留在前院。牵进屋里也并不是让它坐在沙发上看电视,而是穿过客厅进到后院的猪栏去会见她家的那个角儿,人家正守株待兔,等候着它的大驾光临呢。镇上的人家一般在后院养猪,这样免得来客一进门就闻到屎尿的气息,留在前院他怕这里人生地不熟,万一它走丢可就麻烦了。他就蹲下身来和它商量,把话故意说给周美听,道:"帅哥,你是跟我进去呢,还是一个人留在这里呢?跟我进去就别把屋里弄脏了,留在这里就别乱动,今天你来是有任务的呵!"

周美不光是美,她还聪明,一下就能听出这话是说给她的,她转过身去把院门关上,笑起来说:"这就是你家那个叫什么富贵的吗?还真是个帅哥!让它就在这儿吧,出不去的,等会儿有人来带它去做那个事,你快进屋里来,请!"

逃婚记　23

吴小壮听她又说错了薛仁贵的名字，把荣华富贵之类的话胡乱安在它的头上，正在不高兴着，听她嘴里说了个"请"，就再一次地原谅她了，跟随着她走进一间客厅。他看见满屋都坐着人，总共有十多个，好像在开一个选举代表的大会。这些人紧密地团结在一张大红脸的周围，那张大红脸一看就是当官人的，它不是祖上遗传的红，也不是太阳晒出的红，而是喝酒喝成的红，因为嵌在它上面的两颗眼睛珠子都是红的，如果不喝酒的话这张脸应该是大白脸。大红脸正在用洪亮的声音对大家说话，吴小壮连听带认，确定这人就是曾在全镇大会上作过报告的王镇长。想不到今天他来相亲，薛仁贵来配种，王镇长也来看自己的姐姐、姐夫和外甥女了。

　　所有人都全力以赴地看着镇长的嘴，他们可能是周香家的街坊和邻居，知道镇长在这里才赶了过来，想私下里了解一点镇上有关的政策。挨着镇长的是一对上了年纪的人，只有他俩没把镇长放在眼里，对他讲的话爱听不听，时不时还扭头自己讲上几句。挨着二位老人的就是那个参加世界畜牧组织论坛的养猪大王，吴小壮认识他，他却不认识吴小壮，他养的猪都是手下人牵来配种，自己从没有到过桃花庄。养猪大王的表现和二老相反，双手端了一把茶壶，撅着一个猪屁股正往镇长的茶杯里面续茶。

　　周美带着吴小壮穿过客厅，进入一间小屋，站在门口迎接他的果然是郑玉花。他发现屋里的光线比外面的大客厅要暗淡得多，一把靠墙的罗圈椅里坐着一个女子，除了上面是周美的瓜子脸，脖子以下的身子全都不是她的，见了他不笑也不说话，只是往起欠了欠身，又弹簧似的弹回原处。郑玉花和周美互看一眼，像是党的地下工作者对上暗号，周美就致欢迎词道："感谢王小壮大老远地跑来……"

　　这次她好不容易记住他的名字，但又把他的姓记错了，他见郑玉花在她的耳边嘀咕一下，她就"哦"一声说："哦，是吴小壮！感谢吴小壮大老远地来看我香妹,我香妹的优点,缺点,长处,短处,你都亲眼看见了,要是没有意见的话,事情就这么定了吧!正好她的镇长姨父,他的养猪大王姐夫,还有我爹我妈和我都在这里,大家都是证媒人,我香妹这辈子就交给你啦!"

这一番巴心巴肝的话儿,直说得吴小壮心惊肉跳,自他走进这间半昏不明的屋子,还没听这个香妹开口吐一句金言,还没见这个香妹起身走一个莲步,难不成她是一个哑巴这辈子也交给他啦?她是一个瘫子这辈子也交给他啦?刚才她往起欠了欠身的时候,他总觉得那个身子欠罢以后也没有直起来,忽然之间,他想起郑玉花对他父子说她看上去不太直的话,当时他们都往她的性子上想,这一下可算是听懂了,原来不是性子而是身子,是说她的身子伸不直,是个驼背!也难怪郑玉花说到"驼子作揖,起身不难"这句话时觉得说失了口,十万火急地把话又咽了回去!

吴小壮用一双怒眼向她看去,郑玉花背过脸和周香说话,天知道她们在说什么,只见周香时而点一下头,眉眼嘴鼻里都透出言听计从。周美却像迎难而上,两眼直接看了过来,和她香妹一样的瓜子脸上依然笑着:"我把香妹交给你了,我们两家就是亲戚了,你和我们是亲戚,你和镇长就也是亲戚了。往后你家里有了事,那就是镇长他一句话了!我听你郑表婶说你也想当养猪大王,也想当代表,也想到北京去开那个有外国人的飞禽走兽大会?这才多大一个事嘛!这能算是事吗?香妹她姐夫上次评上的那个,哪里是真的评!你只管往有困难的事上想吧,打比方说,你想把你娘的坟从山上移下来呀,想再圈一块宅基地盖房子呀,想扩大猪栏的占地面积呀,或者直接这么说吧,你想把家搬到镇上来呀,在镇上办个养猪配种的执照呀,以后有了孩子在镇上读个书呀,读完书找个工作呀,找不到工作去当个兵呀,不愿当兵在家办个企业呀,还有好些你现在想都想不到的难处,统统都不用你自己开口,有你姨姐周美

逃婚记　25

我去给镇长打声招呼,没有什么办不到的……"

郑玉花觉得事到如此,就好比炒菜的火候到了,这时候转过脸来,和周美各自一方,将灼灼目光投射在他的脸上。吴小壮有点招架不住,他的眼睛躲了开去,低头盯着他的脚,周美的声音却不通过他身体的任何渠道而直接就进入了他的耳朵,再到他的心里,一句一句产生着作用,其中有两句居然打动了他。但她仍然没有说出最能打动他的一句话,她要是说他和镇长成了亲戚以后,镇长会像到她家来一样也到他家去坐坐,镇上的人也就不再调笑他们这对养种猪的父子,今年他能给他爹娶回一个儿媳,明年他爹也能给他娶回一个后妈,如果出现这样的转机,他可能真的会考虑一下眼前的事了。

"嗨,我还说掉了一点,你和镇长成了亲戚,还用我香妹给你家做饭吗?想给你家做饭的女人八十个都不止,到那时你可得劝你爹谁都别要,要就要你的郑表婶……"周美接着又说出这么一句话来,这正好是他的心中所想。

周美的话被郑玉花的拳头给打断了,她的小肉拳头雨点子一般落在周美身体的各个部位,两个女人笑作一团,连坐在罗圈椅里不说不笑的周香也笑起来,笑的时候往前一倾,身子更不直了。吴小壮却已无心观察这个,他此时在想一件和周美观点相反的事,他想他爹谁都能要,就是不能要郑玉花,这个女人实在太奸狡诡诈,虽然他承认今天要不是她的话,他绝不会带着薛仁贵来到这里。

再往下事情还真是巧,他一想到薛仁贵耳边就传来一声号叫,那正是它的叫声,从他们不久前站着的前院传了过来,听声音有些不大对劲。吴小壮的精力转移开了,他的脸皮发紧,眼睛发直,接着他"呼"地一下站起身子。

"你想上厕所?……你看把你喜欢的……"郑玉花真把自己当成他的后娘,像对继子一样笑嘻嘻地逗他玩儿,碍着还没出嫁的周香坐在她的身边,她没把后面这句话完整地说出来,完整地说出来应该是"喜欢得尿都夹不住了"。这也是春风镇的一句俗话,形容人逢巨大的喜事,生理上出现的一种特殊状况。

吴小壮在心里喊了一声薛仁贵,扔下小屋里的三个女人就向门外跑去,他看见院子里早有一群人站成一个圆圈,把薛仁贵和一头花皮母猪围在核心,这群人就是在他刚进屋时坐在客厅听镇长说酒话的,现在他们都跑出来观看这出好戏了,镇长身边的那对老人也在其中。花皮猪想必就是等着让薛仁贵来配种的那个主儿,它看上去皮肤皱巴,肌肉松弛,毛根稀少,粉红色的肚皮下面,十二个葡萄大的奶子分为两排,有一多半挨着了地面,整个身子像一条起床没叠的老棉被,堆在年轻英俊的薛仁贵身边。

薛仁贵神情麻木,站在那里不进也不退,仿佛在想象着眼前这位当年做姑娘时,是否真有鲜花一般的模样。围观者中有人想尽快打破这一僵局,走过来抓起拴在它脖子上的麻绳,像纤夫那样把它往花皮面前拽着,它那四只被剁过趾头的脚立刻紧扣地面,那人的力气只能拽得它前进一步,但紧接着它又后退两步,反倒离年迈的花皮更远,然后就落地生根再不动了。

又有一人出来助阵,从地上捡起一根竹棍儿把它往那里赶着,见它岿然不动,竹棍儿就高高地举起来,做一个扬鞭催马的潇洒动作,连着两下狠狠抽中了它右边的屁股。薛仁贵痛不可当,突然一扬后蹄,将那又要落下的棍子踢飞在了空中,划一个弧线掉在地上。那人猛吃一惊,险些栽倒,用一只手揉着另一只手,疼得嘴里"咝咝"直响。吴小壮心里大喝一声"活该",担心那人揉过手后又去捡那竹棍,接着再去抽它,他冲上去抢先把竹棍儿捡了起来,死死地握在自己手中。

围观的人像看电视里的相声小品,笑得五花八门,他们猜不出下一步谁胜谁负,又万众一心地盼望人定胜猪,因为这样才能看到那幕期待

逃婚记 27

已久的好戏。一个热心快肠的女人只图事成，观点和昨天的郑玉花如出一辙："哟嘿，它还想让人给它立块贞节匾不成？如今那样的女人打起灯笼都找不到了，哪里还有这样的公猪！"

"它哪是贞节，它是看不上人家！"一个心直口快的男人说。

"你这是什么话，好像是这个比不上它，这个不就是年头久了些吗？"又一个好心好意的女人为花皮着想，把年岁大说成年头久，想把人的思维引上酒的年头越久越香。

从人圈里走出一个心急火燎的男人，转着脖子连喊了三声道："养猪大王！养猪大王！养猪大王！你快来给你手下的这头猪做做思想工作吧！"

"谁说它是我手下的？我给它做个什么工作？它不搞，换一头来搞就是了！不就是种猪吗？多得是！"养猪大王双手插在两个裤兜里，对此根本就无所谓。

"谁说的？你说的？这话是你说的？"一直静观默察的镇长用指头点着他问，这根指头和脸一样也是红的。

"我是说，我是说……"

"我看你还是别说了吧！这不是一个搞不搞得上的问题，也不是一个换不换一头来搞的问题，更不是一个多不多得是的问题，而是我们一个春风镇这么多的人能不能够制服一头猪的问题！一个镇的人！一个镇的精英哪！而它只不过是一、头、猪！"

镇长的声音像洪钟一样在院子里面嗡嗡震响，养猪大王的双手从裤兜里被震了出来，这位一镇之长对他而言，相比对别人还多了一个妻舅的身份，他立刻感到肩上有了双倍的责任。他用食指在太阳穴上画着圆圈儿，只画了一圈儿就想出一个可行性的办法，招手叫来前面拽猪和赶猪的两人，面授机宜，教他们一人揪住薛仁贵的一只耳朵，强行把它向花皮靠拢，然后采取人工的手段，让它们两个进行结合。为了在交配中不至于移动身体，他跨步上前，亲自张开双腿，奋力夹住花皮的头部，将其固定在了原地。

那两人与其说是听从他的指挥，不如说是间接服从镇长的命令，嘴里答着"好咧"，手上迅速出击。被薛仁贵踢飞竹棍的那位要报刚才被踢之仇，摇一摇手，揪它耳朵的时候格外卖力，把两个大拇指的指甲都深深地掐进它的肉里，虽然这样做自己的指甲也疼。吴小壮远远看见，扒开人圈冲了进去，一边掰着这人的手，一边向他哀求："别这样，别这样行不？人家不愿意，怎么着也得让人家愿意吧？"

薛仁贵忍着两耳的剧痛，独自对抗着这两个人，它尤其感觉右边的一只耳朵根子底下，有人在用刀子割着，再不松一下劲那只耳朵就要掉了。脑子里只这么一想，本来已落地生根的脚便有点把持不住，随后刚一挪步，就再也停不下来，眼看着就要实现他们的愿望了，此时它听到了吴小壮替它求情的声音，浑身顿时又充满了力量。接下来就在它的前半个身子被悬空揪起，即将搭上对方后半个身子的时候，只见它的头向上一昂，再向左右一摆，张开嘴巴，龇出牙齿，嗷地发出一声大叫，硬生生从那两人的手中挣脱出来。

那两人分别打了几个跟跄，好在一个也没栽倒，双腿夹着花皮的养猪大王却被撞得一连后退数步，终于一下子坐在了地上。花皮只顾追看逃走的白猪，斜眼也不瞅他，转身时还在他的腿上踹了一脚。吴小壮心中又说一声"活该"，才要去保护他的薛仁贵，只听得满院子一阵闹嚷之声，众人围成的圆圈已经四分五裂，大家眼睛一条线地看往同一方向。

那里是这户人家的院门，一个小时以前，吴小壮带着薛仁贵就从这里进来。他从晃动的人缝中看见它冲出了包围，奔到门边却停下脚步，因为那道院门关着。吴小壮后悔极了，怨他当时不该提醒周美，虽然她并没有把门插上，没有手的薛仁贵也仍出不去的。它扭过头来往后回望，像在人群中寻找着他，吴小壮喊了一声它的名字，想让它知道他也看见它了，同时快速地向它奔去，那样子简直就是在跑。

逃婚记

"站住，别叫它跑了！"他听到背后有人撞了一下洪钟。

他被镇长的声音震了一下，误以为是让他站住，当他明白这道命令前者是对他前面的薛仁贵，后者是对他后面的那些人时，后面的那些人已乱哄哄地冲上前去。他们满院子里寻找着武器，把他的身子撞得前仰后合，左歪右倒，一只鞋子被踩掉在乱军之中，转眼间就飞到墙边一个臭水沟里。他顾不得去捡他的鞋子，光着一只肉脚向前跑去，薛仁贵刚从桃花庄出发时就看出来，他有一只脚确实比另一只迟钝，那或许真和上次又冻又累又崴了一下有关，现在丢掉一只鞋子失去平衡，跑起来更是高一脚低一脚的，更像是一个真正的瘸子了。

5

春风镇的精英们积极响应着镇长的号召，各自抢到一件武器之后，一边快速前进，一边错落有致地重复着镇长的命令："站住，别叫它跑了！"周香家虽然住在镇上，院子里也靠墙放着农民用的锄头、薅耙、扁担、打杵，还有打麦的连枷、翻晒稻草的扬杈之类，十八般兵器任由他们挑选。养猪大王手中高举一把闪闪发亮的大板锄，一马当先，那一锄正着下去薛仁贵的脑袋会被铲成两半，反着下去会被砸成肉饼，吴小壮被吓得魂都掉了，拼了命地追赶着它，准备在最危险的时刻，用自己的身子把薛仁贵挡在怀里。

薛仁贵可不想死在这个发了猪财的恶人锄下，面对关闭的院门它并不是没有办法，它用长嘴拱进门的下方，往回一勾把门勾开一条宽缝，再用头伸进缝中两边一摆，那道门就被撬开了，只见它纵身一跃，跳过门槛，向着外面的街道飞奔而去。它从镇子的第七户逃到第一户，再往前就到了镇子的尽头，那里除了右侧一条通往桃花庄的小路，正面还有一个鱼塘,被追得晕头转向的薛仁贵这时犯了一个错误,因为天生的视力不好,它把鱼塘看成了一块宽阔的平地,当它奔到近前才认出是一潭死水,转身又奔向回家的那条小路,路口已经被人占领了。

占领路口的是养猪大王,他一手拄着锄把,一手指挥战斗,让众人散开成一把折扇形,像撒网一样从三面向它收缩过去。他的战略思想是把它逼到塘边,三面是人,一面是水,在它无路可走之时快速靠近它的身体,抓住它脖子上的麻绳拽回周家。他在那句镇长的指示后面又加了一句他的指示,也模仿着镇长一字一顿的语气:"不给我丈母娘家的花皮把种配上,今天就叫它活、不、成!"说的时候他把手掌抡在空中,比作菜刀向下剁了三下。

大家按照他的部署列开阵势,朝着那口鱼塘步步紧逼。吴小壮瘸着一只脚在后面追赶,他是隐藏在这支队伍里的一个敌人,坚决不许有人伤害他的白袍小将,别说是养猪大王,养人大王也不行,为此他可以不顾一切地带它回家,连自己的婚姻大事也不谈了。前面的一阵阵呐喊让他感到恐惧,这时他听得背后又发出喊声,回头看还有一些人在继续赶来,其中就有那对他刚进屋时见到的老人。因为他们上了年纪,使不动十八般武器中的任何一种,手里就只有一根棕绳,一人握住一头,远看像玩蛇的老艺人抓着蛇头和蛇尾。吴小壮的心中怕冷似的抖了一下,那东西可比麻绳厉害多了,麻绳光滑柔软,不伤皮肉,棕绳粗糙坚硬,钢针般的棕丝能够磨破皮肤,扎进肉里,勒断骨头,它有薛仁贵脖子上的麻绳两个多粗,遇上它可就要吃大亏!

他琢磨这两员老将手握这个是想采取什么战术,当绊马索绊翻它的腿,用连环套套住它的脖子,还是将它生擒活捉之后五花大绑起来,抬回家去和那头破棉被进洞房成亲?无论哪种战术都让他心惊肉跳,身上起了一层鸡皮疙瘩,他觉得那根棕丝搓成的绳子已经套在它的脖子上了,随着他们像纤夫那样向前拽动,一根根硬似钢针的棕毛已经扎进了它的肉里。接着他还看见，二老的身后又冒出几个女人，她们是今日追猪的第三梯队，和周美并肩而行的不是她的妹妹周香，而是他和周香的媒人郑玉花。这两人肩上各自扛了一根拖地的大墩布，可能想着它要是迎面逃来，把两根墩布往它脚下一搡，十有八九它会"扑通"一声倒在地上，后面的追兵一拥而上，就把它给捉住了。

吴小壮在心里骂了一声婊子无情，既是骂勾引他爹的这个表婶，也是骂她牵来的那个黑玉无瑕，昨天还和白猪王子恩爱，只过一夜就让它的主人来下它的毒手！他在心里计算了一下，除了发出通缉令的王镇长目前还没有亲临前线，院子里所有的人都上阵了，真的应了全民皆兵这一句话！

他又看见周香一人走在最后，她的手里像她爹妈那样也握着一根绳子，不同的是绳子那一头拴着她家等待配种的花皮。花皮都老得有些走不动了，十二个葡萄大的奶子至少有八个在地上拖着，它们已变成两串脏兮兮的小泥球。此时她走出那间昏暗的小屋，来到光天化日之下，被吴小壮一眼看个正着，不知是不是因为牵花皮时过于用力，她的身子前倾幅度很大，侧面看去就是一个标准的驼子。但是让他更加吃惊的是她过人的精明，她之所以把花皮也牵来，心里一定是这么想的，当他们捉住薛仁贵后，让它们两个就在当时当地把种配了，以免夜长梦多，事久生变，在押解回去的路上又被它逃掉。

"外面不直，里面也是个弯弯肠子！"吴小壮差点儿把这话说了出来。

她们也都看见了他，周美以姨姐的身份对他点了个头，周香觉得他早晚也是自家的人了，懒得和他打招呼，只顾弯腰拽着她家的花皮向前追赶。只有局外人郑玉花气喘喘地说了一句："等把它们的事做了，再接着谈你们的事吧！"

吴小壮理解她说的"它们的事"是指薛仁贵和花皮的配种，"你们的事"是指他和周香的婚姻，胃里有一股热烘烘的东西要吐出来，被他攒了一泡唾液强咽下去。他连呕吐的工夫都没有了，直想快些赶到薛仁贵的身边，这才是他们当前最要紧的事。

他的那只掉了鞋子的脚，奔走的途中被石块给扎破了口子，在身后留下一行脚印，就像薛仁贵在霜路上留下的爪痕，不过他这是暗红色的。吴小壮本人并没觉得，他嫌自己两脚高低不平，一旦走快起来有些费事，就索性把另一只鞋子也给蹬掉，打着一双赤脚向水塘奔去。他看见前面的追捕者忽左忽右，移来移去，猜想那条回家的小路已经被人占领，它一定被追到了鱼塘下面，再往前走就是那一潭死水了。堵死通往桃花庄的路后，本来它还有两个选择，一个是从鱼塘左边的土坎绕过去，一个是从鱼塘右边的土坎绕过去，绕过去还可以曲线走上那条小路的中部，从拦截者的背后回到他们的桃花庄。但是他又看到，有两个人正手举锋利的薅耙，又抢先站上了那两道土坎，等待着找死的薛仁贵，那一薅耙劈面薅来，至少它的半边脸没了。

吴小壮大声呼喊着它的名字，放开血脚向它跑去，它听到了这熟悉的喊声，转回身子也向他跑来。它发现了他的两只脚都光着，其中一只上面还流着血，又像是上次崴过的那一只，眼里顿时闪出了泪光，伸过嘴来想给他舔一舔。但它嘴还没动就看见了那一帮人，他们手里拿着各种刑具，还牵着它下辈子都不想再看见的"那一床破棉被"，它又飞快地转过了身子。

"捉住它！不能让它跳进塘里！"镇长在关键时刻赶到现场。

"你放心吧舅舅，猪会游水，猪是淹不死的！"养猪大王以丰富的经验告诉他说。

"那也不能让它跳下去！想一想吧，换了你们掉进水里，打一身湿，受了惊吓，回去路上又吹凉风，到家感冒发起烧来，还能做那个事吗？"

"哈哈哈哈！"

聚集在鱼塘边的男女老少乱七八糟地笑着，连今天相亲的周香姑娘也咧开了嘴，听镇长舅舅说到"回去路上又吹凉风"这句幽默话时，她看了一眼手里牵着的花皮，觉得这件事情她做对了。那头白猪万一真的跳进水里，捞起来让它们两个就在这里成婚，也不用捆绑着押解回去，这一招她想得比她姐姐周美还美，比她的老爹老妈还要老道。她身边的人也不再呼喊口号，各自改用猫步从三个方向往过包抄。为了便于捕捉，他们前进的时候都把身子向前弓着，那样子像是在模仿着她。

其实在镇长下令"捉住它"的时候，吴小壮已经扑上去捉住它了，他不是为了服从镇长的命令，而是绝不让它跳进水里，这口鱼塘的宽度相当于从这个镇子的第一户到第七户，长度是宽度的两倍，他担心它游不过去，他还从来没见它游过水。现在他把它脖子上的那根麻绳抓在手中，两眼警惕地看着左右，薛仁贵挣扎了两下就不动了，回过头来看着他，看他能不能想法让它逃走。

吴小壮没想到有人会从他的背后下手，那简直是从天而降的两只鹰爪，等他转脸认出是周老汉的手时，绳头已经从自己手中被夺了过去。老汉一边把绳子往腰上缠着，一边对老伴说"还是这个办法管用……"突然间身子往后一仰，随后就被奔逃的薛仁贵拖得一路翻滚。后面的人狂呼乱叫着赶快撒手，却听老汉嘴里断断续续地喊："我就不撒，我就不信这么多的人捉不住它一头猪……"

薛仁贵下决心要摆脱这种日子了，今生它愿意在一起的除了吴小壮，也只有昨天才认识的黑玉无瑕，它现在只是抱怨它的恩人不该给它套上这根绳子，虽然柔软，但也结实，被这一双老手死死抓住，无论如何也挣不脱了。如果是它独自一个，此时它早已跳进去了，脖子上再拖着一个，跑起来身子打横，一路上又磕磕绊绊，便是到了水里也不得利索。它听着身后的呐喊和追赶声，突然回头对它身上的麻绳一口咬去，随后就像一块又白又大的石头，"咕咚"一声滚进了鱼塘。

鱼塘边溅起一些零碎的水花。追捕者们愣过一阵之后，嘴里骂着"疯子""二货""狂妄的家伙""充好汉""不知好歹的东西"，骂声里充满了攻击和嘲笑。他们自动形成一张疏散的渔网，沿着鱼塘的四方撒开，以为它很快就会浮上水面，游向岸边。又猜测着它会从哪里冒头，以便把周家二老带来的棕绳拿到那里，等它一游上岸就把它捆住。有人为这事发生了分歧，请最懂得猪的养猪大王给出一个正确判断，养猪大王看着镇长的脸，摇摇自己的手说："我不敢再乱说了，现如今世上的事情变得越来越复杂，我后悔刚才说猪会游水！"

"不能怪你，只能说它是个叛逆！"镇长实事求是地说，他的大红脸经冷风一吹，酒劲一过又变回了大白脸。

很久过去，人们紧盯的水面上仍然没有冒出任何动静，估计它就是真能冒出，也不能游向岸边了，这就是说那时它已变成了一头死猪。众人转变了对它的看法，改而骂它"蠢猪""笨蛋""臭硬""傻得不能再傻""死了白死"，骂声中又带着了责备和叹息。镇长百思不得其解地望着鱼塘，伸手捡起一个石头扔进水里，转身走下塘坎。养猪大王紧跟镇长身后，带着一些人也零星散去，鱼塘边除了吴小壮，就只剩下郑玉花和周家的几个人了。周老汉被薛仁贵拖着滚了一路，爬起来让老伴儿拍拍搂搂，竟然毫发未损，他不但不骂这头险些把他拖死的猪，反而为它唉声叹气道："受这大罪，真是何苦！不就是那点儿破事吗，眼睛一闭也就做了，还别说猪，人不都是这样？"

吴小壮变成了一个傻子，呆坐在它刚才回头望他一眼的地方，只有他还在做梦，眼前忽然跳出一员湿漉漉的白袍小将，扭颈四望，发现他坐在这里，"嗷"的一声就向他游来。这么想着他真的看见了一团白色，就在离它落水的位置不远，在几个女人的惊叫中他认出是一个仰面朝天的白肚皮，还有四条高举的白腿。郑玉花和周美快速跑来，把她们手里拿的墩布当作船桨，伸进水里往岸边划着。划到离脚边只有一尺远的时候,郑玉花停止了手上的动作,张一张嘴没有吭气,周美却生气地骂道:"五爪猪!这是一只五爪猪!它的爪子是被人剁过的!脚上还有四个黑疤!哼!怪不得!到底不是个好东西!"

她连墩布也不要了,扔在水里大踏步地走了回来,走到吴小壮的身边还用鼻子哼了一声。周香双手拽着花皮,跟在她的身后,也用鼻子哼了一声,因为用力过大,两挂鼻涕喷了出来,在太阳光下闪闪发亮。姐妹二人共同认为,她家的花皮受了这头死猪的羞辱,它的主人难辞其咎,不过幸亏它逃走了,否则还会给她家种下一窝小五爪猪!她们甚至把这事怪罪到郑玉花的头上,郑玉花还不知道,还在劝她们说:"死就死啦,反正也不是你家的,回去接着说他们两个的事吧!"

周美冷笑一声回答:"说个屁呀!我还想问你这个当表婶的呢,你拿了他家多少好处?看他走路高一脚低一脚的,不会是个瘸子吧?"

吴小壮听不到她们的话,也看不见她们的人,他还是坐着不动,从上午坐到中午,又从中午坐到下午。这样快要坐到晌午的时候,他发现从通往桃花庄的小路上风尘仆仆地走来一人,这人个子很小,手里拎的篮子很大,看来分量还很沉重,把拎篮子的那只胳膊连同上半截身子都坠得偏到一边去了。

"爹,你到哪里去?"他先认出了那只篮子,接着认出了那个人。

"咦,你坐在这里干什么?你早上出门怎么不把这个提上?你到她家去了没有?你的白猪呢?⋯⋯"吴大壮对他提出一连串的疑问。

"它死了。"他的眼睛看着鱼塘。

"啊?谁把它弄死啦?它是不是吃人家麦子啦?"

"它是自己要死。"

"你瞎说八道!"

"是它自己要死,它不和周家那头⋯⋯"

"我明白了!这个该死的家伙,准是老毛病又犯了!你为什么要牵它？你为什么不牵别个？就为这个她们不理你啦？你们这两个该死的家伙，把我的全盘计划都打乱啦！"

吴大壮咬着牙，跺着脚，以力举千斤的姿势举起篮子，朝着吴小壮的背后砸了下来。落地的烟酒糖茶和干鱼腊肉有一些跳起来打在他的身上，其中那只熏干的猪后臀正好击中他划破的脚，被薛仁贵舔过的伤口又流出了殷红的血。吴小壮还是坐着不动，他看见从他的白袍小将的身边，划来了两只很小的小船儿，一只灰的，一只花的，它们把两个船头并拢，推动着水面漂浮的残荷向前移动，其中那只灰的还叼起一片，往它雪白的肚皮上面盖着，但是叼起来又掉下去，叼起来又掉下去。

他怀疑那是一对从前听人说过的水鸟，一时想不起它们的名字，只看着它们在它身边停泊了一会儿，又像两只小船儿一样悠悠地划走了。

茴香馅儿的饺子

1

赵师傅兜里揣个塑料袋儿，出门去买茴香。一到星期天，赵师傅的老伴儿就要包饺子，这个习惯赵家坚持很多年了，早在毛主席的那个时候，全国人民生活那么紧巴，干活儿也不分星期几，赵师傅的老伴儿还要包饺子。白天干活儿没工夫包，夜里她点着一盏煤油灯也要包。没有白面擀饺子皮儿，她把玉米芯子磨成面，掺点儿麦麸子进去，勉强能黏糊住，是个意思就成。没有猪肉白菜做馅儿，她去野外剜那种开白花的小荠菜，洗干净切碎了包在里面。世上无难事，只要肯登攀，无论遇到多大的艰难和险阻，都挡不住她吃饺子的雄心和壮志，她的骨子里有一种饺子情结。

在一个个美好的星期天的晚上，赵师傅的老伴儿把玉米芯子磨面掺麦麸子擀皮儿，包的荠菜馅儿的饺子煮上一锅，跟她的公公婆婆和丈夫坐在床上，一人手里捧一碗，吧唧吧唧吃得倍儿香。其实这哪能叫饺子呀，水还没有开锅，饺子皮全煮破了，叫面渣野菜汤还差不多。

赵师傅的老伴儿是钱师傅，那年头还是赵家的年轻媳妇儿，刚刚生下赵子龙，赵子龙小时候没奶吃，就喝玉米芯子面掺麦麸子的饺子汤，瘦得像个孙悟空。听的人就奇了怪了，这么瘦干吗还叫赵子龙呢，京剧里单骑救主的赵子龙白衣白甲，身板儿是多么的魁梧啊！这是因为，钱师傅怀儿子的那年大炼钢铁，上面号召全国各族人民，老的要像黄汉升，少的要像赵子龙，姑娘要像花木兰，媳妇要像穆桂英，赵家的老头儿和老太太，也就是钱师傅的公公和婆婆，反复观察着儿媳妇的肚子，第一是希望，第二是鼓励，给肚子里的胎儿预定了一个名字说："没错儿，我们家肯定是个男孩儿，赶明儿生下来，就叫赵子龙。"

果不其然，说得特准，下地还真是个男孩儿。

一晃都快五十年了，公公过世了，婆婆也过世了，赵师傅退休了，钱师傅也退休了，两口子前后脚地告老还家，成了一对新的老头儿和老太太，光拿钱不干活儿，天天都过星期天了。赵子龙也当上了区警察大队的副队长，赵家的日子是越过越好，早就不吃玉米芯子面掺麦麸子擀皮儿包的饺子了，他们从超市买回最劲道的饺子粉，用雀巢牌的矿泉水和成面团，里面还打几个鸡蛋，食不厌精，使本来筋道的饺子粉，擀出皮儿来更加筋道。从前有人笑话钱师傅，说她包饺子要把裤子卷起来，露出一截大腿，一手拿根擀面杖，一手揪个小面团，在大腿上叭哧叭哧擀出一张饺子皮儿，递给赵师傅去包馅儿，自己接着又擀下一张。

这事儿虽说是有，但那是在很久以前的事儿，那时他家住在幸福胡同的一个四合院里，只有两间小平房，公公婆婆住一间，她跟赵师傅住一间，没钱买家具，买了也没处搁置，一家子平时吃饭就坐床上，高高矮矮坐成一排，把菜拨在碗里吃，擀饺子皮儿的工作自然也就在床上进行。试问，如果不在大腿上擀，难道还有更合适的地儿吗？几年前，天上掉下个大馅饼，政府把幸福胡同里的四合院拆除了，要建一个名叫东方黄的泥塑公园，四合院里的住户都搬进一幢大高楼里住着，拆两间，补两间，还搭一厅一厨一阳台，特别是一间厕所搭得好，从此大冬天儿的一早一晚，就不用提溜着裤子顶风冒雪往胡同口的公厕跑了。

不过这大高楼也不是好住的，除了拆房的补贴外还要多出钱，老公母俩全部积蓄拿出来也不够，亏了赵子龙是个孝顺儿子，也有得出，楼房的差价都给补了，还把自己淘汰的家具一卡车运来，捐赠给亲爱的父亲和母亲，其中也包括一张钢琴漆的大饭桌，以后再要擀饺子皮儿，完全不必在

茴香馅儿的饺子　39

大腿上了。何况再说了，钱师傅年轻的时候大腿是很丰满的，平面能放一个大拼盘，随着岁月的流逝，目前都退化得比擀面杖粗不了多少，一个小酒盅子都放不稳，已经不能胜任在上面擀饺子皮儿的业务了。

随着社会服务业的发展，钱师傅也不用自己擀饺子皮儿了，居民小区有人开了个面食店，店里出售现成的馒头、大饼、切面、饺子皮儿，随买随卖，要价也不怎么高。而且连饺子馅儿也不用她自己剁了，牛肉的、羊肉的、猪肉的、鸡肉的，超市里进大门朝右手一拐，就是一个卖肉馅儿的专柜，那肉馅儿能够做馅饼，自然也能包饺子。早先是一个大胖子手舞双刀，站在那里当场给人玩绝活儿，两把刀子左右出击，上下翻飞，能剁出好听的锣鼓点子，剁出呛不咙咚呛咚呛来，自前年起换成了一台绞肉机，眼看着大肉块子进去，出来就成了一团肉泥，比大胖子的双刀省劲儿得多。

钱师傅只要把肉馅儿买回家，掺上一些韭菜、茴香、大葱、姜、蒜一类的蔬菜和佐料，就可以包出一锅特好的饺子，老公母俩吃得倍儿香了。买肉馅儿是钱师傅的长项，她的鼻子好，进了超市肉馅儿专柜拿鼻子一闻，就能断定是不是当天的肉，这一手赵师傅可不如她。在最近一段日子里，她还特害怕赵师傅一不小心，被那站柜台的小丫头动员着买了鸡肉馅儿，那要是万一吃出禽流感来，幸福的晚年生活可就要结束了哇！所以，钱师傅更要亲自出马，运用鼻子去选购平安无事的饺子馅儿了。

买饺子皮儿和茴香的笨活儿，则可以放心地派赵师傅去，菜市场离他们住的楼房有一站地，中间还隔着一条大马路，钱师傅要提溜着一捆茴香，来来回回走那老远，沿途还得躲让来往的车辆，多少有些吃不消的，赵师傅原本是首钢的炼钢工，在火红的钢炉前练得腿脚麻溜，双手也能提重物，派他去做这事儿叫作用人得当。钱师傅就分派赵师傅："你去买茴香的时候路过面食店，转来顺便买斤饺子皮儿。"

说完想起昨晚女儿打电话来，说是小凤儿星期天要来看姥爷和姥姥，就又嘱咐了一句说:"路上甭又遇上个熟人儿,说起来就没个完!"

小凤儿是女儿的女儿,也就是他们的外孙女儿,因为女儿叫赵子凤,女婿姓孙,外孙女儿就叫了孙小凤。

2

多年以来,钱师傅的话就是赵师傅的最高指示,理解要执行,不理解也要执行,何况老夫老妻的他怎么不理解呢?赵师傅就忙不迭地点头,忙不迭地答应,从厨房里找出一个塑料袋儿,塞进裤兜就出发了。赵师傅一只脚已经跨到了门外,想起刚才往裤兜塞塑料袋儿时,裤兜里空落落的没有手机,转身回来又把手机带上。赵师傅出门带手机的目的,是防止万一像钱师傅说的那样,路上遇上一个多日不见的老熟人儿,也是个退休在家无所事事的,心里有着强烈的倾诉欲望,憋不住要跟他多说几句话,他不站住听人说吧,怕把老熟人儿得罪了,站住听人说吧,又怕钱师傅在家等得急,要是那样的话他就给她打个电话,一来是稳定一下军心,二来是让老熟人儿听见也就不好再说了,握个手就分道扬镳。

赵师傅的这个手机是赵子龙的淘汰品,特好的一样东西,打电话听得倍儿清楚,赵子龙嫌它不带数码照相功能,送给读初三的儿子小龙用,小龙却说不是新的不予接受,赵师傅说:"兔崽子,给我吧!"赵子龙就把手机送给他了,让他白捡一个大便宜。赵师傅觉得能打电话就成,照个什么相啊,他这辈子就照过一张结婚照,以后又照过一张身份证照,再以后人就老了,照来照去也就那德行,还能照出个人见人爱的刘德华吗?赵师傅兜里揣上儿子赠送他的手机,正式出门去买茴香和饺子皮儿了。

本来钱师傅是嘱咐赵师傅说，去菜市场买了茴香，转来顺便买斤饺子皮儿，这里有两个关键词，一个是转来，一个是顺便。可是赵师傅一走到面食店的门口，耳边吱溜一下就冒出这句话来，他怕自己买了茴香，转来恰好把这事儿给忘了，回家只有茴香没有饺子皮儿，那还包个什么饺子呀？小凤儿那时肯定已经到家了，正坐在沙发上看电视呢，钱师傅要是一生气，当着外孙女儿的面对他一顿数落，叫他这张老脸往哪儿搁，他这个姥爷还想不想当了？所以赵师傅当机立断，决定先把饺子皮儿买了，然后再去买茴香。

因为经常来买饺子皮儿，面食店的小女人都认识赵师傅了，小女人笑嘻嘻地欢迎赵师傅说："来了？您的运气真好，今儿个正好进的有圆皮儿，就等您呢！"原来这个面食店的饺子皮儿有两种，一种是方皮儿，一种是圆皮儿，小女人记忆里的这老头儿每次来都是买圆皮儿的，有一次圆皮儿卖完了，老头儿扭身就去另一家店子，任她在背后直说方皮儿不也一样吗，可到底也没买她的方皮儿。小女人由此得出一个结论，这老头儿是个老北京人，他家吃的是北方饺子。

小女人的判断是正确的，赵师傅还就是个老北京人，钱师傅也是个老北京人。赵师傅虽说祖上在南方，醒事以后随父亲在南方老家待过几年，吃过南方亲戚包的饺子，他发现南方饺子跟北方饺子是不一样的，首先形状就不一样。南方人擀饺子皮儿，是用一根三尺多长的擀面杖，把揉好的面团擀成一张圆桌大的薄饼，撒上一层薄面，叠成三寸宽的若干层，又用刀竖着切成三寸宽的若干道，抖开来，铺齐整，再横着切成若干墩，切时得把刀故意地放斜了，切出的面片一边宽，一边窄，就是数学课本里说的梯形，包馅儿的时候把窄的一边朝着怀里，托在掌上，拿筷子夹团馅儿放在正中，两边捏拢往中间一抄，抄成一个元宝的形状，煮熟了和汤一道舀在碗里，像是漂了一碗圆咕噜嘟的银元宝，再放上一撮芫荽末儿，浇上一勺葱姜辣椒水儿，连汤带饺子一道吃，吃得人吸溜直冒汗。

他们的北方饺子可不是这样，北方人是把揉好的面团揪成算盘珠儿大的小疙瘩，用一根六七寸长的小擀面棍儿，转着圈儿地擀，擀成一张张杯口大的小圆片儿，把饺子馅儿放进里面，上下一合顺着边儿捏紧就成了，形状不像元宝，却像一个半圆形的荷包。煮熟了盛在一个大盘子里，一家人围着这个盘子，各人面前一只小瓷碟，碟子里放上酱油和米醋，吃时并不要水，吃完了愿喝就喝半碗，不喝也成，要喝就叫原汤化原食，对健康大有裨益，一般上了年岁的人才懂这个。

赵师傅回到北京以后，两相对比，觉得南方饺子好看，当然也好吃，但是北方饺子更好吃，主要是饺子碗里不放汤，蘸醋吃是去油腻的，特别是山西老陈醋，碟子里适当再倒几滴酱油，坚决不要辣椒，拿筷头调匀和了，夹起一个饺子两面一蘸，吃着散口，咽下去也特开胃。南方饺子就没这个好处了，连汤带水，辣啦吧唧，个头再小一点儿那不就是馄饨吗？

听小女人这么一说，赵师傅就随话答话："有圆皮儿？好，来一斤吧。"

小女人戴上特薄的那种胶皮手套，顺手拿起一摞圆饺子皮儿放在小台秤上，称了称不足一斤三两，小女人说："一斤三两勉点儿，老主顾就作一斤二两吧，您都拿去，店子马上要关门了，剩个一两二两的赶明儿也不好卖。"

赵师傅问："大上午的又没天黑，干吗要关门儿呀？"

小女人随手扯下一个塑料袋儿，把饺子皮儿"噗"地丢进袋子里，递给赵师傅说："上面的精神我们小老百姓哪儿搞得清楚？居委会只说是有大事儿，叫关门儿，晚来一步您就买不着了！"

赵师傅见小女人脸上露出极其的不满，心想莫不是工商局来人查执照，要么税务来人查税，这店子又是不规矩的，自己生着法儿地关门逃避，却推说是上面叫关的。想是这样想，嘴上给她留着面子，只顺着

茴香馅儿的饺子　　43

说了一句："真是的，什么事儿比老百姓吃饺子还大了？"掏出钱来，把一斤二两饺子皮儿全都要了，道声"回见"，提溜在手里又上菜市场去。刚走出没几步远，听得背后"叭"的一响，回头瞅那个面食店的门，还真让小女人给关上了，看来并不是跟他说着玩儿的，晚来一步他真买不着饺子皮儿了。

3

赵师傅往前又走了半站地，看见了马路对过的菜市场，突然发现马路两边增加了岗哨，十字路口的交通枢纽站得更多，一人一件黄马甲，像是黄河上的漂流队漂到岸上来了，个个嘴里叼着塑料小口哨，又像是球迷啦啦队，"嘟嘟嘟"吹得一片响，大过年的玩彩船儿也没这热闹，手里旗子一挥，拦住一个过路的，又一挥，又拦住一个过路的。赵师傅心想今儿个这是怎么了，还别说是以前，就是昨天，这儿也没这些黄马甲不是？不当过的不让他过，当过的干吗也不让他过呢？赵师傅看见对面的红灯早就灭了，早就换成一盏人形的绿灯了，担心再不过去又会换成红灯，赶快噔噔噔噔往马路对面走，却听得"嘟"的一响，一面小红旗迎风一展，眼前的视野就被挡住了。

黄马甲说："嘿，嘿，我说您哪，那个提溜塑料袋儿的，两个眶子里是眼睛还是玻璃球儿啊？没瞅见前面竖那大一块牌子吗？"

赵师傅听出是在说他，顺着旗子尖儿一瞅，还真瞅见一块大牌子，正好挡在菜市场的门口，牌子上写着两行字，对联儿似的一边六个："此处禁止通行，往南走一百米。"赵师傅为了给自己下台，嘴里嘀咕着："干吗不许通行？干吗要往南呀？"

黄马甲说："甭废话，不许通就不许通，叫往南就往南，您管得着吗您!"

赵师傅觉得自己是只胳膊,拧不过黄马甲的大腿儿,就把脚又听话地退回去,一边继续往南走,一边在心里跟黄马甲进行辩论:"你叫我甭废话,我还叫你甭厉害呢,赶明儿遇上我儿子,保管你就老实了!"

往南走一百米,斜对过正好有个菜市场的后门儿,赵师傅以前买菜还没注意到的,这菜市场有一个正门儿,就是被牌子和黄马甲挡住的那个,有两个后门儿,一个在马路这边,一个在马路那边。赵师傅是正人君子,到哪儿去从来是正门儿进,正门儿出,做人是这德行,买菜也是这德行,何况从后门儿走,反倒比正门儿远出一百米呢,要不是今儿个没来由地遭到禁止,他这辈子也不会去走后门儿的。赵师傅发现这地段没有红绿灯,也没有黄马甲,路上只有一条含含糊糊的斑马线,在来往奔驰的车辆之间,马路两边的人可以自由地穿行。

赵师傅就奇了怪了,没有红绿灯的地段没有一个黄马甲,有红绿灯的地段反而站着那么多的黄马甲,那儿就那么重要吗?这儿就这么不重要吗?什么人要从那儿过呢?为什么有人要从那儿过,他们就不能从那儿过了呢?赵师傅想着想着,他就有些想不通了,在来往车辆的奔驰中,他总算从马路这边走到了马路那边,呼哧气喘走进了菜市场。这个菜市场赵师傅以前经常来,它是由无数个小菜摊子组成的,这些菜摊两行两行地列着队,像是一座绿色的军营。赵师傅一进"军营"就像一位阅兵的"大元帅",他昂着头,挺着腰,一个菜摊一个菜摊地走过去,时而停下脚步,关心士兵一样用手摸一摸,问一问价,然后继续昂头挺腰往前走,等着身后卖菜的女人喊他回去。

这都是钱师傅教给他的,货比三家,直管砍价,不能贸然下手买。他曾经在这儿以最低的价格,买到过最好的茴香,提溜回家以后,受到钱师傅的大力表彰,当天把煮好的茴香馅儿饺子,拣大个儿的直往他的碟子里夹。可是今天的事情实在是怪极了,不仅这儿的菜摊子上很少有

茴香馅儿的饺子

茴香，而且所有摊子的卖菜女人，都紧着把摊上的小菜往麻袋里收，屁股一翘一翘的，好像一场战斗要在这儿打响了。

赵师傅很想沉住气，但他毕竟还是心慌了，他站住脚，口气像是质问，他问一个卖菜的老女人："今儿个怎么都不卖茴香了？上星期天我还在你这儿买了一捆！"这个菜市场的客流量大，生面孔多，老女人对赵师傅的印象不深刻，频率很快地翘着屁股说："您没见这天儿冷了吗？天儿冷茴香卖得慢，一天卖不完第二天就风干了，没人要，就不敢上，老师傅是买茴香包饺子吧？那你就买我的韭菜，韭菜卖得快，就敢上韭菜，韭菜馅儿的饺子也好吃的！"

赵师傅心想还用你说，韭菜馅儿的饺子他又不是不知道，可他家的钱师傅不喜欢吃韭菜馅儿的饺子，韭菜馅儿的饺子爱破，刚包出的饺子还好说一些，但是剩下的在冰箱一速冻，下顿再煮就不行了，人说是大火煮饺子，火候一大韭菜是韭菜，皮儿是皮儿，换成小火吧又不能熟。

此外钱师傅嫌韭菜伤胃，还伤牙，嚼不烂卡在牙齿缝里，含口水漱都漱不掉，还得"扑哧扑哧"去刷牙，不然自己觉着不舒服，别人看着也不雅观。并且还有一讲，韭菜包饺子馅儿里是要放鸡蛋的，从前的鸡蛋吃多少都没事儿，可如今闹禽流感，鸡蛋虽说不是鸡，它不也是鸡下的吗？它是母鸡肚子里怀的，又从母鸡屁股眼儿里挣出来，难道就不沾一丁点儿的细菌吗？所以就更不能吃韭菜鸡蛋馅儿的饺子了。

赵师傅说："我家不吃韭菜馅儿的饺子，我还是去买茴香，我就想不明白了，都是包饺子的，为什么韭菜卖得快，茴香就卖得慢！"

老女人的屁股翘得慢了些，摊子上的小菜收得差不多了，她就有心思跟赵师傅细细地讲解了："您想不明白吧？想不明白我一说您就明白了，韭菜除了包饺子，还能炒菜，跟鸡蛋炒，跟豆干炒，跟猪肉炒，单炒也行，买的人就多，茴香只能包饺子，买的人就少，您见谁家买茴香炒着吃呀，香菜是能爆肚丝的，可茴香又不是香菜，茴香就卖不过韭菜了。老师傅还是买点儿韭菜吧，试着吃一次韭菜馅儿的饺子，保准你吃了还想吃！"

赵师傅态度异常坚定："不，我还得去转一转。"

老女人的屁股不翘了，直起腰来双手扎着麻袋口说："行，那您就去转一转吧，您得快点儿转，人都忙着收摊儿了，您没瞅见大盖帽正在清场，跟吆猪一样吆喝快走吗？"

赵师傅放眼一瞅，还真有几顶大盖帽在"军营"里晃来晃去，大声吆喝着人快撤走，手脚麻利的已率先收拾毕了，肩上扛着装了小菜的麻袋，出门往一辆三轮车上码。赵师傅联想起面食店关门的事儿来，回头问老女人："今儿个有什么事儿呀？"

老女人把麻袋往肩上一扛，耸了两耸身子说："我们都是小老百姓，哪知道有什么事儿，叫不卖就不卖呗，听话！"

赵师傅想，得，连语气都跟面食店的小女人一模一样。

这个菜市场里的菜，大部分来自南边一个名叫新发地的农贸市场，来去三五十里地，从批发到零售，刨去运费和摊位费的成本，一斤能赚个几毛钱，这一点儿赵师傅心里倍儿清楚。还有一小部分来自对面的老山，老山附近的农民自家种的菜，吃不完的就挑到老山脚下，摆个地摊儿，也不用交摊位和管理费，菜价虽说高于新发地，却比菜市场的便宜，就有菜贩子从这儿倒个手，运到菜市场一斤也能赚个毛把两毛。

4

秋季里的有一天，赵师傅没事儿闲溜达，溜着溜着，就溜到老山脚下了，无意中看见这儿还有卖菜的，顺便买了几斤茄子和豇豆，总共省了一块多钱，回家也曾受到钱师傅的表彰。那一次他清楚地记得，老山脚下的地摊儿上也卖茴香，可惜那天不是包饺子的日子，没有钱师傅的最高指示，再便宜他也不能买。现在既然菜市场里的茴香没买着，钱师傅又在家里等着要，赵师傅就情不自禁地怀念起了老山，他想兴许那儿还有卖茴香的，不妨他到那儿去试一试，那儿要再没有茴香卖，钱师傅的决心又不可动摇，他就只能长途跋涉，坐车前往新发地了。

赵师傅走在那些卖菜的队伍里，差不多是跟跄着脚步，被大盖帽吆喝出了菜市场。他出的是菜市场的后门儿，出门后顺着一条巷子往北走，前面是一条新修的大路，跟他秋季走过的那条小路是平行的，这条大路修好以后，那条小路就废掉了，环保局雇的民工在那儿种了一片梧桐树。新修的大路一直通往两处地方，一处是革命烈士公墓，一处是山地车训练场，2008年奥运会的主办方，已经把山地车比赛场地定在这儿了。革命公墓离火葬场不远，而山地车训练场就在火葬场的下面，那一片儿统称就叫老山，赵师傅今儿个就要到这儿来买茴香。

赵师傅走上这条大路的路口，发现这条大路的两边站了很多人，比菜市场正门儿前面的黄马甲还要多。这些人可不是黄马甲，黄马甲是橘黄色的，而且只是一件马甲，他们却是一身草绿色的军衣，右边的胳膊上戴着一块盾形的红臂章，明明是一些武警战士，站在那里纹丝儿不动。还有一些就不那么规矩了，穿着一身藏蓝色的制服，臂章戴在跟武警相反的那只胳膊上，一人手里握着一样黑东西，像是上个世纪流行的大哥大，时不时地拿到嘴边喊一句话，句子并不长，就那么几个字。

赵师傅对这一身藏蓝色的制服特熟悉，他的儿子赵子龙穿的就是这种制服，每次赵子龙回到家里，进门把大盖帽往下一摘，头发往后一抹，人还没坐话就出口了："妈，饺子煮好了吗？"赵子龙生下地来没奶吃，是喝饺子汤长大的，当然也喜欢吃饺子了，而且口味随着父母，也喜欢吃茴香馅儿的，蘸酱油和山西老陈醋吃的北方饺子。

赵师傅心想这又是干吗呢？以前是有大人物逝世了，通往老山的一条马路上要增岗加哨,今儿个没听说有哪个大人物啊,他特想逮住个人打听一下,管他是穿黄衣服的还是穿蓝衣服的,可瞅见人家一脸的肃穆,他又不敢贸然行事,就想赵子龙要是碰巧也在这儿就好了,自己的儿子好说话,他总不能板着一张脸说:"甭管闲事儿,您哪,该干吗就干吗去吧!"

今儿个是十一月二十日,到冬天了,北方的冬天,天上虽说有个太阳,但那白乎乎的太阳特没劲儿,冷风一吹就跟没太阳一样,纯粹是个摆设,是个白气球。警察们的手上都戴着白手套,赵师傅提溜着一袋饺子皮儿,手上什么都没有戴,过去在钢炉前面炼钢他是戴手套的,那是五指不分岔的大手套,像熊掌,可他出门买菜干吗要戴手套?赵师傅身上的皮肤是干性的,一到冬天手脚就炸蚂蚱裂,钱师傅总是叫他擦油,他总是忘了擦,钱师傅就总是生气地说:"不擦!不擦!出门遇上老熟人儿跟你握手,让人家觉得握的是个磨脚石!"

磨脚石是超市卖的一种粗糙的石头,黑色蜂窝状,晚上洗脚用它摩擦老人的脚后跟,杀伤力远远超过了木工用的砂纸。钱师傅把赵师傅的手比作磨脚石,其实一点儿都不过分,裂开后的赵师傅的手比磨脚石还要粗糙。

十一月二十日的北方的寒风,吹在赵师傅的手上毕竟还是有一点儿冷,赵师傅就只把提溜饺子皮儿的那只左手露在外面,空出来的那只右手插进裤子兜里,用身体的温度暖和着它,等左手感觉到冷时,就用它来替换左手。他认为这是个聪明主意,也是个公平法则,就像是一个厂子的职工,总不能让一个人老是下力挨冻,另一个人老是躲在被窝儿里偷懒吧,以前他在首钢还没退休时,就在职工大会上说过这话,结果把有的人得罪了。得罪了就得罪了,得罪了还能扣他的退休工资,不允许他吃茴香馅儿的饺子了吗?

赵师傅实在没有想到,这只藏在裤兜里的右手给他带来了一个麻烦,路边有一个眼睛特尖的警察,发现了他的这个姿势以后,立马儿伸出一只白手套来指着他说:"提溜塑料袋儿的那人,把那只手拿出来!"

在警察说这句话的同时,一双武警战士的眼睛也盯上了他,两腿随时准备向他靠近。这声音把赵师傅吓得一愣,但紧接着他就明白了问题出在哪儿,问题原来出在他的这个插手的动作,太像裤兜里藏有一把小手枪了。电视剧里经常有这样的段子,一个特工进入敌人阵营,就把一只手插在裤兜里,还甭说是警察,看多了电视剧的钱师傅慢慢地都有了经验,"那里面肯定有枪!"钱师傅的呼吸一阵急促,她用肘拐子提醒着赵师傅。果不其然,钱师傅的话刚落音,那人就从裤兜里掏出手枪,对着敌人连开数枪,对方应声倒在了血泊之中,钱师傅余悸未消,还在大口地喘着气说:"我说是吧?"

赵师傅觉得自己居然遭到这样的误会,简直是有些荒唐可笑,既然可笑,他也就忍不住笑了一下,把那只右手从裤兜里拿了出来,并且学着首长的样子,朝警察和武警战士挥了一挥。这下子警察不仅消除了疑惑,还觉得这老头儿挺幽默的,也笑着对他打了个手势:"快走快走!"

赵师傅顺势把左手的饺子皮儿换到右手,腾出的左手再也不敢插进裤兜里了,左右两手都公然地暴露在光天化日之下,磊落地摆动着向前走去。他继续前往老山脚下,经过了这场可爱的误会,赵师傅要买到茴香的决心更坚定了。

今儿个的问题真是一个接着一个,再往前走,想不到新的问题又出来了。马路拐了一个弯儿,又上了一个坡儿,过去不多远就要抵达老山的时候,两边站着的武警战士和警察更密集了,一个警察突然冲他走来,嘴里也不说话,用手在他前面比画了一下子,像是早年他跟父亲在南方的时候,他看见南方亲戚用菜刀在桌上切饺子皮儿,横着一刀,一叠饺子皮儿就被拦腰切断。这么说来,赵师傅也是一叠被切在这边的饺子皮了,干吗要切在这边,切在这边怎么办呢?

警察用手在他面前又比画了一下子，这一次像是为迷路的行人指引航向，指往右侧一幢灰扑扑的水泥建筑，那幢水泥建筑的前面有一块玉米地，玉米地里的玉米已被主人掰光了，只竖着一地残兵败将的玉米秆子，秆子的中部倒挂着一些发白的玉米叶，在秋风里左右地摇动着，像是一面面表示投降的小白旗。警察的意思是要他离开这条马路，转移到那块玉米地去，跟那些没有生命的玉米秆子竖在一起。

赵师傅看见那块玉米地里已经站了好几十个人，一条红颜色的塑料绳把那些人拦在里面，红绳子的两端站着两个穿黄马甲的，一人嘴里噙着一个口哨，手里拿着一面小红旗。赵师傅心想今儿个他跟黄马甲真叫有缘，为吃茴香馅儿的饺子绕了这大一圈儿，不幸在这里又遇上了黄马甲，又要无原则地听从他们的指挥了。

赵师傅的眼睛故意不瞅他们，他瞅被他们拦在玉米地里的那些人，猜想那些人指不定都跟他一样，也是在这条马路上走着走着，就被驱赶到玉米地里来的。警察相跟着赵师傅，对直走到两个黄马甲的面前，一只手把红色的塑料绳往上一提，另一只手把赵师傅往里一推说："他们没叫出来，你们就甭出来！"

赵师傅心里惦记着买茴香的事儿，急得冲警察直嚷："干吗不让我们走？干吗把我们圈在这地儿呀？"

赵师傅一急之下，不说是"拦"，也不说"关"，却脆嘣嘣地用了一个"圈"字，赵师傅急得嚷出的这个字在这里不念画圈的圈，而念猪圈的圈，是一种特殊的修辞，是名词当作动词用的，意思是把人当成牛马猪羊，圈在一个牲口圈里了。

这个警察可没有刚才怀疑赵师傅兜里有枪的那个和气，一张大白脸上毫无笑容，也不屑于回答他提出的问题，只是大声对他嚷道："甭嚷！"

茴香馅儿的饺子　　51

5

被圈在玉米地里的人有男有女，有老有少，身份和来历也是多种多样，形形色色，赵师傅注意听着他们相互的咨询和倾诉，知道了他们被圈进这儿之前，有的是在遛弯儿，有的是在跑步，有的是为一件要紧的事情路过这儿，其中有从这头往那头去的，也有从那头往这头来的。有一群初中学生脚上穿着轮滑鞋，事发时正在这条马路上进行着比赛，说好了谁是轮滑的冠军，所有的战败者就凑钱请他撮一顿朝鲜烧烤。

有两对夫妇是带着孩子去革命公墓缅怀先烈，然后谈着体会从这儿结伴回家。有一群农民工头上戴着头盔，肩上扛着钢钎，在去往建设工地的路上遭到拦截，所有的人中只有他们是最高兴的，原因并非是他们偷懒不干活儿，而是遇上了不可抗拒的因素，这是一群河南的农民工，里面有一个长得像电视中的智多星吴用，他沉着地告诉大家："中，咱要警察给开一张误工证明，老板就不敢扣咱工钱！"

跟他们愉快的心情恰恰相反，急得要哭的是一对家住老山的小两口儿，今年八月十五刚结的婚，老山诊所说女的是宫外孕，他们要去解放军医院复查，号都挂了，钱都交了，时间预约是今儿上午十点一刻，可目前十点三刻都过了，这样一来不是前功尽弃了吗？除此之外，着急的还有一个蹬三轮儿的老头儿，像是个捡破烂儿的，三轮车上只装了十多个五彩缤纷的废纸盒子，看样子他一天的工作才刚刚开始。赵师傅觉得他跟那个老头儿的年纪不相上下，穿着也算是门当户对，就走过去跟他凑在一起，捡破烂儿的老头儿骑在三轮车上，他就站在三轮车下。

赵师傅慢慢儿意识到事情的重大了，他试探性地问着老头儿："这大的阵势，是不是有什么大人物要来？"

捡破烂的老头儿没好气道："他就是再大的人物要来，他就是美国总统要来，也不能不叫我捡破烂儿呀，不捡破烂儿我吃什么呀！"

被圈在玉米地里的人哄的一声笑了起来，他们都觉得老头儿的话太夸张了，然而越是夸张才越是好笑，要改成这个市的市长要来，就不如美国总统要来有意思了。

赵师傅不知道这么一圈，到底要把他们圈到什么时候，还不仅是剥夺了他们的行动自由，更可恼的是他们连个知情权都没有，像这样地圈下去，茴香馅儿的饺子很可能就吃不成了。他的眼前出现了钱师傅，在无法掌握这些情报的前提下，钱师傅肯定要当着外孙女儿小凤儿的面，发表一些对他不利的言论了。

赵师傅的心情痛苦了一下，他突然感到两只手冻得发疼，特别是那只提溜着饺子皮儿的左手，疼中还有一种很不是滋味的麻木，这时他的脑子里冒出一个想法，他拿不准对还是不对，那就是既然他被圈进玉米地里，既然事实证明他的裤兜里没有手枪，那他是不是可以把手放一只进自己裤兜里了？对他来说，放一只手进去的确要有利一些，那样可以用自己的身体温暖自己，以便两手轮换着提溜那袋饺子皮儿。

一想到裤兜，赵师傅又联想起装在裤兜里的手机，他心里突然一亮，立马儿决定给钱师傅打一个回去，如实地把情况反映给她，让她心理上有个准备，给钱师傅说罢了接着再给小凤儿说几句，叫小凤儿在家别走，既来之则安之，一定要等到姥爷回去，姥爷要是吃中饭时还不回去的话，就让姥姥先煮一顿面条凑合吃了，晚上再吃茴香馅儿的饺子吧。他把要讲的话打好了腹稿，右手就伸进裤兜里，赵师傅打手机没有学会赵子龙那样的技术，一只手把手机松松地控制在掌心中，用这只手的大拇指来拨号，"啵啵啵啵"，只响八声就举到耳边，"哥们儿又到哪儿去撮了？我靠！就这么着！"然后"啪"的一声，盖子就合上了。

赵师傅的手因为长年炼钢，手指头魁梧得像小胡萝卜，要是盲目学习赵子龙的潇洒，大拇指一下去至少是四个号，他只能老老实实地一只

茴香馅儿的饺子　　53

手捏住手机，把另一只手的小指头立起来按，就这样还经常按错，错了又接着重来一遍。但他目前遇到的困难是左手提溜着一袋饺子皮儿，不能配合右手按号，急得他一双眼睛四下张望，身边只有一辆装着破烂儿的三轮车，总不能把饺子皮儿放在车上，跟那一堆五彩缤纷的破烂儿为伍吧。赵师傅最后自力更生，把左手装饺子皮儿的塑料袋叼在嘴里，用牙齿咬住，腾出手来给钱师傅按号，居然一遍就按成功了，举到嘴边说了个"喂"，就听得有人大声嚷叫起来，却不是手机里的钱师傅，而是对面的那个警察。

警察这么喧宾夺主地一嚷，手机里钱师傅的声音他就听不清了。更加严重的是守在塑料绳两端的黄马甲，其中一个小跑溜丢地奔到他的面前，用旗尖儿指着他的鼻子一声吼道："关了关了！谁让你打手机了？"

赵师傅的身子不争气地抖了一下，手里的饺子皮儿差点儿脱落在地，心想这话就说得怪了，谁让我打手机，谁又不让我打手机了？

被圈在玉米地里的人一边同情着自己，一边对赵师傅表示着更大的同情，因为他毕竟是一个比较年迈的老人了。眼看着他把一个塑料袋一会儿提在手里，一会儿叼在嘴上，打开手机刚"喂"了一声，又吓得乖乖儿收起来，这一系列的动作看着有点儿滑稽，有人忍不住就"扑哧"一笑，笑过以后赶快住口，把脸朝向别的方向。但是赵师傅并不怪那笑他的人，赵师傅甚至连黄马甲也不怪，黄马甲的背后是警察，警察的背后是上司，而上司一定是接到了有关的指示，才吩咐下面这么做的。

赵师傅心想警察的上司不是他们的队长吗？赵子龙就是这个区的副大队长，他要是也来这儿执行任务，自己就敢向他提出几个问题，让他当众做出回答。赵师傅奇怪自己一想到赵子龙，下腹就有了一种明显的尿感，他分析这可能跟儿子给他买药有关。赵师傅的前列腺有些肥大，这毛病已有了十年的历史，典型的症状就是尿频和尿急，那玩意儿说来就来，不可遏止。

他是个胆大而又自信的炼钢工人，并不把这小小疾病放在心上，采取的应对措施是勤来勤尿，顺其自然，反正它又不是什么艾滋病，不会危及生命安全。倒是赵子龙本着儿子的孝心，自从发现了父亲的病历，就充分利用自己的条件，不断地带些好药回来逼着他吃，前列康啊，男康啊，先锋一号啊什么的，轮起番来对他肥大的前列腺进行攻击，所以在赵师傅的潜意识里，儿子跟自己的尿急尿频紧密地联系在一起。

今儿个他一早出门，到面食店去买了饺子皮儿，又到菜市场去没买到茴香，绕了一个大圈儿，走了一站多地，接着继续长征前往老山，一路上几经周折，工夫的确不短，的确到要解手的时候了。

然而这里的环境非常恶劣，背后是一幢灰扑扑的水泥建筑，一看就不是公共厕所，周围是一片竖着秆子的玉米地，一点儿隐蔽性也没有，前面的马路边倒有一棵盆粗的大柳树，万般无奈的时候那儿算是一个处所，但又涉及那根黄马甲看守着的红绳子，要不是这家伙死死地拦着，他不早到老山脚下买到茴香了吗？

6

这时候赵师傅心里最思念的一个人，就是他的儿子赵子龙，他觉得自己从来没像目前这样，巴心巴肝地想过这个小兔崽子！赵子龙要是碰巧也在这儿执行任务就好了，警察大队的副队长赵子龙要在这儿，还会把他老子圈在玉米地里，不许他老子去买包饺子的茴香，不许他老子给他老娘打手机，不许他前列腺肥大的老子去撒尿吗？赵子龙应该是那个警察的上级，那个警察应该是赵子龙的属下，当那个警察得知了他们原来是父子关系，指不定就会抢着做个人情，一张大白脸上和颜悦色地说："走吧走吧，您是特殊情况，走吧！"

茴香馅儿的饺子　55

中国的事情不管它有多大，说到天上掉到地下，向来它都是活的，什么时候像南方人切饺子皮儿一样一刀切过呢？然而赵子龙不在这儿，他可能是在更重要的岗位进行遥控指挥，刚才那个警察手里握着像是大哥大的黑家伙，对着里面喊话，兴许就是在向他汇报呢。赵师傅就这么瞎琢磨着，身体的那个部位越发憋不住了，他想起了鱼死网破，觉得再这样憋下去，要么有东西会溢出来，要么就有东西会炸开去。

眼前那幢灰扑扑的水泥建筑使他产生了最后的幻想，他一手提溜着饺子皮儿，一手暗暗地塞进裤兜，隔着裤子按住那个难受的部位，一步一步地往前行进，尽管他的心里着急上火，但他脚下的步子却走得极其缓慢，他必须保持身子的平衡和稳定，才不至于在中途发生意外。赵师傅在玉米地里走动的样子，像是夏天里光脚蹚一条齐腰深的河，身后的人都莫名其妙地把他看着，闹不清这老头儿要到哪儿去，去干什么。赵师傅总算来到了那幢水泥建筑前面，不想眼前的景象给了他当头一棒，那是一个垃圾处理站，四方水泥墙壁只有一道大门，唯一的大门上挂着一把铁锁，他没办法知道里面有没有解手的地方，知道有也没办法进去。

他就又这样蹚了回来，站在三轮车边不敢再动换了，眼睛尽量地望着远方，不让自己去想买茴香包饺子的事儿，也不听别人讨论把他们圈在这儿的根本原因，一心只等着时间快些过去。现在，天大的事情对于赵师傅来说都不重要，千万不要让他丢人现眼，不要让一个退了休的老炼钢工人把尿撒在裤子里，那才是当前的重中之重。

说是不让自己想事儿，可他不想又是不可能的，赵师傅觉得自己犯了教条主义，老北京话叫死心眼儿，后悔没听菜市场那个卖菜老女人的话，在今儿个实在没有茴香的情况下，他要是退而求其次，买上一捆韭菜回去，把情况对钱师傅如实地做了说明，馅儿里不放鸡蛋，就放五香豆腐干儿，吃一顿五香豆腐干韭菜馅儿的饺子有什么不可以的呀，干吗一定要在一棵树上吊死，一辈子只能吃茴香馅儿的饺子呢？

他感到浑身上下都难受得厉害，心里还是其次，主要还是身体上的，那种尿涨的感觉越来越强烈，这一次他是真的憋不住了。正在这个难耐的时候，赵师傅隐隐听到前面马路上有汽车开来的声音，他忽然想起自从他被圈进玉米地里，甚至在这之前，他还在马路上走着时就没有看见一辆来往的汽车了，指不定来往的汽车也被圈在了另一个地方儿，只不过那地方儿不是玉米地，而是一个水泥铺的停车场。

汽车的声音大了起来，听着不止一辆，至少有十多辆，赵师傅听出来的是一支规模不小的车队，接着他的眼睛就证实了这一点，果不其然，十多辆黑色的小轿车在太阳下闪着一串儿耀眼的光亮，轰轰烈烈地从他们眼前一扫而过，直往老山脚下开去，往山地车训练基地的方向开过去了。

赵师傅被那串光亮迎面一照，只觉得裤子里面烫乎乎的，像是有人往里灌了一壶热水，心里叫声坏了，一低头就发现自己这条蓝布裤子的裤裆部位，颜色已经是青出于蓝而胜于蓝了。

警察的白手套有力地挥了一下，黄马甲一看见这个信号，立马儿解开那道红色的塑料绳，很欢实地舞动着小旗，把嘴里的口哨吹得"嚁嚁"直响。被圈在玉米地里的人发出一阵终于获得解放的欢呼，迅速冲上马路，那对要去解放军医院复查宫外孕的小两口儿一马当先，但是刚走几步又站住了，女的把快要冻僵的手腕子伸到男的面前，哭瘪着嘴说："都十二点多啦！"

那群河南的农民工跟随着他们的智多星，蜂拥到警察那儿去要误工证明。提心吊胆的赵师傅这时得到的唯一安慰，是所有的人都没有注意到他，自然也没发现他那条湿得一塌糊涂的裤子，他们匆匆上路，要把耽误的时间给赶回来，虽然全赶回来是不可能的，但是能赶多少就是多少。

茴香馅儿的饺子

赵师傅侧身站在马路上，等大家都分头走远以后，他才朝着老山的方向走去，经过了这样的一番磨难，连最丢人现眼的事都发生了，他更是下定决心要买到茴香，事情到了这个份儿上要再改变主意，甭说是对不起钱师傅，他连自己都对不起了。再说目前他的体内已没有了负担，他是轻装上阵，可以把买茴香的事业进行到底了。但是非常可惜，赵师傅还没走拢老山脚下，他就发现那里没有一个卖菜的人，只有两条狗在做着快乐的游戏，从姿势看是一公一母，三米开外有个女孩儿卧倒在地上，寻找着最佳角度，给它们两个摄影。

赵师傅彻底地失望了，他只能转过身去，把吃茴香馅儿饺子的希望寄托在下一个星期天了。他心想不是他要违背自己的誓言，那个年轻孕妇刚才就说"都十二点多啦"，他就是打飞脚地赶到新发地，那儿半日制的批发业务也罢场了。赵师傅不得不打马回府，他心想现在该允许打手机了吧，那么他就先给钱师傅报一个信儿，事情复杂不必多做解释，只让她们煮面条吃不要等他，然后他回到家里再从头细说。他从裤兜里掏出手机，依然把饺子皮儿叼在嘴上，用小手指头来按号时，才发现它连个亮儿都没有了。

"兔崽子，连你丫的都欺负人！"赵师傅还从没骂过这样恶劣的话，他认定它是坏了，今儿个带它出来通风报信，却统共只说了一个"喂"，怪不得赵子龙要淘汰它，还真是质量没有保证！赵师傅气哼哼地往回走着，十一月二十日的寒风迎面一吹，尿湿的裤子变得冰冰凉的，贴在他的两条腿上特不是个滋味，他怕自己因此会得感冒，电视里说流行性的感冒也有可能发生变异，万一要变成了禽流感，在钱师傅的管理下连鸡肉都不吃，连鸡蛋韭菜馅儿的饺子都不吃的赵师傅，那可实在是划不来呀！

一路上的岗哨已撤了个干净，十字路口的黄马甲一个都没有了，挡住菜市场正门的牌子也不知去向，一切都恢复了昨天以前的常态，红灯亮停，绿灯亮走，赵师傅提溜着一袋饺子皮儿，顺利回到他家住的楼房。进门以前，他把要说的话已打好腹稿，钱师傅在火冒三丈之后，必然还会发现他的裤子，那时不等她来追究，他会当着小凤儿的面讲出一个来龙去脉，保住自己这个做姥爷的面子，还让她们为他的意外遭遇吃上一惊。

7

赵师傅没有敲门，他自己掏出钥匙打开门锁，提溜着饺子皮儿迈进屋里，他把手里的饺子皮儿尽量地往前伸，那样子像打着一盏灯笼，或者像提着一条鱼，要让屋里的人把眼光聚焦在饺子皮儿上，从而忽视了他的裤子。他听着屋里本来闹成一团，一听到门响立马儿就安静了，再接着看见了突然出现在屋里的饺子皮儿和他，屋里所有的人都"噌"地一下站了起来，所有的人包括钱师傅、赵子凤、赵小龙和孙小凤，原来除了赵师傅已经知道的外孙女，女儿和孙子也来了。赵子凤手里握着电话筒，两片儿嘴唇半张开着，钱师傅的一双眼睛红通通的，下面还挂着几滴眼泪水儿，小凤儿拉着姥姥的手，像是在安慰她，小龙跳起脚来大喊："哇噻，这不是爷爷回来了吗？姑姑你甭打110了！"

小凤儿从赵师傅的手里一把夺下那袋饺子皮儿说："姥爷您可把我姥姥吓死了，我姥姥一口咬定您是遇上了绑匪！"

赵子凤手里的电话筒还在哇啦哇啦叫着，她却"吧嗒"一下把它扣在了电话机上。钱师傅这下才算缓过神儿来，吼叫声里都带着哭腔："你个死老头子干吗去了，也不言语一声儿，打你手机打不通，你也不往家里打，不是存心要把人急死吗？"

赵师傅把手机往茶几上一扔，气呼呼说："要知道是个水货给我我

茴香馅儿的饺子　　59

都不要它,平时没事儿不用,关键时用一次,得,坏了!"小龙把手机拿起去掰弄掰弄,手机突然唱起曲来,灯也亮了,小龙说:"您干吗要关机呀?"赵师傅愣怔一下,回想自己在玉米地里憋尿的时候,一只手藏在裤兜里按着小腹,可能就是那会儿把裤兜里的手机给关了。

小凤儿问:"姥爷,您干吗没买到茴香呀?没买到茴香都是小事儿,干吗还把裤子还打湿了哇?"

赵师傅流利地回答小凤儿,也是回答给钱师傅以及所有人听的:"想不到今儿个菜市场里不卖茴香,又催着收摊儿,转身奔老山脚下去买,不知道哪路神仙也要去那儿,被警察圈在玉米地里半天不许出来,给你姥姥打手机也不许打,刚放行又遇上路边浇花的水龙头,没留神儿冲我转过来,被它浇了一裤子水,冷死我了,啊嚏!"

他特意打了一个喷嚏,打了就紧着往里屋走,钱师傅却在他的面前挡着,吸吸鼻子,又看看他脸,吓得赵师傅的心怦怦直跳,身上的汗都冒出来了,知道钱师傅的鼻子是能闻肉馅儿的,就用眼神儿向她求饶。钱师傅脸上的表情像是放他一马,恶狠狠道:"哼,还不去洗个热水澡,换条裤子,要不感冒死你!"

赵师傅松了口气,一句都不顶嘴,进了里屋就去找换洗的裤子,钱师傅跟身进来,关上门说:"叫你赵老送灯台,一去永不来,自己毛病都忘了,吃亏了吧?"

赵师傅一时间羞愧难言,又感激她为自己保住了隐私,低头承认道:"吃亏长见识,下次可不敢走远了!你们吃了吗?"

钱师傅说:"切,没你咱们还不能活命了?"又气愤愤说:"他是个什么人物,还不许咱老百姓买茴香了?"

赵师傅想起捡破烂儿老头儿说过的一句话,他就是美国总统要来,也不能不叫我捡破烂儿呀?就"扑哧"一笑,对钱师傅说:"赶明儿等儿子回来,你问他去!"

赵师傅换好裤子，也不洗热水澡了，出来跟大家正式见面。钱师傅计算着他有六个小时没吃饭了，为买茴香又走了那远的路，担心他会饿坏，就把一碗剩面热了给他端来，说是专门留给他的，赵师傅也不追究，接过来大口吃着。屋里的气氛因为赵师傅的平安归来，已经由紧张转为喜庆，赵子凤乐极又生悲说："妈，刚才我正拨打110，我爸就回来了，人家不会怀疑我是故意谎报，顺着这个电话来逮人吧？"

钱师傅心中无冷病说："有本事就来逮吧，把你逮去，你就给他们讲你爸无缘无故被人圈一上午，叫他们录一个像，在传奇故事里放给广大的电视观众看！"

这话提醒了正看电视的小龙和小凤儿，两人就用遥控器搜索传奇故事，搜了一个来回也没搜着，最后把节目锁定在科学频道，那个频道正在讲人工降雨，小龙看着看着，两根眉毛皱了起来："爷爷，我想起了一个问题，浇花的水龙头是在过路人的侧面，按理您应该一侧着水，而且衣服也得浇湿了呀？"

赵师傅心想这小兔崽子，是要逼他爷爷无地自容，钱师傅差点儿笑出了口，但她比赵师傅反应快，瞪着小龙说："你盼水龙头再长高些，把你爷爷连头带脚浇成个落汤鸡呀？"

赵子凤是个没心没肺的，笑得咯响，讽刺小龙是未来的科学家，净会瞎思考。一家子正热闹着，听得门铃响了一声，接着又响了一声，赵子凤立马儿止住了笑，一脸的紧张："110来人了！"

在一屋子人的慌乱之中，门铃又响了第三声，赵师傅跟大家交换一个眼色，毅然站起身子，把还没吃完的半碗剩面条往桌上一放，伸手把门打开，却不料门外站着的是赵子龙。赵子龙一步跨了进来，把头上的帽子往下一摘，头发往后一抹，还没坐下就问："妈，饺子煮好了吗？"

赵师傅心里骂了一句，兔崽子，今儿个还想吃饺子，吃个狗屎！嘴上却说："菜市场都关门儿了，马路上都戒严了，老山都去不成，茴香

茴香馅儿的饺子　61

都买不到,你妈拿什么包饺子呀?"

赵子龙忽然盯着他问:"爸,您上午是不是也往老山去,路上被人拦住了?"

赵师傅跟儿子较真儿说:"那是拦吗?那是圈猪圈羊,猪羊还能拉屎撒尿哪!"

赵子龙就笑了起来,用屁股把小龙往过挤了挤,身子落座在长沙发上,从兜里掏出手机单手按号。赵子凤问:"哥,到底是什么事儿,害得我爸一上午买不着茴香,连人都回不来了?"

赵子龙并不回答赵子凤,对手机说:"哥们儿又到哪儿去撮了?我靠!就这么着,我在我爹家,晚上陪二老看会儿新闻!"

钱师傅一听儿子说晚上陪他们看电视,心里就特高兴,不过又提醒他:"你妹问你话呢,问到底是什么事儿?"

赵子龙说:"你们是不是特想知道啊?那我告诉你们吧,"说到这儿住了口,见大家都焦急等待,又一笑说:"请看今晚七点的新闻联播。"

赵子凤嘴里嘀咕道:"等于没说!"

小凤儿觉得她妈遭到了舅舅的轻视,其他人也都被他戏弄了,自尊心有些受伤,一生气连小龙都不理了,站起身脚步很响地走过去,把长沙发让给他们父子,她们母女俩坐在一个阵营。小龙却认为他爸挺幽默的,也特有水平,见小凤儿不看电视他也不看了,蹭到他爸怀里摸出那个高级手机,熟练地查看里面的短信。赵子龙听儿子发出的笑声不大正常,突然意识过来,一把就夺回了手里说:"去!"

赵师傅见这父子俩争夺手机,想起自己那个被儿子淘汰的,在他手里也没多大用处,就趁机动员小龙:"手机要那先进干吗?想要还是把爷爷的拿去!"

小龙顺嘴转让道:"您给小凤儿吧,我爸答应过生日送我一个能拍照的!"

小凤儿终于逮到报复的机会了,说:"我才不要你家的东西呢,需要时我们自己买。"

由于赵子龙不肯提前透露今儿个的秘密,全家三代就只好死等晚上七点的新闻联播。钱师傅暗自点了个数,今晚要做六个人的饭,她想索性把媳妇和女婿也叫来,八个一桌,就跟团年是一样了,凑齐了也是一个"发"。钱师傅说:"小凤儿,打电话叫你爸也来,小龙,叫你妈也来。"

赵子凤说:"干吗?离大年三十儿还早着呢,凤儿她爸今晚连班,顶多只能把嫂子叫来。"

赵子龙说:"嫂子要是能来,不早跟小龙一道来了吗?依我说啊,妈你就甭做饭了,既然爸没买到茴香,反正也吃不上饺子,我们就出去撮一顿,我买单,今儿个我们大队的任务完成得好,奖金是少不了的。"

钱师傅说:"我可不在外面吃饭,就是你不点鸡,他要把鸡肉掺到别的肉里糊弄你,你不也不知道吗?倒不如我去洗棵白菜剁了,包一顿猪肉白菜馅儿的饺子,不够吃再煮点儿面条,你爸把饺子皮儿买回来了,也不能白白糟践了呀!"

大家都不反对,在吃饭的问题上都捍卫着她的权威性,就忙着洗的洗菜,剥的剥葱,收的收拾案板菜刀。钱师傅拿出赵师傅提溜回来的塑料袋儿,打开一看,里面的饺子皮儿都被风吹干了,面积再大一点儿,就成了全聚德烤鸭店卷鸭皮大葱吃的荷叶饼,她还得舀碗水来,一张一张在水里洇湿,不然连猪肉白菜馅儿的饺子都吃不成。一家三代齐心协力,破天荒地包了一桌猪肉白菜馅儿的饺子,煮一大锅吃了,竟没有一个人说不好吃。

赵子龙吃完又喝了一碗饺子汤,然后用纸巾擦着嘴说:"观念,习惯,完全是这两个东西从中作怪!"

茴香馅儿的饺子　63

8

　　期盼中的七点到了，一家人坐在电视机前，一心等着中央台的播音员出来揭谜。音乐响起，两个男女播音员轮番开口，一人念了一条新闻以后，其中一个话锋一转："今天中午，美国总统布什前往老山2008年奥运会山地车比赛场地，跟我国运动员一起表演了骑山地车。"

　　随着小龙一声"哇噻"，电视里的画面就出来了，布什穿着一条黑裤衩子，搓着两手，抖着两腿，笑呵呵的，对他身边的几个女运动员说："别跟我这个老头子较劲儿！"

　　然后他跨上一辆山地车，唰的一声窜了出去。赵师傅心里一下子就上火了，闹了半天还是你呀，你想来骑车就来骑呗，干吗要让面食店关门儿，菜市场收摊儿，马路上的人都圈到玉米地里，一个老钢铁工人把一泡尿撒在裤裆里呀！正这么牢骚满腹着，电视里呼哧一个镜头，把赵师傅给吓坏了，他看见有人卧倒在草地上，手里端着一样黑色的武器，对准骑山地车的布什准备射击。

　　"那可是不能射的呀！"赵师傅在心里喊了一声，不管怎么说人家是我们的客人，中国是礼仪之邦，君子之国，有朋自远方来，不亦乐乎，哪有主人欺负宾客的道理！可是再往下看他就明白了，他想起今儿个中午在老山脚下，看见的那个卧在地上给宠物拍照的女孩儿，原来那是一位摄影记者，指不定刚才看到的这精彩一幕，就是那记者用手中的武器摄下来的。赵师傅放下心来，他不必为布什担惊受怕了。

　　看罢新闻联播，大家都不再问什么了，倒是赵子龙反过来问大家："明白了吧？"

　　大家前前后后地回答："明白了！明白了！"

赵子龙就站起身来戴上帽子，拉了小龙的手往门外走，赵子凤跟着也拉了小凤儿的手，站起身来，小凤儿却故意要跟他们保持一段距离。赵师傅和钱师傅送走了他们四个人，家里又只剩下两个人了，老公母俩你看着我，我看着你，赵师傅"扑哧"笑了说："我看是把事情搞复杂化了，人哪，就是这样你疑心我，我疑心你，要是让我拿主意，我就不把那些人圈在玉米地里，干吗不让他们去跟布什哈一个罗呢？我就挺喜欢这个迷糊眼老头儿的。"

钱师傅心里想的是另一码事儿，她想的是包饺子的茴香："我也特纳闷儿，路上多站些人也行，反正咱们人多，可干吗不让人家卖菜呀？"

关于这个问题赵师傅已经想通了，他就按照自己的思想水平解释着："他们是怕老头儿骑车骑渴了，要到菜市场去买个心里美萝卜尝尝，那个里面乱得呀！"

钱师傅打了个呵欠，抬眼看看墙上的时间说："甭白话儿了，洗洗睡吧，今儿个你是累了。"

说了就率先起身上卫生间去。赵师傅独自又坐了一会儿，等钱师傅清理完了，这才起身去洗脸洗脚，上床睡觉。脱裤子的时候，赵师傅又想起白天失禁的事儿，从而又想起布什来了，不由得感叹道："这老头儿身体好，大冬天儿的穿条黑裤衩子，前列腺也没毛病，医生说我就不能骑车。"

钱师傅闭着眼说："睡！"

赵师傅见没人跟他搭话，只好熄灯睡下。又睡不着，半夜里还翻了个身说："白菜馅儿的饺子，其实也挺好吃的。"

狗肉包子王和房东赫先生同居的日子里

1

王炼钢是一个做狗肉包子的小老板,家住在南方小镇,小镇人都喜欢吃他做的狗肉包子,称他为狗肉包子王。这个称呼可谓一石三鸟,不仅含有他的工作,也含有他的姓氏,更重要的还含有对他工作的等级评价,你想啊,如果没有第三者,干脆叫他王狗肉,或者王包子,不是很言简意赅吗?王炼钢跟他老婆李坤兰就靠开狗肉包子铺,养大了一双优秀的儿女,如今儿子娶了媳妇,女儿也嫁了丈夫,而且都成了国家的公务员,建立了新的革命根据地,老苏区只坚守着这两个老同志了。夫妻二人有一种长征到达陕北的感觉,心情一下子轻松起来,先是想去北京旅一个游,后来这种思想产生了升华,又想着要去何不索性也去做一回京漂?

京漂这个词儿,暂时还没有进入中国的辞书,不久的未来肯定是会进的。它的意思是指外地人在北京谋生,因为没有户籍和人事档案,就像那一心想覆盖北京的浮萍,不能扎进北京的土壤里,只能漂在北京的水面上,于是创造出一个倒装简语,叫作京漂一族。

这个词儿是王炼钢从一个衣锦还乡的京漂口中听来的,这位京漂某一日钻进他的狗肉包子铺里,先说天津的狗不理包子,又说北京的庆丰包子,又说他的王氏狗肉包子,把三种包子进行了一番对比,最后做出结论说:"嗯,还数你的狗肉包子好吃!"这句话说者无心,听者有意,当天晚上王炼钢久久难眠,天色熹微的时候,他的京漂理想已成竹在胸，他决定进行一次新的长征，到北京去传播他的狗肉包子，让首都人民尝尝他这狗肉包子的美好味道。

对于男人的这个决定，李坤兰立刻投了一张赞成票，就像当年赞成他做狗肉包子一样。儿女们另立中央之后，老根据地只剩下两个选民，其中一个兼候选人，本身就投了自己一票，再加上她这一票不就算全票通过了吗？李坤兰在家是二把手，她相信实践是检验真理的唯一标准，相信跟着王炼钢，处处打胜仗，虽然截至目前他们只打了狗肉包子这一个胜仗，但是有这一个胜仗垫底，接下来的胜仗就会一个接着一个。

夫妻二人收拾了蒸笼、砧板、锅碗、瓢盆等一应器具，用一只麻袋装了，由王炼钢背着，又收拾了四季换穿的衣裳鞋袜，塞进铺盖卷子里，用一根绳子勒了，由李坤兰背着，然后两人从小镇出发，挥师北上。

他们乘摩托车，转汽车，再转火车，一路上万事都很如意，唯一有点儿遗憾的是直到要上火车之前，进站口没收了王炼钢麻袋里的两把菜刀，一把切狗肉的，一把剁狗骨头的。把它们查出来的是一个机器，操作机器的工作人员说这玩意儿属于杀人的凶器，王炼钢跟他们辩论说他不会杀人，他连狗都不会杀，他只拿它切狗肉，剁狗骨头，剔除狗肚子里的杂碎，然而他的话没有人家管用，两把跟随了他多年的钢火不错的菜刀就这样被没收了。

不过没关系的，损失微乎其微，到达目的地再买两把不就是了。被没收菜刀的王炼钢不仅自己要想通，还要替想不通的李坤兰想通，他说："屁大个事，进站！回去的时候我们坐飞机！"

李坤兰瞪大了眼睛问："飞机上准带菜刀？"

王炼钢为他们共同打气道："还带菜刀做什么？走时把所有的东西都送给房东做个纪念，身上只带菜刀大一根金条就行啦！"

二把手李坤兰一听，又立刻赞成回去的时候坐飞机了。

经过这一小小的挫折之后，他们重新顺利起来，出了火车站，只在

狗肉包子王和房东赫先生同居的日子里　　67

车站的地下旅馆分开住了一个夜晚,第二天就通过房屋租赁中介公司,找到一间闹市区的门脸儿房。公司经理向他们介绍,那间小门脸儿房五个月前是一个字画店,女老板跟她家先生为一件事情闹掰了,连人带字画一夜蒸发。这位先生号啕大哭着,先是满大街上寻找,后是守在家里等候,找也没有找到,守也没有守着,白驹过隙的时光就这样过去了将近半年,太太在家时的所有存货基本上要被他吃光了,有人就劝他说:"你太太不会回来了,你再找一个太太吧!"也有人表示不同的意见:"人家是养着太太,你是太太养着,我看你先别急着找太太了,还是去找政府办个低保,有口饭吃了再去找个合适的太太吧!"

他觉得后一种的可行性相对要大一些,就请邻居写了无业的证明,又去医院开了有病的诊断书,向政府申请到了一个最低的低保。但那低保低得只够他本人吃饭,他家还有一条狗的狗粮仍是一个亟待解决的问题,怎么办呢?于是又有人向他献上一策:"嗨,你太太的店倒闭了,你把它租给别人开店,怎么着也能挣个门脸儿钱哪!"这句话如醍醐灌顶,他就抱着狗来到中介公司,要求他们替他把这间门脸儿房租出去,同时还举一反三,愿意出租门脸儿房后面的一间住房。

"外带一个客厅,一个厨房,一个厕所,说是跟房东伙着用,可一个连太太都没了的房东一天能用几次?住进去还不都成了你的!"房屋中介公司的经理替房屋的主人作着房屋出租的肉体广告。

上面说的不过是昨天的事,这位房主前来登记的时候,王炼钢和李坤兰还正在开往北京的火车上为这事着急呢,一是白天经营狗肉包子的房,二是自己夜晚睡觉的房,不料刚一出站这两样房子都有了。李坤兰简直像在做梦一样:"王炼钢你说,这是不是叫瞎猫碰上了死老鼠?"

王炼钢三句话不离本行:"你怎么不说做狗肉包子的碰上了死狗呢?"说完忽然发觉失口,赶快对经理道歉说:"对不起啊,我跟老婆开玩笑的,我们两个在家老是这样!"

经理笑道:"你们两个都没说对,北京话这叫天上掉馅儿饼,吃过馅儿饼吗?外面是皮儿,里面是肉的那种?"

夫妻二人几乎异口同声道:"吃过,那才多点儿肉,那能跟我们的狗肉包子比吗?"

就这么一来二去,他们和中介公司的经理成了朋友,经理马上安排车辆和人员,带他们去看门脸儿带居室的出租房。

那是一个小胡同里的四合院,据说已经列入政府拆迁的范围,几年后这里将是一座北京最高的摩天大楼。出租房子的这位房主是四合院的三户人家之一,因为他家三间房子靠近街道,太太就把其中一间做了卖字画的小门脸儿,另外两间自己住着。王炼钢在暂时不惊动房主的前提下,以狗肉包子老板的眼光对外部环境进行了一番视察,觉得这个位置相当有利,这才决定和房主见面,他问中介派来的人:"请问房主贵姓?怎么称呼?"

中介派来的人说:"登记表上姓赫,我们都叫他赫先生。"

王炼钢听成了"黑",有点纳闷儿道:"我只知道我们中国有姓白的,还不知道有姓黑的呢。"

李坤兰在干大事上比不上王炼钢,但文化比他要略高一筹,倒是先想到了那个"赫"字,把自己吓一跳说:"不会是个老毛子吧?"她这么想是因为在她出生的那一年,中国人民的老大哥苏联的头儿叫赫鲁晓夫,那人连斯大林都背叛了,苏联一解体,多数人不都归俄罗斯管了吗?说不定他还是那个赫鲁晓夫的后人。

中介派来的人说:"不会,不会的,怎么会是老毛子呢?这位赫先生是个皇族,祖上本来姓叶赫那拉,就是慈禧太后娘家的那一支,孙中山先生推翻清朝以后,皇族的优越性没有了,叶赫那拉家的子孙们连自己都嫌这个姓啰里啰唆,就从里面各挑一个单字为姓,有的挑了一个'叶'字,后代有个小说家叫叶广芩的,有的挑了一个'那'字,后代

狗肉包子王和房东赫先生同居的日子里　　69

有个歌唱家叫那英的,四个字里还剩下两个了,赫先生家的长辈觉得那个'拉'字容易让人想到解大便,就只好挑了一个'赫'字。"

"原来是这么回事!"王炼钢明白了,一明白就放心了,他一放心李坤兰也跟着放心了。李坤兰天生就是一个适合做二把手的好女人,她还把王炼钢的话又重复了一遍:"原来是这么回事!"

看完门脸儿房的外部环境,中介派来的人才敲开皇族赫先生家的门,首先介绍了一下自己,然后介绍身后两位是来租他门脸儿房带住房的京漂。赫先生正和一只棕黄色的卷毛狗共进午餐,听说有京漂来租他的房,就慢慢地扭头,慢慢地起身,慢慢地把怀中的卷毛狗放在地上说:"姑娘,漂客来了!"

赫先生一口带儿话音的老北京话说得字正腔圆,漂客的"客"字被舌头一勾变成了"客儿"。王炼钢听着一愣,在很短的时间内他理解成了"嫖客",这可不是一个正经词儿!他红着脸把李坤兰看了一眼,希望她别受到这话的影响,但他从李坤兰笑嘻嘻的脸上发现自己错了,赫先生可能是把京漂和房客这两个说法合二为一,觉得这样说着省事儿,皇族的舌头金贵着呢。

名叫姑娘的卷毛狗一身棕黄,只有嘴巴尖上是白色的,闻声就向这两位漂客扑了过去,用一张白嘴叫道:"汪汪!汪汪!"

王炼钢自从做狗肉包子以来就是狗的克星,自然是不怕狗的,李坤兰的胆子却小,见狗扑来就直往后躲。赫先生就慢慢地把它收兵回营,嘴里京腔京韵地劝说着:"别价,别价呀!"又慢慢地转过脸来翻译道:"我家姑娘忒有礼貌,它说欢迎!欢迎!"

说着他才慢慢地站直了身子。赫先生这一站直不打紧,倒让王炼钢猛地吃了一惊,受"低保"二字的误导,他原以为对方要么是缺胳膊断腿,要么是老人和病夫,想不到却是一条膘肥体壮的汉子,花和尚鲁智深似的,肚子和屁股比那个梁山好汉还大一号。李坤兰看来和王炼钢想到一起去了,她还禁不住打了一个小小的哆嗦,接着一咧嘴,跟自己身边的男人对看了一眼。

他们又进到门脸儿房里察看,认为面积虽然有一点儿小,解决的办法还是有的,比方说客人来得多了,可以摆几副桌凳在门外的场地上,下小雨或者太阳大还可以支几把能撑能收的帐篷伞。但在继续去看住房的时候他们有些失望了,原来赫先生要出租的那间房跟留给自己住的那间房只隔一道薄墙,两间房要从同一个侧门出进,中介替他宣传的那个共用客厅,一边直着通往里面两间住的房,一边直着通往外面一间门脸儿房,中间横着通往那个侧门,这样的格局就只能算是一条过道了。

更让他们意外的是中介说的共用厨房和厕所,其实是搭建在两间正房后墙的两个矮棚子,像一对小脏孩儿斜靠在父母的身上。棚子的三方墙是用红砖砌的,顶上是用牛毛毡盖的,门是用几块木板拼出来的,出来进去还得绕着墙外走上一圈儿。两间正房的后墙原本开着两扇窗子,搭建厨房和厕所以后就把后窗给关闭了,透气只靠左右两个不大的侧窗。赫先生用字正腔圆的老北京话解释说:"得,二位也看见了,我太太忒讲究,她嫌有味儿。"

王炼钢和李坤兰都觉得上了贼船,他们在南方老家的小镇上住惯了独立的房子,这下要和别人共用厨房和厕所,实在是一件别扭的事。老家有句俗话说得好,不是一家人,不进一家门,如今两家人要从一个门里出进,又是男又是女,又是人又是狗,不感到别扭那不是人说的话。再说窗子闭了就没味儿吗?不过,好在红砖和牛毛毡做的厕所是搭在赫先生自己占的那间房外的,准备租给他们的这间房外搭的是红砖和牛毛毡做的厨房,这样一来,从关闭的窗缝里挤进来的就顶多是油烟的味道,而不会是屎尿的味道了。

夫妻二人先是交流了一个眼色,接着小声儿谈了一下感想,王炼钢多从好的方面进行认识,充分肯定了租住这间房子的优点,首先是可以

狗肉包子王和房东赫先生同居的日子里 71

跟门脸儿房前后相连，每天一早一晚，开门关铺，连乘车的钱和走路的工夫都省了。

"什么叫里应外合？这就叫里应外合！"最后他做了一个精辟的总结。

不用说，李坤兰又立刻放弃自己的顾虑，投了他赞成的一票。

2

王炼钢的狗肉包子铺不久就开起来了，夫妻二人经过健康检查，申请办了执照，买了菜刀，置了桌凳，简单装修了一下铺面，请人写了"狗肉包子王"的招牌挂在大门右侧，在迎门的那方墙上挂了一台新买的电视机，又去潘家园请了一尊关公持青龙偃月刀的铜像供在案台上，并且在开张的时候放了一挂五百响的鞭炮。他们接受赫先生的建议，还买了两只花篮摆在门口，红飘带上写着赫先生的名字，不过名字是房主的，花篮钱还是租房者自己出。

唯一的贺客赫先生因此成了首吃嘉宾，自然是全额免费的。这一天，赫先生带着那条名叫姑娘的卷毛狗一道走进铺子，并排占了两个座儿，从顾客的视角来看，那里属于最佳席位，如果有人在这里面举行婚礼，这个位子应该安排给新郎新娘的父母大人。赫先生把铺子的前后左右视察了一遍，用卷舌音对这夫妻二人说："我看还行。"

"这都是托您的福！"王炼钢代表他和老婆感谢赫先生说。

狗肉包子属小吃一类，一笼十屉，一屉十个，一个重约五钱，有高脚酒杯的杯口那么大。顾客如果是回家吃，就从笼屉里取出来，用一个塑料食品袋子装走，如果是当场吃，还可以另买一碗粥作为搭配。粥分绿豆粥、小米粥、玉米糁粥、莲子红枣粥、薏米皮蛋粥等多种，各人可从这些种类里挑选合自己口味儿的，坐下来边吃边喝。讲究些的店主还会在桌上摆一壶酱油，一壶醋，一碟油炸红辣椒水儿，任凭顾客尽情地享用。

王炼钢的狗肉包子比讲究的店主更加讲究，除了上面说的那些东西之外，另还有姜丝、葱花、蒜泥等作料，醋是山西的老陈醋，酱油是黄豆酿制的生抽，辣椒水儿里调的是芝麻小磨香油。即便这样，他的价也不比别人家的高，面不比别人家的次，狗肉不比别人家的猪肉、羊肉和牛肉少，味道却比别人家的好多了，连褶子都比别人家的捏得密实和均匀。这是什么原因呢？因为他宁可赚钱比别人家的少。他来北京本身就是和旅游相结合的，别人来旅游还要花钱，他来不仅一分不花，相反还能赚上几个，这已经是相当划算了。

赫先生吧唧吧唧吃完一个狗肉包子，喂一个给他的狗说："姑娘，你也来一个吧！"

那狗就也学着他的样子，吧唧吧唧吃了起来。王炼钢看在眼里，疼在心中，觉得狗怎么配吃他的狗肉包子呢？又设想那狗要知道吃的是自己同类的肉，它的心里是个什么感受，要让别的顾客看见了，他这狗肉包子的身份岂不也要遭到轻贱？但他碍着赫先生的面子，试了两试没有说出口。

赫先生全然不理会他在思考什么，吃着吃着，突然把头转过去说："讲好再有一瓶豆豉就齐活儿了，比方说那个什么贵州陶华碧的老干妈！"

贵州陶华碧的老干妈是一种独特的风味豆豉，老干妈是豆豉的品名，陶华碧是豆豉的制者，贵州是豆豉的产地，近些年这种豆豉在全国调味品行业异军突起，打入了北京各大超市。因为相当的辣，欢迎者多为湖南、湖北、四川、重庆等南方籍的京漂，舌头金贵的老北京人一般都会望而生畏。成为品牌以后，价格也上去了，买一瓶老干妈的钱差不多得卖两屉狗肉包子，这就是王炼钢没给顾客配备老干妈的原因所在。

现在，既然这位北京房东点名要吃，王炼钢想也不想就对李坤兰下令说："快去超市买一瓶来，注意防伪商标，看下出厂日期！"

李坤兰刚给顾客上完一笼狗肉包子，火速在围裙上擦一把手，跑步就出了门。半个小时以后，李坤兰呼哧呼哧跑了回来，怀里抱着一瓶贵州陶华碧的老干妈，双手递到赫先生的面前说："赫先生，呼哧，对不起，呼哧，耽误您吃狗，呼哧，肉包子了……"

赫先生此时已经蘸着酱油醋、葱姜蒜和辣椒水儿，吧唧吧唧吃到第二屉了。他自己吃一个，喂给他的姑娘一个，看见李坤兰买了贵州陶华碧的老干妈回来，嘴里"呃"地打个嗝儿说："瞧把你跑的，打个车五分钟就到了！"

李坤兰嘴里喘息未定，心中暗想，到底是皇族呀，幸亏被孙中山先生给推翻了，人家是站着说话不腰疼，你这是坐着吃着喝着说话腰杆子酸都不酸，打个出租车起价就是十块钱，又能买一瓶贵州陶华碧的老干妈，两屉狗肉包子算白卖了！

赫先生接过贵州陶华碧的老干妈，动作熟练地撩起自己的衣服角儿，一手按住瓶盖，一手握紧瓶身，竖起来瓶口向上，朝着相反方向使劲儿一扭，一瓶喷香的风味豆豉就扭开了。他把头又转过去说："那就再来两个吧，本来都不想吃了的！"

王炼钢长长地吆喝一声"好咧"，心疼李坤兰跑得累了，这次自己端了一屉狗肉包子过来，放在赫先生面前说："吃吧吃吧，没吃完的带回去吃……"

"呃，这话被你给说着了，北京话叫吃不完，兜着走！"赫先生表示同意说，"我还给你说一样儿，你这里什么都有，就是没酒，我带回去跟我姑娘两个一边吃，一边再抿两口儿！"

"下次再来，我给你备一瓶二锅头！"王炼钢实在不忍心让老婆再跑一趟了。

王炼钢拿出一只塑料食品袋,把赫先生没吃完的狗肉包子全都夹进袋里,防止油渗出来,外面又套了同样大的一只袋子。赫先生一手拎着双层袋子,一手牵着他的姑娘,嘴里打着嗝儿起身走了。走到门口,回头对王炼钢说:"有事叫我,甭客气!"

他的姑娘也回头叫道:"汪汪汪!"

"不客气,不客气,下次再来啊!"王炼钢追出门去喊着。

后面的这句话被王炼钢说着了,赫先生果不其然下次又带他的姑娘来了。王炼钢也果不其然给他备了一瓶二锅头,见他一来就连狗肉包子带薏米皮蛋粥,葱姜蒜和油炸辣椒水儿一系列地端到他的面前。眼看着他还像上次那样,自己吃一个,喂给狗一个,王炼钢心里疼着,脸上还得笑着,已到嘴边的话想一想又咽下去了。第二次来吃,他和他的姑娘吃了三屉,带了两屉,走的时候打嗝儿也比上次多了几个。

这一次是李坤兰代表夫妻二人送他出门,说了下次再来,看他晃晃悠悠走远之后,回过头对王炼钢说:"我的妈,北京人怎么这能吃啊?还是皇族,皇军还差不多!"

"你这一张臭嘴别瞎说了好不好,北京可不是我们老家!"王炼钢看见有人进来,就及时制止了她的言论。

从此他们的狗肉包子铺成了赫先生的伙食单位,先是三天两头来,接着一天一来,再接着一天来两次,最后竟然一天来三次了,一早一午一晚,大致都在机关食堂开饭的钟点,前后误差不到五分钟。或许是在赫先生的带动下,免费来吃狗肉包子的人如雨后春笋一般,他们大多是分管这个小区的公务人员,有工商所的,有税务所的,有派出所的,身上的牌子连同制服都大同小异,让王炼钢很难区分得清,只有李坤兰的女人眼睛才能认出。这些人如果是第一次光临,进了门往往是一只手摘下头上的大盖帽,把它交到另一只手里说:"都说你们家的狗肉包子好吃,来一屉尝尝!"

狗肉包子王和房东赫先生同居的日子里　　75

夫妻二人在老家小镇是有过经验教训的，知道这些制服的厉害，一不小心能让他们的狗肉包子铺关张停业，只好像对待赫先生一样对待他们，他们说来一屉就给他们来两屉，他们说尝尝就让他们吃饱吃足，他们吃完拿出一张红色的大票子，就一口咬定没零钱找，然后使出全身的力量把他们赶出门去。久而久之，一些经常来的顾客发现了其中的奥秘，不免为可怜的小老板鸣冤叫屈，看见这些人进来一手摘帽一手拿着，有时就假装对电视里的人物发表评论说："嘀，真他妈有两手啊！"

还有的顾客笑着接茬儿说："可不是吗，这叫一手软，一手硬！"

真他妈有两手的制服回头看他们一眼，他们的眼睛却看着电视，电视里的人物跟刚才的评论风马牛不相及，就怀疑是和自己有关了。却又不好过去盘问，由着他们含沙射影，只当是没听到。

有天清早铺子刚一开张，从外面进来一个黑脸恶眉的制服，进门来不及致脱帽礼，坐下就要了两屉狗肉包子，一碗玉米糁粥，眨个眼的工夫连干带稀吃个精光，擦擦嘴又说给岳父岳母和老婆孩子再带四屉狗肉包子回去。李坤兰一听这话，胸口里面像呛了一口辣椒水儿，咧着嘴斜瞟王炼钢一眼，已经做好一次性亏损三十多块钱的思想准备，但她还得按这数字一个不少地给他送去。不料这人一抬手，从制服兜里掏出一沓连整带零的票子放在桌上，拎了一袋狗肉包子就走。李坤兰一看傻了，王炼钢却几个纵步飞奔过来，抓起桌上的钱追出门外："您这是，您这是……"

那人回过头说："我这是什么？包子加粥的钱，都数好了！"

王炼钢把话说完整了："您这是干吗呀？"

那人说："你说干吗呀？我这人是该干吗就干吗，不该干的吗都不干！"

李坤兰也追出来嚷着："您这样的人还真是头一个，您贵姓哪？"

她说这话本来是表扬这一个人的，却等于把前面那一拨儿人全给卖了，那人从中听出问题，故意似的大声回答："免贵姓刘，管你们这一片儿的民警,有谁再来白吃白喝,你们就给我报案,外地人,小买卖,容易吗?"

李坤兰的眼泪都快要出来了,追了几步又喊:"刘民警……刘警官,往后我们喊您刘警官行不?"

那人说:"不行!我不是官,喊片儿警,刘片儿警!"

刘片儿警的话通过在场的顾客传了出去,前来白吃白喝的制服日渐减少,其中偶尔也会有人再来,但都像他一样连整带零地给小票子了。实在没有小票子的就逼着他们夫妻把大票子收下,规规矩矩地等着找零钱,一是一,二是二。在前来吃狗肉包子的整个人群中,仍然坚持白吃白喝下去的,也就是房东赫先生一个人了。

二把手李坤兰的心里再次有了不满情绪,并且决定向铺主男人流露出来,这天夜里夫妻二人睡在床上,李坤兰想着赫先生临走时说明儿个再来的话,担心天一亮又会出现在他们的狗肉包子铺里,就对王炼钢说:"都是北京人,他怎么就不能像人家刘片儿警!"

王炼钢知道她指的是谁,压着声说:"人跟人不一样,北京人跟北京人也不一样,北京也有狗,我们只当养了一条狗。"

李坤兰说:"只一条啊?"

王炼钢说:"只当养两条,行了吧?"

李坤兰说:"狗还吃这好的包子?"

王炼钢笑了说:"你没听说肉包子打狗有去无回?"

李坤兰说:"那是猪肉,这是狗肉,是它的亲戚家们,是它家三叔四舅七姑八姨亲老表的肉!"

王炼钢心里何尝不恨,嘴上却假装做狗的辩护说:"所以说它是狗,它不是人,它是个畜生看大门嘛!再说狗吃狗肉,有时也是为了活命,还别说是狗,连人都是,我娘生我的第二年,老家就饿得人吃人犬吃犬!"

狗肉包子王和房东赫先生同居的日子里 77

李坤兰说:"现在不是那时候了,现在的人除非没有手才挣不到一碗饭吃,除非不要脸才会出来干吃白拿!它看什么大门?一天到晚都在大门里面养着,它那狗爹不是把它抱在怀里,就是把它搂到床上,叫的姑娘,其实就跟他女人一样!不应该叫女人,应该叫女狗,叫母狗!"

因为激动,她的声音情不自禁地大了起来,简直快要失控了,王炼钢突然从床上一头坐起,索性用吼声盖过她道:"你还想不想在这里住下去了?"

李坤兰这才赶紧住口,想起隔墙有耳这句俗话,怀疑自己刚才的不满已被一墙之隔的赫先生听到,她就把一口气憋住不出,注意听墙那边的反应。想不到从墙那边传过来的却是一阵鼾声,呼噜呼噜,呼噜呼噜,原来赫先生根本没把他们这对卖狗肉包子的漂客放在心上,人家皇族的胸怀宽广着呢。

随着他们狗肉包子生意的兴隆,一些潜在的问题也渐渐浮出水面,首先是原材料狗肉的供应没有保障。在他们老家小镇,狗肉一般有两个来源,一个是有人打死野狗卖到这里,二个是有人喂养肉狗等他去买,他们可以随买,随做,随卖,既新鲜好吃,又不占库存。北京就不同了,北京是首都,首都的狗都是有户口,有主人,有绳子牵着的,它们都是人类的朋友,受着法律的保护,基本上没有野狗这一说。万一偶尔有一条老弱病残的狗遭到主人的无情抛弃,也会被善良的路人把它当作流浪儿童收养起来,让它继续过上美好的生活。

同时,首都的狗也都是有名字,有来头,有不菲价格的,这就更加没有肉狗这一说了。要是有人在王府井捉一条狗来杀了待客,那顿饭的成本可就高到了天上,这个成本不仅是钱,说不定还是牢狱之灾。王炼钢刚开张后采取的办法,是让儿女们从南方老家收购狗肉,通过物流公司运到北京,久而久之他觉得这样太委屈他们了,人家毕竟都是国家的公务员,老是跟狗扯在一起那叫什么话呀,他就宁可花钱雇人,到北京的远郊地区,甚至到河北的乡下去买肉狗,就地屠宰之后给他运来。

这期间二把手李坤兰曾经有过动摇,试着提出是否用羊肉、牛肉、猪肉、驴肉,以及鸡鸭鹅等禽畜类动物的肉来代替狗肉,这样做成本一下子就降下去了,他们也不再为原材料的供应不上而焦头烂额。当然,这些并不是李坤兰的原话,李坤兰的原话只有八个字:"你就不能不包狗肉?"

王炼钢生气了,趁着这会儿没有顾客,放下手里正在剁着狗肉馅儿的菜刀,跑出去啪啪拍着那块请人写的招牌说:"别给我出那些馊主意好不好?不包狗肉还叫狗肉包子吗?那不是欺世盗名又是什么?从前有句骂人的话是挂羊头卖狗肉,像你说的那样岂不成了挂狗头卖羊肉?"

李坤兰挨了一顿批评,从此再也不敢给他出馊主意了,但是一时间又想不出不馊的主意。夫妻二人就这么克服重重困难,采取种种措施,严格保持着狗肉的纯洁和正宗,坚持着把一个名副其实的狗肉铺子开了下去。

3

紧跟着天气又热了起来,他们来的时候春节刚过,北京又是北方,比老家南方要冷几个百分点,新鲜狗肉在自然温度下贮存十天半月不会变质,谷雨以后就不行了,时间稍久就会散味儿,还会渗出粉红色的血水,必须买一个加大容量的冰柜才能保鲜。可是买了这大一个家伙安置在哪儿呢?睡觉的那间房里一张床就占了半壁江山,余下的地盘沿着墙根放满了面袋、米袋、杂粮袋、油桶、醋桶、酱油桶、生姜、大蒜、干辣椒等生产和生活资料,过去狗肉来了是挂在墙上的,截至目前,中国乃至世界还没有发明出来吊在空中的冰柜。而那间门脸儿房,王炼钢用一道竹帘把它隔成左右两间，左边作为厨房，洗、切、剁、包、蒸、煮、舀、放，一条龙的工序全在这里进行，案台下，窗台上，墙角里，还得堆放辅佐狗肉的有关蔬菜；右边就是餐厅，几排桌凳摆得只容一人直着行走，一步走弯，沿途的桌角就会碰着顾客的身体，个子矮的是腰，个子高的就是屁股一带。

由于门脸儿房的左右两边都如此狭窄，王炼钢只好把贮存狗肉的大冰柜放在通往住房的那个名叫个客厅的过道里。这么一来，大冰柜总算有了落脚之处，但是主客两家再从这里经过，都得侧着身子绕一个弧圈儿。赫先生有点儿不乐意了，有一次他吃完人家的狗肉包子回房里去午睡，半边屁股在人家贮存狗肉的冰柜角上蹭了一下，他用手揉着那个肉嘟嘟的部位，京腔京韵地骂了一句人说："操你姥姥的，你也想来蹭我的油哇！"

正好这时李坤兰来开冰柜拿狗肉，一听到这话气上心头，忍不住回骂了一句，当然是在喉咙里面："谁叫你好吃懒做长这大个屁股！"

李坤兰骂完以后还觉得亏，因为赫先生骂的话她听到了，她骂的话赫先生没有听到，所以她拿狗肉出去交给王炼钢时，气愤地对他说了这事。不想王炼钢却"扑哧"笑道："他骂冰柜你生个哪门子气呢？别说冰柜的姥姥，连冰柜的妈妈都是老冰柜，让他操去！谁揩谁的油难道他自己心里没个数？"

就这样在他们的包容下，赫先生把他们的狗肉包子吃得一如既往，顺理成章，习惯简直成了自然。有一次他又带着他的姑娘来吃狗肉包子，吃到高潮时只听得滋儿的一响，他的姑娘在地上拉了一泡屎，一位顾客一屉狗肉包子还没吃完，"啪"地一下把筷子拍在桌上，冲着老板一声吼道："我是来吃狗肉包子的，不是来跟狗一起吃包子的，更不是来闻臭狗屎的！"

王炼钢被吼得莫名其妙，当他顺着对方的提示看见了赫先生的狗，继而看见了狗屁股下的那泡屎时,二话不说,从柜台下面拿出一张钱来,走到顾客面前笑着鞠了一个躬说:"对不起啊先生,铺子小了,来人又杂,都怪我没管理好,包子钱我退给您了!"

顾客当仁不让地接过钱去,冲着王炼钢又吼了一声:"来的人杂?那是人吗?"

赫先生把什么都看在眼里,什么也都听在耳中,但他高僧一样坐在那里全身入定,就好像那狗是人家的狗,狗屎也是人家的狗屎。等那位顾客吼罢以后起身走了,他抽张纸巾把嘴上的狗油一擦,抱着他的姑娘也起身走了。

自从王炼钢的狗肉包子铺开张以来,赫先生白吃他们多少狗肉包子,李坤兰最初心里有一本账,后来日积月累,数不胜数,时间长了怕记不住,就用圆珠笔写在一个小本儿上,某年某月,某日某时,吃了几屉,带走几袋,密密麻麻都写满七八页了。她想着老家小镇上有一句俗话,说是包子不熟气不匀,意思是做事要公道,做事也像做狗肉包子,半边烧火半边熄火,这里上气那里敞气,包子就永远别想蒸大,就跟事业永远不能发展是一个道理。

长期以来,赫先生和他的姑娘白吃他们的狗肉包子,白喝他们的薏米皮蛋粥,这就是一件明显有失公道的事,这件事必须得到合理的解决,否则天长地久,约定俗成,赫先生早晚有一天会把这条内容写进补充合同,让他和他的姑娘白吃白喝受到法律的保护,就像狗在公共场所拉屎没人管一样。

慢慢地她想出了一个小家子气的方案,那就是把房东赫先生也当成顾客,这些狗肉包子按照定价统统折算成钱,到时抵销应该付他的房租费,这叫锣做锣打,鼓做鼓敲,别人说羊毛出在羊身上,他这是狗肉出在房租里。不过,这个方案目前她还没有完全考虑成熟,也就没来得及对王炼钢说。但是今天,赫先生和他的姑娘不仅继续白吃他们的狗肉包子,他倒是吃了还能憋着不上厕所,他的姑娘却憋不住把一泡狗屎拉在了现场,由此赶走他们的上帝,造成不良的影响,带来经济的损失,她把这笔账像是计算驴打滚的利息,理所当然地算在了赫先生身上。

当天夜里上床以后,李坤兰实在忍无可忍,到底把她的方案说了出来,最后她还坠了一句话道:"官逼民反,都是他给逼的!"

王炼钢先不正面地做出回复,他把话题转移开了说:"你猜猜看,别人开店供的是赵公元帅,我开店供的是关老爷,关老爷又不是财神,我为什么要供关老爷呢?"

李坤兰说:"你想的是关老爷武艺高强,有关老爷帮着看铺子,没人敢吃了我们的狗肉包子不给钱!可有人照吃不误,关老爷眼睁睁地看着,他管了吗?"

王炼钢说:"你错了,要说武艺高强关羽还比不过吕布,可吕布是个见利忘义的小人,关老爷却是疏财仗义的大英雄。"

李坤兰说:"莫不是你想把这个好吃懒做的家伙像关老爷一样供起来?"

王炼钢笑道:"他又不是我的儿子,我凭什么要供养他?说到底,我不就是舍不得他的这个门脸儿房吗?"

李坤兰说:"我就不信,全北京有门脸儿房的就他一家!"

说完忽然意识到声音又大了,这次没等王炼钢制止,李坤兰主动把自己的音量降了下去。侧耳听听墙那边的动静,好在传过来的仍然是赫先生一阵胸怀宽广的鼾声。

于是用狗肉包子钱折算房租费的事不了了之,李坤兰小家子气的方案遭到了仗义疏财的王炼钢抵制。按照合同上的条款规定,时间一到,王炼钢还是如数缴纳房东赫先生的房租费,一个狗肉包子的钱都不少。李坤兰心有怨言,但因天生是个做二把手的材料,还得含怨负屈地支持铺主男人的工作。

随着他们的狗肉包子越来越火,夫妻二人的工作量也越来越大,兼揉面师、剁馅师、调味师、包包子者和原材料总调度为一体的老板,法人代表王炼钢还能勉强扛住,集采购员、送餐员、保洁员、煮粥者和洗碗工于一身的老板娘,二把手李坤兰由于性别的原因有点儿扛不住了。这天晚上关上铺子之后,两人差不多同时想到了雇人。

李坤兰提出要雇一个女孩儿,女孩儿性情温和,做事小心,适合干服务工作,商场饭店的服务员女孩儿占大多数,这种现象是有一定道理的。王炼钢的想法恰好相反,他认为男孩儿泼辣,又有一把子气力,而且白天干完了活儿,晚上就在门脸房里打个地铺,顺带把门也看了,半夜要有盗贼进来,一个大小伙子抄起一把菜刀还能把贼吓走。女孩儿就不行了,雇了女孩儿还得给她找个住处,免不了又是一笔开销,让她夜晚一人睡在铺子里,那不是招花贼吗?

这次李坤兰沉思良久,最后还是投了他赞成的一票。夫妻二人策划好了,当天晚上王炼钢就仿照别人的样子,起草了一张招聘启事,把甲方的要求和条件,乙方的责任和报酬,都写在条文之中,还特别写明招聘一名男性青年,年龄在多少岁至多少岁之间,写好了连夜贴在大门外面。想不到这一手还真是立竿见影,第二天上午就有人来了,不过这人的年龄比青年要大得多,看上去基本上就是一个老头儿。这老头儿把脑袋偏向一边,站在招聘启事前面研究够了,走到门口吆喝一声道:"哪位是老板?有人响应你的号召应聘来啦!"

王炼钢闻声过来,门外并不见有年轻人,知道应聘者是老头儿自己了,想起有句古话叫毛遂自荐,只可惜不该是这个老毛遂。王炼钢就笑了说:"大哥跟我开玩笑呢,要是您的儿子我就要了!"

老头儿说:"嫌我岁数大是不是?我告诉你,岁数大有岁数大的好处,稳重,老成,不跳槽,不今天在这儿明天在那儿,要是遇上一个生意被人抢了的倒霉主儿,能在你这铺子里谋碗饭吃,他这辈子还不得报答你的救命之恩哪!"

他边说边进到屋里,选了一处没人的位子坐下,眼睛像赫先生那样四处打量。王炼钢才又判断老头儿是以应聘作为话头,目的是来吃他们的狗肉包子,就换了一副对待顾客的态度说:"来一屉?"

老头儿刚要回答,转眼认出一个坐在邻桌的人,那人同时也认出他来,腾出正吃狗肉包子的嘴对他笑道:"张师傅也来了?今天我是头一回来这里,出差刚到家想换个口味,不想就碰上你了!"

王炼钢不明就里,对那人说:"你已经是我的老回头客啦,张师傅才是头一回来呢,你们两个聊吧!坤兰,给张师傅来一屉,刚出笼的!"

那人听王炼钢这么一说,脸上竟透出一些不好意思,张师傅安慰似的一摇手道:"没事,爱吃什么就吃什么,爱吃谁的就吃谁的,这是你的人权,有人不是老攻击我们没有人权吗,我们怎么没人权了?我们连吃狗肉包子的人权都有!"

王炼钢认为这个叫作张师傅的老头儿话里有话,只是一时还没悟出里面的话是什么,李坤兰却悟出来了,给张师傅送了一屉狗肉包子转来,对王炼钢小声儿说:"别以为你聪明,其实你就是头猪,比猪还猪,是猪的爹!人家好心好意来吃你的狗肉包子,你一句话就把人家给卖了!"

王炼钢莫名其妙道:"我直说人家是我们的回头客,怎么叫卖人家了?"

李坤兰说:"告诉你吧,这老头儿说不定也是个做餐饮业的,摊点铺子就在这附近,发现他的顾客都跑到我们这里,他就学电视剧里那个三下江南的乾隆皇帝,也来微服出一个访,假装吃我们的狗肉包子来了!跟他打招呼的那人看样子是他的老主顾,你没听那人见了他就解释自己是头一回来?你一说回头客人家脸都红了,那不等于当面指出人家叛变了他,是他家的叛徒吗?"

王炼钢"哦"了一声,回忆起老头儿刚进门时说的什么生意被人抢了，要在他这铺子里谋碗饭吃的话，到底是弹给他听的弦外之音，可他当时就硬是听不出来。他觉得李坤兰自从进京以后，素质上已经有了很大提高，刚才一番分析完全在理，拍了一下后脑勺说："不是没有这个可能！"

张师傅和叛变他的人先后吃完狗肉包子，付过钱都起身走了，王炼钢把他们一一送出门外，笑着挥手说了下次再来的话。回到铺里，急不可耐地对李坤兰说："不管这老头儿是不是我同行，反正他有一句话提醒我了，他说岁数大有岁数大的好处，稳重，老成，不跳槽，不今天在这儿明天在那儿！可不是吗，我就在想，今天明天后天三天，如果没有合乎要求的年轻人来应聘，我们宁可招个岁数大一些的！"

在接下来的这三天里，果然没有一个符合要求的年轻人来，王炼钢怀疑问题出在报酬上面，回头再想招聘启事上写的工资标准，女孩儿可能还会考虑，身强力壮的大小伙子就未必了。但要再加又是不现实的，一个小小的狗肉铺子又不比家大业大的全聚德烤鸭店，老板本人每月又能挣多少钱呢？李坤兰因为分析张师傅的来历和动机，竟得到了男人的认可，越发的有了自信，又分析说没人应聘的原因莫非是跟季节有关，目前正是小麦成熟的时候，他们想要的壮劳力都回老家割麦子去了，剩下的恰巧都是爱招花贼的女孩儿，如果招男不招女的方针不变，只能坚持到农忙过后再说。

王炼钢再一次觉得她的分析在理，但他既不想坚持到农忙过后，也不想改变招聘方针，他又回到三天前的思路，决定按照张师傅的说法，不妨把招聘人的年龄界限放宽，甚至放到张师傅那大的岁数。当然，张师傅如果真的是他餐饮业的一个同行，即便生意真的被他给抢了，也不可能真的降低身价到他这里来谋一碗饭吃的。突然他两眼一发光，脑子里想到了一个比张师傅年龄要小的人。

这天晚上关铺以后，夫妻二人吃了洗了，王炼钢破例没有加班切肉

狗肉包子王和房东赫先生同居的日子里　　85

剁馅儿,也早早地脱衣上床。李坤兰觉得稀罕,误以为他有事想做,等了一阵没有等来动静,转过脸去想刺探一下虚实,不料他却说出一句让她大吃一惊的话来,王炼钢说:"索性,我们要聘就聘赫先生吧,聘用这人,夜里还不用我们给找住处,他只管睡他原来的房子,愿睡在铺子里看门更好,来了贼他的狗还能叫两声!"

李坤兰明明听清楚了,她却怀疑自己没听清楚,把一只耳朵侧向王炼钢,还用手把耳朵边的几根头发撩起来问:"谁?你说聘谁?"

王炼钢说:"房东赫先生啊,你不是嫌他白吃我们的狗肉包子不给钱吗?我们索性聘他做事,再吃就是合情合理该吃的了!"

李坤兰差点儿又大声叫了起来:"人家是北京人,又是房东,还是皇族,他会给你端盘子洗碗打下手?说是招聘,其实不就是雇用吗?你打算每月给他多少工钱?给他多少工钱他也不会来给你干这下贱的事!"

王炼钢说:"不见得,我听说的是北京人拿得起,放得下,想得开,跟死要面子活受罪的我们老家人不同,说不定还感谢我给了他一个就业的机会呢,你知不知道有个名叫溥仪的人?"

李坤兰用力地摇着头说:"我的文化水平有限,没听说过,你说的那人难道比关老爷的官儿还大不成?"

王炼钢说:"当然还大,大多了!那人不光是皇族,还是皇帝,末代皇帝呢,皇帝能在一个小厂子里糊火柴盒,皇族就不能在一个小铺子里端盘子洗碗?工钱我该给别人多少就给他多少,适当再加一点儿也行,站在我这边想,总比他白吃白喝我们东西划算,站在他那边想,多几个钱也总比少几个钱好吧?而且你想过没有,他在这铺子里干活儿还有一个最大的好处,那可是拿钱都买不来的!"

李坤兰学着电视里的广告词问:"运动?减肥?提高身体素质?"

王炼钢说:"你说得对,但这只是一个方面,还有一个方面就是他这么一运动，别人就认为他是有行为能力的人了，过去成天抱着一条狗待在家里不出来，吃低保，吃房租，不说别人，连我都怀疑他是个缺胳膊断腿儿的残协会员！他太太不是跑了吗？他不是没有太太了吗？来这里吃狗肉包子的少不了有年龄相当的女客，要正好是个离了婚的，丧了偶的，人到中年还没嫁出去的，一看他这人要形儿有形儿，要个儿有个儿，再一打听连这几间房子都是他的，什么都有就是家里缺个太太，没准儿就愿意做他太太了。"

李坤兰深思道："理倒是这个理，但就怕你这么想，人家不这么想，做这些事人要弯得下腰低得下头，你看人家长的那样子，罗汉肚，金刚腰，鹅脖子，就是想弯也未必弯得下来！走路还是个八字步，给人上包子上粥一走快还不得摔个大跟头？盘子碗打了倒是小事，要把骨头哪里摔折了你赔得起吗？"

王炼钢说："看看，看看，这是你们女人的见识，把简单的问题复杂化了，你听人家夜里睡觉打呼噜的声音，人家绝对会跟溥仪一样的会想，一样的能干。就这么着吧，明天一早我就跟他说去。"

最后这句话，王炼钢的口气像一锤定音，一举结束了这场关于招聘工作的讨论。在他们家，王炼钢虽说也搞民主协商，协商的结果却基本上是李坤兰投他的赞成票，而不是他投李坤兰的赞成票。李坤兰赞成他分三个层次，一个是立刻赞成，一个是勉强赞成，还有一个是只好赞成，因为不赞成也得赞成。在招聘赫先生到他们狗肉包子铺来工作这件事上，李坤兰的赞成就处于最无可奈何的第三个层次，她用小猫一样微弱的声音赞成说："好，那你就试试看吧，他要是干，我在手板儿心里给你煎条鱼吃。"

手板儿心里煎鱼是他们老家南方小镇的话，意思是一千个不可能，一万个不可能。你不妨想一想，一个大活人，一只有血有肉的手，能够架在大火上当一口铁锅用吗？

4

在这个提前上床的美好夜晚,王炼钢什么也没有做,他躺在床上打了一夜腹稿,次日天色一亮就站在自己那只大冰柜边,耐心地等候着开门出来的赫先生。隔着一道薄墙,他听到那边的赫先生慢慢地下床了,慢慢地走动了,慢慢地过来开门了,接着那道房门嘎吱一响,赫先生打着呵欠出现在了他的面前。王炼钢马上笑脸迎上去说:"赫先生起来了?有一件事我想跟您商量一下,不知道您愿不愿意……"

赫先生豪爽地答道:"别价呀,我不告诉过你的吗,有事你就直说不是?愿意!没有不愿意的!"

王炼钢说:"那我就直说了,赫先生是这样的,我们这个铺子您也看见了,开张以来一直还缺把人手,我想找别人也是一找,还不如就找您呢,反正您一天闲着也是闲着,工钱我们照付,吃的喝的只要您不嫌弃……"

果不其然,赫先生不等他说完就表了态说:"行哪,这有什么不行的呢?我还可以不要工钱,算我一半股份就行了!另外,你请我是打算做哪些事儿?"

王炼钢听到一半股份的时候有点儿犯愣,他不懂得什么叫股份,只是感觉这话的意思是要占有他的半个狗肉铺子,因此愣过之后还有点儿吃惊。但他嘴上却要回答赫先生的话说:"活儿不会太重的,太重我就不会找您了,给顾客端端包子,顾客走了抹抹桌子,洗洗碗,拖拖地……"

只听得赫先生"啊"的一声大叫,这一个"啊"字拖得相当的长,中间还拐了个大弯儿,再猛地往上一翘,就像京剧里的大老爷要怒发冲冠的前兆。王炼钢被这一个"啊"字吓坏了,接着他又看见赫先生仰天大笑起来，笑完一阵问他："你刚才说什么来着？你让我给你干那些事儿？可你也不想想，那些事儿是我干的吗，你说？"说完又笑，笑得王炼钢无地自容，直想一头钻进那只装狗肉的大冰柜里不出来了。

王炼钢埋怨自己犯了主观盲目的错误，后悔昨夜没听李坤兰的话。李坤兰却被赫先生奇怪的笑声惊动出来，其实她在房里一直听着他们对话，也早料定自己男人会是这么一个可悲的下场，这时她一开门冲到赫先生面前嚷道："赫先生您别听他胡说八道，他是没事跟您开玩笑的，干这活儿的人我们都找好了！您说得对，您一个房东又是北京人还是皇族，怎么能做这样下贱的事呢？"

然后她在王炼钢的背上狠击了一掌道："剁馅儿和面去吧，你这头不知天高地厚的蠢猪！"

开天辟地以来，在家一直服服帖帖的李坤兰竟然打了王炼钢，骂了王炼钢，而且还当着北京房东赫先生的面。王炼钢被她这一掌打醒过来，涨红着脸对赫先生说："对不起赫先生，都怪我头脑简单，本来我是为您着想，想着您每天在这铺子里运动运动，说不定哪天能碰上一个年龄相当的……嗨，您可千万别往心里去啊……"

说着说着，他还伸出一只手来，做了一个恨不得扇自己一嘴巴的动作。

赫先生不可能不往心里去的，虽然他大肚能容，虽然他一睡下就打呼噜，但这是一个北京房东而且还是皇族的尊严，眼前这个来京做狗肉包子的漂客却打着为他着想的旗号，挑战他，污辱他，把他的尊严踩在脚下。最后他停止了笑声，把不知天高地厚的王炼钢看了一眼，转身走出侧门，绕进那间红砖和牛毛毡做的厕所发泄去了。

从这天起，赫先生就生气不去吃他们的狗肉包子了，这让李坤兰像小孩儿过年一样兴奋异常，心里念着老天保佑，希望他一口气就这么生下去，千万不要再回到过去不生气的阶段。王炼钢却反而觉得不安起

狗肉包子王和房东赫先生同居的日子里　　89

来，甚至忧心忡忡，害怕赫先生以受了污辱为借口，单方面撕毁房屋租赁合同，让他们蒸蒸日上的狗肉包子事业半途而废。

然而，赫先生不去吃他们的狗肉包子，并不等于赫先生不跟他们见面。在过去的日子里，房东和房客见面的地点除了那间门脸儿房，更多的还是在两间住房当中那个只能算是过道的客厅，以及搭建在两间住房后墙的厨房和厕所门外。而在这段时间，双方关系变得尴尬而又紧张，偶尔相遇，赫先生不跟他们说话，只是挺着一个肚子昂首而过，有时口中还故意哼一句京戏，要么"包龙图打坐在开封府"，要么"我本是卧龙岗散淡的人"。倒是他怀中那条卷毛狗的态度恰恰相反，一见这对夫妻就冲他们汪汪直叫，赫先生听着也不再根据自己的思想进行翻译了。

为了减少狭路相逢的机会，王炼钢和李坤兰早晚洗漱，力争避开两家共用的红砖牛毛毡厕所，白天需要方便就改去街道的公厕，两家共用的红砖牛毛毡厨房倒是好避一些，他们以吃自做的包子和粥为主，适当在门脸儿房的煤气灶上做一顿简单的饭菜。李坤兰给自己吃的包子是素菜馅儿的，粥也多是红薯粥、南瓜粥、玉米糁粥，嘴里念着"要长寿，少吃肉；要壮骨，多吃薯"，只有她的男人王炼钢才能看穿她的肠子，知道她的真实想法是能省就省，一心要把赫先生从前白吃白喝的损失弥补起来。

由于犯了不该犯的错误，王炼钢第一次真正地认识到，李坤兰看问题比他尖锐，当乡下的农忙时节过去，回家割完麦子的壮小伙子再次来到北京的时候，他们重新开始了招聘工作。但是通过几次面试，王炼钢发现事情和他后来想的一样，这些应聘的年轻人一来就摆出一个谈判的架势，结果无一不是因为报酬的问题不欢而散。最终他不得不采纳李坤兰的最初意见，改为招聘一个女孩儿。

王炼钢从七个应聘的女孩儿中精选了一个，这个女孩儿家在北方,姓白,叫白云朵,皮肤白白的,身子胖胖的,真像是天上一朵舒展的白云。他估计白云朵不是她身份证上的名字,而是她根据本人的特征自己取的,相当于目前网络时代满天飞的网名。这个人如其名的女孩儿勤快,机灵,听话,懂事,尤其有一点让他们夫妻最为感动,王炼钢问她每月的工资嫌不嫌少,白云朵摇着圆圆的脑袋回答说:"俺不嫌少,俺从老家到北京来就没打算挣谁的工资,俺只图有个吃饭睡觉的地方就成啦!"

白云朵正式上班的第二天,夫妻二人发现了她爱唱歌,也唱得好,好得非同一般。她唱女声像宋祖英,好日子,小背篓,辣妹子,兵哥哥,闭上眼睛听就是有人在放磁带,这一点他们还想得通,两人长得都一样的,白云朵的肉皮还要白呢。但她唱男声像杨洪基,这一点他们就想不通了,滚滚长江东逝水,浪花淘尽英雄,那么粗壮有力的英雄的歌声是从她的那根小脖子里发出来的吗?顾客没来她一边拖地一边唱,顾客走了她一边抹桌一边唱,王炼钢和李坤兰不约而同地都喜欢上了这个唱歌的女孩儿,一致认为这是一朵可爱的白云,有心让她在这里长期地干下去,以后他们就做她的干爹干妈。

春去夏来,到了天气最热的时候,王炼钢发现了白云朵有一个很大的弱点,甚至可以说是缺点,不过这是老板认为的弱点和缺点,顾客们并不这么认为,仁者见仁,智者见智,有人认为是她的特点,还有人认为是她的优点呢,这就是她上身穿一件很紧的小背心,两个鼓起的乳房之间显出一道深深的肉沟,下身穿一条很紧的小短裤,勉强只能蒙住一个圆圆的屁股。小背心的下摆和小短裤的上腰偏偏又不衔接,一段大约五指宽的白肚皮就那么暴露在了光天化日之下,核心处还卧着一个螺丝大小的肚脐眼儿。因此,在她腰身灵活地四处走动之中,顾客们的眼球就像舞台上的追光灯,一会儿轱辘过来,一会儿轱辘过去,害得有的年轻人吃狗肉包子精力不能集中,肉馅儿撒在桌上也不知道,相当于吃的是净面馒头。

王炼钢对李坤兰说:"太招风了,我一个老男人家说不出口,你对云朵说说吧,让她稍微多穿点儿,哪怕只把那些地方遮住就行。"

李坤兰笑道:"你这个老古董,这里是北京,不是我们老家小镇,人家当老板的要的就是这个招风,你没听说还有花钱搞培训的,连两个奶子中间的尺寸都有规定,只要有人爱吃这丫头端去的狗肉包子,管她呢。"

王炼钢说:"狗肉包子靠的是狗肉,靠的不是人肉,这样让人说起来难听!"

李坤兰听他口气有些急了,只好转过来顺着他说:"那我只能找个合适的时候给她说说,反正她来之前我们的狗肉包子就是供不应求的,不说别人,房东赫先生就可以给我们出证明!"

不料还没等找到那个合适的时候,说曹操,曹操到,有一些日子没来了的房东赫先生突然带着他的姑娘,又出现在他们的狗肉铺里。赫先生进得门来,挺着肚子,先向他们挥手打了一个响指,京腔京韵地喊了一嗓:"王老板好!"

自从王炼钢在这里开铺以来,赫先生还没把他叫过王老板的,他也知道,他在这位北京皇族眼里只不过是一个做狗肉包子的漂客,因此这一声老板竟让他有些受宠若惊。王炼钢赶紧回话:"赫、赫先生来了?赫先生请坐!"

断交多日的缘故,他一开口发音差点儿把赫先生叫成了黑先生。赫先生的眼睛习惯性地看向过去常坐的最佳席位,发现那里已经有人坐了,就退而求其次地找个靠边的位置,坐下来说:"两屉包子,一碗粥,还老样儿!"

王炼钢脱口而出道:"稍等片刻,云朵,等这笼熟了你先给赫先生端两屉去!"

穿着小背心和小短裤的白云朵脆声答应："好的！"

白云朵目前还不明白这位赫先生今天是为她而来，王炼钢和李坤兰目前也不明白，他们还以为这位好吃懒做的皇族这些天实在打熬不住了，才厚着脸又卷土重来。但是当白云朵把两屉狗肉包子端到赫先生的面前，他们顿时全明白了。要在过去，赫先生的眼睛是微微向下的，死死地盯着狗肉包子，现在他的眼睛却是微微向上的，把白云朵的两个饱满的乳房当作狗肉包子死死地盯着，脖子中间那个枣核儿大的喉结还辄辄动了一下。

并且，过去他那膘肥体壮的身子是站如松，坐如钟，坐下以后就等着李坤兰把狗肉包子、薏米皮蛋粥、酱油醋葱姜蒜油炸辣椒水儿等作料，以及贵州陶华碧老干妈豆豉一字儿摆在桌面上，每一样都不可或缺了，这时方才举起筷子开始操作。现在，两屉狗肉包子离他还有一尺多远，他就主动伸出双手迎了过去。

随着白云朵的步步走近，赫先生伸出的双手没有去接狗肉包子，却继续向前，一左一右准确地按在她胸前两个比包子要大的乳房上面。白云朵"哎呀"一声尖叫，身子一个侧闪，险乎儿把手里的笼屉掉在地上。李坤兰自赫先生一进门就关注着他，这就把他刚才的动作看了个一清二楚，心中一急，嘴里明知故问道："死丫头你怎么啦？"

白云朵回头看一眼老板娘，见她正对着自己挤眉弄眼，就知道她是把明白揣在怀里，糊涂装在脸上，立刻笑嘻嘻地回答："这位先生太客气了，他要亲自动手来拿，俺一下子没反应过来！"

王炼钢顺势为他们下台道："赫先生是我们的房东，自家人，这是我们家刚来的小姑娘，往后你们都别客气了！"

赫先生也顺着这势，用筷子把他怀里的狗轻轻敲了一下说："耐不住啦？你耐不住啦？又不是没你吃的，干吗慌成那样儿！"

狗说："汪汪！"

赫先生说："还不慌呢！不慌你伸什么爪子！"

一边说一边比画，一边把手缩了回去。这一次赫先生吃饱喝足，临走时破例没带狗肉包子，可能是被白云朵的一声尖叫打乱了程序，也可能是等着王炼钢像历次那样主动开口。不料王炼钢同样因为这一事变也给忘了，李坤兰心里倒还记着，但她就是存心不说，她还特别担心王炼钢忽然又记起来，就及时把赫先生和他的狗送出门外，没容二位一个说下次再来，一个说汪汪汪汪，一转身就回到铺子里。送走了赫先生，李坤兰才当着王炼钢的面责备白云朵道："死丫头，我早就要警告你的，身上就穿这么一点儿，招贼了吧？"

白云朵反而责备老板娘道："这人已经占了俺的便宜，你们怎么还让他占便宜呀，吃两屉狗肉包子，一碗薏米皮蛋粥，嘴巴一抹，屁股一拍，一分钱不给就让他走，都像他俺这生意往后还怎么做了？"

李坤兰用手往灶台边一指说："你问他去，人家供的是仗义疏财的关老爷！"说了仍不解气，又直接警告王炼钢："你要是再对他客气，他可就要得寸进尺、得尺进丈了！"

王炼钢何时也学会了油腔滑调，咧着嘴坏笑道："我对他不是客气，我对他是理解和同情，人非圣贤，谁个没有七情六欲？他家的太太走了，养个姑娘又小，无法满足生理需要，想在外面找小姐吧，花费又太大，如今做小姐的都黑得很，一个月的房租费再搭上低保也管不了几次，才只好占点儿手头上的便宜。你们以后都小心一些，敌来我走！"

李坤兰咂嘴说："啧啧，还敌退我追呢，把毛主席的军事思想都用上了！"

王炼钢说："怎么不说这是《孙子兵法》？"

他们这样调侃着赫先生的时候，赫先生一点儿也听不到了，他早已回到他的住房，抱着他的姑娘和衣上床，抑扬顿挫地打起了呼噜。不过经过这次挫折，刚刚跟王炼钢恢复关系的赫先生，生活日程又有了新的变化。他既不是不来，也不是每顿或者每天都来，而是隔三岔五地来上一次，来了就东张西望地寻找白云朵，然后找个位置坐下，等着白云朵给他上包子上粥。王炼钢虽然教她们敌来我走，但只是嘴上这么说，操作起来很不容易，理论和实践根本就无法结合，人家来了你能走吗？你走了别的顾客怎么办？所以赫先生还是持之以恒地白吃白喝，看样子要把白吃白喝进行到底了。

但是白云朵记住了老板说的"小心"二字，吃一堑长一智，像一位伟人教导的那样，错误和挫折使她变得比较聪明起来了，她给别人端狗肉包子是正面上前，给赫先生端狗肉包子却是侧面过去，身子和他保持平行，让他要摸也只能摸着她的一只胳膊，这只胳膊还是处于运动中的，短暂地接触一下就会被它弹开。并且，上完狗肉包子她迅速转身，尽量减少让他看她胸部的机会，要看只能看她后背。白云朵心里是这么想的，俺后背上什么东西都没有，让他看就是了，顶多俺再搭一个臭屁股给他看看。

5

白云朵毕竟是个穿小背心和小短裤的小女孩儿，把赫先生看得小了一点儿，老谋深算的赫先生不仅要看她的胸部，还要看她的全部呢。因为天气变热，又因为忙碌一天，同时还由于身子偏胖的缘故，每天关铺之后，睡觉之前，她总要用水洗一个澡，不然身上就会难受。在老板还没给她找到住处之前，晚上她就暂时睡在那间门脸儿房里，那间一隔两半的房子左边一半是锅灶案台，右边一半是桌椅板凳，洗澡的时候不是碰着这里，就是碰着那里，因此她在这里只洗一次就不洗了。

她不在这里洗澡的原因还有一个，勤劳善良的老板王炼钢总是抢在她还没睡时，利用晚上的工夫洗狗肉、切狗肉、剔狗骨头、分割狗的肠肠肚肚和心肝杂碎，然后挥舞双刀，擂动战鼓一般把切出的肉片剁成肉泥，掺入适量的萝卜青菜、葱姜蒜辣椒末和五香作料，让它成为第二天一早包进包子的鲜美肉馅儿，有时会一直忙到深更半夜。如果是老板娘李坤兰做这些事，两个都是女人，白云朵的洗澡还可以同时进行，但是老板心疼老板娘，让老板娘睡觉自己加班干活儿，她一个大姑娘家再在这里洗澡就不合适了。

白云朵发现老板娘洗澡是这么洗的，在那个红砖和牛毛毡搭建的共用厕所里，靠近墙角的地方放一个塑料盆，睡觉前左手拿一只瓢，右手提一桶水，进去以后把几块木板拼成的门一插，屁股坐在盆子里洗，她认为这个办法很好，她也可以这么借用。前面说了，赫先生家的厕所是搭建在他自己住的一间房子外的，这间房子的后墙上原本有一扇窗子，搭建厕所以后已被关闭。这扇窗子是木框和玻璃的结构，关闭了内外也能互相看到，王炼钢租住赫先生的房子以后发现了这个问题，为了上厕所时安全起见，他找出一张包过狗肉的牛皮纸，四边用钉子钉在窗子外面，心想这样一挡，住房里的人就看不见厕所里的人了。

王炼钢一门心思做着狗肉包子，忘了有一句话叫道高一尺，魔高一丈，想不到闲得没事的赫先生在这些日子里发明了一样好玩意儿，他把关闭了的玻璃窗子又从里面打开，用烟头在包狗肉的牛皮纸上悄悄烫了一个圆洞，一只眼睛通过圆洞对厕所里的人进行参观。当然，他不会参观王炼钢，王炼钢一个老男人没什么可参观的，甚至王炼钢老婆李坤兰的可观性也不是很大，他要参观的是他们新雇的那个和名字一样白花花胖嘟嘟的白云朵。

这天晚上吃完了饭，一直蒙在鼓里的白云朵提着水桶走进厕所，她进厕所洗澡本来是学老板娘李坤兰的，但她身上的肉比李坤兰多，屁股也比李坤兰大,那个能容纳李坤兰的塑料盆没法容纳她,她就青出于蓝而胜于蓝,在李坤兰洗法的基础上进行改革,脱光衣服后不是坐在盆里,而是站在盆的正中心,用水瓢舀着水桶里的水,像淋一棵白菜一样往身上淋着。这么一改革还真是不错,高高举起的水瓢里的水顺着她的肩膀和胸脯,形成一道飞流直下的瀑布,流过她的全身来到脚下,全部汇集在塑料盆中。白云朵就这样一边洗澡,一边唱歌,享受着大城市人在淋浴室里的快乐,这是她一天中最幸福的时光。

白云朵根据一桶水的水量,把握着在最后一瓢用完之前正好洗净身上的每一个部位,这时她才走出盆来,用毛巾擦干身子。但她并不急着穿上衣服,存心让浑身上下沾满的水汽完全散去,身子变得更加舒畅,更加爽快。利用这一会儿的工夫,她还要把盆里的脏水倒进废水池里,用墩布擦一遍溅湿的地板,再在废水池里淘洗墩布。她觉得这一天的厕所地上比平时要脏一些,墩布一进去水就黑了,就又放进清水多淘了一遍。她仍然是一边做事,一边唱歌,让劳动的节奏为她的歌声打着拍子。

洗完了澡顺便拖地,这一点她也是向老板娘李坤兰学的,她要做一个让老板满意的员工,夫妻二人待她不薄,她不能白拿他们工钱。在这期间她觉得胳膊有点儿发酸,就停下来喘了口气,这时她听到背后也有人在喘气,而且声音比她还大,呼哧!呼哧!呼哧!呼哧!她被这声音吓得要死,转身一看,背后并没有人,只有窗外钉着的那张包过狗肉的牛皮纸,纸上印着一块人形的狗血,除此之外四下空空。厕所那扇木板拼成的门是她亲手插上的,至今纹丝没动,别说是人,就是小猫小狗也挤不进来,除非是从门缝钻进来的小飞虫。

她突然想到牛皮纸上的那块人形,不会是人的影子沾了狗血会活过来吧,刚刚这么一想,呼哧呼哧的喘气声就越发响了。白云朵嘴里大叫一声"有鬼",扔下手中的墩布,抓过小短裤往腿上一套,一手穿着小背心一手去开门,逃命一般,两脚飞快地跑了出来。

狗肉包子王和房东赫先生同居的日子里 97

叫声惊动了王炼钢和李坤兰，王炼钢正在肉案上擂动战鼓，吓得一时忘了放下剁肉的双刀，几个纵步奔了过来。他看见白云朵两手环抱着身子，站在小客厅里直打哆嗦，头却扭向那个发出喘气声的厕所，眼里的恐惧还未消退，还在不停地叫着"有鬼"。李坤兰随后也赶到这里，用身子护住白云朵，两手拍打着她的前胸后背让她别怕，自己却怕得声音发抖。王炼钢一低头发现他的手里还拿着武器，觉得正好，竟然一人冲进厕所里面，对着空中上下左右一阵砍杀，嘴里厉声吼道："砍死你！砍死你！就不信我一个活人还怕你一个死鬼不成！"

赫先生藏在自己睡觉的房中，听到外面杀声震天，明知是他在牛皮纸后的喘气声吓着了白云朵，被她当成了鬼吓得大叫，这件事本来一句话就能解释清楚，但问题是他偏偏不能解释。他任由王炼钢双手舞动两把菜刀，喊得唾沫横飞，杀得满头大汗，白云朵一身嫩肉抖个不停，仍然和他的姑娘按兵不动地趴在门后。

李坤兰担心白云朵受了惊吓，今夜独自一人不敢睡觉，就让她跟自己睡在一床，换下王炼钢去睡那间门脸儿房。白云朵绝不同意，坐在他们房里恢复了一会儿元气，坚持又回到自己的岗位，临走时还为他们宽心说："鬼是在厕所里，又不在门脸儿房里，现在没事了，俺这就去睡，你们也早些睡吧。"

这件事可以说是闹得惊天动地，而且还是夜晚，只隔着一道薄墙的赫先生连门都没有打开，也没在门里问一声发生了什么事，这让李坤兰感到奇怪。怪的是他洪福真是齐天，在这样的情况下还能睡得着觉，她原以为越是皇族越要安静，越怕外界的声音打扰自己。而且更怪的是人没动静，狗也没有动静，人养狗是因为狗比人警醒，外面有个风吹草动人不觉察，狗却能够觉察，赫先生养的这个姑娘却和赫先生一样不知不觉，双双都能进入甜蜜的梦乡。

王炼钢和李坤兰在床上坐了一夜，随时准备听到从门脸儿房里传出的叫声。但是那里什么声音都没有，看来白云朵真是一个懂事的好女孩儿，不接着害怕是不可能的，她是不愿把自己的害怕传给他们，让他们跟她一道害怕。

次日一早天还没有大亮，王炼钢和李坤兰还像以往一样，赶在开门以前出来做些预备工作。他们发现铺门已经开了，餐厅里的桌凳摆得整整齐齐，地板拖得干干净净，上面还带着一层蒙蒙的水汽，看得出是刚拖过的，就是单单不见白云朵的影子。

王炼钢说："咦，云朵呢？"

李坤兰说："是不是上厕所了？"

王炼钢说："我刚从厕所出来，没见到她呀？"

李坤兰说："是不是她不敢再上那个厕所，她上街道公共厕所了？"

王炼钢才又想起昨夜的事来，说了个"哦"，就不再问。两人开始一个揉面团，一个擀包子皮儿，然后端出昨夜剁好的肉馅，一边包着新的狗肉包子，一边等着白云朵上完公共厕所回来做事。

但是一等也不回来，两等也不回来，一笼狗肉包子都包完了，放进蒸屉开火蒸上了，他们又开始包第二笼狗肉包子，同时架锅熬制各个品种的粥了，白云朵还是没有回来。李坤兰沉不住气了，小声儿嘀咕给王炼钢听，道："不对呀，就是到故宫去上一个厕所，这长时间人也该回来了呀？"

王炼钢忽然一掌拍在肉案上，两眼发直说："坏了！"

李坤兰吓得"啊"了一声，首先想到北京的车水马龙："不会被车撞了吧……"

王炼钢说："我想的倒不是车祸，我想到的是她这一走不会回来了！"

李坤兰还在拍着胸口："你怎么知道？"

王炼钢说："凭感觉，不信你看！"

事实证明了王炼钢的感觉,白云朵直到天黑也没回来,用李坤兰死了一颗心的话说,就是到天津去上一个厕所人也该回来了。夫妻二人把白云朵的神秘失踪,不约而同地归结到昨天晚上的厕所见鬼,只有那件事才会让一个干得好好的小姑娘突下决心离开这里,还不知道她昨夜一个人是怎么度过的呢,难得清早临走之前还把铺子收拾得像平日一样!王炼钢却再次反思昨晚发生的事,自语着说:"昨晚会不会是一个贼,他一露脸把云朵给吓着了,云朵一叫喊也把他给吓着了呢?"

李坤兰说:"那你拿了两把菜刀进去一顿乱砍,怎么没把贼砍着?"

王炼钢说:"说明那个贼在我赶来之前就逃走了!"

李坤兰说:"贼进厕所去干什么?他要是偷包子会进我们做包子的门脸儿房,他要是偷钱会进我们睡觉的房,他进厕所是去偷屎吃?还是去偷尿喝?还是憋不住了自己去拉一泡屎尿?我倒在想,会不会不是一个贼,而是一个别的什么坏人?那天我们商量雇人时你不是说女孩儿招花贼吗?"

王炼钢想了一想,想起自己的确说过这话,但这事是发生在洗澡的时候,而不是睡觉的时候,这就又不大像要作案的花贼了。正闷在那里苦思冥想,却见李坤兰的眼睛直往赫先生睡的那间房瞟,嘴也直往赫先生睡的那间房噘,这且不算,一只手还直往赫先生睡的那间房指,就顺着她这一系列的动作,想起那天赫先生用手去摸白云朵乳房的事,莫不是这人贼心不死,预先躲在厕所里伺机行事?可他又觉得根据不足道:"如果是他的话云朵会不认识他?会把他当成鬼吓成那样?除非他化装成一个蒙面人!再说了,这人自始至终出来了吗?"

李坤兰小声儿冷笑说:"正是因为他不出来,我才觉得这里面有鬼呢!"

王炼钢真的笑了:"那就是他的太太走了他想女人,听到窗外云朵洗澡,人在屋里坐着魂魄跑了出来,古书上说的叫灵魂出窍!"

李坤兰正经说道:"你别跟我当笑话说,并不是没有这个可能!"

王炼钢宁可怀疑白云朵的确看见了鬼,小孩子的火焰比大人低,眼睛比大人灵,大人看不见的东西小孩子能看见,不然不会把她吓成那个样子!他想起很早以前老家小镇人对付鬼的办法,是请道士画一道符咒,捉一条白狗来杀了,口中念念有词,把狗血泼在小鬼出没的地方。他就暗自决定,下次请人到北京远郊或者河北乡下去买狗肉时,记着买条活狗,现场杀了接一盆狗血回来,泼在这个厕所门口。道士就不请了,首都北京的道士不好请,听说有些道士比大学的教授、比博士生的导师级别还高。他对李坤兰说:"云朵除了穿得太露这点不好,倒还是个诚实的女孩儿,她不会撒谎!"

李坤兰却为另一件事感到有愧,她记着他们还欠了白云朵的工钱,因为这个月还没干满,不到发钱的日子白云朵就不辞而别,其实离发钱只差七天了。男人的眼力不错,云朵不仅诚实,云朵还没有心计,如果是个有心计的孩子就会把这几天坚持过去,拿到本月的工钱再走。

这么想着她越发觉得对不起这个可爱的小姑娘,只希望有一天,白云朵像他们想念她这样也想念起了他们,会突然来到他们面前,笑嘻嘻地说她现在胆子混大了,不再怕鬼了,这个世界上是没有鬼的,那天厕所里的喘气声是她的幻觉,很可能是风吹那张牛皮纸发出的声音。又说她走时连声招呼也没跟他们打,这是她的不对,还说她知道铺子里的活儿很多,担心她走了会累坏他们,所以又回来了。

李坤兰就像中了邪魔,坚信白云朵必回无疑。几天没听到白云朵唱歌,没听到白云朵回答顾客"包子来了"的声音,没看见白云朵曾经让王炼钢有意见的小背心和小短裤,简直有些不习惯了。她嘱咐王炼钢把白云朵的这个位子留着,不要急着另雇外人,宁可自己暂时辛苦几天,在白云朵没来之前,他们不也是光杆司令吗?

几天过去了,十几天过去了,几十天过去了,每天都要洗澡的夏天快要过完的时候,白云朵还是没有回来。王炼钢请买狗人带回的狗血,他们夫妻二人沿着厕所的红砖墙脚泼了一圈儿,希望那个鬼永远不要来吓人了。然而,这朵飘然失踪的白云好像被一阵风吹到了天边,再也没有回到他们的狗肉铺子,他们必须考虑另雇一个人了。

6

白云朵走后的前几天里,王炼钢和李坤兰因此更加地早出晚归,赫先生不到他们铺子来吃狗肉包子,他们就没见到赫先生,李坤兰又一次暗自高兴起来,觉得这样他们平均每天少赔几十块钱,以后可以把白喂他和他姑娘的那一份狗肉包子和薏米皮蛋粥,省下来给她和她的男人王炼钢吃。可没想到好景不长,几天之后,狗肉铺子里又出现了赫先生膘肥体壮的身影,抱着他的姑娘,挺着他的肚子,迈着他的八字步,进门四下打量一圈儿,京腔京韵地问道:"哟嗬,小姑娘怎么不见了嘿?"

由于高大魁梧,赫先生每次进门光线一暗,王炼钢和李坤兰随即就会发现是他,就会笑着请他坐下,他就耐心等待狗肉包子和薏米皮蛋粥的到来。唯有这次,夫妻二人不约而同地装聋作哑,一个都不搭理他,比赛一样埋头干着自己手里的活儿。李坤兰是始终怀疑白云朵的出走跟他有关,就算他不是那个把她吓得尖叫逃走的鬼,那个动手摸她胸脯的鬼该是他吧?王炼钢却觉得这人血是冷的,心是硬的,人是麻木不仁无情无义的,小姑娘见鬼的当天晚上不闻不问姑且不说,小姑娘不见了这些日子连屁都不放一个,今天又想吃狗肉包子了,这才来问小姑娘怎么不见了!

赫先生毫不怀疑他们是有意冷落他,把声音又提高了一度,点名叫道:"王老板,我说你家小姑娘呢?"

李坤兰勾着头说:"不许吭声儿!"

王炼钢坚持一阵实在不行了，到底还是吭了声儿说："哦，还是赫先生哪！"

赫先生问："你家小姑娘是不是走啦？挺好的一个小姑娘，怎么被你们赶走了嘿？"

李坤兰抢在男人前面答道："多谢你还惦记着我家小姑娘！我家小姑娘那天晚上洗澡看见了一个鬼，活活是让鬼给吓走的！"

赫先生说："别价呀，大天白日说鬼话不是？我住这儿都大半辈子了也没听说有鬼，是你们给人家工钱给少了吧？"

李坤兰又要答话，王炼钢一口抢了过去："可别这么说赫先生，我们待云朵就像自家的闺女，你没听到那晚她一喊叫有鬼，我拿起菜刀就跑去杀鬼吗？"

赫先生摇头说："没听到，没听到，我就纳了闷儿了，我这房子里哪儿来的鬼！"

李坤兰把话又抢过来说："谁能保证你这房子里没鬼？说不定鬼就藏在你这房子里呢！"

赫先生怀疑这话是说他的，但他假装听不懂，听得怀里的卷毛狗"汪汪"叫了两声，顺口就翻译说："听到没有？连我家姑娘都说没有！没有！"

接下来他又坐下，点了两屉狗肉包子，一碗薏米皮蛋粥。李坤兰下定决心不再理他，王炼钢采取的办法是口头答应，却半天也不给他端去，嘴里不停地解释狗肉包子凉了吃着不好，等下一笼蒸熟了再吃热的。赫先生信以为真，敖包相会似的耐心地等待着，好不容易等到下一笼蒸熟了，李坤兰却抢先给别的顾客端去，剩下一屉没有顾客订货，她又飞快抓起一只塑料食品袋，把十个热乎乎的狗肉包子全都装进去，故意地说给他听，道："这几个是留给云朵的，昨夜我做梦还梦见了云朵，她说她今天要回来！"

赫先生这下总算看出问题了，却一点儿也不气馁，他不能再等下一

狗肉包子王和房东赫先生同居的日子里　103

笼了，起身把狗往凳子上一放，亲自走到灶台边上，端起两屉都快冷了的狗肉包子说："自家人，刚出笼的让给顾客，我这肚子皮实，吃嘛嘛香，生冷不忌嘿。"

这次他也不要薏米皮蛋粥，不要酱油醋葱姜蒜和油炸辣椒水儿，以及贵州陶华碧老干妈豆豉了，急匆匆把两屉狗肉包子吃进肚子，抱起他的姑娘就走，连再见也忘了说。李坤兰的心里太得意了，她想今天总算让这人看出了她的脸色，如果再来那就不是一个人了！不过，万一他宁可不是人也要再来，她就不通过王炼钢的同意，直接向他提出用狗肉包子抵房租费。时光荏苒，她的那个作业本儿上已经记满了，她把它拿出来向他宣读一下，让他自己决定何去何从。

也就是在这天晚上，李坤兰卖完一天狗肉包子，浑身汗泼水流，吃罢晚饭也去洗澡，按照她的洗法一手拿瓢，一手提水，进到厕所里面插好了门，把水倒入墙角的塑料盆里，然后坐在当中洗了起来。她都已经洗毕了，擦干身子准备换上一套干净的衣服，因为这次衣服放得远了一些，几乎快要挨着牛皮纸钉上的那扇窗子，这时他也听到背后有人发出喘气的声音，和那次白云朵形容的一模一样，呼哧，呼哧，呼哧，呼哧，这声音把她吓了一跳，顿时想起那天晚上的事。

因为她曾怀疑过那不是鬼，也不是贼，而是一个下流的东西，是隔着一扇窗子偷看女人的赫先生，这次她竟没有像白云朵那样发出尖叫。她鼓着劲儿不让自己惊慌失措，扑过去抢先抓起衣服挡住下身，同时向那张包过狗肉的牛皮纸快速扫了一眼，一边喊着"王炼钢你快来一下"，一边把身子挪到墙边，伸手打开厕所的木板门，人却紧贴在门边并不出来，单等着王炼钢闻声赶来破案。

王炼钢这次手里只握了一把菜刀，另一只空着的手上糊满狗油，他正从狗腿上往下削着筋肉，还没进入剁馅儿的阶段。当他紧急赶到现场的时候，李坤兰已经清楚地看见牛皮纸上那个小圆洞了，那个烟头烧出的小圆洞比筷子略粗一点儿,够一只眼睛往外观看,里面的人贴着小洞能够看清外面,外面的人隔着距离却不能够看清里面。王炼钢顺着李坤兰的眼睛看去,很快发现了秘密所在,顿时一股热血涌上头顶,对着牛皮纸上那个狗血染出的人形直想破口大骂,话出喉咙时却又变成了一句唠叨:"怎么能这样做呢,我们哪点儿对不住你了?"

"明白云朵为什么要走吧?明白她看见的是什么鬼了吧?这个流氓!"李坤兰在自己男人的掩护下穿好衣裤,对着牛皮纸内的窗子大声喊道。她感觉那扇关闭的窗子一定从里面打开了,想着自己多少日子以来一直这么洗澡,那个比鬼还坏的下贱东西,原来也一直这么偷着看她,她恶心得简直快要吐出来了。

这样骂了一遍又骂一遍,李坤兰总共骂了十三遍,窗子里面还是没有任何动静。王炼钢站在那里呼呼出气,以为赫先生多少会做出一点儿反应,或假装糊涂,问他们发生了什么事,或进行解释,说自己什么事也没有做。赫先生却像死了一样,他就不得不对李坤兰的思维产生了怀疑,转过脸来向她问道:"你是不是搞错了?"

李坤兰愤怒地瞪着他:"我要是搞错了,天上现在就打一个炸雷把我劈死!"

王炼钢听自己的女人赌了血咒,才又重新回到刚才的态度,咬了一咬牙说:"你先出来,我们回到房里去再说!"

李坤兰紧跟着男人从厕所出来,咣地一下把门关上,想想自己在这个臭厕所里受害不浅,还替他关个什么门哟,就又咣地一下把门踢开,嘴里继续喊道:"那是他的房子,你要回去你回去,今晚你不把他给我教训一顿,我是不会跟你回去的!"

她一边喊一边奔向那道侧门,王炼钢伸手一把没有抓住,也大声喊:"谁说这是他的房子?这房子是我花钱租的,他还白吃我……"

他要说的是"白吃我那多的狗肉包子",但他没让自己说出口,

狗肉包子王和房东赫先生同居的日子里　　105

老家小镇有一句劝人以和为贵的俗话，叫作说话留一线，今后好见面。那句话一旦像水一样泼出去，只怕这个面就再也不好见了，而正常的房东和房客，却是天天都要见面说话的。李坤兰才要打断他的话，听得他的话自动断了，就抓住这个时机放开喊道："花钱租的房子也是他的房子，我要再住我就不是人，我就是一头老母猪！"

王炼钢是真的烦了，几个大步追了上去，抓住她往房里推道："平时我看你多听话，今天是怎么啦？就算他看了又有什么不得了的，四五十岁的老女人了，又不是大姑娘！又不是白云朵！你让他看，只当他看他妈，看他老姐老妹，谁看就瞎谁的眼……"

嘴里正说着"谁看就瞎谁的眼"，没提防李坤兰猛一回头，一个大巴掌"呼"地朝他扇了过来，本想扇他的嘴没有对准，正好扇在他的左眼角上。李坤兰一边扇一边又大喊了一声："我不是大姑娘，我不是白云朵，我是一头老母猪，是一泡黑狗屎，你要叫我让他看是不是？好！这是你一个做男人的亲口说的话！你还算是一个男人吗？你干脆别卖狗肉包子了，你就让你的女人到大街上去卖淫吧！"

这一巴掌扇出去后，李坤兰就知道自己是真的要离开这里了，趁着王炼钢被扇得两手一软，她把身子从他手里挣脱出来，出门一路狂奔，上了外面的一条灯火明亮的大街，背后扔下被她一巴掌扇蒙了的王炼钢。王炼钢这辈子绝没想到他会挨女人的巴掌，上次挨她一下那是假打，这次却是动真格儿的了，而且这一巴掌如此有力，这个用他的话说平时多么听话的女人，好像听了几十年的话，把剩下来不想听的话都积累在这一巴掌上，打得他顿时把手收了回去，捂住自己那块被打的地方。他感觉眼角那里有一股什么东西被打出来了，不大像是眼泪，放下手在灯影里看了一眼，那东西的颜色竟是红的，才知道被她一巴掌打出血了。

他突然记起来，李坤兰扇他的这只手上有一样东西，成亲十年的时候，李坤兰想要一个别的女人手上戴的那种金戒指，当时他们才开始做狗肉包子，他不同意把成本钱挪用在这个上面，她就自己在地摊儿上买了一个铜戒指戴在手上。那玩意儿不论大小，一个是五块钱，她挑个头最大的买了一个，想不到个头越大，打起人来越有力度。王炼钢想起这桩往事，脸上的疼痛转为心里的酸楚，觉得自己这辈子欠了李坤兰的，连别个女人都有的金戒指他都没给她买，挨她一巴掌也是应该，打得好！

和白云朵大叫有鬼的那次一样，听着他们夫妻由喊到骂，由骂到打，赫先生的房间里毫无动静，就像里面的人和狗都已经睡死过去，连呼噜都不打一声了。王炼钢知道这是不可能的，这恰恰说明赫先生什么都知道，却沉住气假装什么都不知道，还让自己的狗也沉住气，制造出目前这种静得很不正常的局面。他想着李坤兰说的白云朵也是因为这个出走，又想着李坤兰骂他不是男人，为此他的眼角都被打出了血，就越想越气，一只脏手捂了流血的伤口，奔到赫先生住的房间门前，从两条腿里选出有力的一条，对着那门一脚踹去，嘴上不顾一切地大声骂道："出来！王八蛋！你都说说你干的好事！"

一连踹了三脚，骂了三声之后，那门纹丝儿也不开，只从门里传出一句字正腔圆的老北京话来："干吗啦？干吗啦你这是？"

王炼钢又踹了一脚说："你说干吗啦？我就是来问你的！"

赫先生说："我在睡觉不是，你半夜三更打扰我们睡觉，吵醒了我不说，还把我的姑娘也吵醒了，是不是姑娘？"

他的姑娘立刻就回答说："汪汪！汪汪汪汪！"

赫先生翻译说："听到没有？她说算账，找你算账！"

王炼钢使出全力又踹了一脚，那门仍是不开，那狗倒是发了疯地继续狂叫，他忽然一个转身从侧门出去，奔进厕所，哗啦一声扯下那张挡住窗子的牛皮纸。这下子真要把他的肺都气炸了，原来那扇被关闭的窗

狗肉包子王和房东赫先生同居的日子里　　107

子早就从里面打得大开，房里的人可以把脸贴在牛皮纸上，眼睛对准上面的小圆洞向外偷看，像看电视一样。看电视还隔着一层荧屏，这里却连一层玻璃也没有，像看戏一样。看戏哪怕坐在最前一排也还有老远，这里却一伸手就能碰到，想看多清楚，就能看多清楚。

他发现房里的一对人狗根本没有睡觉，那两位正紧密地依偎在一起，你摸着我，我望着你。牛皮纸的剥落和王炼钢的出现让他们双双大吃一惊，卷毛狗一下跳到地上，赫先生高大魁梧的身子同时站了起来，肚子以上的部位往后仰着，眼睛瞪着王炼钢的手道："别价呀，别价呀，有话好好说，你可别乱来呀！"

王炼钢喘着气说："好，我跟你好好说，我问你，你为什么要看我老婆洗澡？"

赫先生拖着长腔问道："什么？看你老婆洗澡？我？"

王炼钢说："不是你还能是鬼不成？"

一听到鬼，赫先生忽然又像上次那样放声大笑："哈哈哈哈，自作多情了不是？一个卖狗肉包子的破漂客女人有个什么看头？要看我也得挑个合适的对象吧？你雇的那个小姑娘倒还差不多……哈哈哈哈，你真是笑死我了嘿！"

"破漂客女人"这五个字，像五颗子弹射进王炼钢的心里，他后悔自己这次只拿了一把菜刀，如果是上次双刀在手，他就可以放出其中一把，准确地落在距离这人三尺开外的地方。二十年的狗肉包子生涯练出了他这样的功夫，他能不伤对方的皮毛却能起到震慑的作用。另一把刀就握在手中进行自卫，防止这个身高力大的壮汉对他反扑。只有一把菜刀他就不敢这么做了，赤手空拳的他在格斗中可能不是眼前这人的对手。何况对方还有一条能扑上来乱撕乱咬的狗，而自己的眼角已被李坤兰打伤了，血流出来糊住了他的半只眼睛。

狗叫声中，他犹豫着是不是做一个跳窗进去的假动作，继续吓唬一下这个恶棍。但他又觉得有点儿头晕,眼睛也不像过去那样好使,他知道自己不仅是眼角受伤,更大的伤还在心里。恍恍惚惚中,他看见赫先生的身子在往后退着,退到门边的时候突然把狗往地上一扔,打开房门就跑了出去。

7

接下来的形势急转直下,由于房主赫先生的报案,王炼钢被扭送到这个居民区的派出所。他说赫先生偷看李坤兰洗澡没有任何证据,那张被烟头烧了一个小洞的牛皮纸不会说话,赫先生说他要行凶杀人,他手里的一把菜刀却是铁的事实。王炼钢在被扭送的路上拼命地辩解着,说他当时听到老婆的喊叫,自己手里正切着狗肉,顾不得放下菜刀就奔过去了,又说上次他雇的小姑娘白云朵也这么喊过,声音比他老婆还大,他也是顾不得放下菜刀就奔过去了,那次他手里拿的还是两把菜刀。扭送王炼钢的两人不是正式民警,他们是居民区协助民警从事管理工作的协管员,还不等他说完就冷笑道:"编吧,编吧,会编你到那儿去编吧!"

王炼钢进到小区派出所里,负责收审他的是一个黑脸恶眉的民警,一碰面两人同时打了一个愣怔,民警瞪着他问:"你不是卖狗肉包子的王老板吗?"

王炼钢也认出他是刘片儿警来,心里一喜道:"您是刘警官……"

刘片儿警做了一个篮球裁判叫停的动作说:"打住,我再纠正你一次,我是片儿警!别说你叫我警官,你就是叫我警长,叫我警司令也没用!说,到底怎么回事?"

王炼钢用哭声叫道:"刘片儿警您听我说,您那次不是说我们外地人不容易吗?赫先生你知道的,就是我的那个房东,他不光在我铺子里白吃白喝，他还在我雇的小姑娘身上动手动脚，他还偷着看我老婆洗澡，他真是欺人太甚哪！这且不算，他还反过来诬赖说我想杀他！您看我像不像杀人的人？我做了二十多年狗肉包子，从老家做到北京，可我连条狗都没杀过，每次我都是买人现成的狗肉……"

　　刘片儿警让他把事情的经过细说端详，一边拿起协管员缴获的菜刀翻来覆去地看着，听他说到最后竟忍不住正式哭了起来，就"啪"地一下放下刀说："哭！一个大男人家还会哭！你不是还会吓唬人吗？吓唬人还不落个杀人嫌疑这才叫本事！我告诉你，你的话我信了，可我一个人信没用，还得有你老婆，有你雇的那个小姑娘的证词，有了三人一致的口供，别人才会相信你王老板持刀不是为了杀人！"

　　王炼钢刚刚止住哭声，一激动又要哭了，但他这次强忍着说："您要能帮我找到老婆，还有白云朵，那可是积了大德，我还欠小姑娘一个月工钱！找到她们先别提我是怎么说的，您就直接听她们怎么说，她们说的要是和我说的有半点儿不同，您一枪把我毙了！"

　　刘片儿警说："谁枪毙你？我堂堂一个民警怎么提问还用你教？提供两人的联系方式！"

　　他随手挪过一个记事簿，又拿出一支笔来握在手里。王炼钢迫不及待地提供道："我们两口子只有一个手机，平时在我兜里揣着，只好麻烦您想别的法子去找她了，我老婆叫李坤兰，四十六岁，属马，中等个儿，皮肤白白净净的，走的时候上身穿一件短袖子的花花儿衬衫……"

　　接着他又提供白云朵的有关资料，刘片儿警的眼睛闭了一会儿，又睁开说："你以为我要下通缉令呀？是你有杀人嫌疑还是她们有杀人嫌疑？我问你一句你答一句，没问你就别答！你们来北京以后都去过哪些地方，在哪里留过宿？"

　　王炼钢说："所有地方都没去过，我们两口子都不是贪玩儿的人，想的是先把狗肉包子做好，牌子打响，站住脚了，再一个地方一个地方地看！您问的留宿就是过夜吧？我们只在火车站的地下旅馆留了一宿，那还是刚来的时候……"

刘片儿警放下笔，把本子"啪"地合上："知道了。最后再问一句，你眼角的血是哪里来的？房东打的？"

王炼钢赶紧摇头："不是，我有一句说一句，他冤枉我我不能冤枉他，这是我老婆打的，当时她在气头上，打完就出走了！"

刘片儿警"噗"地笑道："还是个老实人，走，带你去包一下。"

赫先生把王炼钢举报到派出所，王炼钢不仅没有受到严刑拷打，有吃有睡还把眼角的伤口给包扎了起来，并且在第三天的下午，刘片儿警带着一个皮肤白净中等个儿穿短袖子花花儿衬衫的中年妇女来到他的面前。王炼钢一见到那位妇女就冲身而起，嘴里叫了一声"坤兰哪"，李坤兰第一眼看见的却是他脸上的白纱布，大声哭起来道："我男人犯了什么王法，你们把他打成这样了……"

王炼钢护住刘片儿警说："我犯了什么王法？我什么王法都没犯！谁打我了？除了你打我谁敢打我？那晚你一巴掌打来你忘记了？那大一个铜戒指！"

李坤兰这才明白自己那晚犯了多大的过错，当她进一步明白自己男人是手持菜刀去找看她洗澡的房东算账，被那无耻的流氓诬陷说他杀人抓到这里来时，竟然当着刘片儿警的面扑了过去，抱着王炼钢的头又是一通大哭。王炼钢从她怀里挣扎出来，推开她说："丢人不？丢人不？我这不是没事了吗？"

刘片儿警说："谁说没事了？吃了饭我才能放你回去！"

李坤兰是在火车站的地下旅馆被刘片儿警找到的，她的兜里幸好装了几张卖狗肉包子的钱，这就成了她当晚的住宿费，剩下的钱她给老家的儿子和女儿分别打了一个电话，说王炼钢欺负她了，要他们马上到北京来接她回去。刘片儿警找到她是这么说的，她的男人被人举报犯了杀人罪，为了查明真相需要得到家属的配合，李坤兰一听吓破了胆，对王炼钢的怨恨顿时烟消云散，嘴里喊着"没那个事，没那个事"，进了刘片儿警的车就要赶来为他做证，一路上把房东偷看她和白云朵洗澡的事全都说了出来。

　　夫妻二人很快和好如初，几乎就像新婚一样，李坤兰让王炼钢赶快给老家的儿女打个手机，通知他们不要来了，没买票就别再买，买了票就给退掉，父母是为一件小事争了一个小嘴，昨晚打完那个电话就没事了。为了让儿女相信这话的真实性，他们凑在一起，一人说了一句能够体现恩爱的话，王炼钢说你妈还打了我一巴掌，差点儿把我的眼睛打瞎一只，李坤兰说打成个独眼龙才好呢，以后好聚精会神地做狗肉包子，免得一只看这儿，一只看那儿。

　　刘片儿警对李坤兰直咂嘴道："肉麻不？小姑娘谈朋友哪！"

　　听他说到小姑娘，王炼钢想起他说还要向白云朵取证的事，问他找到那个名叫白云朵的小姑娘没有？刘片儿警说通过电脑联网排查，兄弟派出所反馈给他一条信息，说有一个会唱歌的小姑娘在一家山东人开的火锅店里打工，很多吃火锅的人都是冲她唱歌去的，有一次中央电视台的节目主持人还带人去看她了，年龄长相和王炼钢说的那个小姑娘一般无二。王炼钢坚信不疑道："就是她！她不是云朵你把我的脑袋砍了！我们这就去把她找回来！"

　　李坤兰说："人家已经到了好处，说不定下一步就要当歌星，出大名，挣大钱了，还会回来给你端狗肉包子？做梦吧你！"

　　接着他们又从刘片儿警的口中，知道了赫先生的太太为何要离开他，原来他怀里那条名叫姑娘的狗并不是主要原因，主要原因是他在外面真有一个姑娘，那个所谓的姑娘其实是个做字画生意的已婚女人，还是通过他太太认识的他，每次和他私通的条件，都是要他从他太太的字画店里给她偷一张字画。有一次他做事心切，出手太大方了，偷走的是一张名画家的真品,被他太太发现后报了案,恰好也是刘片儿警和同事们侦破出来,他太太一怒之下这才弃他而去。由于是自家人偷自家人,太太一走又没有原告,这个案子也就不了了之了。

王炼钢"哦"了一声道:"真是净出鬼事!按说他的太太走了,趁这空当那个女人正好来找他,可是我们住在他家这些日子,从来也没见她来过一次!"

刘片儿警说:"本来就是有太太才有那个女人,没有太太哪里还有那个女人?"

王炼钢瞪着眼问:"这是个什么道理?"

刘片儿警说:"没有太太就没有字画店,没有字画店就没有字画,没有字画给那个卖字画的女人,那个卖字画的女人图他个什么呀?懒猪一头!"

李坤兰咬牙切齿道:"原先只当他是个好吃懒做的二流子,没想到他比二流子还流,他还是个大流氓,早知道这些我们就不租他的破房子了!"

刘片儿警说:"你这话可说得不对,老祖宗给他留下的可是好房子,市中心,黄金地带,政府马上这一拆迁,至少要补他好几百万,就是不拆长期做门脸儿房,保证你们前脚一走后脚就有人抢,那次你们一出车站就租到了,是正好遇上他刚登记!"

李坤兰说:"房子再好,整天和狗在一起,连个老婆都没有,熬不住只好偷看女人洗澡,人活在这个世上还有什么意思!"

刘片儿警说:"你这话可又说错了,就凭他一个北京人,要户口有户口,要房产有房产,不说一天屁事不做还享受政府低保,一辈子光吃房租都吃不完,现如今图这个的女人多得是。你不信看看,等他太太回来把婚一离,在他屁股后头等着选妃的没有一个连,也有一个加强排!"

王炼钢平时吃罢晚饭加班加点,忙明天狗肉包子的馅儿,原料备足以后,偶尔也陪李坤兰看会儿电视,夫妻二人从电视剧里知道妃子是皇

狗肉包子王和房东赫先生同居的日子里　113

上的老婆,这时听刘片儿警说到选妃,一下都想到了他这个皇族的姓。李坤兰气得骂起自己来:"这就是命,人家是白吃狗肉包子的命,我们是白做狗肉包子的命!"

刘片儿警这次不仅不说她错,反而支持她道:"过去我总认为说命是封建迷信,最近我在读一本书,书里说所谓人的命,就是人在出生之前就已决定了的各种客观条件,这些条件有的能改变,有的不能改变,有的不能完全改变。不过话说回来,只要通过主观努力,改变的可能性毕竟还是有的,就以你们夫妇为例,不是把狗肉包子从老家小镇做到首都北京来了吗?"

说到这里电话铃响了,刘儿片儿警起身去接电话,回头对他们做了一个手势,见这夫妻二人没有看懂,就又补了一句话说:"你们可以走了。"

王炼钢这才确信,他持刀杀人一案的处理已到此结束,现在他自由了。这本来是一件重获新生的好事,但是他们在走的问题上又发生了分歧,王炼钢要李坤兰跟他一道,去找赫先生解除房屋租赁合同,鉴于他们的双边关系已经恶化到这种程度,这里的门脸儿房再好也不能住下去了,如果还要委曲求全地在这里卖狗肉包子,那他们不就成了两条可怜的狗吗?解除租费合同,拿到退回的房租费,按照李坤兰不信北京只有这一个门脸儿房的理论,再去开辟另外的战场。李坤兰对男人终于有了这样的决心赞成极了,但她赌咒发誓,这辈子再也不见那个看她洗澡的老流氓了,她让王炼钢独自一个人去,自己就在这里等着,这里有刘片儿警,安全着呢。

刘片儿警接完电话,夫妻二人还没达成共识,他担心王炼钢一人去找房东,会是俗话说的仇人相见,分外眼红,杀人一案虽已澄清,却又出现经济纠纷,如果双方这次真的动起手来,连个目击证人和调解员都没有。这么一想,他同意让李坤兰暂时留在派出所里,看看电视,由他陪王炼钢去见那个赫先生。

自从白云朵离开狗肉包子铺，赫先生只去那里吃过一次狗肉包子，因为受了夫妻二人的冷落，就又重新回到那间红砖和牛毛毡盖的厨房里，每天自己做饭自己吃了。这时他正吃着饭，听到外面有人敲门，连着敲了三响，赫先生慢慢地放下饭碗，慢慢地直起身来，慢慢地走到房门背后，京腔京韵地发了一个牢骚道："这是谁呀，大中午的，敲一下不就得了，还老敲！老敲！"

开门一看外面站着的两个人，赫先生一下子愣在原地不动了。刘片儿警黑着一张脸说："别犯愣，今天我暂时不追究你的诬陷罪，这个问题留到以后再说，我来是陪王老板取消你们的房屋租赁合同，你把该退他的钱退他，他把该退你的房退你，你们双方从此两清，井水不犯河水了。"

赫先生这下缓过神来说："那哪儿行哪，合同上白纸黑字都写着的，不到时间退房这是违约，预付的房租费哪儿能退给他呀？"

王炼钢见他果然这样，心一横豁出去说："既然赫先生你不仁，就别怪我王炼钢不义，不退房租费也行，那你把吃我狗肉包子的钱都退给我吧，还有薏米皮蛋粥，多少天，多少次，多少屉，多少碗，李坤兰一五一十都记在本子上，恐怕最少也是好几千块钱！我这就把她叫来当面对质，她也正想来见你，问你那张牛皮纸上怎么会有一个洞呢？"

绷着脸说出这种话来，王炼钢的脖子都红透了，一边看刘片儿警，一边虚张声势地往兜里掏着手机。赫先生被说了个猝不及防，把牛皮纸上的洞放在一边，只说狗肉包子道："得，又扯到狗肉包子了，哪儿跟哪儿的事儿啊，狗肉包子可是你们让我吃的，你们不让我吃我能吃吗？腥啦吧唧的！"

王炼钢学着他的话说："房子不也是你让我们住的，你不让我们住我们能住吗？脏啦吧唧的！"

刘片儿警摘下头上的大盖帽，跷起二郎腿，做出一个准备在这里驻扎下来的架势说："都别瞎吵了，这事表面上看是乙方违约，实质上却是甲方违约,是你这个做房东的故技重施,又犯前科,干了那些不该干的事嘛。没说的,退,退了你还可以租给别人嘛!"

那条名叫姑娘的卷毛狗见谁都叫,唯一见了大盖帽缩成一团,现在一看刘片儿警头上的大盖帽摘下来了,冲着他就叫了两声:"汪汪!"

赫先生这次不当翻译了,刘片儿警替他翻译说:"听到没有?赖账!连你的姑娘都说你赖账!"

赫先生突然哈哈大笑道:"赖账?我一个皇城根儿下的人还会赖他一个漂客的账?真叫笑话!他甭说退,我还早就不想让他住了呢,刚才你有句话说得对,等着租我房子的人排大队呢!不过我得把丑话说在前头,好马不吃回草,退了他这辈子就别想再回来,三天之内把他的东西全部搬走,不搬走我就给他扔在门外的大街上了!"

说完他慢慢地把狗放下,慢慢地站起身子,慢慢地走到床边,从枕头下面摸出一沓装在信封里的钱,抽出一些张数点了三遍,当着刘片儿警的面往王炼钢怀里一扔说:"得,我说这屋里怎么老有一股狗肉味儿呢,原来都是它闹的!"

王炼钢接过钱来想还他一句,看看刘片儿警息事宁人的眼色,又把这话咽了下去,望着他那面威风锣鼓似的大肚子,心里骂道,你那狗肚子里的狗肉味儿还少吗?

8

赫先生限期王炼钢三天搬走,三天过去,王炼钢还没有租到新的门脸儿房,第四天一早,赫先生果然找了一帮人来,把他的所有东西都扔出门外,包括他那个贮藏狗肉的大冰柜。大冰柜断电之后里面的霜就化了,狗肉上的血水顺着柜门的缝隙渗出来,细水长流地从四合院的门前向着胡同口流去。王炼钢见人就说对不起，但他咬紧牙关要做一匹好马，绝不再吃赫先生的回头草，他和李坤兰分了个工，由他在这里负责看守他们的全套家当，李坤兰抓紧时间出去联系租房。

李坤兰可没有本事一天就把合适的房子租到，因为又要考虑位置，又要考虑面积，又要考虑价格，作为她一个吃过亏的女人来说，还要考虑房东的人品，千万别再找一个赫先生那样有低级趣味的人了。后面这一条又偏偏的不好把握，房子的主人不像房子，房子好坏摆在地上让人一目了然，房东好坏却不能写在脸上让人一眼看透，当初赫先生那张北京皇族的富态脸上，不也没有写着要白吃人家狗肉包子还要看人家老婆洗澡吗？

最终还是多亏了派出所的刘片儿警，第七天天快黑时，刘片儿警找到在胡同里坚守了三天三夜的王炼钢，说是带他到旁边一条胡同去见一个老头儿，那老头儿答应把自己的烧饼铺匀出一半来，让王炼钢暂时先过渡一下，等租到正式的门脸儿房了再搬出去。王炼钢喜出望外，拔腿就跟刘片儿警走，走了几步又站住说："我的东西……"

刘片儿警回头恶狠狠地瞪他一眼："我说你这人脑子进水了还是怎么？你到底是要西瓜还是要芝麻？我再给你说句大话，在我管的这片儿没谁敢拿谁的东西，有谁敢拿，我让他不断一对胳膊也断两条腿！"

王炼钢跟着刘片儿警来到烧饼铺，还在门外就闻到一股跟狗肉包子不同的香味，老远看见一个老头儿正拿把钳夹子翻着锅里的芝麻火烧。他先是觉得这老头儿有些面熟，接着就认了出来，是在他贴出招聘启事的那一天，曾经到他的铺子里吃过一屉狗肉包子，进门假说是来应聘，又半真半假说自己生意被人抢了的张师傅。王炼钢一步跨进门去，抢先打了个招呼道："这不是张师傅吗？还说来应聘我，我这是来应聘你了！"

张师傅火速放下钳子，在围布上擦着两手迎过来说："我们哥俩儿谁也不应聘谁，就好比是三国时的孙、刘联盟，蜀汉还是蜀汉，东吴还是东吴,我这不是帮你,我这是帮我自己呢,因为你一来,下月我就只交一半的房租费,芝麻火烧的成本不都降下来了?另外的话,我还欠着刘片儿警的一个人情,他小子放个屁都是对我下的圣旨,我不听别人的还能不听他的?"

王炼钢听他说欠刘片儿警的人情,就知道这个才是主要的原因,什么孙、刘联盟,什么少交一份房租费,那都是些次要的说法,心里的一份感激就变成了两份,又问他说:"房东同意这样?"

张师傅说:"你以为北京的房东都是你的那个赫先生?人家说只要保证庙里的香火不断,一个和尚也是和尚,两个和尚也是和尚,他只认准其中一个和尚就是。"

见王炼钢瞪着两眼,迟迟想不明白这话的意思,刘片儿警嫌他这样浪费时间,自己还有事要回所里去办,就直说道:"别犯傻了,意思是让你王老板把每月的房租费交给张老板,由张老板汇总了交给房东,听懂了啵?"

王炼钢连说懂了,由于好事来得太快,他还担心刘片儿警走后张师傅又会变卦,就提出趁刘片儿警在这里的时候,三人当面,他把全年的房租费都拿出来,交给张师傅代为保管。张师傅却也要当着刘片儿警的面把一个人情做到底,摇手说这不是当务之急,当务之急是得给他找个住处,老婆在旅馆睡了三个晚上,本人在胡同里看守家当一夜都没睡成,今晚无论如何要有一个落脚之处了,让夫妻二人欢聚一床,迎接即将到来的新的战斗。

张师傅通过自己的铁杆儿顾客,为王炼钢找的住处离这里有点儿远,每天往返分别要坐一次地铁,出站再转两次公交,总共得花三个小时,王炼钢唯一觉得比不上赫先生家的只有这一条。但是有弊有利,那里的房租费只占赫先生的五分之一,他就回过头想,省下的这笔钱只当是自己挣的,就是说他和李坤兰一路上坐在车里,司机开车他们又不开车，他们两口子一人只出一个屁股，舒舒服服地等着到站，不用在铺子里做狗肉包子就能挣到很多钱了，这又怎么不划算呢？何况他又想着，还可以一边在远郊住下，一边在近处打听租房的消息。

在往新址搬运物件的时候，王炼钢想起刚来北京的那天火车站没收了他们两把菜刀，他骗李坤兰说回老家时坐飞机，所有东西都留给房东做纪念的事，当时想的是不说所有，至少要留几样吧。不料世事无常，现在别说做狗肉包子的一套家伙，就连扫帚和墩布都被他带走了。但这不能怪他吹牛说大话，是这位房东把他连铺子带住房里的一切都扔到了胡同里，叫作扫地出门，难道他还把大冰柜又抬回去不成？

夫妻二人又开始了新的生活，他原以为，在老家小镇住惯了的李坤兰会不适应每天的长途跋涉，却没想到李坤兰比他还要适应，这其中的动力是晚上回到新的住处，能够关起门来放心大胆地洗一个澡。新的房东是个风流倜傥的人物，远非一天到晚窝在家里的赫先生可比，把远郊的八处房子租给了京漂，自己住在市中心坐享其利，每月开着宝马来收一次房租，其余时间就和太太一起在公园遛狗，那狗也是比赫先生的姑娘值钱的欧洲名犬。比王炼钢先来一步的京漂告诉他说，他们在这里住好多年了，双边关系相当可以。

王炼钢和张师傅合并以后的门脸儿，果然像孙、刘联盟一样声名大振，收到的效果连张师傅事先都没想到。张师傅的芝麻火烧铺子过去没有招牌，王炼钢想把自己狗肉包子王的招牌还像从前那样挂在门脸儿的右边，又觉得这样做对不起张师傅，这不是欺负好人，恩将仇报吗？他就找到给他做招牌的那家小工艺店，花钱给张师傅做了同样大的一块，招牌上的字数也同样多，写着芝麻火烧张，跟他的招牌一道挂在铺子的左边，形成左右对称之势，看上去就像一副对联。

张师傅半点儿都不承他的情说："你给我的牌子可没写好，本来我们两家联盟是火烧曹操，这下子倒成火烧我了！"

王炼钢嘿嘿地笑，李坤兰替他回道："那是说你今年生意要火！"

李坤兰这么一说，生意就真的火起来了，张师傅也火，王炼钢也火，两家的老主顾都涌到这里不算，还引来了大量新的顾客，大家各取所需，按类付钱，就像是某种社会制度宣传的那样。大家看见两个老板如此仁义，张师傅使劲儿地向人推荐王炼钢的狗肉包子，王炼钢更加使劲儿地向人推荐张师傅的芝麻火烧，李坤兰还嫌男人的嗓门儿没有张师傅亮堂，关键时刻把她的女高音也施展出来，有人就发明了一种和谐的吃法，进门两种各来一点，走时一样带上一份。

有一天的中午阳光灿烂，一辆红色小轿车径直开进这条胡同，一直开到孙、刘联盟的铺子门前，停在两块竖挂着的招牌之间，从车里"叮儿"的一声跳出一位穿白裙子的年轻姑娘。这姑娘漂亮得像电视里的女明星，高跟鞋一落地就对司机挥挥手说："你先去该干吗干吗，到时俺打你手机您再来接俺！"

王炼钢和李坤兰暂时还没听出这个好听的声音，只是一抬头看见了门外的红轿车和白裙子，他们不敢相信这位穿白裙子的女明星是来吃他们狗肉包子的，当然也不相信她是来吃张师傅芝麻火烧的，她根本就不像吃这些东西的主儿，她来做什么，她是什么人，他们没有任何判断的根据。他们目前只能胡思乱想，莫非是这家房主的女儿从香港回来，要把这个铺子收回去装修一下，改成北京流行的练歌房吧？

更加不敢相信的事情发生了，穿白裙子的女明星进来以后，竟然当着他们的面，亲手从摞得高高的蒸笼里端起一屉狗肉包子，一没打算付钱，二没坐下来吃，三也没有打算带走，而是端到一位等候狗肉包子的顾客面前，笑嘻嘻地说道："先生您请！"

李坤兰突然觉得她的声音和动作都像一个人，赶紧急捅了王炼钢一指头说："你看她像不像云朵？"

王炼钢愣了一下，不觉问出声道："是云朵吗？"

白云朵就放声大笑着，转身来到他们面前说："还好你们认出俺了，大叔大婶，俺还想多逗你们玩儿一会儿呢！"

李坤兰说："行哪死丫头，还能想着我们，还能把我们找到！走也不说一声，我们留不住你，至少得把你一个月的工钱付给你吧！"

白云朵还在笑着："是的，俺就是来向你们讨债的！知道俺怎么找来的吗？俺先是找到老地方，一看那里成了一个豆腐店，卖豆腐的女人说你们搬走了，俺就向人打听搬到什么地方，一路打听到了这里！俺告诉你们，你们先前的那个房东跟卖豆腐的女人可好了，两人就坐在豆腐旁边摸摸捏捏，见了俺去他都没有顾上看俺一眼！"

李坤兰问："卖豆腐的？那里改成豆腐店了？……这世上总有那样的贱女人，她不会让他白吃她的豆腐，她肯定是有所图的！"

白云朵不笑了道："哼，那房东可不是盏省油的灯！还记得那天夜里俺喊叫有鬼吗？其实那鬼就是他！当时俺忍着没敢对你们说，害怕你们知道了生气，跟他一翻脸在那里住不下去了！"

夫妻二人同时"哦"了一声，迟至今日方才明白那件事情的真相，不由得佩服起这个小姑娘来，以前总觉得她没有心计，想不到她的心计比他们都多，难怪有了今天的发展。王炼钢就用刘片儿警告诉他的话问她道："听说你去了一家火锅店，唱歌唱火了，唱出名气了，快成明星了，有没有这回事？"

他以为白云朵会红着脸，扭扭捏捏地说没这回事，不料白云朵立刻就承认说："有，有哇，俺就是专为这事来的，明晚俺要参加央视的唱歌大赛，俺参赛的歌子是刚才送俺来的那位朋友请人作的词曲，名字叫作《漂客之歌》，就是写俺们这些到北京谋生的外来人的……"

李坤兰急着想听，打断她的话说："快给我们唱两句啊，听听我们这些漂客是怎么一个漂法！"

白云朵从没有过的不听话道："不，反正俺晚上是要唱的，现在就

狗肉包子王和房东赫先生同居的日子里　　121

不唱了，央视派给俺的指导老师让俺养养嗓子。俺念两句歌词给你们听吧，很有含意的：'不是没根，根在水中；不是没叶，叶在天空。乘一阵风，漂一个梦，做一次异乡的客人……'"

王炼钢把"漂一个梦"反复念了三遍，点着头对李坤兰说："说得好！别人为什么要漂我不知道，我们可不就是为了一个梦吗？"

白云朵找到了知音说："俺也是最喜欢这一句的！大叔大婶，按规矩每个参赛歌手都要带一个亲友团来，北京没有俺的亲人，俺的亲人全在老家，想来可又一时凑不齐盘缠，俺现在打工的这个火锅店就给俺成立了一个亲友团，老板当团长，老板娘当副团长，店里的伙计们都当团员，到时候一车开到现场为俺呐喊助威！你们过去对俺就像侄女儿一样，俺想请你们也做俺亲友团的成员，也来为俺呐喊助威吧！"

说着拿出两张红艳艳的入场券，送给他们夫妻一人一张，一侧脸发现铺子里面还有一个老头儿，两手在面案上擀着饼子，却竖起耳朵听她说话，眼睛也直盯着她手里的票。她就又掏出一张，送给张师傅说："大叔，请您也做俺的亲友团好不好？侄女儿谢您了！"

张师傅赶快擦手接着，夸奖她说："这小姑娘，还别说听你唱歌，听你说话就比有人扯起一副破锣嗓子唱歌好听，明晚准能拿个冠军！你是我们京漂的骄傲，大叔得给你准备一束鲜花！"

白云朵看着他摆得满案的饼子，两眼滴溜一转说："大叔您别花钱给俺买花，您还不如把这饼子带上一些，等俺一唱罢您就站起来发给观众们吃，记着一定给主持人发一个，逼他当场咬一口，人家都说主持人举足轻重！"

李坤兰拍手叫好道："死丫头，亏你想得出这么个高招儿，明晚我们也带些狗肉包子去，连酱油醋葱姜蒜油炸辣椒水儿这些作料也给带上，不花一分钱就把广告做了，而且还是黄金时间！"

王炼钢也说是好主意，李坤兰说到不花一分钱时顿了一下，说完突然转身就走，白云朵猜出她要去干什么，双手拦腰把她抱说："大婶您别给俺工钱了好不好，您不说俺快成明星了吗，成了明星还愁没有钱用？噢，只顾得给亲友团送票，到现在俺还没吃中饭呢，肚子饿了，让俺吃几个狗肉包子吧，俺还想尝尝这位大叔的饼子，这饼子是不是叫芝麻火烧？"

夫妻二人只好依她，由她自己去拿了几个狗肉包子狼吞虎咽地吃了，又把张师傅的芝麻火烧吃了一个，然后打手机通知送她来的那位朋友，说是现在可以把车开来接她走了。打完手机，白云朵看他们三张老脸上面挂着同一个疑问，扑哧笑道："刚才俺说的朋友是这次唱歌大赛的赞助商，不是俺的男朋友，明晚的活动是他们主办的！"

红轿车很快再次开来，白云朵开门进到车里，降下车窗玻璃，像是提前进行歌星谢幕的演习，对他们挥一挥手，把明天晚上的事又叮嘱一遍。

9

这天晚上，王炼钢和李坤兰比平时下班要早，匆匆卖完几笼狗肉包子就不做了，留下张师傅一人独自再做一锅芝麻火烧，夫妻二人收拾好了锅灶笼屉，案台桌凳，就乘车转站回到远郊的住处，吃了洗了，上床休息。但是他们又久久不能入眠，就像自己的女儿明天要出嫁了，作为她的生身父母，他们明晚要去亲家那里光临盛大的喜宴。

王炼钢推说他容易忘事，把唱歌大赛的入场券交给李坤兰，像把全年的房租费交给张师傅一样，让她全权保管。李坤兰就一会儿开灯看看上面的地址，一会儿开灯看看上面的时间。这将是他们来北京后除了买粮买菜的农贸市场，第一次要去的大地方了，千万不能坐错了车，也千万不能误过了钟点。他们准备提前三个小时出发，吃饱了饭再带足水，以免在为白云朵叫好的时候喉咙干渴，叫出的声音没有别人响亮。

次日天色未亮他们就起来了，因为还有一件重要的事昨夜忘了做，去到那么大的场合，参加那么大的活动，他们应该穿得体面一点儿，还穿平时做狗肉包子的那件褂子肯定是不合适的，说不定看守大门的还不许进呢。王炼钢提出他穿过年时新买的衣服，李坤兰立刻骂他疯了，理由是现在刚到秋季，就穿冬天的棉衣热且不说，别到现场被人当成精神病给轰了出来！她找出一套儿子送他的旧西装，让他今晚就把这个罩在外面，自己则穿女儿给她买的那套裙装。

接连经历了几场说大不大说小也不小的事，王炼钢发现他们两人在家的地位已悄然发生了变化，他对李坤兰由过去的说一不二，开始变得言听计从，于是接过西装就往身上穿着，李坤兰却又骂他疯了，问他白天做狗肉包子能穿这个吗？王炼钢这才全面领会她的意图，承认自己疯倒没疯，只是高兴得有点儿发傻，便把夫妻二人的高级衣服装进一个手提包里，改说等他做完一天的狗肉包子，临行之前再把它套在身上。

收拾已毕，他们又从原路返回铺子，还像过去那样切肉揉面，剁馅儿包狗肉包子，但是精力再也不能像过去那样集中了，眼前老是出现电视里的那些精彩画面。有一次顾客要玉米糁粥，他们端去的是莲子红枣粥，后来只好按玉米糁粥收钱，还有一次忘了把零钱找给人家，直到对方提醒才想起来，点头哈腰地直向人家说对不起，又抓起两个包子塞给人家作为精神赔偿。他们专门蒸了一笼特别好的狗肉包子谁也不卖，晾凉后分别装在塑料食品袋里，一笼十屉，一屉一袋，一袋十个，总共一百个整，塞满一只方方正正的纸箱，准备晚上运往唱歌大赛的主会场。

他们平常的日子是一天一天地过去，唯有这天却是一秒一秒地过去，很不容易才熬到下午将近五点，王炼钢对张师傅喊了一声"收班"，铺子里还有两个没吃完狗肉包子的顾客吓得身子一直，李坤兰慌忙解释道："对不起先生，今晚我们有个活动需要早走，您的包子钱就免了,您能带回家去吃吗?"

张师傅也早已收拾停当,只等着王炼钢这一声令下,把装好芝麻火烧的口袋往肩上一搭,先他们一步跨出门去。后面的王炼钢和李坤兰换好衣服,抬了装有狗肉包子的纸箱正要出门,这时门口的光线一暗,一个膘肥体壮的汉子怀里抱着一只卷毛狗,晃晃悠悠地走了进来,嘴里一边叫着:"王老板,搬到这儿来也不言语一声儿,不合适吧?"

夫妻二人只听话音,不用看人,除了那个好吃懒做的赫先生还有谁呢,李坤兰故意把眼皮往下一耷,一人拎了纸箱,昂着头从他面前直挺挺地迈了过去,还大声对背后的王炼钢说:"快走哇,小心被狗咬了!"

赫先生半点儿都不在意,回头看她一眼,继续前进道:"瞧你说的嘿,我家姑娘从来都不咬人,你又不是不知道的,是吧姑娘?"

他的姑娘这次不叫,可能饿了,为了保存体力,眼巴巴地望着他哼唧了一下。赫先生说:"听到没有,姑娘受委屈了嘿。王老板,今儿个我来是要跟你说几个事儿,干吗这么早就收班?没人气儿是吧?我就知道这里不行!我要跟你说的这第一个呢,是好长时间不吃狗肉包子了,说不想吃还真没人信,那就来它一屉吧!"

说着看准一个位置过去坐下,眼睛就直往蒸笼上瞅。李坤兰此时一条腿已迈出了门,想着后面的王炼钢还留在铺子里,只怕自己男人脸薄嘴软,一不小心又答应了,就毅然返身回来,决定撕破脸也要为他把上一关,扯着嗓子嚷道:"想吃就掏现钱,新铺面,新规矩,亲儿子来了也别想破这个例!"

她原想着这么一嚷,又骂他亲儿子,又要他掏现钱,这个白吃白喝惯了身上从不带钱的老房东只好撤退,她的男人就可以抽身出来,抓紧时间去赶白云朵的唱歌大赛了。却没想到说时迟,那时快,只见赫先生难得从衣兜里摸出一张新崭崭的红票子,举起来摇了个响,"啪"地往桌上一放道:"这可是你说的话,没问题,一手钱,一手货,来屉热的!"

事到如今,王炼钢已经没法赶他走了,只得硬着头皮收过钱去,一赌狠端出一屉已收进柜里的狗肉包子,也"啪"地往桌上一放道:"来了!热不热我不知道,凑合着吃吧,我看你这肚子皮实,吃了没事!"又一咬牙对李坤兰说:"你跟张师傅先走一步,去了当怎么就怎么,别等我了,我今天要在这里多陪他一会儿!"

赫先生看他脸色刚才还是红的,现在白里带青,知道他也打算拼了,就低了头在狗肉包子上面闻闻,又用手按按,每个都只剩下一点儿热气,就像一拨要死还没死定的人。转眼再看周边,酱油醋葱姜蒜辣椒水儿一样没备,还别说贵州陶华碧老干妈了,皱了一皱眉头,但他通过这夫妻二人的言行,认清今晚的形势之后也就退一步说:"就这样儿吧!"

说着他随手抓起一个狗肉包子塞进嘴里,吧唧几口就咽了下去,比从前的速度要快多了。李坤兰还嫌他慢,又骂王炼钢道:"死人,你叫他有话快说,有屁快放!"

赫先生手里第二个狗肉包子已往嘴里塞了一半,听了这话又抽出来说:"得,这就是你们的不是了,今儿个来我不是你们的房东,我是你们的顾客,进了门,给了钱,要了包子,还不说缺这少那,冷哪凉的,就说我还没吃完呢,才吃一个你们就想轰我走,这事儿搁哪儿都说不过去吧?让你们刘片儿警来也不能说你们占理儿吧?"

王炼钢承认自己对付不了此人,而且早就承认,知道今晚看唱歌大赛的事十有八九会黄,心一横索性豁出来说:"谁说我们想轰你走?我还哪儿都不去了,就守在这里看着你吃,听着你说!坤兰,你跟张师傅走!"

赫先生说:"呃,听我说就对了,刚才我说到哪儿了?说到你们刘片儿警了!那我就还说他吧,知道不,这人原本也是个小漂,后来去读了个学校,出来就留下干这行儿了,他爹他叔,他哥他舅,还都是老漂呢，要不他干吗总跟我们较劲儿？想改朝换代，占领北京，移民不是？二百五似的还要当英雄，昨儿个说有人打了你们漂客，硬把人追到车轱辘底下，吧唧，碾成个大肉饼！这下可好，被人家属告了，关起来了，英雄没当成，成狗熊了嘿！"

王炼钢一听刘片儿警出事就呆了，李坤兰一时也忘了去看唱歌大赛的事，破口骂道："那是他妈的有人该死，打人没错他跑个什么？刘片儿警就是英雄，关起来也比有些不关的人强，明天我就给他送饭吃去！"

赫先生说："送得着吗？你以为你跟他挨得近，还能在这儿住多久？我再告诉你，这一片儿的房子立马儿就要拆了，包括我的房子，包括你们租的房子，都要拆，要不我还来吃一次狗肉包子，不就想落个念想吗？我的房子拆了我有的是大高楼住，不愿住就拿个千儿八百万块钱走人，看着哪儿好到哪儿买去！谁给钱？政府哇！可你们租的这房子拆了，你们就只好滚蛋喽，为什么？不是北京人儿，能跟北京人儿比吗？"

这一次，发呆的不仅是王炼钢，连王坤兰也发起呆来，就连已经出门的张师傅也返进门里，偏着脖子问赫先生道："你刚才说什么我没听清，是叫我们滚蛋？"

赫先生更不理张师傅了，就像他坐的是大会主席台，专来给这夫妻二人讲话的，而张师傅不过是个旁听。他就继续往下讲道："我来还要给你们报个喜讯呢，不管怎么说也在一处住过，这不相当于同船渡，前五百年所修吗？现如今上面要拆房补钱，我那太太又要回来跟我了，我知道她为的是分我财产，什么恩哪、爱呀，早就没有了的，所以我就在想，往后我是要她呢还是要小汪。小汪你们没见过吧，就是你们走后租我门脸儿房卖豆腐的那女老板，年轻着呢，嫩豆腐似的，比我女儿还小月份！姑娘你说，我到底要哪个合适？"

他喂怀里的狗一个狗肉包子，狗回答说："汪！"

赫先生翻译说："得，我家姑娘倾向于小汪，那我就确定要小汪吧。"

讲完了话，一屉狗肉包子也吃完了，赫先生打了个冷嗝儿，然后慢慢地擦嘴，慢慢地起身，慢慢地从铺子里走了出去。

李坤兰一直坚守在男人身边不走，这时她代表三个被耽误了宝贵时间的人，朝着赫先生的背影"呸"了一口道："好你个老牛吃嫩草的，死在你的嫩豆腐上吧！"

三人重新出发，一路上主要是为刘片儿警打抱不平，叹息这么仗义的人怎么偏偏碰上这么倒霉的事，接着又怀疑赫先生是在造谣，因为记恨人家，所以盼着人家被关禁闭，事实上关不了，就自己编个谎言来关。李坤兰越想越对这人的出现感到奇怪，她坐在车上问王炼钢说："你说他今晚来到底是为什么？真为吃几个冷狗肉包子？"

王炼钢说："这你还听不出来，吃狗肉包子无非是个借口，目的一是取笑刘片儿警，二是显摆他，这叫长自己的志气，灭敌人的威风！"

显摆是北京话炫耀的意思，跟赫先生同居这么一些日子，王炼钢也会说显摆了。张师傅笑起来道："这人过去也白吃我的芝麻火烧，我都懒得跟你们说，今天估计是头一回给你们钱，他显摆个什么？"

王炼钢说："显摆他又要有拆房款了，又要有太太了，还一下子就是两个太太，一个是开画店的家太太，一个是卖豆腐的野太太，他都拿不定主意要哪个太太好，只好请他的姑娘做决定了！"

李坤兰又要"呸"他一口，发现自己坐在车上，只好收回那个"呸"说："老不要脸的东西！"

由于这么一耽误，他们一路上乘车转站，又是第一次去那么大的地方，人生地不熟的老要问路，终于赶到唱歌大赛主会场的时候，大门口已经没有一个人了，把门的保安不让他们进去，说是大赛组委会的规定，为了保持现场的秩序，时间一过就不能入内。三人一齐哀求，说自己是参赛歌手的亲友团，进去要给侄女儿加油，还要给观众和主持人发狗肉包子和芝麻火烧，请他放了他们一马，说着还要把带来的礼物送他一个尝尝,保安严肃地回答说:"不中!"

王炼钢彻底绝望了,把这一切都算在赫先生头上,心里真是恨透他了。李坤兰却仍不死心,听这把门的保安是外地口音,刚又说了个"不中",就继续攻关道:"小伙子也是个漂客吧?"

保安问:"啥叫漂客?"

李坤兰说:"漂客就是来大城市打工的外地人,北京的叫京漂,上海的叫海漂,广州的叫广漂,像你像我们这样儿的就属于京漂一族,总的都叫漂客。今晚我侄女儿参赛的歌子就叫《漂客之歌》,里面唱的还有你哪:乘一阵风,漂一个梦,做一次异乡的客人……北京不也是你的异乡吗?放我们进去听听好不?"

保安的呼吸急促起来,脸上有了红色,但是很快又严肃了,回答说:"不中!"

王炼钢叹口气道:"别给他为难了,各行有各行的规矩,砸了人家饭碗你可是赔不起的,我们回去吧。"

他不再征求李坤兰和张师傅的同意,转成笑脸,向保安挥了挥手,弯腰拎起那箱狗肉包子,朝着来时的方向走去。走了几步,猛听得背后一个外地口音紧急喊了一声:"师傅你回来!"

王炼钢一回头,见李坤兰和张师傅还站在大门两边,一左一右活像哼哈二将,那保安却正对他用力地招手,又喊了一声道:"师傅你回来,我给你们想了个好主意!"

三人一齐聚到保安身边,眼里充满希望之光,保安说声"跟我来吧",就把他们带到一间小屋子里,让他们在一张钢丝床上坐下,"啪"地打开一个啤酒箱大的电视机说:"直播,都在里面,你们慢慢看!"

说完转身又向自己的岗位走去。李坤兰冲他后背嚷道:"还以为让我们从后门进呢,还是看这玩意儿,这叫我们怎么加油哇?怎么发……"

狗肉包子王和房东赫先生同居的日子里　　129

正嚷着只听王炼钢一声断喝:"出来啦!正是云朵!哪儿这么巧!好!"

连着叫了几个"好",又"啪啪"地鼓起掌来。李坤兰把身子凑到近处,眼睛几乎贴着屏幕,使劲儿地看,使劲儿地听,突然气得照他后背给了一巴掌道:"是云朵吗你就叫好?是《漂客之歌》吗你就叫好?这是个男的装女的唱歌你没看出来?还鼓掌,鼓你的死脑壳!"

张师傅也大笑道:"装什么呀,颈脖上的嗓子都露在外面了!"

王炼钢立刻没有积极性了,身子一软仰靠在了墙上。但他很快又坐直起来,死盯着电视机说:"她会出来的!"

过了一会儿又说:"她一定会出来的!"

野狐狸镇的三个娘们儿

1

当这个穿黄色连衣裙的女人叮儿叮儿走进店子的时候，店子的光线陡然一暗，女主人黄秋菊的感觉是眼前盛开了一朵菊花。黄秋菊心里在想，这个女人要是姓黄，她才应该叫黄秋菊呢。开店以来，黄秋菊还从来没有见到这么漂亮的女人走进她的店子。当然，漂亮的女人世上多得是，在她们这个小小的野狐狸镇，李如嫣和她就被称作两个漂亮的女人。一般来说，稍微有点儿姿色的女人都喜欢逛店，因为店里有化妆品，有时尚衣服，有美食，但是黄秋菊的这个店子不卖这些，黄秋菊的店子只经营两样东西，一样是化肥，一样是农药。

黄秋菊的店子门外，左边是一个垃圾处理站，右边是一个刚刚取消收费的公共厕所，在这个门当户对的三角区里，身强力壮的苍蝇像直升机一样随处降落。人造肥料和天然肥料，无机肥料和有机肥料，说通俗些，黄秋菊店子里的化肥和公共厕所里的屎尿们，每天都在竞争着它们的气味谁更强大。这么漂亮的女人怎么会在这样的环境里来购物呢？除非她是心怀潘金莲式的用心，想买一瓶杀虫剂回去杀夫。

想到这里她不禁笑了一下，笑的是把这个女人跟那个淫妇联系在一起，让她为自己的漂亮付出了一点小小的代价吧。穿黄色连衣裙的女人一点儿也不明白黄秋菊的阴暗心理，还以为女店主是用当今提倡的微笑迎接顾客，接下来可能还会说一句古德猫宁，就也礼貌地笑了一下。其实不管黄秋菊该不该笑，这个女人是不该笑的，这一笑她嘴里的缝隙扩大了，把几颗芝麻糖一样的牙齿露了出来，黄秋菊脸上的表情就像洒在花瓶上的几滴胶水，被风一吹突然就凝固不动了。

穿黄色连衣裙的女人好像意识到了她的变化，赶紧收住笑说，劳驾，卖我一袋尿素，不要国产的，要日本株式会社的！

如果刚才不那么一笑，而只是浅尝辄止地说出这句生意上的话，她给黄秋菊留下的印象简直可以说是绝色。牙齿不好的女人只要脑子好，说话的时候可以让对方只看见自己两片上下翻动的嘴唇，顶多再加一条卷来卷去的舌头。不是有人把说话叫作耍嘴皮，叫作嚼舌头吗？没人说是耍牙齿，嚼牙齿的，古代美人笑不露齿，估计是她们的牙齿长得不好看。黄秋菊就喜欢跟男人一样爽朗地笑，哈哈哈哈，一嘴白牙在两片红嘴唇的包围中闪闪发亮。

黄秋菊的心情变得相当地愉快了，刚才她还为这个女人的漂亮而产生的一种莫名其妙的烦恼，现在已经烟消云散。就像打一场三局两胜的比赛，这个女人一上场就以花容月貌赢了第一局，第二局却因一嘴黑牙齿输给了她，她本来不想再打了，只当双方战成一个平手，店主嘛，跟顾客比个什么！但这时候她完全是无意识的，顺手把一袋过了期的尿素扯出来，正好是对方要的那个日本株式会社。这一下子她立刻觉得自己赢了第三局，也是在现实生活中真正关键的一局，女人光漂亮有用吗？光漂亮能认出袋子上的年月日是改过的吗？

她的耳边响起了自己小时唱过的一首儿歌：黑牙齿，巴狗屎。巴一担，做年饭。巴一斗，做甜酒。野狐狸镇人说的"巴"，就是普通话里"拉"的意思，这首儿歌是污辱黑牙齿的，句与句之间没有半点儿逻辑关系，纯粹是为了押韵而已。至于用狗屎做年饭和做甜酒，那也是做给黑牙齿自己吃，谁叫它长得那么黑来着。

穿黄色连衣裙的女人的确是输给她了，连看也没看日本株式会社下面的日期一眼就付了钱，然后一扭脖子，朝着店门外面叫了一声，呃，给我把它搬到车子上去!

听到她的召唤,"呃"从门外几步就跨了进来,进来的人年龄在十八九岁,抓住这袋尿素的两个边角,像抓住一头小猪的两只耳朵,"嗨哧"一声扛到肩上,一溜小跑着出了店门,又"嗨哧"一声把它栽进一辆三轮车里去了。黄秋菊的眼光尾随着这个女人一扭一扭的细腰,看见她抢在三轮车的前面急切地走着,走的是又碎又快的步子,高底鞋的铁掌敲击着小镇的水泥街面,发出叮儿叮儿的脆响,让人想起山东快书。

从穿着和年龄上看,蹬三轮儿的不会是这个女人的弟弟,当然更不会是这个女人的儿子,应该是这个女人雇来的伙计,雇来给自己家里干农活儿。黄秋菊试着猜测这个女人是不是小镇附近的农妇,跟小镇附近绝大多数的庄稼人一样,买尿素回去给地里的粮食或者蔬菜追肥,野狐狸镇的这个店子就是缘此开起来的。但是还没容她猜完,她就自己把自己给否定了,不知道美国的农妇会不会打扮得这样花枝招展,反正中国的农妇不会!那么这样一来问题就复杂了,既然不种庄稼,买尿素干什么?

中饭时黄秋菊关了店门回家,一边吃着婆婆做的饭,一边对夏如春说起今天有个穿黄色连衣裙的漂亮女人来到她的店里,买走一袋过期化肥的事。说到这个女人一笑露出满嘴的黑牙齿,她故意加大力度地笑着,把自己嘴里的白牙齿都露了出来。她的婆婆听着也笑,不过只笑一下就不笑了,瞪着眼睛警告儿媳妇说,老古人说得好,吃不言,睡不语,吃饭笑出毛病来就不笑了!

夏如春是野狐狸镇小学的语文老师,书教得特别好,每个学期都要挣回一张盖着公章的奖状贴在客厅墙上。每到天气晴朗的正午,太阳光从窗子外面斜照进来,客厅大半边墙的铜版纸就被照得红光光,明晃晃的。听说有个漂亮女人买走一袋过期化肥,夏如春条件反射一样往墙上的奖状看了一眼,两根眉毛向中看齐,接着听说买化肥的漂亮女人满嘴的黑牙齿,刚刚聚拢的眉毛又扬到额头上去了。他停下手里的筷子问黄秋菊,你说的女人是不是在镇上卖豆芽的那个王妃娘娘?

只听得"扑哧"一声,黄秋菊差点儿把嘴里正嚼的饭喷在了他的眼镜上,笑得不成体统地问,什么?王妃娘娘?当王妃娘娘的还用卖豆芽吗?

这一次夏妈妈是真的生了气,把儿子也搭在一起责备道,叫你们吃饭不要笑你们偏要笑,非得把食管呛出个病来才好,你们到底为不为自己负责呀?

黄秋菊还在不为自己负责地咧开白牙笑着,夏如春也不听他妈的忠告说,这个女人本名叫王菲菲,娘家多少代都在通州城里长豆芽卖,很有名气的,老通州人喊的是豆芽王。王菲菲的男人是个倒插门的女婿,也姓王,叫王啸虎,去年这小两口儿跟老两口儿闹分家,到野狐狸镇来另外开了个店,镇上人把王啸虎也叫的是豆芽王!男人是王,女人可不就是王后王妃吗?何况她又叫王菲菲,王妃娘娘这个绰号就是这么来的!要说起来,我读通州一中的时候还跟他们都同过学……

接下来他有点儿犹豫,想着是不是再说出王菲菲的第二个绰号,取这个绰号的人有些缺德,知道王菲菲得的是不孕之症,背后就又叫她绝代佳人。

夏如春的眼睛不是一般的近视,吃饭时眼镜偶尔会碰着手里的瓷碗,发出硬碰硬的清脆的响声。黄秋菊试着戴过他的眼镜,半寸厚的玻璃片子刚刚对准一只眼睛,立刻就觉得自己上了一只风浪中的海船,天旋地转中差点儿晕倒在甲板上。正是因为这双眼睛,当初夏如春子顶父职去当夏老师,他的父亲老夏老师给校长前后供应了一年的烟酒,那时老夏老师的肺癌已经到了晚期。也正是因为这双眼睛,刚才当他说到他跟那个黑牙齿的漂亮女人还同过学时,黄秋菊的嘴里停止嚼动达一分钟之久,他竟一点儿也没有觉察出来。

既然没有觉察出来,他就接着再往下说道,那个时候谁都没有想到,王菲菲以后会嫁给王啸虎!她的牙齿是不太白,可也没你说的那样黑,毕竟是我们通州十八中的校花,叫作白璧微瑕吧,班上好多男生都给她写信。而那个王啸虎学习又差,长相又丑,《十五贯》里的娄阿鼠一样,女同学都把他喊什么你知道吗?哈,都把他喊王小鼠……

已经停止嚼动第二分钟的黄秋菊,猛地冷笑了一声说,是啊,你的学习又好,长相又帅,只有你才配得上她!可惜你当时怎么不下手投一个资,买一堆牙膏牙刷把她一嘴黑狗屎牙齿刷得白花花的,往后好做你的王妃娘娘呢?要是那样的话你们两人一个在课堂上给学生讲课,一个在食堂里长豆芽给学生吃,珠联璧合多好!那年头牙刷便宜,牙膏质量也好,人又正处在少女的发育期,一嘴黑狗屎牙齿还没黑定型,事情宜早不宜迟,毛主席在他的哲学著作里怎么说的来着,要把矛盾消灭在萌芽状态是不是?看看,一说到萌芽我又想到豆芽了,难怪你那么喜欢吃豆芽,原来是睹物思人,一吃豆芽就油然想起了王妃娘娘呀!

也实在是巧,他家中午这顿饭四菜一汤,正好有一盘菜是青辣椒炒黄豆芽,夏如春又正好夹了一筷子豆芽放在自己的碗里,预备着讲完通州十八中的往事之后,扒一口饭连同豆芽一起吃掉。这下子被黄秋菊一语说了个正着,他就索性让她生气,故意只吃豆芽而不吃饭,嘴里嚼出"咔嚓咔嚓"的声音道,毛主席说得对,我就是要把它消灭在萌芽状态,再不使劲儿吃它就会长成黄豆秧子,结出黄豆来了!

黄秋菊又冷笑了一声说,长出黄豆来那才好呢,那叫爱情的结晶!

夏妈妈听出儿媳妇真的是吃那个王妃娘娘的醋了,要是再不许她说话,只怕反而会让儿子更加被动,就把手里的筷子一放,也一边吃饭一边说道,我这就奇了怪了,你们都是邓小平时代出生的人,怎么说起那年头的话来一套一套的!秋菊不是我说你,我家春儿要是看中那个王菲菲,还用他投资买牙膏牙刷吗?我记得有一年放暑假,那个王菲菲给我家春儿写了一封信,春儿揣在兜里临到要睡觉了才想起来,上厕所的时候才掏出来看,眼睛又近视得很,"扑哧"把信掉进茅坑儿里了!那年头我们老百姓的居住条件差得很,家里厕所还是蹲坑儿,想捞都没法子往出捞!

夏如春知道当妈的想帮儿子的忙,但他觉得这一席话不仅帮不上忙,相反还会帮他倒忙,想制止又来不及了,就用一双近视眼看着妈说,妈,你跟她说这个做什么?

果不其然是帮了他的倒忙,黄秋菊说,妈跟我说这个怎么了?这事你把我瞒得铁紧,结婚五年你都没有给我说过,妈要不说我这辈子都不知道你在通州还有一个初恋!妈,王菲菲的信他不是不看,而是不好当着别人的面看,忍哪,忍哪,从白天忍到夜晚,实在忍不住了才躲在厕所里看起来,妈你知道他为什么把信掉进茅坑儿了吗?还不是因为他太激动了,手直发抖,给抖掉的!那夜你家居住条件要不是差得很,家里厕所要不是蹲坑儿,信掉进去要不是捞不出来,兴许他们两个早就搞成了,哪还能临到我哟!

夏如春的眼睛看不出来,耳朵却听出来了,听出黄秋菊开始是连玩带笑,接着是半笑半真,再接着就全都是真格儿的了。她嘴里的牙齿白倒是白,可你听她红口白牙说出来的那些挖苦话,一个字就是一把黑铁丝钩子,拿它去钩十年前掉进茅坑儿里的那封信都有可能钩得出来!不过夏如春不想对她采取解释的办法,对女人进行一味的妥协,那不成了让人瞧不起的王啸虎式的男人了?夏如春就故意嬉皮笑脸地说,可不是吗,要是那样的话,我的儿子就只好麻烦她来生了,生下来也是一嘴黑牙齿!

黄秋菊听他说到儿子,一句话破口而出道,那你就去跟她生黑牙齿的儿子,这个白牙齿的儿子让我带走好了!

从她的口型上看,接下来还有一系列更加狠毒的话,夏妈妈还不等她出口就扭过脸去,用筷子在一只菜盘上像敲警钟一样"当当当"敲了三响,对儿子说,你再胡说一句,你就给我找那个卖豆芽的王菲菲去,我跟我秋菊还有我冬冬,我们三个人过!

这一次她给儿子帮上忙了,这番话明里是为儿媳妇伸张正义,暗里却是帮儿子平息一场眼看就要爆发的家庭战争。类似的战争在这两口子之间已经发生过多起了,每次都是以一句玩笑话开幕,中间说上几段相声,闭幕式却变成一场唇枪舌剑的小品,有两次还演成了少林武术,扭打中儿子的眼镜被击落在地。多少个岁月,无数场风雨,已经把这个丧夫的老女人百炼成精,丈夫没了,儿子是最重要的,孙子出世,孙子又是最重要的,如果儿媳妇跟儿子发生内战真的把孙子带走,她这孤寡晚年还有个什么活头呢?

夏如春听到警钟态度严肃起来,低头又夹了几根豆芽喂进嘴里,跟饭一起嚼完了说,妈,秋菊,今天是周末,我还得早点儿去接冬冬!

冬冬是他们全家的中央,用夏如春的话说是他们这个四人世界的魔鬼轴心国,他们得紧密地团结在以冬冬为首的主体周围,在任何情况下只要把话题转到冬冬,就能使其他的三个成员凝聚在一起。情况还真是这样的,黄秋菊的嘴里又恢复了嚼动,脸上甚至还出现了笑容,她有理由认为能够生下冬冬的女人是世界上战无不胜的女人,那个只会长豆芽卖的王妃娘娘算个什么东西?

2

冬冬上的幼儿园在镇子顶头,夏如春教书的学校在镇子中间,他们家在镇子的中下部,而黄秋菊的化肥农药店几乎是在镇子的尾巴上,四个单位基本上形成了一条龙。正因为是这样的一个格局,每天接送儿子在别的家庭多半是妈妈的事,在他们家就落在了戴近视眼镜的夏如春身上。早晨他送完儿子再回学校上课，下午他下课以后再去接儿子回家，用黄秋菊的话说，来去都是顺便的事。

野狐狸镇是一个只有二十年历史的小镇，镇上人口不多，生活条件不错，孩子家长每天接送孩子，有的是开汽车，有的是骑自行车，汽车和自行车之间还有一种交通工具是摩托车。不过骑摩托车接送孩子一般是夫妻二人，一人在前面担任司机，一人在后面充当保安，当保安的要一手扶着司机的腰，一手搂着孩子的屁股，在摩托车风驰电掣的一路狂奔之中，才不至于把宝贵的小业主从车上给摔下来。野狐狸镇的镇长何正富是黄秋菊她妈的娘家侄子，去年在冬冬过生日的那天晚上喝多了酒，主动提出要把镇上没收非法贩运分子的摩托车送一辆给表妹夫，让表妹夫每天带着表妹一道接送外甥。夏如春吓得指着自己的眼镜问，我？你是说我？

夏如春可不敢做这样的游戏，他说他见过夫妻二人骑摩托车接送孩子的，可要是他当司机黄秋菊当保安吧，他的视力肯定不行，黄秋菊当司机他当保安吧，他的男人面子又往哪里搁呢？另外，他对妻表哥镇长何正富说，你把没收非法贩运分子的摩托车送给亲戚骑，这是不是也算非法？万一要让摩托车的主人认出来了，两个非法分子在路上扭打起来是不是更加非法？另外，这些非法行为万一被我的学生或者家长看见，那该多么的难堪哪！

他说这话的时候由于血液循环加快，一张白白净净的脸都争红了。何正富斜着看了黄秋菊一眼，摇摇头，接着又摇摇手，右边的嘴角往斜上方扯了一扯。黄秋菊觉得何正富的表情是像对待一个不懂事的孩子，顿时为自己的语文老师丈夫感到不好意思，学着他的口气说，那该多么的难堪哪，我看你现在就该难堪！扭过脸去又对何正富说，别跟他说了，他就是这么一个蠢人！全世界的人都没有他这么蠢，他就是这么一头蠢猪！……吃菜呀！表哥你尝尝这个！

夏如春连自行车都不骑，他从来就没有骑过自行车，也不会为了送儿子上幼儿园而去专门学它。他采取的办法是背着儿子步行，背累了放到地上走一走，清早先把儿子送进幼儿园，然后自己才到学校上课，下午再从幼儿园接出儿子，父子两个从原路回家。遇上周末，幼儿园提前放学，学校也少一节课，时间充足，心情又好，夏如春往往会换一种方式，让儿子叉开两条小腿骑在他的脖子上，一路上他给儿子讲大灰狼的故事。这样一来儿子也接了，自己身体也锻炼了，学龄前儿童的综合素质教育也进行了。他像驴子一样"呱嗒呱嗒"把儿子驮回家里，进门又像狗一样趴在地上，让儿子跨过他的脑袋安全着陆，两腿之间的一根小肉肉蹭得他的头皮直痒痒，他认为那痒痒的感觉是一种幸福。

今天冬冬又骑着驴子回家，走到中途，忽然他听得身后"扑哧"一响，同时感到背上一阵热乎，他很舒服地扭过头问，冬冬，刚才你放了一个屁吧？

冬冬实事求是地告诉他说，我放了一个屁，放的时候还拉屎了。

夏如春以为儿子是逗他玩儿的，儿子最喜欢听马三立的相声，一听马三立说那段"逗你玩儿"就笑得两脚弹地。他就也逗儿子玩儿说，哈，你就跟过去的地主资本家一样，骑在人民头上拉屎拉尿呀？

冬冬说，我拉屎，我没拉尿。

夏如春试着用鼻子吸了一下，正好一阵秋风从背后吹来，风里真有一股持久的臭气，他走一步那臭气跟着他走一步，他走两步那臭气跟着他走两步。凭着过去的经验，那臭气如果是屁的话应该早就被风吹散了，这证明儿子没逗他玩儿，他一下子急了眼说，啊，你真拉屎啦？

冬冬两手勾着他的脖子，扳着手指头给他计算着说，爸，今天我都拉两泡屎了，这一泡是第三泡，拉的都是稀屎，周阿姨还说要你带我上医院去看看！

夏如春感到问题的严重性了，他想把冬冬从脖子上放下来，看看儿子刚才拉的是什么屎,多大的分量,黏稠度如何,有没有上医院的必要。但是这个时候路上的行人很多,有从背后越过去的,也有从对面走过来的,他记得自己的衣服兜里只有一张餐巾纸,昨天一位旷课学生的家长请他吃饭,他发现桌上的餐巾纸相当精美,白底子的中央和四方印着五朵蓝花,临走时便顺手拿了一张装进兜里。儿子真要是拉了一泡稀屎的话,这张白底蓝花的餐巾纸倒不是他不舍得,而是根本就不够用!何况他一个当老师的怎么能在大街上丢人现眼,行人中如果有他的学生和学生家长,那他真的叫作无地自容!反正一站地已经走了四分之三,再走几步就到了,坚持到家以后再说吧。

他加快了回家的步伐,一路上直觉得背上刚才挺热乎的那一块,秋风一吹现在不仅变得凉丝丝的,而且还有些潮乎乎的。夏如春的上半截身子打了一个哆嗦,哆嗦完了他却故作幽默地说,嘿,这如今,还真有骑在人民头上拉屎拉尿的人啊?

为了早些到家看个究竟,他像一头快乐的驴子在路上小跑起来,鼻子和嘴里"呼哧呼哧"地喘着粗气,这样倒是跟背后的行人拉开了距离,却引得对面的行人直向他看。他把儿子连人带屎驮回了家,凑巧黄秋菊也刚进家门,正脱下有化肥和农药味道的衣服往洗衣机里塞,夏如春紧急地喊了一声,快快快,快把这小狗日的给我卸下来!

黄秋菊从这声音里听出了不同寻常,洗衣机的盖子也顾不得盖上,手忙脚乱就去抱他们的儿子。她发现儿子歪着个小脑袋骑在他的脖子上不动,这一下可把她给吓坏了,一摸儿子的鼻子还在出气,原来已经睡了过去。但一听夏如春的这个口气,分明是发生了什么意外,再看儿子的裤裆是湿的,一股臭气从那里散发出来,她这个做娘的立刻就明白了,儿子一定是排泄系统出了问题,也就是把稀屎拉在了裤子里。抱下儿子转眼再看夏如春,蓝衬衣的后背上有一块椭圆形的湿印,呈淡黄色,像个地图上的岛屿被包围在一片蓝色的湖泊中。看来儿子这泡稀屎的量还不小,里外两层裤子都没挡住,还冲出来印在了老子的后背上。

我这个周末真是不错,收获大大的有!夏如春把臭烘烘的儿子移交给了黄秋菊后,赶紧低头往洗手间跑,一边跑一边往下扒着画了黄色岛屿的衬衣,一边还学电视里的日本人说话。他家洗手间的面积比十年前大多了,里面除了有那时没有时兴的坐便器和淋浴器,墙上还钉了一面洗澡时可以检查自己身体的大镜子。夏如春从镜子里看见黄秋菊在她婆婆的协助下,把睡着的儿子摇醒了,婆媳二人正在你一句我一句地进行调查。

冬冬你说,早上走时还好好的,怎么突然拉稀屎了?

冬冬你说,今天在幼儿园阿姨给你吃什么了?

等夏如春洗完澡换了一身干净衣服出来,看见冬冬接受完调查又睡过去了,躺在客厅的长沙发上,一大盆脏水和一条屎裤子就像证据一样摆在沙发面前。沙发的两端坐着守卫冬冬的婆媳二人,他们已经摆出一个开斗争会的架势,坐在那里等候着他。夏妈妈用手指着对面的沙发,眼睛也望着对面的沙发说,坐下,秋菊有话要问你!

夏如春搓着两手坐了过去,嘴里面唠叨着,真是的,儿子拉稀屎又不是我让他拉的!

黄秋菊板着脸开始问他,我问你,冬冬是吃什么拉的稀屎?

你问我,夏如春笑了说,我也在纳闷儿呢,莫不是幼儿园的厨师眼睛比我还差,把巴豆当成黄豆炒给小朋友们吃了?

黄秋菊的笑却是一声冷笑,呃,你别给我来什么夸张,这事还差点儿让你说对了!只不过不是吃黄豆,而是吃你那个初恋王妃娘娘长的黄豆芽!

啊?黄豆芽里有什么了?夏如春的屁股猛地往上抬了一下。

有什么?有化肥!有日本株式会社的尿素!我早就听人说了用这东西长豆芽,长出的豆芽一根一根个子都大着呢!

野狐狸镇的三个娘们儿　　141

她用尿素长豆芽你怎么知道？

我怎么知道？是你告诉我的！你说她家是豆芽世家，从通州搬迁过来的豆芽王，既然她家不是农民又不种地，她到我店里来买尿素干什么用？你说她干什么用？呃，你说？

夏如春方才记起王菲菲今天上午到黄秋菊的店里去买尿素了，心想黄秋菊说得不是没有道理，王菲菲家不是农民又不种地，到她店里来买尿素干什么用呢？但他心里想是这么想，嘴里仍还要辩论着说，既然你早就听人说了用这东西长豆芽，长出的豆芽个子大着呢，那她搬到野狐狸镇这么久了，为什么从来没在你的店里买过尿素，而直到今天才来买呢？再说她今天买的尿素今天就能长进豆芽里，今天就能让幼儿园买去给小朋友吃吗？

他心里还有一句话没问出来，担心问出来首先他就忍不住笑，这一笑又会使黄秋菊火上浇油。他要问的话里明显带有狡辩的意思，故意把问题往滑稽和荒诞的方向转移，聪明人在关键时刻爱用这一招，目的是用笑声来冲淡它的性质。他想问黄秋菊，小个子日本人制造出来的尿素怎么会把中国的豆芽长成大个子呢？幸亏这句话快说出来时被他咽了下去，黄秋菊还只听到前面一句，就气急败坏地反问他说，她不来买，她的男人不能来买吗？你说你的那个学习又差长相又丑的男同学叫什么名字来着？

夏妈妈一口就替儿子说了出来，也姓王，叫王啸虎！

黄秋菊尖声嚷道，妈你别说，我要他说！对，我想起来了，你说那个王啸虎的绰号叫王小鼠，现在我回忆呀，我这店里过去三天两头还真是有一个长得像老鼠的男人来买化肥和农药！买农药就买敌敌畏，买化肥就买尿素，而且也是日本株式会社的！原来他就是豆芽王，就是王妃娘娘的男人，你早年的情敌对不对？天底下居然还有你这样的老子，不法分子用尿素长的豆芽打入儿子的肚子内部，造成儿子拉稀屎的不良后果，做老子的还能够无动于衷！

夏如春为自己辩护说，我怎么无动于衷？儿子拉稀屎老子怎么会无动于衷？我是在思考另一个问题，我们儿子是在幼儿园的食堂吃的豆芽，幼儿园食堂里有很多个小朋友，为什么只有我们儿子吃了拉稀屎，别的小朋友吃了不拉稀屎呢？是不是幼儿园的阿姨对我们儿子另眼相看，吃完饭又给他吃其他的东西，比方说西瓜呀什么的，那西瓜又是刚从冰箱拿出来的，而我们儿子从小胃就不是很好……

黄秋菊一挥手打断了他的话说，我说你是无动于衷，还把你的性质给说轻了，你岂止是无动于衷，你的衷是没有动在你儿子这一头，你的衷都动到你的王妃娘娘那一头去了！你怎么知道只有你儿子吃了拉稀屎？你怎么知道别的小朋友吃了不拉稀屎？我告诉你，刚才你儿子都给我们说了，他们班连他一起有五个小朋友拉稀屎，多的拉了两泡，少的拉了一泡，你儿子拉的是最多的，把路上拉在你身上的那一泡加起来都三泡了！你还怪你儿子胃不好，你的意思是说，你儿子的胃要像盔甲一样刀枪不入，那才算是好胃不成？

在双方辩论的过程中，同样是一个冬冬，夏如春称呼的是"我们儿子"，黄秋菊称呼的是"你儿子"，这让夏如春听着有些心情不爽。他正想给她纠正一下，这时又对她最后的一句话产生了兴趣，就笑了说，咦，你还真是会比呢，把胃比成盔甲，有一个字长得特别像"胃"，这个字叫"胄"，很多人都把它念成胃了！甲胄甲胄，胄就是盔甲的意思！

黄秋菊突然伸出一只手来，眼睛近视的夏如春以为她要动武，身子往后仰了一下，这手却在离他脸还有一尺多远的地方停住了。黄秋菊用一根指头指着他的眼窝，声色俱厉地说，夏如春，我没时间听你这个语文老师给我讲课，我这就去找你儿子的镇长舅舅投诉，让他去找你那个卖豆芽的王妃娘娘，要她带你儿子上医院看病去！

说完把手收回原处，一头站起，顺便看了婆婆一眼。夏妈妈坚决站

野狐狸镇的三个娘们儿

在儿媳妇一边,对儿子下令道,医药费要归她出,这还不算,还要她赔我们精神损失费!

睡在沙发上的冬冬眼睛一睁醒过来了,婆媳二人立刻鸦雀无声。夏如春埋怨黄秋菊说,吵得好吧,吵得好吧,把我们儿子吵醒了吧?

醒过来的冬冬实事求是地说,我不是我妈妈吵醒的,我是我的屎憋醒的,我又拉了一泡稀屎,在刚换的裤子里面,这是第四泡了。

三人同时叫了一声,又同时张开双手,分别从三个方向扑向冬冬。夏如春说,在问题没有调查清楚以前,还是我先带我们儿子上医院吧!

你早就应该带你儿子上医院了!黄秋菊在婆婆的协助下第二次扒掉冬冬的屎裤,恶狠狠地告诉他说,你还得把看病的证据都给我留好,我要是不整死她个卖豆芽的王妃娘娘,我就不是何正富的表妹!

她没说她不是黄秋菊,她说她不是何正富的表妹。

3

王菲菲最开始还像个导游,在前面引导着载有一袋尿素的三轮车,但她还没走出十几步远,叮儿叮儿的高底鞋声就落在了三轮车的后面。再往前走,她简直跟都跟不上了,蹬三轮儿的从前面扭回头来对她说,干脆,你坐在我的车子上吧!

说着他真的把三轮车停了下来等她,王菲菲越看他这车子越像是收废品的车,无非车把上没挂一块收购报纸电器的牌子,她一生气,挥手对他说了个"去",蹬三轮儿的想讨好没有讨到,扭过头去继续前进了。走了一程他又扭回头来说,那你就慢慢走,我在你的店门前面等你!

王菲菲问,你知道我的店在哪里?

蹬三轮儿的说,知道,从通州搬来的王家豆芽店谁不知道,你男人不是豆芽王，你不是王妃娘娘吗？你们家祖上长的豆芽连慈禧太后都喜欢吃，李莲英派人把你们家祖上长的豆芽买回去，叫厨子拿剪刀把两头咔嚓一剪，又拿缝衣针把猪瘦肉一丝一丝地塞进豆芽杆儿里，慈禧太后吃得哈喇子顺着嘴巴丫子往下流！

王菲菲听着心里直高兴，忍不住说，你听谁说是李莲英？是崔玉贵！

蹬三轮儿的说，崔玉贵不是把珍妃推进井里的那个太监吗？可我爹说的是李莲英，我爹说李莲英每次让买菜的太监把豆芽放在担子前面一头，因为慈禧太后不吃担子后面一头的菜，嫌挑菜的人放屁熏过！我爹说你们家祖上长豆芽的知名度比你现在高得多呢！我爹还说，王老板削尖脑袋要做你的男人，看中的就是你们家长豆芽的知名度！

王菲菲说，不许胡说，你一个蹬三轮儿的知道个什么！

蹬三轮儿的说，你说我是胡说，还有一个好事我就不给你说了。

王菲菲问，切，这年头还能有什么好事！黄豆跌价了还是卖豆芽的免税了？

蹬三轮儿的说，黄豆才多大的事，我听说的这事比黄豆可大多了，那天我给金铜匠的铺子收拾煤炭渣子，何政府正好也在那里，何政府说他要打造野狐狸镇的形象，想给几个百年老店挂牌子，金铜匠说野狐狸镇都才二十年的历史，哪里来的百年老店，何政府说历史是人写的，看怎么说，豆芽王的店要是从在通州府的年头算起，只怕一百三十年都打不住！

这条新闻哪里还临到一个蹬三轮儿的来发布，王菲菲又在心里"切"了一声，今年春天刚过，才开始穿裙子的时候她就已经知道了。那时候要打造野狐狸镇形象的计划还在镇长何正富的肚子里，他就亲自跑到王菲菲的家里对她报喜。他来她家当然是她一人在家而王啸虎不在家，说完这事以后他还有一件别的事要做，结果这件事还挂在口头上那件事就落实在行动上了。当时她还在心中暗笑，没把这事当真，觉得这个野狐狸镇的何镇长跟工商所的刘所长一样,知道王啸虎进城没有回来,才随便借个话头到家找她,比方说要来检查一下豆芽店的卫生状况,等等。那次她就背着何镇长,偷着去给刘所长打了个电话,说是该死的王啸虎回来了,店里的卫生状况绝对没有问题,要是不相信你改日再来检查吧!

她当然不能说何正富在她家里。何正富在野狐狸镇有三个称呼,一个是他的本名何正富,一个是他的职务何镇长,一个就是蹬三轮儿的刚才叫他何政府。因为第三个叫法跟第一个叫法在字音上比较贴近,而跟第二个叫法在意义上又差不多,一个镇的政府不就是镇长,一个镇长不就是一个镇的政府吗?于是在野狐狸镇家喻户晓,何正富何镇长就是何政府,何政府何镇长就是何正富。

王菲菲懒洋洋地从鼻子里哼了一下说,这是什么好事!我不稀罕!

蹬三轮儿的再次想讨好没有讨到,多少受了打击,一脚下去踩了个空,震得车身"咣当"一晃,赶紧又补一脚才平衡下来。他没想到他报告的好事对于车上这袋尿素的主人来说,的确跟这袋尿素一样早过期了。狂个什么,有什么好狂的,他也学她那样在鼻子里哼了一下,只不过没有出声,不就是一个卖豆芽的,从清朝的通州府卖到如今的野狐狸镇吗?但是不满归不满,脚下的三轮车还是平平安安地停在了她的豆芽店前。

王菲菲的这个店可不是黄秋菊的那个店,店门斜对着臭气烘烘的垃圾站和公共厕所,这个店是花五百万元现金买下来的,它的前身是一个经营不下去了的机械修配站,三层小楼,面临着野狐狸镇的一条主街。买下以后王菲菲重新装修,底下一层是卖豆芽的门面,中间一层是长豆芽的温室,他们夫妻两个睡觉就在俯视大街的第三层。王菲菲看见那袋尿素已经从车上搬了下来,像一条看家狗坐在门口迎接她了,她给了蹬三轮儿的三块钱,想起他讲的慈禧太后吃她祖上豆芽的故事,临时又加了一块，顺嘴还关心了他一句说，你叫什么名字？每天靠干这个能挣多少钱？有老婆吗？

蹬三轮儿的把四块钱装进衣服兜里，用手在外面按了一下，然后依次回答她说，我叫万忠义，运气好我一天能挣二三十块，不好也就几块钱，你看我像有老婆的人？

一边说一边又骑回到三轮车上，车子减去了负担，车主又挣了四块钱，转去的时候一辆空车轰轰隆隆飙得飞快，就像春秋战国时期驷马拉的战车。王菲菲对他的回答一个字也没听进去，她无非是随口问他几句，眼睛和心思仍在这袋尿素身上。忽然她朝那辆风尘仆仆的三轮车喊了一声，呃，你回来！

她明明问了他叫什么名字，但她还是把他叫"呃"。三轮车像玩魔术一样又停下了，万忠义扭回头来看她，掌握车把的双手有一只伸进衣服兜里。他误会了她的意思说，是你自己要多给我一块钱，又不是我向你要的……

王菲菲笑道，我再给你一块钱，你把这个东西给我搬进屋里！

她的口气不是商量性的，把一袋化肥搬进屋里不过举手之劳，一块钱却能买半斤烤白薯，再加一块还能是一顿午饭，况且刚才她还平白无故多给了他一块钱呢。果不其然，万忠义简直半点儿都没迟疑，三轮车向后一个急转又骑了回来，停在刚才停过的地方。王菲菲"叮儿叮儿"地走在前面，掏出钥匙打开了自家的门，闪开身子让背后的万忠义先进去，把肩上扛的袋子放在二层的楼梯口上。

万忠义的动作快得让王菲菲措手不及，王菲菲还坐在楼下换着高底鞋，他已经扛着袋子一溜小跑上到二层的楼梯口了。听见挨着楼梯口的一间房里发出"唰唰啦啦"的响声，像是屋外在下大雨，可他刚从外面进来，天上红光大太阳的哪有什么雨呢？要么就是屋里有地方在漏水，他放下袋子朝着响声的源头看去，那间房子的门敞开着，沿着墙根有一

野狐狸镇的三个娘们儿　　147

排长满豆芽的大瓦缸,豆芽王王啸虎背对着门,脸朝着墙,两只胳膊弯曲着放在小肚子的下方,身子往两边来回地摆动,像战争片里的机枪手在扫射敌人那样,又像端着喷壶给瓦缸里的豆芽淋水。万忠义从来没有见过这种事情,"啊"地一下叫出声来,王老板你在干什么呀?

王啸虎猛一抖擞,回头看见门口站着一个人,又像见过又像没有见过,先是吓一大跳,接着就一声怒吼道,你是什么人?怎么跑进我家来了?你是不是想偷我家的东西⋯⋯

万忠义才要回话,王菲菲换好了红绒布拖鞋追赶上来,一眼看见王啸虎这个样子,朝他屁股就是一脚踢去道,你个该死的不是给饭馆送豆芽去了吗,知道你回来得这么早,我就不要这个蹬三轮儿的给我扛进来了!

这一脚踢得倒是很凶,却被王啸虎闪身躲过,王菲菲踢了个空,脚上的红绒布拖鞋飞出去一尺多远,差点儿掉在豆芽缸里。王菲菲的那只脚就在空中悬着,双手扶着墙壁身子直打晃,王啸虎弯腰把鞋给她捡了回来,双手套在她脚上说,嘿真是的,未必我早回来也不对了?饭馆的老板娘留我打牌我都没打,不就是想早点儿回来给你淋豆芽吗!

你给我淋豆芽?我什么时候让你用尿给我淋豆芽了?王菲菲气得又踢他一脚,却再一次被他闪开身子,他的身子瘦小机灵,王小鼠的绰号比他真名不知道要合适多少。啧啧,看看你做的这龌龊事!王菲菲像野狐狸镇人唤狗吃屎那样呸着嘴说。

我怎么龌龊了?王啸虎小声地嘀咕说,尿素不就是尿做的吗,既然都是尿,你花钱去买小日本的尿素,未必我的尿还不及小日本的?算算这些年我给你省了多少钱,你倒是不龌龊,对尿都崇洋媚外!

王菲菲根本没听到他嘀咕什么,又掏出一块钱来递给万忠义说,你走吧,这人在外面喝醉了,回到家里来撒酒疯呢,你可不能对别人瞎说啊!钱快要塞进万忠义的手里了,她再一想这块钱是他背尿素挣的,跟"你可不能对别人瞎说"没有关系,就又在这个基础上加了一块,两块钱一并重重地拍在万忠义的手板心里。

万忠义今天总共挣了王菲菲六块钱，六六顺，这是一个吉利的数字，他有点儿感激这个出手大方的女人，就回答说，你放心吧，王老板刚才往豆芽缸里撒尿，我在门外没有看见，我为什么要对别人瞎说？我对我的亲娘亲老子都不会说，我要是说了我不是人！

王菲菲把他送出门外，回到楼上刚定下心来，听着又有脚步声进了她家，以为这个蹬三轮儿的刚才落下一样什么东西，出门后想起来了，返身回来要把它取走。正满屋子东张西望着，听得背后的王啸虎毕恭毕敬地喊了一声何政府，才一抬头，就看见进来的是镇长何正富。

何正富双手剪在背后说，你们两口子又在忙什么哪？

王菲菲一见这人浑身都活泛了，眼睛像水平尺里的那颗水珠，在两个男人的身上滚来滚去，接着"啊啾"一声打了个大喷嚏，笑嘻嘻说，哟，真是说曹操，曹操到，心里正念着多日没见到何政府，何政府这就自己来了！好，来了就别走了，啸虎你去市场上买条胖头鱼，买只童子鸡，再买几样何政府喜欢吃的新鲜蔬菜，酒还是何政府喜欢喝的那个小糊涂仙，让何政府就在我家吃晚饭好了！

何正富大大咧咧走到两人中间，趁王啸虎弯腰去盖豆芽缸上的盖子，迅速出手在王菲菲的屁股上捏了一把，接着又挤了个眼睛说，有人念我应该是我打喷嚏，你打个什么喷嚏？这说明是有人在念你嘛！哈哈，你怎么知道我想到你家来吃童子鸡？

王菲菲公然对他挤了个眼说，看你喉咙里都伸出爪子了，这还能不知道？

一见何正富来到他家，王啸虎就开始琢磨着回避，这是他搬到野狐狸镇来以后养成的习惯，其实他刚才弯腰盖豆芽缸，后脑勺上也长着两只眼睛。他在暗中伸出两个指头，点钱那样搓了几搓，王菲菲二话不说，掏出两张票子塞到他的手里。王啸虎说，那我就去了，何政府你可千万别走了啊!

何正富说,不走了!你就是拿棒子赶我也不走了!做麻辣水煮鱼的豆芽就不用买了吧!

王啸虎一出门王菲菲就去把门关了,并且从里面插上了锁。很久以后王啸虎才买齐东西回来,他回来的时候门是大开着的,从屋里传出光明正大的说笑声。进到客厅,何正富容光焕发地坐在太师椅上,好像才洗罢一个热水澡,正喝着茶,面前的茶几上摆了一碟瓜子,还没来得及嗑。王菲菲的脸色又白又亮,跟尿素浇过的豆芽一样活泼光鲜。

她的两条腿一条搭在另一条上,看不出刚才叉开过的,上面那只脚的脚尖一下下地跷动着,像给一支四分之二的歌子打着节拍。王啸虎回来的时间不早不晚,有一种训练有素的默契,王菲菲对他笑笑,望着他手里的鸡和鱼说,把它们收拾好了再来叫我,今晚我要给何政府露一手!

王啸虎嘴里答着,露一手吧!心里也说,露一手吧!

4

夏如春带着冬冬前脚一走,黄秋菊后脚就给表哥家打电话。接电话的是李如嫣,李如嫣一听是黄秋菊找何正富,开口就来一句,黄秋菊你是一个桃花源中人啊?

就像夏如春跟王菲菲和王啸虎是中学同学,黄秋菊跟李如嫣也是中学同学,有一学期还是同桌。何正富能娶到野狐狸镇的美人李如嫣,这其中黄秋菊功莫大焉,当时李如嫣在通州受聘的一家国有公司垮了,何正富刚从部队转业回来,黄秋菊正准备嫁给小学老师夏如春。那天晚上李如嫣来到黄秋菊家,看见她家有两个年轻的男人,一个头上蓄着板寸,一个脸上戴着眼镜,李如嫣第一眼看中的是那个戴眼镜的。可是黄秋菊向她介绍，戴眼镜的是她男友，蓄板寸的是她表哥，黄秋菊笑哈哈地拍着板寸的肩膀说，我表哥还是个王老五呢！

正是因为这层关系，事成之后黄秋菊从来不叫李如嫣表嫂，李如嫣也从来不叫黄秋菊表妹。黄秋菊隐隐约约地记得桃花源中人这一句话，是出于中学时读过的一篇课文，可是这篇课文她早就忘了，她问李如嫣说，什么意思？

李如嫣说，不知有汉何论魏晋呀！你不知道你表哥自从当了镇长就日理万机，半夜一点以前基本上没有回过家门？

黄秋菊在电话里哈哈大笑，她笑的是从李如嫣嘴里出来的那个成语，以前她们两个在一起说到某个官员日理万机，李如嫣总要加一条注，把机关的机改成母鸡的鸡，意思是那些贪官污吏恨不得每天都去嫖娼才好。黄秋菊的刻薄比李如嫣更甚，她又在李如嫣的基础上把四个字的顺序进行调整，个别字也做了改动，改成万里日鸡，这么一来原本表示时间的"日"字就成了一个下流的动词，意思是这些坏家伙们以考察工作为名，不远万里坐飞机到外地去干那种坏事。李如嫣当时就问，你表哥是不是也这样啊？黄秋菊保护自己娘舅家族的名誉说，他？他要是有那个自力更生丰衣足食的本事，也不会请他表妹当人托儿，把女同学骗到家里来让他下手！

因为各自都忙，两人有一阵子没联系了，今晚李如嫣突然接到黄秋菊的电话，一开口直接问何正富，她顺嘴说了一句日理万机，还没加注就把黄秋菊笑成那般模样。黄秋菊笑够了问，李如嫣，听你说这话的口气，我表哥是日理万鸡，还是万里日鸡？

李如嫣说，我哪里敢攻击你表哥？我说的是正版的日理万机，说的是他一心扑在镇里的工作上，把我母女二人都忘到九霄云外了，小雨腹泻他连知道都不知道！

听她一提小雨，黄秋菊立刻想了起来，小雨和冬冬上的是一个幼儿

野狐狸镇的三个娘们儿　151

园。李如嫣上班的工商所离幼儿园不足百步,家住的镇政府家属楼就在工商所的后面,跟她家的情况相反,由于何正富日理万机,接送小雨都是李如嫣的事。李如嫣每天早晚骑自行车接送小雨,夏如春对黄秋菊说过,有时候他接送冬冬到得早,还能遇到她们母女两个。

  黄秋菊觉得在今天的这件事上,是她露出了自私的本性,儿子在幼儿园吃豆芽拉了稀屎,她怎么就没联想到李如嫣的女儿,从而关心一下小雨呢?这下被李如嫣自己把女儿说了出来,她的心里除了又惊又愧之外,还有点儿不可思议的喜,这是因为,用李如嫣的话说小雨也腹泻了,为拉稀屎的冬冬增加了一个同类,同时也为攻击王菲菲的豆芽增加了一份重要的依据和力量。黄秋菊没像李如嫣一样至今还保持着读书时的斯文,女儿拉稀屎了还要说是腹泻,她不仅如实而且还有些夸张地在电话里大声叫道,啊,小雨也拉稀屎啦?她总共拉了几泡稀屎呀?

  李如嫣叹了一口气说,总共腹泻了三次。

  黄秋菊说,拉了三泡稀屎就是拉了三泡稀屎,还说什么腹泻了三次!我们冬冬还拉了四泡稀屎,其中一泡还拉在夏如春的脖子上呢,啧啧啧啧,那个臭哇!李如嫣你知道冬冬和小雨是吃了什么拉的稀屎吗?

  李如嫣呼吸急促地问,吃了什么?

  黄秋菊说,豆芽王家卖给幼儿园的豆芽!你知道他们长豆芽用了什么吗?

  李如嫣呼吸更加急促地问,用了什么?

  黄秋菊说,我说了你可千万别哇的一声吐出来啊,他们是用化肥,尿素,日本株式会社的,还是从我的店子里买去的!

  听到尿素和日本株式会社,李如嫣不仅没有呕吐,反而还"扑哧"笑了。李如嫣边笑边说,我想起我妈给我讲的一个笑话,我妈说她们年轻的时候爱打扮,把日本株式会社的尿素口袋买来,用五分钱一包的煮蓝粉在锅里一煮,煮成藏蓝色,晾干以后拿去请孙裁缝,一个尿素口袋做一条裤筒,两个尿素口袋做一条裤子,穿在身上又漂亮又凉快,风一吹两边直晃,有人就叫作晃晃动。那年头能穿晃晃动的都是时髦的女青年!有一次我妈的表姐,就是我的表姨,她的裤子颜色染得浅了一点儿,尿素口袋上的字没有盖住,正好左边臀部上露出一个"日",右边臀部上露出一个"尿",一些坏男人就在背后笑她,说她的下流话……

黄秋菊说,什么下流话?是不是说把她屁股日出尿了?

李如嫣说,真难听!你也听人说过?

黄秋菊说,还用听人说吗?你想那是两个什么字,在什么部位吧,那个孙裁缝也真是的!那个煮蓝粉也真是的!李如嫣我真是服了你,你的女儿都拉稀屎了,你还有心思帮着你妈怀旧,给我讲晃晃动和日尿的故事,什么臀部臀部的!我可没有你这好的德行,一想到有人是从我店子里买尿素长豆芽,长了豆芽卖到幼儿园给我儿子吃,我儿子吃了拉稀屎,我就恨不得拿把菜刀去把那个王妃娘娘给一刀杀了!

李如嫣说,原来是食物中毒!我问我们小雨什么都问不出来,还以为是阿姨教她们跟电视里学,穿着露肚脐眼儿的小红裙子跳舞,白天吹风受了凉呢!我们小雨哪里有你们冬冬明白,男孩儿就是男孩儿!黄秋菊你也知道王妃娘娘?

黄秋菊破口大骂道,可惜我知道得太晚啦,今天我才见到她,一看就是个婊子女人!

听到她骂婊子女人的时候,电话那头的李如嫣心里绞动了一下,像是难过,还像疼痛。但是她把话题从婊子身上转开了,她问黄秋菊,你是不是因为冬冬病了联想到小雨,专门打电话来问候我们的?

黄秋菊顺势就承认了说,可不是吗?本来我想找何正富的,叫他让工商所的人去把那个婊子女人的豆芽店封了,要她赔我们冬冬的医疗费,赔我们的精神损失费……对了,还有你们小雨的,幼儿园五个小朋友的,统统都赔!

野狐狸镇的三个娘们儿　　153

她说完了很久没有听到李如嫣的回音，以为电话线路断了，"喂喂喂"了几声，李如嫣才说，你想得美，叫他让工商所做做别的事行，做这个事可能不行……哦，你别又误会了啊，不是他不行，而是工商所不行，我们刘所长一回家就跟他老婆打架，不说是地球人都知道，起码野狐狸镇人……

说到这里又没音了，这次黄秋菊不再怀疑电话线路，她迫切地追问说，是不是刘长江跟王菲菲也他妈的有一腿哇？

电话那头不言而喻地笑了一下，接着反问她说，你骂刘长江就骂刘长江，前面怎么要带一个"也"字呢？

黄秋菊也笑了说，可能是潜意识吧，我老怕何正富在外面做对不起你的事！

李如嫣的心里又像刚才那样绞动了一下，她问黄秋菊说，你还给他打电话吗？他的新手机号你有没有？

黄秋菊说，我有，那我就给他打一个去，试试他也试试你们的刘长江，是不是两人都在那个婊子家里喝酒！李如嫣我俩改天再聊啊！改天冬冬和小雨不拉稀屎了，我俩带着他俩找个好地方去撮一顿！要么索性，今晚你带小雨到我家来吧，等会儿夏如春带冬冬从医院回来，你来看看医生都给他开了些什么药，好的话你给小雨也拿些去吃！

李如嫣随口说了一个"好的"，黄秋菊一急之下忘了向她落实，这个"好的"是指改天找地方撮一顿呢，还是指等会儿到家里来，声音一断就把话筒挂了。黄秋菊抓紧时间去打何正富的手机，对方却是网通小姐娇嫩的声音，告诉她说，对不起，你拨打的电话是空号。黄秋菊以为自己拨错了号，又拨一次，还是那个娇嫩的小姐，接连拨了三遍，里面说了三个"对不起"。黄秋菊就断定这个号码已经过时，再打电话向李如嫣求证，才知道自己真的是个桃花源中人，当镇长的表哥连手机带号码都又换了。李如嫣抱怨她道，要不我问你有没有他的新手机号呢，你说你有,你记的那个都是哪辈子的了!

黄秋菊气愤愤道,哪辈子的?上个月我还打过一次!我实在是想不通,我们夏如春至今连个手机都不会用,可他倒好,三天一换,两天一变,一个芥菜籽儿大的镇长,还会有本·拉登的基地恐怖组织来谋杀他不成?

李如嫣说,不是我老劝你要珍惜跟夏老师的爱情呢,如今我们中国哪还有夏老师这样贞洁的男人,这样的男人都快绝种,快成恐龙啦!我告诉你他为什么老换手机号吧,请他吃饭的人打手机都把他打烦了,不答应吧怕得罪人,答应吧又吃不过来,他就只好采取换号的措施!换号也不行,再换也得透露给自己家里人呀,这一透露不就又一传十十传百了?所以过些日子他还得换,不过换手机是干部通信设备更新,是工作需求,政府投资反正又不要自己花一分钱,我管他呢!

黄秋菊说,哼,我就不信没有老板送他手机,或者送他更值钱的东西!就比方那个长豆芽的王菲菲,在镇上又是买楼,又是开店,这么快就把革命江山打下来了,难道只送你们几斤豆芽吃呀?哪天我就到你家来搜,搜一个手机出来给我们夏如春,我教给他发短信,上网,玩儿游戏!

李如嫣害怕她再提王菲菲,赶紧一口答应,把何正富的新手机号码念给了黄秋菊。念完忽然想起一件事来,"哦"的一声说,黄秋菊我问你,夏老师真的连手机都不会用啊?

黄秋菊说,他要会我能这么说他?怎么,你想背着我跟他单线联系呀?他可是个老实人,你别把他给吓着了!

李如嫣说,我跟你说正经的你别打岔!刚才你说要到我家来搜手机,我才想起我家是有好几个多余的手机,都是他换下来的,跟新的差不多,也不是杂牌子,诺基亚西门子摩托罗拉都有,放在家里闲着也是闲着,用它给夏老师扫一扫机盲,只当是废物利用,为野狐狸镇的教育事业做点儿贡献吧!黄秋菊你不知道,如今别说小学生,连幼儿园的小

野狐狸镇的三个娘们儿 155

朋友都用手机了，大前天我去接小雨，她旁边的一小女孩儿正在用手机给另一个小男孩儿发短信，说我爱你呢！

黄秋菊听她说到给夏老师扫一扫机盲的时候，自然而然想到那个被李如嫣篡改的字，忍不住又哈哈大笑了起来。李如嫣以为她是笑小女孩儿给小男孩儿发我爱你的短信，就又补充了一句说，所以我宁可把手机给夏老师扫机盲，也不给小雨拿去瞎玩儿！

两人按照各自的思维笑了一阵，黄秋菊就把电话挂了。挂了之后她又后悔，忘了落实一下李如嫣说的那个"好的"，到底是指改天找地方撮一顿呢，还是等会儿带小雨到家里来，为这一个字她也不好再打电话去问，那就只当这是一句含糊的礼貌话吧。黄秋菊用李如嫣给她的新号试着一打，这次果然就是表哥的声音，何正富也听出表妹的声音了，嘴里一边嚼着一边问道，菊吧？我正喝呢，有事你说！

黄秋菊问，何正富你光喝酒，你吃不吃菜呀？

何正富说，你别跟我玩儿什么脑筋急转弯了，我脑筋笨转不过来，喝酒哪有不吃菜的，你没听见我吃得正香着呢！

黄秋菊说，我知道你吃香，当镇长都不吃香谁个吃香？不过我没工夫跟你玩儿脑筋急转弯，我是为你的身体健康和生命安全着想，告诉你什么菜都能吃，可千万不能吃豆芽，特别是野狐狸镇豆芽王家的黄豆芽！

手机里一下子静了音，黄秋菊正要说"喂"，何正富的声音又出现了，咳了两下嗓子问她，豆芽王家的黄豆芽怎么惹着你啦？我告诉你，这次为了打造野狐狸镇的形象，马上挂牌的百年老店第一个就是豆芽王家的豆芽店！

黄秋菊说，啧啧，还百年老店，还第一个呢，把我们家的冬冬，把你们家的小雨，把幼儿园的好多个小朋友都吃得拉稀屎啦！你知道不知道，他们是用尿素长的豆芽，不然为什么那粗那长，一根一根就跟往年小孩儿拉的蛔虫一样！

往年小孩儿拉的蛔虫这个比喻只一出口,黄秋菊就意识到有些不合适了,她跟表哥小的时候都拉过蛔虫,那家伙先在人的肠子里搅得人疼痛难受,家里大人得去医院买回一包宝塔形彩色有甜味的打虫药,给他们吃下去后过上一个时辰,就把肠子的蛔虫裹在屎里打了下来。现在表哥正跟朋友在一起吃饭,让他想起那些又粗又长的蛔虫在屎里一扭一扭的样子,他的饭还怎么吃得下去呢?

果不其然何正富嘴里停止了嚼动,生气地说,你还让不让我吃饭哪?

黄秋菊从手机里听到了一些人的笑声,有男人的也有女人的,里面自然包括请镇长吃饭的人。请镇长吃饭的人自然有笑的资格,问题是她觉得有个女人的笑声她能认出,虽然她还没听到那个女人笑过,她听到的只是那个女人说话。黄秋菊的眼前陡然一黄,迎面走来一个穿黄色连衣裙的漂亮女人,她问何正富说,你是不是跟豆芽王在一起喝酒,那个王妃娘娘是不是就坐在你的身边?

手机里再次静了音,过一阵子何正富的声音才出来说,我跟你说了我正在吃饭,你不要跟我说这些乱七八糟的事了,好不好?好不好?好不好?

他不叫她"菊"了,却连着问了她三个"好不好",一个比一个不满,一个比一个烦躁,而且还把冬冬和小雨以及野狐狸镇幼儿园的小朋友吃了豆芽拉稀屎的事,也可以说是祖国的花朵和未来食物中毒的事,居然说成是乱七八糟的事,这不禁让举报者黄秋菊大伤自尊。接下来黄秋菊没有想到,还有更加伤她的事呢,她听到何正富的手机里"嘻"的一声,自己一直怀疑的那个女人终于浮出水面,除了笑声还有说话,这句话是笑着问的,嘻,菊是谁呀?

黄秋菊耳边出来了另一句话,劳驾,卖我一袋尿素,不要国产的,要日本株式会社的!

那个声音不是似曾相识,而简直就是一模一样。黄秋菊把一句很恶毒的话运到了喉咙边上，正要对着话筒高喊出来，何正富却及时挂断了手机。她的眼前出现了表哥所在的环境，王菲菲亲眼看着他关机的时候，那一张漂亮脸上露出了战胜"菊"的笑容。

也就是从这时候开始，她想到了报复，对王菲菲，也对何正富。

5

天色黑下来了以后，夏如春才背着冬冬从医院回来，小儿科的马大夫通过听诊和粪便化验，得出的结论跟黄秋菊的说法是一致的。夏如春现在有点儿佩服黄秋菊了，觉得自己家里住着一个可以做儿科大夫的女人，冬冬的确是食物中毒，中得虽然不是太重，化验报告单上虽然也没有进一步地写明，有毒物是豆芽还是同期的其他食品，但是，他相信了黄秋菊关于尿素的推理是正确的。马大夫命令夏如春把儿子的全身抱紧，在他的小屁股上注射了一针，又在他的小肚子上按摩了一阵，开单取药之后还让他当场服了一粒"泻立停"，就是赵本山在电视里做广告的那个特效止泻药。夏如春相信马大夫能妙手回春，至少相信在他们父子二人回家的路上，儿子肚里的稀屎会得到有效的控制，因此从出租车里一出来，又让冬冬骑在自己的脖子上了。

下车刚走一步，夏如春碰上一个人，夜色中他的近视眼没认出这人是谁，这人却认出了他说，夏老师真是越不凡，越平凡哪？

"越不凡越平凡"是电视里的广告词，宣传一种名叫圣德西的男装，画面上一个穿西服的欧洲大亨四肢趴地，让一个孩子像骑马一样骑在自己背上。夏如春在家吃晚饭的时候见过这条广告，所以一听就笑了起来。不过他还是没有认出这人是谁，只是听声音这人像黄秋菊的同学李如嫣的上司，那个名叫刘长江的工商所长。

往工商所长头上一想,夏如春就好像看见对方头上有顶大盖帽了。他想起有一年他去工商所找李如嫣,帮学校张老师的家属办个饺子馆的牌照,李如嫣正在跟她的同事声讨一首流传甚广的顺口溜,其中有个大盖帽说,三等公民大盖帽,吃了原告吃被告,这明明是指公检法的,我们这个大盖帽有什么原告被告可吃?李如嫣一见夏如春来找她,顺嘴就问了他一句,夏老师你是不是当了黄秋菊的被告,送上门来给我吃的呀?夏如春知道她是要他针对大盖帽的问题表一个态,相当于民意测验,他认真地思考了一阵说,对于你们来说可以修改一下,改成三等公民大盖帽,撵得商贩嗷嗷叫!工商所的大盖帽们一哄而笑,张老师家属的饺子馆牌照顺利办成。

他忘了刘长江当年是不是所长,在不在那群哄笑的人里,不过就算在里面他也认不出来,当时他只看见满眼都是大盖帽。夏如春在原地站住了说,我们这些教书匠子有什么不凡的,十等公民是教员,鸡鸭鱼肉认不全。你们才不凡呢,三等公民大盖帽,撵得商贩嗷嗷叫!

看来刘长江当年不在那群人里,因为这句话没有引起他的回忆,也就笑都没笑一下。刘长江说,我们这些戴大盖帽的有什么不凡的,你老婆的表哥那才叫作不凡,镇长镇长,一镇之长,整个一个野狐狸镇的诸侯王,你没听人叫他都叫的是何政府?

夏如春曾经听黄秋菊说过,李如嫣能进工商所就是这人起的作用,当然,这人换手抓背,趁机也把他的老婆塞进镇政府里做了杂工。夏如春初次听到换手抓背的时候,还从语文角度夸奖这个词很形象,也很准确,两人互相用手抓挠对方自己不能抓挠的痒处,这比利益交换的说法要艺术得多。夏如春实话实说道,政府干部也不能直接安排自己家属的工作,还得有政府下面的职能单位,我爱人的同学能够进到你们所里,一去就比我们这些教书匠子的待遇要高,这不都是你的职能起了作用?

听了这话刘长江才愉快地笑了,还伸手往他肩上搭了一把,表示对方心中有数就好。两人只顾得站在路上聊天，夏如春都忘记骑在脖子上的冬冬了。冬冬不知道他们要聊到什么时候，急得直扭屁股说，快回家吧，我又想拉稀屎啦！

刘长江问，你孩子怎么了？

夏如春说，白天在幼儿园吃豆芽中了毒，据说是豆芽王家用尿素长的豆芽，有五个小朋友都吃出了问题，我这是带冬冬从医院看病回来……正好，说起来这事应该归你们管吧，你们工商所不是定期派人抽查市场的食品安全吗？肉、禽、蛋、果、菜、茶……

刘长江听了一愣，接着笑道，看来你对我们的工作是相当熟悉的嘛，食品种类记得比我还全，是不是经常跟李如嫣在一起交流？那可是你爱人的同学，表嫂，还是我们镇长的夫人，以后你可得小心些哟！……说到吃豆芽中毒的事，你有根据认定你孩子是在幼儿园吃豆芽中的毒，有毒的豆芽是豆芽王家用尿素长的吗？

夏如春对他前面的那一段话感到奇怪，一时还没琢磨出是什么意思，又听他把后面的话转回到豆芽上，不过口气是保护豆芽王，替豆芽王否定吃豆芽会中毒的。夏如春想起黄秋菊的推论和马大夫的诊断，理直气壮，腾出一只手来拍了拍自己的上衣兜说，前者我有医生的诊断书和化验单，后者可以到幼儿园的食堂进行调查，当天的豆芽是从哪里采购的不就是了？据我所知，不仅是幼儿园，全镇所有的单位食堂，包括镇政府以及你们工商所，都定点采购豆芽王家的豆芽，因为他家的豆芽长得又好，价格又低，表面看的确是价廉物美！

刘长江看来是被他说服了，眼睛望着侧方沉思地说，要真是你说的这么回事，那就太不像话了，我得去整治整治他们！

说着他想拍一下冬冬叫嚷要拉稀屎的屁股，手伸到半路上却改变主意，只在冬冬的裤子上方做了个动作，然后就转过身子，大踏步地往前走了。夏如春认出他一直这么往前走，再走两分钟就是王菲菲的豆芽店，心想刘长江听了自己的反映，并不等过完双休日后下周一上班，今天夜里就去整治王菲菲了。如此看来，这倒是个雷厉风行的工商所长，没日没夜没有周末地从事本职工作，所长大概是这么当起来的吧。

夏如春驮着儿子快步回家，婆媳二人正在家里守候他们父子的消息，听到门铃一响同时起身开门，从他的左右两方去抢冬冬。夏妈妈开门见山地向儿子通报说，秋菊她表哥家的小雨也拉稀屎了，你在医院遇见她们母女两个没有？

夏如春"啊"了一声，说是没有遇见，紧接着就责备儿子说，冬冬你怎么也不告诉我们，你们五个小朋友里有一个是小雨呢？

冬冬一边往洗手间里奔跑一边回答，小雨不许我告诉别人，我要是告诉别人她就不跟我玩儿了，她说女孩子拉稀屎，好丑好丑好丑！

黄秋菊要上洗手间去监护冬冬，见婆婆抢先一步跟了进去，她就正好留在客厅跟夏如春说话。黄秋菊问夏如春，你知道小雨拉稀屎的时候，她爸爸正跟谁在一起饮酒作乐吗？

夏如春从她的问话里已经怀疑到一个人了，想了想就如实地说出来道，难道是王菲菲……不成？

黄秋菊说，恭喜你答对了，真想不到你们两个成了一条战壕的战友！刚才我打他的手机，他正跟你们那个王妃娘娘喝交臂酒呢！听声音人并不多，也不在外面的饭馆里！

夏如春一下子涨红了脸说，我怎么成你表哥的战友了？她又怎么成了我们的王妃娘娘！喝交臂酒也是你胡编滥造的吧？既然不在外面饭馆那就是在她家里，她家里还有她的丈夫王啸虎，你表哥在她家喝酒是可能的，但是怎么可能当着王啸虎的面跟她喝交臂酒呢？……我还忘了给你说件事呢，刚才我一下车遇到工商所的刘长江，我对他说了我带冬冬从医院看病回来，说了冬冬拉稀屎是吃了王菲菲家的豆芽，他一个转身就往王菲菲家去了，说是要去整治整治他们！

野狐狸镇的三个娘们儿

听说刘长江去了王菲菲家，黄秋菊的眼珠只稍稍转动一下，脸上挤出一片怪模怪样的笑说，哼，整治，天知道他用什么去整治那个婊子的什么！今天晚上他们两军会师，那个所谓的百年老店里才有好戏看呢！

洗手间里传出夏妈妈咳嗽的声音，夏如春的脸色刚刚有些恢复，现在又涨红了说，刚才你说我跟你表哥是一条战壕的战友，这下你又说刘长江跟你表哥是两军会师，你是不是认为天下所有的男人都跟她有那个关系呀？我倒是想不明白，就算他们是两军会师去了，她家的王啸虎在当中又是一个什么角色呢？

黄秋菊随口就把李如嫣引用的话又引用出来说，你真是个桃花源中人，不知有汉何论魏晋！你没听说过有一种吃软饭的男人，专门放鹰遛狗，情愿让自己老婆出去跟别的男人鬼扯，在外面得些残汤剩羹回来给他吃吗？我看你那个绰号叫王小鼠的同学就是这类货色，人家是舍不得孩子套不到狼，他是舍不得老婆套不到野狐狸镇的镇长！

夏如春说，你表哥什么时候惹着你了，你突然把他恨成这个样子？

黄秋菊说，人家是爱屋及乌，我是恨屋及乌，谁跟那个婊子王妃娘娘喝酒我就恨谁！

夏如春妈监护着冬冬拉完稀屎，擦好屁股，洗了手走出洗手间，实在憋不住批评了一句儿媳妇说，秋菊你不要这样乱糟践人，何镇长好歹也是你的表哥，好歹也是野狐狸镇的镇长！豆芽归豆芽，拉稀归拉稀，王菲菲归王菲菲，你表哥归你表哥，世上的事一码归一码！

黄秋菊大声地驳斥她说，妈你错了，世上的事千丝万缕，就跟如今的电脑网络一样，能一码归一码吗？冬冬拉稀屎是吃豆芽吃的，豆芽是豆芽王家里用尿素长的，镇长是管豆芽王的，受害人的家长向镇长投诉要求惩治豆芽王，镇长却跟豆芽王的婊子老婆王妃娘娘穿一条裤子，我能不顺藤摸瓜把问题往他们的根子上摸吗？

夏如春妈心想真是越说越不像话，刚才说了婊子不算，现在又说什么裤子，还有往什么根子上摸！她越听越听不下去了，害怕学龄前的孙子受到污染，站起身来对儿子说，你跟秋菊好好说吧，我带冬冬去洗了睡觉，拉了一天稀屎，冬冬今晚得早点儿上床！

听到门铃响的时候，夏如春刚好张嘴打了一个呵欠，今天他的确是有些累了，身上也累心里也累，但是夜间有客人来访，理所当然还得他去开门。夏如春想不到来的人会是李如嫣，黄秋菊也想不到李如嫣这时会来，因为在没落实电话里她说的那个"好的"是哪种意思之前，黄秋菊已经把它定为一句礼貌话了。李如嫣一进门就像她的名字一样嫣然笑着，眼睛越过开门的夏如春，偏着身子直往他背后看去，嘴里问道，黄秋菊这就睡了？

黄秋菊赶紧奔过来说，还是李如嫣！小雨呢？

李如嫣进来坐下以后才回答她，你不是要我今晚过来坐坐吗？今晚正好是周末，我把小雨送到爷爷奶奶家了，这样他们祖孙可以共度良宵，我也可以在你家多坐一会儿。顺便我真的给夏老师带来了一个手机，我说过的话是要算数的，给他扫一扫机盲吧！

黄秋菊一听扫机盲又笑起来了，嘴里却出于惯性地问道，什么牌子？不等李如嫣回答，随即又问夏如春说，李如嫣一心要扫你的机盲，你让她扫吗？

夏如春茫然地问，扫什么机盲啊……

李如嫣说，就是教你使用手机，如今小学一年级的学生都用手机跟父母联系，孔夫子要是生在今天肯定也用上手机了，你不觉得你太不与时俱进了吗？再说，万一你有急事要对黄秋菊说，还得呱嗒呱嗒往她店里跑哇？

本来她想举的是另一个例子，就是她在电话里对黄秋菊说过的，幼儿园的小女孩儿用手机给小男孩儿发短信说我爱你，但她又想对面坐着的是一个男人，而且是自己好友的丈夫，话要出口时又换了一例。

野狐狸镇的三个娘们儿　　163

夏如春说，我有急事可以给她打电话嘛。

李如嫣问，她要是不在店里呢？

夏如春说，那就打到家里。

李如嫣问，她要是既不在店里也不在家里，而是在车上，在半路上，在别人店里或者别人家里办事呢？

夏如春说，那就晚上回家再说也不迟！还不说是古代了，就是十年前人不用手机是怎么过的？农村到现在还有人家连电话也没有……

黄秋菊说，李如嫣你听，他就是这样一个朽木不可雕也！

李如嫣说，不行，今天我非得动员他把机盲扫了不可！我还要问，要是在冬冬身上发生了比今天腹泻更加严重的事呢？你也等到晚上回家再告诉黄秋菊，或者黄秋菊也等到晚上再回家告诉你？还有，要是你们校长有急事找你，学生家长有急事找你，你也让他们晚上到家来呀？目前是网络手机时代，寺庙里的和尚尼姑道士道姑都上网打手机，你要想坚决抵制，只能抛妻别子，也不要亲爹亲娘，独自一人躲到大山里去做个真正的隐者！

夏如春不说话了，过一会儿看了看李如嫣送来的那个手机问，多少钱买的？

李如嫣说，管它多少钱买的我也不要你给，我出机子，黄秋菊出技术培训还不行吗？

黄秋菊说，李如嫣你别跟他这个傻子说了，他再不用我有的是办法治他，我们还是说说冬冬和小雨拉稀屎的事吧，你没来以前我给何政府打了手机，你猜他在哪里……

她决定从今晚开始改变对她表哥的称呼，以此证明他们的关系进入一个新的阶段，并且希望李如嫣能够注意到这个变化。夏如春听她当着李如嫣的面，这样生硬地喊叫人家的丈夫，脸上有些过意不去，试图制止她说，表嫂子轻易不来，来了不跟她好好地寒暄几句，一开口就又是拉稀屎！拉稀屎！

黄秋菊说，对！我告诉你，我就是要把调查拉稀屎的事业进行到底！李如嫣你听我说，你没来以前我给何政府打了手机，你猜他在哪里？在干什么？今晚跟谁在一起？

李如嫣看她神情听她语气，其实已经知道了一个大概，心里不免又绞动一下。但是她却控制住自己的呼吸和肌肉，很大度地摇了摇头说，我不是在电话里对你说过吗，如今我们中国还有几个男人能像夏老师这样？

夏如春不好意思地说，我怎么能跟表哥比，男人脚大就该走四方，哪像是我小脚女人一样，每天从家里到学校，从学校到幼儿园，三点一线，周而复始！

李如嫣说，男人脚大走四方，男人嘴大还该吃四方呢！

黄秋菊说，吃四方算什么，男人那个什么大还该那么什么四方！

里面屋里又传出咳嗽的声音，夏如春飞快地向李如嫣看去，李如嫣嘴里"扑"的一响，后面还有一个"哧"字没有出来，被她用手堵了回去。黄秋菊说完这句下流话以后，觉得心里非常痛快，比男人还要放肆地哈哈大笑着，笑得眼泪都流出来了，在灯光下像珍珠一样亮闪闪的。李如嫣伸过腿去踢了她一脚，她一边擦着眼泪一边笑，一边又瞪着李如嫣说，怎么？允许他们做就不允许我们说吗？今天我才知道，那个长豆芽的王妃娘娘还跟我们夏如春同过学，还写信勾引过我们夏如春呢，幸亏我们夏如春眼睛近视，偷着在厕所里看不小心把信掉进蹲坑里了，要不然……

李如嫣还没听完就忍不住笑，这次把"扑哧"两个字都笑出来了，边笑边偏着头看夏如春的脸。夏如春的脸被她看红了，像中午埋怨他妈一样埋怨着黄秋菊，说这个干什么？

黄秋菊说，我为什么不能说？我就是要说！你们男人都喜欢这样的贱女人，也不过是猛一眼看着她那张脸长得好看，可要说是真正耐看，

野狐狸镇的三个娘们儿 165

她未必超得过李如嫣！何况你看她那嘴里，她总得张嘴说话吧？总得跟男人亲嘴吧？啧啧，一咧开全都是黑牙齿！黑牙齿，巴狗屎，巴一斗，做甜酒，巴一担，做年饭！问题是她自己拉了狗屎还不算，还要害得我们冬冬和小雨拉稀屎！

里面屋里又咳了一嗓，比刚才的声音还大，说得兴起的黄秋菊听到了只当是没听到，并且又直接转向李如嫣说，李如嫣你倒是心胸宽广，宰相肚里能撑船啊，我要是你，夏如春他敢在外面乱来，我就敢在屋里乱来，这叫以其人之道还治其人之身！

李如嫣扬手做了一个打人的动作，刚才黄秋菊拿她的美貌对比王菲菲，她就已经要打黄秋菊了，但是她的手还在空中悬着，眼里的泪水就涌了出来，她担心手一震动眼泪会掉在黄秋菊的手上，更加引起对方的同情。现在她听黄秋菊越说越来劲了，就真把那手捏成一个拳头，一弯腰重重地落在黄秋菊的怀里，每打一下，嘴里还骂一句，该死的你怎么不跟她比？该死的你怎么不跟她比？打到十几下的时候她的手没有劲了，想在别人的劝解下停止下来，偷着看了夏如春一眼，却看见夏如春端端正正地坐在那里，笑嘻嘻地看着她们，像看春节联欢晚会上的小品。

最后还是以黄秋菊本人的求饶而告终，黄秋菊双手把自己抱成一团，躲闪着李如嫣的拳头说，别打了，别打了，我们言归正传好吧？夏如春你看着人家打你老婆，怎么也不来帮我整治她！

李如嫣这才住手，黄秋菊喘着气言归正传道，这件事我们这样来办，夏如春你把医院的诊断书和化验单给我，挂号费医药费和打车费也给我，你再到幼儿园食堂去调查取证，李如嫣你也向刘长江反映一下，以受害人小雨母亲的名义也好，以接到群众举报的工商人员名义也好，给刘长江施加一点儿压力。要是有本事争取到何政府的支持，那当然更好，不过我对他已经表示失望了！我倒是建议你在必要的时候，亲自到王菲菲家去侦察一下作案现场！

听到侦察作案现场这个说法，李如嫣想起有一次她跟黄秋菊共同观看一部缉毒片，散场以后黄秋菊出来发表感想，说自己要是剧里那个卧底的女特警，跟毒枭假装缠绵的时候，就以迅雷不及掩耳之势一刀割下他的那件东西，放进一只密封袋里，然后亮出自己的身份。想到这里李如嫣一下子没忍住笑，赶紧用手把嘴掩了起来。

黄秋菊说，你笑什么？是不是笑我真的当回事了？我告诉你李如嫣，我就是真的当回事了怎么的吧！我不能让我们冬冬的五泡稀屎白拉了，让你们小雨的几泡稀屎也白拉了，小雨总共拉了几泡？我说要把调查拉稀屎的事业进行到底，我就要言必行，行必果！你家有那么多手机，肯定也有不少摄像机和照相机吧？你看看有没有隐形的，要有你把它在身上藏好了，进到她家见了可疑物就拍下来，就比方那袋从我店里买去的尿素！……我真后悔，上午我要是有个照相机就照下来了！你家照相机要有多的也送我一个吧，让我也扫一扫机盲！

这一次说到扫机盲的时候，黄秋菊破例的没有笑，她的神情认真得近乎庄严。

李如嫣也认真地说，让我回家去找一找看，说不定还真有。

黄秋菊说，想起来了，说到取证，还有一个人证我可以去取，上午帮她扛尿素的那个蹬三轮车的就是一个活口！

6

黄秋菊部署的三路出击计划，分给李如嫣的那一路她回到家里就开始实行，由于何正富深夜未归，小雨又被送到了爷爷奶奶那里，她正好一人在家翻找黄秋菊要的照相机。李如嫣果不其然找到了一个，还是个原装进口的，几年前承建野狐狸镇商业大厦的一家公司老板送到她的手上，谦称是个水货，又说这只是一份小小的见面礼，真正的感谢还在后面。李如嫣家里已经有照相机了，她想把那台旧的送给黄秋菊，自己就这机会换上新的。这样黄秋菊也好接受，就像她送给夏如春一只旧手机，真想送人东西就该如此。

　　她趴在灯下正看着说明书，何正富自己开门回来了，这时候已经快到半夜，不过对于何正富来说回家还算早的。何正富一进门就问她说，小雨呢？听说小雨和冬冬在幼儿园吃豆芽中毒了，有这事吗？

　　李如嫣猛一愣说，小雨我送到爷爷奶奶家去了，你听谁说的他们吃豆芽中毒？

　　何正富说，你不给我说还不许黄秋菊给我说哇？小雨中毒了你为什么还要把她送走？

　　李如嫣说，并不是太厉害，只是有点儿腹泻，我想着今晚是周末，让她跟爷爷奶奶亲热亲热。你说这事是黄秋菊给你说的？她在哪里给你说的？

　　何正富君子坦荡荡道，我正在王啸虎家商量给他们挂牌子的事，黄秋菊就急着给我打手机，一口一个拉稀屎，一口一个拉稀屎，说得我的饭都吃不下去！是你给她的新手机号吗？

　　李如嫣听他说在王啸虎家，而不说在王菲菲家，心里冷笑了一声，面子上却不给他一枪戳穿，这正是她不同于黄秋菊的方式所在。李如嫣说，你也别怪黄秋菊，看着自己孩子出了这样的事，哪个做娘的不乱方寸？不打张三李四王二麻子的手机，单单打你手机，还不是想着你是冬冬的舅舅她的表哥？镇长不镇长的就不说了！

　　何正富发现她手里拿着一个新照相机，眉头一皱，很快又武断地笑起来说，这个黄秋菊，我就知道她要给你出馊主意，她教你到王啸虎家去拍照用尿素长豆芽的镜头对不对？你可别听她胡说，人家好歹也是个百年老店，别说人家不会做那种事，人家就是做了你能拍得到吗？拍了对他们豆芽店没有好处,对我们野狐狸镇就有好处吗?

李如嫣心里暗吃一惊,再一次承认当镇长的就是超乎常人,要不然怎么能当上镇长,要不然怎么还没当上镇长就把自己弄到了手呢?她当然不能承认他说对了,这些年来的斗智斗勇,使她掌握了轻轻一下就能将他全盘推翻的技术。李如嫣说,你真是的,怎么又跟豆芽扯上了,你表妹要给你表妹夫扫一扫机盲,托我为他提供一些相应的器材,你说我这做表嫂子的能像你这做表哥的一样甩手不管?我要是那样的话不就让他们觉得太小气了?

她把平时叫惯的黄秋菊和夏老师,在这里说成是你表妹和你表妹夫,并且把自己发明的扫机盲一说强加在他表妹的身上。何正富的意见立刻就被她推翻了,紧着追问道,什么什么?她说什么?扫什么机盲?

李如嫣说,就是你表妹嫌你表妹夫一个当老师的,别说计算机,连手机、照相机都不会用,要给他扫一扫盲以适应时代的需要!我不仅答应把我用旧的照相机送给他,还送给他了一个你用的旧手机,你在外面没有回来,我也就没顾得给你说,你不会舍不得吧?

何正富又笑了起来,这次的笑纯粹是为了表示好笑,觉得这都是一些鸡毛蒜皮的小事,哪里还值得向他请示。他问李如嫣说,有没有热水?我洗个脚去睡了,明天一早还要到金铜匠的铺子去看他打造的牌牌!

黄秋菊今天才表示失望的何正富,李如嫣是早已经表示失望了,因为他跟黄秋菊是表兄妹,他跟自己却是夫妻。要完成黄秋菊布置给她的任务,希望只能寄托在刘长江身上。

下周一的清早,李如嫣先把旧照相机给黄秋菊送去,以便让她早些采取自己的行动,然后送小雨到了幼儿园,自己再到所里上班。进到办公室里她接完几个电话,对方本来是说一些别的事情,她却想好了要安在豆芽的身上,急着去向刘长江汇报。所长办公室跟她只隔着一间会议厅,李如嫣开门往刘长江那边走去的时候,刘长江却也开门往她这边走

野狐狸镇的三个娘们儿　　169

来，过道里的光线不太明亮，两人在会议厅的门口正好相遇，差点儿撞了一个满怀。

刘长江问，找我？

李如嫣说，刚才接到一个举报电话，本来是找所长，打错了打到我们这里来了！

刘长江说，哦，那你就到我这里来说，我也正想找你说一个事。

李如嫣"咦"了一声，发现刘长江的脸上是笑着的，一时判断不出他的话是真是假。她跟着刘长江一进到他的办公室里，刘长江顺手就把门关上了，李如嫣扭脸望了那门一眼，犹豫一下才坐下来问道，我先说还是你先说？

刘长江像绅士那样摊了一下手说，你先说。

李如嫣说，举报人是幼儿园一位小朋友的家长，说是他家孩子上周五在幼儿园就开始腹泻，回家以后还没停止，上医院一检查大夫说是食物中毒，他怀疑问题出在食堂的豆芽上……

刘长江盯着她的眼睛问，王菲菲家的豆芽吧？

李如嫣也盯着他的眼睛，盯了一阵站起身说，原来你知道了，那我就不说了！

刘长江说，你不说了我还要说呢。

李如嫣又望了那门一眼，笑一笑重新坐下来。刘长江说，其实昨晚我就听说了，听你同学的老公，也是你老公的表妹夫对我说的，他们家的孩子也中毒了！我一听说这事转身就要去整治王菲菲，可是走到她家门口我又打了转身，你猜谁在她的家里？

李如嫣冷静地回答说，我知道，何正富，有事没事他都爱往她家里去。

这句回答让刘长江感到意外，他不明白李如嫣为何要这样回答，她回答的到底是真话还是假话。如果是真话她怎么会无动于衷，如果是假话她又出于什么目的，难道她已经看出了他的动机？刘长江心里有点儿发虚，觉得自己太冒失了，后悔刚才说这句话。

但是就在这个时候，他清楚地看见李如嫣又对他笑了一笑。刘长江推倒了自己刚才的各种想法，壮起胆子问李如嫣说，我跟你开句玩笑，你得老老实实地回答我，何镇长这样不公平地对待你，你想没想过要报复他？

李如嫣把他报复的意义转移开了说，怎么没想？我觉得不管是我个人也好，还是我们单位也好，为受害的小朋友和他们家长，也为全社会和人民负责，我们都应该报复那个王菲菲，还包括那些包庇王菲菲的人！这不叫报复，这叫处罚！

刘长江的眼睛一暗，他不知道李如嫣说的那些包庇王菲菲的人，是指她的镇长丈夫还是指她的上司他，还是一箭双雕把他们两人都射进去了。他嘻嘻哈哈地表示着同意说，对嘛，对嘛，该出手时就出手，大河向东流，天上的星星参北斗嘛！

李如嫣被他逗得笑了，接着站起身来，对他说了一句玩笑话道，你这条大河是向东流，肥水不流外人田，全都流到王菲菲那里去了！说完看他一眼，她就开门走了出去。

刘长江的眼睛又一亮，抢在她出门以前说了一句，吃醋了？可我敢往你的田里流吗？

整整一个上午，就像刘长江在回忆着李如嫣的那个笑，李如嫣也在回忆着刘长江的这句话。中午要回家吃饭时，所里的人都从屋里往屋外走，只有她一个人坐在原处不动，并且"扑哧"一下笑出声来。经过她身边的同事见她独自发笑，就笑着问她在笑什么，李如嫣止住笑说，我笑刘所长还会唱《好汉歌》，什么该出手时就出手！

同事们也都大笑了，李如嫣却在心里笑道，我就是要报复他，又哪里临到让你刘长江来报复他呢？

野狐狸镇的三个娘们儿　171

她在回家吃饭的路上一连想到了好几个人，这几个人一出来就被她无情地赶走，最后才出来那张戴眼镜的斯文白脸。如今这么无耻的世道，那张白脸居然有时还会发红，她的心不由得跳得快了起来，再一次觉得这样的人太难得，因此也太有魅力了。

这时的夏如春已经吃完饭了，手里正握着李如嫣送他的手机，又在练习给人写短信。周一上午没有他的第一节课，他跟往常一样把冬冬送到幼儿园，跟往常一样交给他们班的周阿姨，不一样的是接着还向她通报冬冬上周五拉了五泡稀屎，上医院看了一次大夫的事，最后他说，现在总算是全好了！他口气平和地弯着身子，脸上还带着微微的笑容，没有半点儿找周阿姨麻烦的意思，倒像是替不再拉稀屎的儿子作保，请周阿姨放心地收下冬冬，保证不会给其他的小朋友带来传染。

戴眼镜的周阿姨还是紧张极了，她蹲在地上搂住冬冬的身子，眼镜贴在冬冬的脸上说，冬冬，阿姨让你回家告诉爸爸，说你吃了食堂的饭菜有点儿泻肚肚，让爸爸带你去医院看看，你告没告诉爸爸？

冬冬实事求是地说，我说了拉稀屎，阿姨让我爸爸带我去医院，没说吃食堂的豆芽。

周阿姨说，你看！你看！你看！

夏如春说，不怪阿姨，要怪只怪食堂，我这就到食堂里去了解一下情况。

他对周阿姨道了再见，又跟冬冬说了拜拜，就直奔幼儿园的食堂。幼儿园的食堂设在游乐厅的左边，游乐厅的右边是厕所，这是幼儿园最重要的三个部门，被设计师设计成小朋友们吃喝拉撒玩的一条龙。从食堂门口走出来一个穿白大褂的女人，夏如春看她第一眼有些眼熟，再看第二眼就认出来了，是他们学校张老师的家属。张老师病退以前请过夏如春，给他家属在工商所办一个开饺子馆的执照，执照上的女人比眼前的女人要小几岁，那是因为照于几年前，如今水涨船高，船上多了一些风吹浪打的痕迹，不过船还是那条船。

张老师的家属也认出夏如春了，一声惊叫，啊，这不是夏老师吗，你怎么在这里……

夏如春说，还是汪嫂子，我正要问你怎么在这里呢，张老师的病怎么样？你的饺子馆没有开了？

汪嫂子说，老张的病还是那样，饺子馆去年冬天就没开了，你爱人的那个同学好，她同学的几个同事坏，老是带些人来吃饺子，吃完嘴巴一抹就走。我开口向他们要过一次钱，第二天就来了几个大盖帽，说我门口的潲水缸污染了环境，引得苍蝇乱飞，罚的款够他们吃十顿还不止。在幼儿园食堂打杂是我们老张在镇上找的人，这事他没好意思给你说，觉得把饺子馆停了对不起你的帮忙！

夏如春说，这有什么，在幼儿园食堂打杂也挺好的，我儿子上的就是这个幼儿园……呃，正好我问你个事，你们食堂是谁负责采购，上周五吃的豆芽是买谁家的？

汪嫂子又是一声惊叫，就是我啊，怎么？我买的是豆芽王家的豆芽，幼儿园一直是吃他们的豆芽，他们的豆芽好，怎么？出什么事啦？啊我想起来了，是不是当天有几个小朋友拉稀屎，家长怀疑是吃那豆芽吃的，怎么？拉稀屎的有你儿子吗？

夏如春说，有，我儿子总共拉了五泡，我还带他去医院了！汪嫂子，你能证明豆芽的确是在豆芽王家买的？

汪嫂子说，我能证明，每次买菜我都去菜场的头一家，那家卖菜的是我娘家一个妹子，我买她的菜一来是照顾她的生意，二来是她的菜新鲜，品种又多。她摊上的豆芽都是从豆芽王家进的，她是贩菜，自己家里不种！

夏如春高兴地说，这就行了，我就问这，你忙吧，我走了，需要你时再来找你！

野狐狸镇的三个娘们儿 173

汪嫂子问，你还需要我做什么？

夏如春想了想说，必要的话还请你做一个证，在举报信上签上名字！

汪嫂子还准备问什么，夏如春已经转身走了。他为自己这么轻易就完成了任务而感到得意，掏出李如嫣送他的手机给黄秋菊写信，写了很久才写出一段：秋菊，我已调查清楚，如你所思，引起冬冬腹泻的豆芽的确是王菲菲家的，现在只差你那一头的证据了。如春。

上周五的晚上送走李如嫣后，黄秋菊加了一个夜班，开始扫夏如春的机盲。小学语文老师一般都有汉语拼音的功底，这是学写手机短信的极大优势，因此夏如春很快掌握了基本要领，今早就写出了他平生第一封手机短信。夏如春没写拉稀屎，而是采用了李如嫣的腹泻一说，他认为短信属于书面文字，书面文字应该比口语文雅。

黄秋菊本人的第三路出击在同时进行着，清早她一开店门，就盼望门前出现那个蹬三轮儿的。但是快到中午蹬三轮儿的还没有来，她担心蹬三轮儿的昨天是王菲菲从别处叫来的，今天没人叫他也就不会来了。他要是真的不来，自己又到哪里去找他呢？正这么着急地想着，只听得外面轰轰隆隆一阵乱响，抬眼一看，一辆三轮车装着一堆乱纸箱子，从她门前凶猛地开了过去，像是春秋战国时代驷马拉的战车。黄秋菊认定了是那个蹬三轮儿的，朝着他的后背像王菲菲那样喊了一声："呃——"

三轮车停在了不远处的路边，那个名叫万忠义的以为生意来了，扭过头来把她看着。黄秋菊赶过去问，昨天上午，在我店里，是不是你拉走了一袋化肥，日本株式会社的尿素？

万忠义一脸警惕地说，那是豆芽店的王妃娘娘请我帮她拉的，钱应该她给你，不应该我给你，她没有给你钱吗？

黄秋菊问，我是问你把那袋尿素拉到她家去了，还是拉到别处去了？

万忠义口气硬道，当然是拉到她家去了！

黄秋菊问，她家又没有地又不种庄稼，拉到她家去做什么？是不是用它去浇豆芽？

万忠义的脑子比刚才车轱辘转得还快，首先想到王啸虎在豆芽缸里撒尿的事，接着又想到王菲菲多给他的两块钱，还有他答应过她的话，就摇着头说，我不知道，我没看见，她要我给她送尿素，我就只给她送尿素，再说……

说了这个"再说"，他却不再往下说了，转过身去用脚把踏板一蹬，三轮车又轰轰隆隆地跑了起来。黄秋菊一声吼道，你给我停住，你要再跑我就告诉何政府，说你偷了我店里的化肥农药，一样十袋！

这么一吼，万忠义还真的停住了，扭回头来半信半疑地把她看着。黄秋菊追上去一哄二诈道，再说什么？再说你就是知道，就是看见也不告诉我是吗？臭婊子给了你多少钱，把你这个蹬三轮儿的给买通了？

万忠义听得一愣一愣，觉得这个女人的话就像她卖的化肥农药，全都追到了他的根子上。黄秋菊就一眼把他看个透穿，又是一声吼道，只要你对我说了实话，她给你一块钱，我给你十块钱，她给你两块钱，我给你二十块钱！

嘻，你骂他臭婊子，她还答应跟我睡一觉呢，要不你也……万忠义嘴里突然冒出这句话来，这句话是他临时编的，他不知道自己为什么要编这句话。

"啪"的一响，黄秋菊一巴掌扇在了他的嘴上，恶狠狠地骂道，你这个小鸡巴东西，竟敢提出这个条件，天下女人你以为都跟她一个样吗？

被打蒙了的万忠义醒过神来，蹬着三轮车就飞跑而去，黄秋菊想起兜里揣着李如嫣送她的照相机，掏出来对准他的三轮车屁股，"咔嚓"就是一张，嘴里说道，我叫你跑！

野狐狸镇的三个娘们儿　　175

7

夏如春今天的心情特别好，他学会用手机发短信了，冬冬也不再拉稀屎了，黄秋菊交他调查豆芽来源的任务也完成了，并且意外地遇见了张老师的家属，还提起他当年帮忙办照的事。吃完中饭在回学校的路上，为了巩固一下发短信的技术，他给李如嫣也发了一条，信上写着：李如嫣，谢谢你扫了我的机盲，的确比过去方便多了！夏如春。

李如嫣中午独自一人在家吃饭，小雨周一至周五在幼儿园吃，何正富基本上每天都在外面喝酒，她一人吃饭就很简单，无非把昨晚的剩饭剩菜放进一只玻璃缸里，在微波炉里转三分钟，再做一碗鸡蛋西红柿汤就行了。李如嫣刚把一口汤咽进喉咙，听到手机唱起歌来，按键看第一句，还以为是黄秋菊发来的，看到"扫了我的机盲"，她竟一下怔住，又看到"夏如春"，她的心就跳得快了，没想到夏如春这么快就学会写短信了，更没想到他这么及时地给她写信，而且是感谢信。

为了显示自己高超得多的水平，李如嫣啪啪几下就给他回了一条：真的谢还是假的谢呀？真谢就来帮我个忙。

发走以后她吃了一惊，觉得自己有点儿唐突，真谢是怎么一个谢法，要他来帮的又是一个什么忙呢？但是发出去就收不回来了，那就看他如何回答她吧。李如嫣压着心跳，一小口一小口地喝着鸡蛋西红柿汤，把一碗鸡蛋西红柿汤都喝完了，又起身把碗也洗了，坐回原处等着，等了很久夏如春的短信才发过来：怎么会是假的谢呢？帮什么忙？你在单位还是在家里？

到底是个生手，这样的慢，急死个人！李如嫣立刻又写一条发过去：来了再说，当然是在家里啦。

这次发过去后她才发现自己不是唐突，而是心里早就这么想的。也算不上多么的早,就在黄秋菊要她扫他机盲的前后吧,当时她们两个是连说带笑,说笑中她心里陡然产生的这个想法,只不过那时候还有些懵懂,没有现在这样具体和详细,就像要密谋作案一样。接下来李如嫣又有点儿着急,夏如春是个老实人,让他来他必来无疑,用他课堂上的话说那叫赴汤蹈火,在所不辞。可问题是他来以后,她家并没有需要他帮的忙,他一见她无忙可帮,会不会坐上一阵又起身走掉。她想来想去,只能赶紧给他找个事做,哪怕这事不适合他。

这次回信的时间比刚才短,一来是夏如春的水平有所提高,二来是字少:速到。

李如嫣一双眼睛满屋子看着,看到的东西都没法跟夏如春拉上关系,后来她索性哪里都不看了,什么都不想了,养精蓄锐地横下一条心来,就说没有忙让他帮,就说找借口想跟他聊天,就说她喜欢他又怎么啦?这么一来她的心里立刻就轻松了,好比是一首歌里唱的翻身农奴得到解放,李如嫣长吸了一口气进去,听着自己的心跳舒缓很多,简直快要接近正常的速度了。

大约过了半个小时,夏如春按响了她家的门铃,就像昨晚李如嫣按响他家的门铃,不过开门的速度比昨晚要快一倍。李如嫣把他迎进屋里坐下,陪他只坐了一秒钟,又起身去沏了一杯茶来,递给他说,喝茶。

夏如春说,不喝,谢谢!嘴里这么说着,却双手把茶杯接了过去。

又不是酒,李如嫣看他一眼,讥笑他说。

酒我是真的不喝,上次在我家里你知道的。他指的是冬冬过生日,何正富和李如嫣都去了他家。

抽烟吗?李如嫣又往对面的柜子看了一眼,那里面又有好酒,又有好烟,都是别人来求何正富解决问题,送给镇长的见面礼。

不抽,要抽秋菊早跟我离了!他夸张地自嘲道。

你真是个稀有动物,只怕要绝种了,快变成恐龙了!李如嫣的神情和语气让他不知道是褒是贬，如今的男人谁个不是吃喝嫖赌，像你这样的男人，还活在世上做什么呢？

过去他听人说过这样的话，听了只是好自为之的一笑，现在这话从李如嫣的嘴里说出来，夏如春竟感到有些无地自容。他把茶杯举到嘴边，快速地喝了两口说，我喝茶，行不？

喝完了一杯茶，补充一杯也喝完了，下午给学生讲课把他讲得口干舌燥，同时为了证明自己除了吃喝嫖赌之外，总算还有一个男人的嗜好，夏如春一鼓作气地喝了三杯。当他喝到第四杯的时候，杯子里快要变成白开水了，李如嫣还不提起帮忙的事，他终于沉不住气地试着问道，你要我帮什么忙你先别说，让我猜一猜啊！是不是，是不是，是不是你有哪个乡下亲戚的孩子，想到镇上学校来读书？

李如嫣摇头说，我没有这样的乡下亲戚，就算是有，第一你不是校长，第二何正富还是镇长，孩子想来读书也请不到你的头上啊。

他的白脸一下子红了说，那我就猜不出来了！

李如嫣既没有了退路，也找不到出路，对这个老实到头的老师她决定直言不讳了。她又做了一个很深的呼吸，然后把脸转开，让他只能看到她的一个侧面，闭上眼说，何正富跟你过去的那个女同学，就是那个长豆芽的王妃娘娘，他们的事你都知道了吧？

什么事？他们的什么事？夏如春问。

一个男人跟一个女人，你说还能是什么事啊？李如嫣说。

啊？那不会的！那不会的！他怎么会那样呢……夏如春赶紧为她的丈夫打着包票。就像她的丈夫是他的兄弟，一天到晚跟他住在一起，所有活动都在他的眼皮子底下进行，干什么事他都了如指掌一样。

他会不会那样也用不着你来安慰我！李如嫣嘴下留情，没像别的女人那样说他骗她。今天我请你来，只是想让你帮我把他……狠狠地制裁一下！

她也不像别的女人那样，流着眼泪说是报复，觉得报复一词已被女人们用滥了，连刘长江一个大男人家对她都这么说。李如嫣可不愿意在小学语文老师面前落这个俗套，要用宁可改用制裁，并且再加个"狠狠地"。她也不想流泪，虽然她闭着眼睛面对墙壁，脸上却像名字一样露出嫣然一笑。

夏如春的身子往起弹了一下，继续坚持着说，你是听谁说的？是听秋菊说的吗？她因为冬冬的事恨王菲菲，这话要真是她说的，那她就是因为恨王菲菲而不惜把她表哥也搭进去……

你别管是谁说的，我只要你听好了回答我，何正富跟王妃娘娘早就那样了，现在你愿不愿意帮我制裁他？我要你回答我。李如嫣打断了他的话说。

她的声音听似平静，但在平静下面有一种可怕的力量，像清清河水中的一股旋流，一旦把人卷了进去他就难以自拔出来。夏如春打了一个哆嗦，慌忙摇着手说，我可没有这个能力！我是一个教书匠子，又不是一个纪委干部，连党员都不是，我只有受别人制裁，哪有能力制裁别人！再说这都是些捕风捉影的事，一定是秋菊对你说的，她恨王菲菲，说是恨屋及乌，不惜把她表哥也搭进去了……

李如嫣到底不说话了，她听到自己在心里叹了口气，这口气夏如春自然没有听到。他们两人并排坐着，都朝着对面的墙壁，后来她慢慢把眼睛睁开，转过去看夏如春的脸，看见他的脸上布满了真诚。她忽然感到这个老师有些可笑，就一下子笑了出来，夏老师你真是这么认为的吗？

别叫我夏老师，我真是这么认为的，夏如春看见她笑就也笑了，心里一下子松快多了。

所以你适合做一个老师，野狐狸镇的小学老师，李如嫣说。

什么意思？你的意思是不是说我……太单纯了？夏如春红着脸问。

上网搜索一下，看还有没有比单纯更加可爱的词，李如嫣收起了笑说。

那就是天真，幼稚，我有那么可爱吗？夏如春觉得自己还不至于到那个程度，那不是可爱，那是可笑。

李如嫣不回答他，像没听到，又像承认，突然又笑起来，跟刚才的笑声不一样。我不是笑你，我是笑我自己，笑我自己的可笑，家里出了这样的事也来请人帮忙，这样的忙让人怎么帮呢？

夏如春笑得嘿嘿地说，是呀是呀，你是不是想让我在学校的黑板报上写篇文章，批评一下野狐狸镇的镇长，你的丈夫，何正富同志有婚外情？如果你这么想，你就比我更天真更幼稚也更可笑啦！

这次李如嫣是真的被他逗笑了，笑声越来越响，笑着笑着眼里有了水光，最终她还是像别的女人一样，眼泪顺着鼻子的两侧滚了下来。

看见自己的一番话把这个苦恼的女人笑出了眼泪，夏如春心里有一种成就感，像在课堂上解答了学生提出的一道难题，他高兴地站起身说，就得这样，就得把苦恼说出来，说出来就好些了吧？这叫释放！另外，真的，我劝你别信秋菊的话，我是说她说的这个话，这话要真是她说的话……如嫣，我还有最后一节课，上完了我去接冬冬，你也别忘了去接小雨啊……谢谢你送我的手机，有了这个的确比过去方便多了，以后有事我们就短信联系吧！

李如嫣用手在脸上很快地拭了两下，起身送他走出门边，冲着他的后背叹了一口气，唉！叹完又说，你来我家的事别跟秋菊说啊，她那鬼心眼子，要是听说了还不知道会怎么想呢！

夏如春嘴里"不会不会"地定着保证，快要走回学校的时候，他的两脚忽然停在了路上，觉得李如嫣最后这句话不像是随便说的，这句话像是对他的警告，还不仅是这样，里面还藏着一些暗示。他后悔刚才没有回头看她一眼，以便参考一下她脸上的表情，接着他又想起她的那声叹息，顺着这些再往前去回忆，从她莫明其妙地请了他来帮忙，到闭上眼睛并不看他,却让他把她的丈夫狠狠地制裁一下。当时他对她说的这个制裁是从语文上去理解,那就是行政的、党纪的、法律的惩罚,而他一个连党员都不是的教书匠子,怎么制裁得了一镇之长呢?现在看来可能他是理解错了!

他觉得脸上火一样地发烫,想必也像火一样的红了,一时把握不住自己是往前走,还是往后走,重新回到李如嫣的家里,让她明确说出如何制裁何正富的方案,是不是像何正富对王菲菲那样,这在兵法上叫作以其人之道……

这个时候手机响了,他认为很可能是李如嫣让他回去,那么他回去还是不回去呢?夏如春慌忙打开短信一看,原来是黄秋菊发给他的。黄秋菊说,上午那个蹬三轮车的来了,我问他王菲菲买尿素是干什么,他根本就不想对我提供证据,我怀疑他们是老雇佣关系,过去在我店里买的尿素都是他运走的,我已经用相机拍到了他的三轮车,你还得到她家去拍那袋尿素,不入虎穴,焉得虎子!

黄秋菊的话及时地指引了他的方向,他知道自己现在该往哪里走了,就站在路边给黄秋菊回了一条短信,我刚下课,放学后接了冬冬回来再说!

送走了夏如春,李如嫣关上门想在床上躺一会儿,实在不行下午就不到所里去了。她没想到刘长江这时会来,刘长江虽然每年会到她家里来上几次,但那都是过年过节之前,都是晚上,都是何正富在家的时候,他代表工商所给他们送来一些年节要吃的东西。像这样又是平常又是白天,尤其是何正富又不在家,他来可以说是史无前例。

李如嫣打开门,一张紫脸和一股酒气扑面而来。她想起上午他对她说过的报复,身子机灵地往门后一闪说,刘所长,找我有事吗?

刘长江一步跨进门说,所里下午准备开一个会,到处见不到你的人毛,同事都担心你被绑匪劫走了,劫财劫色,劝我赶快到你家来探究一下!

李如嫣说，看警匪片看的吧，可你不是嫌警匪片没文化吗？找我不会是其他原因？

　　刘长江屁股一撅，坐在了夏如春刚刚坐过的沙发上问，那你认为我是其他什么原因？

　　李如嫣说，喝醉了，记错地方了，把我家记成王妃娘娘的豆芽店了！

　　刘长江"呃"地打一个酒嗝说，我可没有喝醉，我可没有记错地方，那个婊子家是何镇长的根据地，我就是想打也打不进去，还不如趁着后方空虚来作一个案呢！哈，这叫乘虚而入对不对？……渴死我了，快给我倒杯茶来喝吧！

　　听到他对王菲菲的称呼，李如嫣的心里绞动了一下，再一次记起刘长江对她说过的报复，同时也记起她对夏如春说过的制裁。她冷笑着想，你倒是很会选择时机，你这个言行一致的家伙！李如嫣相信他说的全是真话，他真的是快要渴死了，看了他一眼快要渴死的样子，她也真的起身去给他倒茶来喝。

　　但是当她把一杯茶递到他的手中，他却一手接过茶杯放在茶几上，另一手抓住她的手腕，往自己面前努力地一拉，李如嫣的身子就倾倒在他怀里了。刘长江欣喜地感觉到她的身子是软绵绵的，像是被人抽走了骨头，但他没法感觉得到，怀里这个软绵绵的身子在他进门之前，骨头就已经被人抽走了。

　　李如嫣的泪水从闭上的眼缝里溢了出来，她让自己眼前出现夏如春的影子，觉得除了对何正富的制裁，同时还应该有一些属于她自己的什么，这个什么只能跟夏如春在一起时才有，而在刘长江的身上是没有的。

8

夏如春被逼不过，花一个晚上工夫写了一封举报信，正准备念给黄秋菊听，看哪些地方还需要补充，这时听得有人在打呼噜，长一声短一声的。夏妈妈不打呼噜，夏冬冬也不打呼噜，黄秋菊打呼噜只是偶尔的一两声，那是在她白天累了的时候，看来这就是黄秋菊打的呼噜，儿子的五泡稀屎真把她给折磨累了。

他去把黄秋菊的呼噜摇停，只说了三个字"写好了"，迷迷糊糊的黄秋菊就知道他说的是举报信，一个翻身从床上坐起来说，念！夏如春像念诵课文那样念了一遍，黄秋菊说，好，你这个语文老师没有白当，总算是物尽其用了一次！

夏如春想纠正她说这叫人尽其才，她却急着又问，交给哪里想好了吗？

工商所？派出所？镇委会？夏如春反问她说。他不是没有想好，而是没有想过，现在临时才想起这么几个有关的机构。

黄秋菊说，工商所管假冒伪劣，派出所管偷盗抢劫，镇委会倒是什么都管，不该镇长跟被举报者双方勾结，还不如直接让法院判决。

每天晚上，黄秋菊都要在电视里找小品看，看得她有时说出话来都小品化了，刚才这几句就押韵得很。夏如春盯着她的两片小薄嘴唇，觉得有点儿像宋丹丹，愣了一会儿才说，可是镇上没有法院，这件豆芽大的小事还要告到县里不成？

县里就县里，镇长管不了县，何正富想包庇那个臭婊子都包庇不了！黄秋菊说。

夏如春突然想到了一个单位说，前天我带冬冬去上医院，看见满墙都是关于食品卫生的招贴广告，下面印着卫生检测站，我们可以把材料交到那里。镇卫生检测站是县卫生局的下属单位，既然你怀疑你表哥，你表哥同样也管不着他们。

黄秋菊两眼死瞪着他说，你是不是还想往世界卫生组织上扯？一个小屁卫生检测站能把她怎么样？我怀疑你是那个臭婊子安插在我家的卧底，跟何正富刘长江三人是一条战壕的战友！

夏如春苦着脸说，昨天我还给学生讲疑人偷斧的典故，你就跟课文里那个丢了斧子的人一样，看见谁都像是偷他斧子的人。

黄秋菊上小学时也读过这篇课文，"扑哧"一笑，退一步说，那你就找卫生检测站吧，反正这事交给你了，不告倒你们那个王妃娘娘绝不收兵！

她提醒他到卫生检测站去的时候，要带上冬冬拉稀屎的看病记录，幼儿园食堂的买菜证明，还有她拍的那辆运送尿素的三轮车照片，照片上连蹬三轮儿的都拍下来了。说到这里她愤然骂道，那个小杂种得了臭婊子的好处，给钱都不肯给我做一句证！她没把小杂种要跟王菲菲睡觉的话也说出来，知道这是小杂种的吹牛。

这一下还真把夏如春提醒了，举一反三道，有三轮车并不能说明问题，有蹬三轮儿的也不能说明问题，谁能证明这人这车是运送这尿素的？要想证据确凿，还得到她家去把那袋尿素给拍下来，最好在豆芽缸边。这事适合你做，你自己卖的东西你自己认识。

黄秋菊认为在他说的所有话里，唯有这一句是有参考价值的，当下就决定明天兵分两路，他们各自采取行动，一个到豆芽王店里拍照，一个到幼儿园食堂取证。商量已定，夫妻二人正式上床睡觉，黄秋菊一声呼噜也不打了，通宵都在想着天亮以后的事，自己怎么打入王妃娘娘的家，但愿在她店里买的那袋尿素还没来得及处理。

第二天是周六，野狐狸镇小学跟全国一样放双休日，夏如春第一次不带冬冬就来到幼儿园，直奔食堂找负责采购的汪嫂子，请她在他写好的举报信上签字画押。但他既没看见汪嫂子也没看见周阿姨,心里正奇怪着,猛地想了起来,学校放假幼儿园不也放假?幼儿园不放假他能不送冬冬?这下要找只能到证人家去找了,不过正好,张老师病退以后他还没登过门,今天就顺便去看望一下。

他到对面超市买了一兜苹果,提在手里往张老师家走去,没想到张老师老两口子见了他来,不仅不像他想象的那样惊喜,反而还有些神情紧张,虽然笑着,笑容却是僵巴巴的,像用很稠的糨糊贴在脸上。张老师说,夏老师来了?是找我的?有……事?

夏如春进门坐下来说,我是来找汪嫂子的,顺便也看看你,幼儿园食堂的事汪嫂子回家肯定对你说了,她说她采购的是豆芽王家的豆芽,我想请她写个书面证词,签上名字,那天她已经答应了……

汪嫂子飞快地看了张老师一眼,打断他的话说,夏老师,昨天我只是随口一句话,并没答应别的什么呀,这事我还没有想好,我不能做!

夏如春一脸的意外道,汪嫂子你是怕豆芽王家报复你是吗?他们能怎么报复你?除了缺斤短两,还敢下毒不成?往后你不买他们的豆芽也就是了,镇上到处都有卖豆芽的,要是嫌贵你还可以建议食堂自己长豆芽,这样既安全又省成本,说不定你还会因此受到幼儿园的表彰呢!

汪嫂子张开嘴又闭上了,知道自己的嘴说不过老师,又看了张老师一眼,意思是让两个当老师的互相理论。张老师就叹口气说,夏老师呀,我对你说一句话别不爱听,我们都是当老师的,我们认识的世界都是课本上的,现实社会中并不是这样的呀!

现实社会中是什么样的?夏如春试着问他。

张老师沉默着,好像讲课之前打着腹稿,打好以后才慎重地讲道,现实社会中的人和事比课本上要复杂一百倍!一千倍!一万倍!官民关系,公私关系,上下关系,左右关系,主次关系,亲疏关系,男女关系……没有一种不是利害关系,没有一刻不在进行选择!我每天中午都看电视,看见那么多的老师在百家讲坛里讲课,我也想去讲一个"论中国社会的十大关系",可惜没人请我,请我也不会让我随便讲啊!

夏如春笑了起来,听他把男女关系也列进中国社会的十大关系,认为有点儿小题大做,就问他说,张老师,具体到野狐狸镇幼儿园的小朋友吃豆芽中毒事件,这跟中国社会十大关系,跟男女关系有什么关系呢?

张老师这次不用备课了说,你真不知道何政府跟那个王妃娘娘是什么关系?你汪嫂子到幼儿园食堂这样一件小事也是我托人找的何政府,这个你可以不知道,可是你该知道我病退以后的医药费补助,一半是县教育局出一半还是镇上出呀!我是现实社会中的人,我也有利害,我也得选择,我不能因为你汪嫂子的一个证词签名而……

他不说了,觉得这个利害关系根本就不必说,小学生都能明白何况老师。他只是换了一个方式接着说下去,何况你汪嫂子就是写了,签了,我们的利益因此受到了损害,你的想法就能像课文里一样实现吗?

夏如春回答不上来了,不是他的表述能力比不上张老师,是他承认张老师说得在理,他不能为了显示口才而进行诡辩。张老师的眼睛从他脸上转移到他提来的苹果上,有些难过地说,你来看我,还花钱买东西,那年你汪嫂子开饺子店你也帮过我们,我们今天却不能帮你,想着真是对不起人,你该不会怪我们吧?

不怪不怪,怎么会呢?夏如春的嘴里这样说着,心想这一兜苹果总共还没花到一百块钱,如果逼着他们做了他们不敢做的事,正如刚才他所说的,他家的损失将会是这一百倍还不止。利害关系,真是利害关系啊!他忽然站起身说,张老师,汪嫂子,那我走了!

汪嫂子又看了一眼张老师,不知道该不该留他再坐一会儿,张老师已经跟着站起身来,两腿随他一起往外走着说,夏老师有事我们就不多留他了,等他下次再来吧!下次来在我家吃饺子,可别再买东西啊!

夏如春走在回家的路上,才意识到黄秋菊分配给他的任务没有完成,心里一慌,脚步不由得慢了下来。他看见不断有车辆行人从他身边走过,车有汽车和三轮车,人也有大人和小孩,幸好这些人里没有他的学生和他们的家长,不然问起夏老师到哪里干什么去了,他真是三言两语说不清楚。

正想着又来了一辆三轮车,蹬三轮儿的只有十八九岁,车上装着两只竹筐,还坐着一个穿黄色连衣裙的女人。他看这个女人有些眼熟,这个女人看他也有些眼熟,因为两人的眼光都发直了。突然车上的女人喊了声"停",等三轮车刚一停下,她就从车上一个纵步跳到地上。女人用手拂了拂身上的裙子,又撩了撩头上的长发,抿嘴笑着,原地不动地等着夏如春朝她走去。

这一笑夏如春就认出她是王菲菲了,因为牙齿的缘故,读中学时她就喜欢抿着嘴笑,天知道那次在黄秋菊的店里买尿素,她怎么会一不小心笑出一嘴的黑牙。王菲菲没有等他开口,抢先叫出他的名字道,夏如春,我搬到这个镇上半年多了,听说你在这个镇上学校教书,怎么也不来看看老同学?

夏如春一急之下也会撒谎,睁着眼睛说瞎话道,我怎么知道你在这里?你在这里做什么?王啸虎呢?

王菲菲相信了他说,我们从老爹店里分出来了,来这里还是做豆芽生意,王啸虎在家坐镇,我在外面跑销售,别人家是男主外女主内,我们完全反过来了。今天我去通州一趟,近几个月黄豆价格越来越高,两个老的身体也越来越差,多时都不长豆芽了,我想运些豆芽到那里去卖,一来撑持他们的老店,二来也打开自己的销路。

她用嘴指了一下蹬三轮儿的,努力要保住自己的面子说,本来我雇他给我运豆芽,我自己要坐汽车去的,又怕他到了通州不认得我家老店,就只好坐在三轮儿上给他带路,真是不好意思!

夏如春的心思却不在这里,他想的是可不可能把尿素长的豆芽卖到通州,让通州的小朋友吃了也拉稀,就听到蹬三轮儿的高声嚷起来,原来你们两个还是同学,你是学校的夏老师,你的老婆是那个卖化肥农药的吗?昨天她让我做证王妃娘娘用尿素长豆芽,我不做证她还打了我一巴掌,不信你看,我这脸上的巴掌印还在!

不仅是夏如春,连王菲菲都要惊呆了,两人同时去看那个蹬三轮儿的脸,时隔一天,脸上的巴掌印虽然不在了,但是脸被他揪得发红变形,看着也像被人打过一样。

王菲菲很快明白了他说的事情,眼睛看着夏如春,嘴里呵斥他道,你肯定是认错了人,我老同学家的人不会这样做吧?那尿素是我乡下亲戚托我买的,不也是你用三轮儿帮我送去的吗?你对她如实地说了就是,何必还要挨她打呢?

蹬三轮儿的还要分辩,王菲菲并不给他分辩的机会,已经开始对夏如春说再见的话了。王菲菲说,老同学,现在你知道我们住在一个镇子上吧?等我晚上从通州回来,你到我家来坐坐,看看我家啸虎都老成什么样了!

夏如春身不由己地回答她说,好!好!

带着你家的那一位啊,我是叫嫂子还是叫弟妹?王菲菲已经坐上三轮车,并且已经挥过手了,这时又抢着对他补了一句。

叫秋菊吧,她姓黄,夏如春不记得他跟王菲菲,还有王啸虎谁大谁小。他没想到多年没有来往的老同学会这样真诚,一时间完全忘了关于豆芽的事,感动得大声回答说,一定带上!把儿子也带上!我还没有问你,你的……

他一下子住了嘴,想起她除了叫王妃娘娘之外,还有一个绰号叫绝代佳人,赶紧把她的儿子缩回喉咙。幸好蹬三轮儿的憋着一肚子火,三轮车像战车一样轰轰隆隆开到了远处,又逆着风,王菲菲可能不会听到。

夏如春的心情变得好了起来,记忆回到他们的中学时代,觉得刚才见到的王菲菲还跟那时一样,是黄秋菊误解她,冤枉她了,把尿素和豆芽和冬冬拉稀硬扯在一起,其实它们之间并没有什么因果关系。自己竟然也积极配合,打进张老师家去调查取证,他笑黄秋菊是疑人偷斧,自己不也是个疑人偷斧的人吗?

他往回家的路上走着,听得背后又传来轰轰隆隆的声音,以为那个蹬三轮儿的带着王菲菲返了回来,再听却不是三轮车,而是一群人的脚步声,其中还夹着说笑玩闹,黄秋菊的镇长表哥何正富的大嗓门也在里面。夏如春回头看了一眼,这一眼正好跟走在前头的何正富对上光,何正富刚从部队复员回来,没娶李如嫣也没当镇长以前,把他叫的夏老师,以后就随表妹喊他名字了。何正富问,夏如春你从哪里来,到哪里去?

夏如春觉得他像一个思想家,问的是思想界最著名的一个问题,即生命的初始和终极。他就像得道的高僧一样回答说,我从来的地方来,到去的地方去。

何正富心中有事,不跟他打机锋对禅语,直来直去道,夏如春你要是闲着没事,跟我一道给几个百年老店挂匾去吧,你去还能顺手给他们写副对联!

一听百年老店和挂匾,夏如春有些好奇,同时就认出跟在何正富背后的一群人里,每人怀里抱着一样东西,有的是匾,有的是锣鼓响器和唢呐。他问何正富说,挂匾?百年老店?我们这个只有二十年的镇上能有一百年的老店……?

有,何正富并不等他问完就说,王啸虎家的豆芽店要从通州算起,都有一百三十多年的历史了!

果不其然有豆芽王家,并且还是头版头条,只是不说王菲菲的名字而说王啸虎。夏如春又想起黄秋菊的话来,但他自从遇见王菲菲后,对她的豆芽店就像对她的人,黄秋菊的话更加不能左右他了。他先礼貌地道了一声祝贺,然后推脱道,不过冬冬吃了泻立停后,拉稀还不知道停住没有，我就不跟你们去了吧。

秋菊不在家？何正富那晚跟黄秋菊在电话里发生争执，不好意思再叫她菊。

她有事……到别人家去了……夏如春只差一点儿，就把她到王菲菲家去拍照的事说了出来。

就她事多，豆芽大的事她都在乎！何正富看他不愿意去，也就不再打算动员，转脸对身后的人说了一声"吹打起来"，就带了他们直着往前走了。

锣鼓和唢呐同时吹打了起来，夏如春觉得何正富刚才不是打比方，而是真的在说豆芽，责备黄秋菊不该去跟王菲菲作对。他不想跟在他们屁股后面，也不想听他们吹打的声音，他把脚步放得很慢，假装给谁打个手机，借此跟这一伙人拉开距离。兜里的手机正往外掏着，恰好它自己响了，夏如春以为是黄秋菊打来的电话，告诉他拍照的事情已经完毕，不料它只响了一声，一看却是李如嫣的短信。

看到这个名字他的心跳快了，想起她要他到她家去帮忙，最终什么也没帮成的事，至今在他心里还像个谜。夏如春是先看名字后看内容，看完内容他大吃一惊，李如嫣要他马上赶去，这次不是她家，而是王妃娘娘家，她说黄秋菊拿了她送的照相机去拍照，跟王妃娘娘的男人王啸虎打了起来，两人都有伤情，王啸虎的脸上全是抓伤，黄秋菊是被他推倒在地碰伤了胳膊和腿。

夏如春紧急回信，问李如嫣现在哪里，李如嫣说她得知消息刚刚赶到王菲菲家，已向镇派出所报了案，警察马上就去。她让夏如春要去得抢在警察赶到之前，以免黄秋菊和王啸虎的矛盾升级，她一个女人家眼睁睁地看着无力阻止。夏如春继续回信追问黄秋菊伤得如何，李如嫣终于耐不住了，一个电话打了过来。

李如嫣开篇就叹了一口气说，唉，你真是个迂夫子，火烧眉毛了还这样中规中矩，教你写信你就不能打电话，告你情况你就不能赶紧过来一下吗？……

一阵锣鼓和唢呐的吹打声把她的话压在了下面，夏如春又听到了她的叹息，脸上又火一样地发烫了。他心想就这一会儿工夫，何正富的送匾队伍已经走到王菲菲的豆芽店门口，胳膊和腿受伤的黄秋菊会不会从地上一跃而起，夺过何正富手里的百年老店铜匾，把它砸在他的头上呢？

他放开两条细腿，朝着那个危险的地方飞跑过去。

盗墓贼

1

野狐狸镇是长在大山之中的一个小镇，正是因为长在大山之中，所以直到如今，它的身上还保留着一些古色古香，或者说是野风野气。在这小镇子的尾上，有一个棺材铺子，在这镇子的头上，还有一个杂货铺子。棺材铺子卖的自然都是棺材，杂货铺子名为杂货，其实并没有杂到哪里去，经营的无非是香烛纸裱，阴幡冥钱，还有一个大件就是寿衣。看官一看便知，那都是为死人服务的，死人在哪里呢？死人就在铺子背后的北山上。杂货铺的背后，当然也是棺材铺的背后，靠北面的山上是一大片坟地，逶逶迤迤地绵延了小半里路，从镇头到镇尾，贯穿这个野狐狸镇的始终。野狐狸镇的死人就穿着杂货铺的寿衣，睡着棺材铺的棺材，被动地住在北山上的某一个位置，住进去以后就再也不出来了。

棺材铺的老板姓周，叫周玉凤，杂货铺的老板也姓周，叫周玉水，两个老板是一对同胞兄弟。野狐狸镇的人有给人取名的天才，为了突出人物的身份，把他们的工作性质都包含进去，同时说起来方便顺口，听起来也和顺悦耳，背地里就把周玉凤叫棺材周老大，简称周棺材，把周玉水叫杂货周老二，简称周杂货，又叫周花圈。后面这个简称的来历，是因为从十多年前开始，野狐狸镇也学着乌山城里的样子，把白纸扎的花圈放在死人的坟头上了，按照合并同类项的法则，花圈与香烛纸裱阴幡冥钱以及寿衣，属于同一个类别，扎花圈卖的自不待言，也是杂货铺的老板周玉水。

镇子背后的坟墓有大有小，有新有旧，大坟里住的是有钱的人，新坟里住的是刚死的人。从新坟和镇头镇尾的两个铺子可以看出，野狐狸镇至今还实行着土葬，这也就是野狐狸镇的古色古香，野风野气之一。关于新坟，镇上前几年出了一个诗人，作过一首四言诗，诗曰：野狐狸镇呀野狐狸镇，镇后是旧坟和新坟，旧坟里不知在骂何人，新坟里骂的是吴先生！说到这里想起来了，这个镇子除了镇头的杂货铺，镇尾的棺材铺，镇子的腰部还有一个中药铺，诗中提到的吴先生，就是这个中药铺的吴掌柜，叫吴蔬谷。

按照野狐狸镇人称呼别人的特点，吴掌柜吴蔬谷应该叫吴中药才对，但是镇上没有一个人这么叫他，原因是这么叫害怕把他得罪了。人活着都免不了有个三病两痛，得了病都免不了会去看病吃药，野狐狸镇人一直不喜欢开膛剖肚的西医，一直迷信着望闻问切的中医，虽然看病开方子的并不是吴掌柜，但是吴掌柜如果把假药抓给自己，或者在人命关天的时候干脆一口咬定，说是某一味药脱销了，那又怎么办呢？

所以吴蔬谷就一直被人叫作吴掌柜，或者吴师傅。偶尔也有人叫一两声吴老板，让他跟棺材铺和杂货铺的两个周老板地位相等，平起平坐。而且，那位看病开方子的老中医王龟鹤，野狐狸镇的人连王中医，连王先生都不叫他，直接就把他叫成了王神仙。

吴掌柜听说有人在背后这么攻击他，一肚子的不高兴，新坟里的死鬼都在骂我，这不等于说他们都是吃我的药吃死的吗？那我就要问一句了，那些图财害命杀死的人呢？那些谋夫奸妇毒死的人呢？那些给煤老板挖煤压死的人呢？还有那些活了八九十岁阳寿活够了的老汉子老婆子……再者说了，我这药铺里卖出去的药，一味一味都是按照王神仙开的方子抓的，药铺里都留有存根，死了人能把责任推到我的头上吗？你个狗日的不敢骂王神仙，倒来骂我……

可是吴掌柜找谁问去？他谁都问不着，谁都查不到，那个诗人的四言诗就像鬼魂一样，飘飘荡荡，忽忽悠悠，在小镇上下悄然地游走着，不知道它来自哪里，又如何抓它得住。有一次两个儿童在中药铺前玩儿跳绳的游戏，嘴里正好念着此诗，用它给自己的动作伴奏：野狐狸镇呀野狐狸镇……这一下子，可让吴掌柜逮着了机会，只见他从铺子里纵身而出，一手一个将他们生擒活捉。然而刚一发问，小兔崽子哐哐两口将他双手咬脱，一边逃走，一边回头重点念着最后一句：新坟里骂的是吴先生！新坟里骂的是吴先生！

吴掌柜把对儿童的怨恨转移在了诗人的身上，他运用唯心主义的思想方法，从中药柜里抓出一块名叫滑石的中药，咬牙切齿，在他的柜台上写下了三个字：周文化！

周文化是周棺材和周杂货的弟弟，排行老三，叫周玉龙。因为肚子里面有些文化，做过几年野狐狸镇文化站的站长，镇上人就按照自己的发明，把他叫作了周文化。小镇的文化站有两个上级，一个是县上的文化馆，一个是镇上的镇委会，两个上级如果下达一个指示，这个下级还是有执行能力的，但是如果同时下达两个，尤其是两个指示执行起来互有冲突，这个下级就不知道先执行哪一个好了。

这个周文化会作诗，他作了一首诗来表达自己的孤愤，诗曰：文化站呀文化站，天大的文化也难办，一个媳妇儿两个婆婆，是先喂猪来呢还是先做饭？这首诗准确地表达了儿媳妇们的两难心理，受到野狐狸镇儿媳妇们的热烈欢迎，韵脚又押得好，因此流传甚广。传来传去，后来传进了他两个上级的耳朵，时日不长，两个婆婆都不要他这个"媳妇儿"了。

站长没有了，紧跟着赵翠花也没有了。赵翠花是他的女人，女人与站长之间看似没有关系，实际上关系大着呢。周文化自己心里最是明白，当初赵翠花嫁的是文化站长周文化，现在站长没了，只有文化，这个翠花又是不懂文化的，她此时不跑更待何时？是一个到野狐狸镇来弹棉花的四川人把她给拐跑了，弹棉花的四川人曾经被小镇上的儿童围着唱儿歌，那首儿歌的思想性比周文化差远了："弹弹紧——弹，紧不完滚——蛋。"

这首儿歌可没唱好，人家才不一个人滚蛋呢，人家要滚也得抱个女人一起滚蛋。这下就苦了周文化，从此他成了野狐狸镇的一只野狐狸，春秋两季在外面漂游浪荡，冬夏两季在屋里潜伏蛰居。

两个哥哥瞒着两个嫂子，对他进行了一年的地下救济，第二年先后被两个嫂子察觉出来，在经济上加强了控制，救济也就到此结束。由于出现这个变故，野狐狸镇人已经很久没有听到他的新作了。

吴掌柜之所以那么决绝地用滑石写下他的名字，至少是有五个根据的。

首先，从艺术风格上看，攻击吴先生的这首诗跟为文化站长叫苦的那首诗是一致的，开头一个是文化站呀文化站，一个是野狐狸镇呀野狐狸镇。其次，野狐狸镇从古至今，从上到下，只有周文化一个诗人，能作出这种诗的人舍他其谁。第三，周文化对谁都攻击，包括开棺材铺和开杂货铺的二位同胞兄长，他不断地更新着那两个铺子的名字，先叫一条龙，又叫两部曲，又叫姊妹篇，这些名字前面都没加"死人"两字，但是一听都知道是指为死人服务的连锁机构。第四，没有工作也没有女人的周文化，对有工作有女人的人一律表示仇视，其中再要有人的工作也好，女人也不错，那人自然就成了他的主攻目标。吴掌柜的中药铺经营得还算可以，女人钱小玉又是野狐狸镇上有名的大美女，周文化怎么能不重点攻击他呢？第五，吴掌柜尤其还记得一件事，赵翠花离家出走以后，有一天周文化急火攻心，拉不出屎来，跑到铺子里来要赊一盒牛黄解毒丸泻一泻火，吴掌柜说这药可不是能随便卖的，劝他去王神仙那里问一个诊。吴掌柜拒绝他时说的是卖，而不是赊，周文化认为这话是怕他付不起钱的托词，一时间伤了自尊，扭身就走，出门时扔下一句话：往后你八抬大轿把我请，我周玉龙也不会再登门！

盗墓贼　195

这两句还怪押韵的,再续两句就是一首诗了,因为时间太紧没来得及,再说周文化的心情坏到了极点。

再往下想,周文化仇视吴掌柜的因素还有一条,据娘家住在本镇的钱小玉说,在她嫁给吴掌柜之前,曾经收到过周文化大量的求爱诗,她都及时地还给了他,后来他才娶了那个外地的赵翠花。总而言之,吴掌柜有很多的理由认为,周文化利用诗歌反对他的可能性,几乎可以说是百分之百。

2

中药铺的斜对面,有一株百年的老槐树,正长在白石条砌成的小街中央,树脚的周边垒着一圈洗脸盆大的鹅卵石,也是白的,石缝里长满了青草。因为那个石圈比街道要高出一截,就有几个石级通上去,看起来像一个土坛,坛心里的泥地长年累月被脚踩着,如今已变得光溜溜的了。人和车辆来到这个土坛前面,都得自动向两边分流,要么往左,要么往右,这就又使得它像大城市的一个安全岛。

老槐树上有放声歌唱的知了,树下有石桌一张,石凳八个。冬天和早春不提,每到夏秋季节,晚饭吃罢,镇上的人都喜欢到这个安全岛里去谈论时事,连几个铺子的老板和掌柜也不能免俗。大家去得早的就坐石凳,去得晚的只好站着,谈的内容多半是当天的新闻,无论大小,也无论好坏,只要是值得一谈的,就拿出来谈上一番,相当于野狐狸镇民间的新闻联播。

夏日里的一个夜晚,这次的新闻联播听着有点儿吓人,一个没抢到石凳的年轻后生站着抢了个先说,你们知不知道,镇派出所正在破案,说是前天死的那个孙寡妇,她的坟被人给挖了!

就听到老槐树下啊的一声,不管站着的人还是坐着的人,统统都像是惊弓之鸟,同时把眼睛往开一扩,脑袋往前一伸,两只膀子还像鸟儿那样往两边夯了一下。其中有人手里正好捏着一把蒲扇,那蒲扇就更像鸟儿的翅膀在空中展开不动了。吴掌柜第一个恢复原状,手上一边扇风,嘴里一边问那后生,只听说孙寡妇生前相好的不少,还没听说她跟谁个有仇啊,你这说的都是什么时候的事?

发布消息的后生说,你想啊,前天夜里才入的土,当然不会有多久吧,我看不是昨天夜里就是前天夜里,总不会是大前天,也不会是今天……她倒不会是跟谁有什么仇,根据派出所里人的分析,挖坟的贼是想要她坟里面的东西!

这我就奇了怪了,孙寡妇又不是慈禧太后,她的坟里还能有一颗夜明珠不成?……说起来她的棺材还是在我铺子里买的,我可给她挑了最好的一副,是不是那人把她这个也给撬开了?周棺材一下子就想到了棺材,话里好像带着一点儿心疼,在这个野狐狸镇,他算是个见多识广的人。

既是图财,那还用说,不把棺材撬开能得到他要的东西?从前只听说孙殿英盗了慈禧的定东陵,挖一个穷寡妇的坟我还是头一回听说呢!……恐怕这个孙寡妇,手上连一只玉石镯子都未必有吧?周杂货附和着他的大哥,孙殿英盗慈禧陵的典故也是听他大哥讲的。

这话提醒了发布消息的后生,他"呀"的一声叫起来说,你们真是小看孙寡妇了!要不说这个我还忘了告诉你们呢,孙寡妇手上虽然没有玉石镯子,可我听派出所的人说,她颈脖子上有个什么挂件儿不见了!

吴掌柜直个摇头道,这真叫缺德呀,亏他对一个死寡妇也下得了手!……孙寡妇在死以前,还有人到我铺子里给她抓过药的……

不等这一句话说完,吴掌柜忽然间想起攻击他的那句诗来:新坟里骂的是吴先生!他就赶紧把一张嘴给闭上了,闭上以后他还感到后悔,脸上的表情是恨不得能把前面一句话也收回来才好。

盗墓贼　197

咦,你怎么知道那药是给她抓的?周棺材怀疑地问。

王神仙开的方子上明明写的是她名字,孙美丽我们也不认得了!钱小玉替她掌柜男人说。

按照野狐狸镇人习惯的叫法,钱小玉应该叫掌柜娘子才对,可是大家叫到她的头上破了个例,纷纷都把她叫玉姑娘。而且不仅是背后,当面也这么叫她,吴掌柜听人用姑娘称呼自己老婆,心里头骄傲着呢。

嘻,孙美丽这个名字可取糟蹋了,她连你玉姑娘小脚趾上的指甲壳壳都比不上……

那个后生讨好钱小玉的话还没落音,就听到突突突突一阵马达声响,一辆破摩托车从老远处奔驰过来。说它是破摩托车,是因为在明亮的路灯光下连它身上的颜色都认不出了,车头的反光镜也没有一个。座包陷下去了好几寸深,上面的人就像蹲在炸了一道缝的坐便器上,屁股须得往上提着,以防被那道炸缝给夹住了,两手伸在前面掌把的样子,也像是向人讨一张手纸。

破摩托车开到这个安全岛时,蹲在它上面的人把速度减了,接着两脚往地上一叉刹住了车,眼睛在老槐树下的人脸上看来看去。他的眼睛上罩着一副眼镜,眼镜片在路灯光下一闪又一闪的,特别的酷。

他看人家,人家也看他,这就把他给看出来了,原来是周文化。野狐狸镇上戴眼镜的人为数不多,其中一个是王神仙王龟鹤,戴的老花镜。另一个就是他,戴的近视镜,听说他的眼睛是常年趴在灯下写诗写近视的。风驰电掣的摩托车倒是早晚都有,破到这个程度的却不多。这辆破摩托车是他刚当上文化站长的那一年,镇子上有一个长豆芽的企业家赞助给文化站的,条件是要写一篇以自己为主人公,如何在豆芽事业上取得成功的报告文学,写了还要发表在省级的刊物上。

结果是周文化得了摩托车,只写了一首关于豆芽的四言诗,县级刊物也没发表,把豆芽企业家给忽悠了。媳妇儿被两个婆婆扫地出门以后，按说摩托车作为公物，应该留在文化站里，他却一来为了报复，二来也是生活需要，就把摩托车当作自己的私人坐骑给骑走了。

吴掌柜一看见周文化就想起攻击他的那句诗来，一张白芷一样的脸立刻黑了。他把眼睛转开去看远处的青山绿水，用野狐狸镇的话说，这叫作眼不见为净！但他的眼睛这么一转，正好跟周杂货对上了光。

玉龙子！周杂货嘴里喊了一声，听起来有些急于求成，像是一直在找这个人而没有找到。

在野狐狸镇可以这么叫周玉龙的，自他父母去世以后只有他的两个兄长，此外别人都一律叫他周文化，不当文化站长了也这么叫他。

老槐树下的人太杂了，周文化没办法看见喊叫他的兄长，他启动了破摩托车要继续赶路，这时又听有人喊了一声"老三"。这一声喊得很有魄力，他不用朝那里看了，知道是开棺材铺子的大哥周玉风。

老三，阴历六月初七是娘的忌日，我跟你二哥两家连三岁的小女儿都去了，又是烧纸又是磕头，你倒是好，你连看都不去看她一眼！

周棺材好不容易见到了三弟，不顾一切地当着众人指责他说。

还有个事，孙寡妇的坟被人挖了你知不知道？你也帮着分析分析，看是谁个下的黑手吧！周杂货的口气要委婉一些，其实是为了给三弟下台，觉得在他们这个半里路长的野狐狸镇，恐怕只有他家的这个知识分子才分析得出来，派出所的警察都未必行。

周文化没有回答他大哥的话，这话有些不好回答。他甩了一下长长的头发，回答他二哥说，是吗？难道还有人奸尸不成？

他回答得很简练，刚好十个字，说完提起脚来一踩破摩托车，突突突突就跑远了。

奸尸？什么叫……？发布消息的后生朝着破摩托车上那个瘦脊背问，人家却已经跑远了，他就转向一个坐在石凳上的人。那人手里端着一本竖版的古书，坐的位置离路灯是最近的，看来也是个文化人，可能在野狐狸镇除了周文化就是他了。

拿竖版古书的人把书卷成一个筒子，在膝头上轻轻击打了一下说，嗨，你还是个童男子吧，竟连这个也不懂得！就是，就是，就是男人在女人的尸体上做那个事……

我的个妈呀！老槐树下的女人们不管是坐在石凳上的，还是站在石凳边的，脸上的颜色一下子全都变了，原本脸白的变得绯红，原本脸红的变得寡白。其中野狐狸镇的美人钱小玉却是一脸怒容，好像她就是被奸尸的孙美丽。

钱小玉手里摇着一把画了兰草的团扇，代表着所有的女人，朝那跑得不见踪影了的周文化扇了一扇子说，等你死了，埋了，让人奸你的尸去！

无论女人还是男人，哄的一声全都笑了。她觉得这些年来，总算为被人攻击的自家男人出了一口恶气，哧的一声也笑了。

吴掌柜左看一眼周棺材，右看一眼周杂货，用海纳百川的口气批评自家女人说，嗨，他是个什么人，你怎么能跟他一般见识……

3

时间一晃就是三个多月，派出所的破案工作没有任何进展，就在野狐狸镇人快把孙寡妇新坟被挖一事淡忘的时候，同样的故事又在镇上重演了。这时已经是深秋的季节，天气都有些凉了起来，镇上捡破烂卖的郑老爷子感冒了一次没有挺住，在一天夜里就悄悄地过世了。郑老爷子是个无儿无女的孤人，他也知道自己的情况特殊，生前已经自力更生，用捡破烂卖的钱在周棺材的铺子里买好了棺材，在周杂货的铺子里买好了寿衣，时刻准备着这一天的到来。这样，当这一天真正到来的时候，他简直没给街坊邻里带来多大的麻烦，大家用他家里剩余的粮米和干肉，还有枕头下压得平平展展的现金，请工下葬，把他安置在三个月前去世的孙寡妇的新坟旁边。接着顺一个便，把孙寡妇被挖的坟堆也修补好了。

郑老爷子死前有几样旧的物件，一口攒钱的青花瓷坛，一把烧开水的锡茶壶，一只洗脸的铜盆，当然很可能洗脚也是用它，因为人们在他家里并没有发现第二个盆子。此外还有一个夜婆子，就是夜里解小手不用出门，可以尿在那里面的又像罐子又像壶的那个玩意儿，也是铜器，大概是在他出外捡破烂时，从某个讲卫生却不识货的败家子手里便宜收的。街坊邻居们围绕这些开了个会，觉得这个孤人没有子嗣可留作纪念，可以把这几样物件跟他一起埋了，让他到了那个世界也跟活着一样，睡前烧水洗一个脚，夜里还能在屋里小便。

这本来应该算是一番好心，让他跟古时候的帝王一样享受殉葬，只是在起这个意的时候大家都忘了三个月前的孙寡妇。这就害得郑老爷子还不如只睡进去一个净人，有了殉葬反而连坟也被人挖了，几样物件全被盗走不说，临走连棺材盖也不给他盖上。

这天夜晚，老槐树下的新闻联播的主播，就成了郑老爷子生前的老邻居。老邻居比郑老爷子只小一岁，想到自己不久的将来，也有可能遭到孙寡妇和郑老爷子的下场，语不成句地跺着脚说，派出所人，饭桶！我要是个，警察，我要回去，十年，我就躲在，那儿，就不信抓，不住，一个挖坟，的贼！

周棺材和周杂货，还有吴掌柜和他的娘子钱小玉也都聚在老槐树下，连轻易不肯出门的老神仙，老中医王龟鹤也被他的小孙子搀着膀子，来到这个白鹅卵石砌的安全岛，想听几句镇上人的新闻联播。大家众星拱月一般，让王神仙坐在一个被屁股磨得最光的石凳上，那个凳子紧靠着树身，算得上是老槐树下的第一把交椅。

已经是深秋了，所有的人都没拿蒲扇，上次解释奸尸的那人手里连本古书也没有带，就这么赤手空拳着，两个肩膀抬一张嘴，共同声讨那个二次挖坟的人。大家都说既然王神仙来了，那就听听王神仙的看法吧，但是王神仙虽说叫王神仙，那不过是指他的医术，对于防贼盗墓他也没有什么高招，就只会说些解恨的话道，世上最缺德的无非是两宗事，一个是绝活人的后，一个是挖死人的坟！你们都给我看着，这人总有一天要遭老天报应的，幼鹤你说是啵？

王幼鹤是搀扶他的小孙子的名字，当然回答他说，是的！爷爷！

夏天那次抢播孙寡妇新坟被挖消息的后生，却觉得王神仙的说法是很幼稚的，忍不住笑了一下子说，王神仙，您是神仙，人家可是无神论者，人家不信这个！人家要信这个，人家就靠劳动挣饭吃去了！

他不信就不信吧，你不信也可以不信，反正我王龟鹤是要信的！我这辈子见得多了，今年我都满九十八岁了！

王神仙用手比画了两次，比画出九和八两个数字来，半寸长的指甲壳子在路灯下亮闪闪的，像是捏着一个宝物。又问他的小孙子说，幼鹤你才十八岁，你信啵？

王幼鹤说，我信！爷爷！

吴掌柜又想起攻击他的那首诗了，往前看看石板铺成的街，一辆摩托车突突突突地开了过来，却差不多还是七成新，蹲在上面的并不是戴眼镜的周文化。他就转过脸去问周杂货，当着面时自然还叫周老板，周老板啊，派出所人没到你的铺子里去，调查有没有人在你这里寄卖……

在我这里？寄卖？寄卖什么？

就是那个……寿衣……

周杂货一时没有反应过来，他的大哥周棺材接了话说，派出所里要是破案，只会打听有没有人来买寿衣，怎么会打听有没有人来卖寿衣！……你把话给说反了吧？

一点儿都没说反，我问的就是卖！吴掌柜的态度非常坚决，我的意思是说那个挖坟的人，兴许他还会把死人身上的寿衣扒下来，作价卖给卖寿衣的铺子，一次顶多只卖件把几件！他买个什么？他娘要是死了，他从别的死女人身上扒一件下来给他娘穿上就是，钱也省了，他还买个什么寿衣？

没有！没有人来！周杂货从他的骂人话里，听出了他的疾恶如仇，就愿意回答他的提问，连续地摇着头说，他敢拿到我的铺子来卖，我就顺手一把将他抓住，然后打电话让派出所里来人把他带走！

说是说，做是做，真做起来就不见得了啵，他要是你熟人的话……或者，他要是你家的哪个亲戚……？

那也得劝他去投案自首！周杂货的话让所有的人都能听到，他是一个遵纪守法的人。

周棺材却觉得吴掌柜像是话中有话，就对周杂货说，老二，你听他这话的意思，是不是怀疑挖坟的事是我们周家人干的？比方说我们家的老三，玉龙子？

我哪是这个意思呢，周家大老板你多心了，二老板倒是个耿直人！吴掌柜赶紧笑着。

你听好了吴掌柜，这事要是我们周老三干的，我就把他打死了也埋在坟里！

就算大哥不对他大义灭亲，我这做二哥的也得跟他割袍断义！

钱小玉听这兄弟二人动了真的，挺身而出打圆场道，其实卖寿衣又怎么了，卖寿衣就是坏人了不成？

好人哪有来卖这个的，刚才他说只卖件把几件，这就说明不是做寿衣卖的批发商嘛！果不其然跟吴掌柜说的一样，周杂货是个耿直人。

吴掌柜倒像是为卖寿衣的人着想说，他要说这东西是以前给他家老人买的，老人目前还健旺着，只是手上缺钱花，先把它卖了以后再买呢？

周棺材又从中插了一句，我只听说董永卖身葬父，还没听说把爹妈

盗墓贼　203

的寿衣拿去卖钱的事！他转着圈儿地问老槐树下的人，你们，你们听说过这样的事没有？

老槐树下一窝蜂地响应，没听说过！没听说过！

抢播过孙寡妇新坟被挖消息的后生，被吴掌柜刚才的问题所提醒，立刻学会了举一反三，这也正是吴掌柜寄予希望的。这后生说，从死人身上去剥寿衣，工作量也太大了一点儿，而且剥了还要在本镇上卖，也太冒险了！我倒觉得挖坟的人有另一种可能性，那就是把从坟里盗出去的东西拿到乌山县城，在旧货市场上卖出去，以郑老爷子为例，青花瓷坛哪，锡茶壶哇，铜脸盆呀，还有那个夜婆子啊，都可以卖给铺主，人家那才是真的杂货铺呢，周老板你这算什么杂货铺啊！派出所人要想破案，就到那里去顺藤摸瓜，没准儿一摸就把人给摸出来了！

这是个好主意，还是年轻人的脑子灵活！吴掌柜伸出一根大拇指，在众人面前摇了几摇。

唉，可惜派出所的人只顾打牌，不会按你想的去做啵！钱小玉为脑子灵活的年轻人感到惋惜说。

这事又一次不了了之，最后还只能是众星拱月的王神仙来做总结。王神仙把他说过的那句话又说了一遍，你们都给我看着，这人是要遭老天报应的！说完他撑起身子，让幼鹤搀扶着离开老槐树下的土坛，真的像个老神仙一样。

秋天过完，冬天来了，整整的一个冬天，野狐狸镇没再听说挖坟的事，有人说那个挖坟的贼一定是被老神仙的话吓住了，金盆洗手，痛改前非，放下屠刀，立地成佛了。但是也有人看问题比较深刻，分析说这是由于近一个阶段没有死人，有什么东西可挖的呢？一旦有了新的机会，他还会把挖坟的事业进行到底，野狐狸镇的人们啊，不信你们就看着吧。

事情还真被后者说中了，大年三十夜里，野狐狸镇发生了悲剧，一个名叫宝贝的五岁儿童把雷管当鞭炮点了玩耍，只听得嘣的一响，胳膊和身子被炸成了三截。二位管理不当的爹娘痛不欲生，安葬儿子的时候恨不得把全部家产连同自己都埋进去，他们收集了儿子生前所有的高档玩具，并且又去商场买了一批新的，是机动的上足了发条，是电动的配足了电池，统统都装在儿子的小棺材里。此外，还放了一只宝贝最喜欢抱着它听儿歌的录音机，爸爸妈妈要轮流着跟儿子说话，陪儿子度过黑暗的童年。

4

那天夜晚，是后半夜，黎明前吧，据说是一天中最黑暗的时候，那个盗墓贼来到宝贝的新坟前面。他用凿子拆掉砖石，用铲子扒开土堆，然后放下工具，正要用手亲自把小棺材的盖板撬起来，取出里面的高档玩具，明天拿到县城的旧货市场，当作二手货卖几个钱用，这时他突然听到身边有人说话。说话声先是一个女人，接着又是一个男人，一男一女的声音反反复复这么说着：宝贝儿，别怕，宝贝儿，别怕……

盗墓贼差点儿吓出一声尖叫，他不知道那两个声音是人是鬼，转过身子就往外逃，从坟里爬出来时半边脸刮在了一块砖上，身上的衣服也被坟砖给剐破了。仓仓皇皇地跑了十几步远，猛地想起自己的坐骑还丢在墓地，就又壮足了胆子回去骑它，刚一回到坟边，听到那里的声音又换了一个说法：看他谁个敢来欺负你……

他觉得自己骑的是一头怪兽，在阴曹地府里没命地奔跑，耳边的阴风呼呼吹着，眼前飘过一点一点的绿光，那不是萤火虫，那是鬼火，身后有举着火把的小鬼在追赶他。一路上他只盼望着能遇上人，同时又害怕被人遇上，心里就这么激烈地斗争着，浑身的冷汗已经把他浸得水淋淋的，中途还从车上栽倒在了沟里一次。他爬起来，骑上怪兽接着再跑，后来总算是来到一间熟悉的房子前面，走过去认了又认，认出这里的确是自己的家。

第三天的晚上，电视里的新闻联播完了，约莫又过了半个钟头，住在野狐狸镇后街的王神仙家有人敲门，声音不大，却有些急，其中还夹杂着喊王神仙，嗓子一颤一颤的。大冷的天，快过年了，老槐树下没人闲聊时事新闻，王神仙泡罢了热水脚，正要上床去睡觉，听得有人在门外连敲带喊，料定必是犯了急病的人上门求医，就趿拉着鞋子过来把门开了。夜灯下一眼看见门外那人的形容，王神仙吓一大跳。

哎哟，你不是周棺材和周杂货的兄弟，原本文化站的那个周……吗？

您快些让我进来，我是来求您救我一命的……！

王神仙后退一步，周文化两手扶墙还打了两个趔趄，半边身子擦着墙皮进到屋里，站住以后还抖个不停。王神仙又吓一大跳，不由得往后倒退了几步。

看你这脸色不好得很哪，你到底是怎么了……？

我也不知道是怎么了……反正四肢发凉，浑身发抖，心里扑通扑通地跳得难受，估计每分钟有一百多下！吃不能吃，睡不能睡，我想请王神仙给我号一个脉，看我是不是要死了哇？

坐！你先坐下，坐下我问你话，我问你什么，你答我什么！

周文化就在王神仙手指的一把太师椅上坐了下来，王神仙坐在他的对面，两人中间隔着一张八仙桌。桌上干干净净地放着一只小垫枕，肥皂盒儿大小，号脉时给人放手腕子用的。靠墙的一边是一叠处方笺，一支蘸水笔，插在敞开了盖子的蓝墨水瓶里。

王神仙让他把手在小垫枕上放好，掌心朝上，自己用三个指头握住他的手腕子。周文化看着他那半寸多长的指甲壳在夜灯下闪闪发亮，身子又从里到外抖了一下，想起三天前的夜晚在坟地里看见的几点绿光。

有多久了？

周文化用两只眼睛望着他，嘴里支支吾吾着。

我问你得这病有多久了？……你得答我！

好像有两三天了……三天吧……

这三天你可是在奈何桥上打了个转身！五脏六腑俱损，气脉都只剩下一丝丝了！过来，你吐一口痰给我看看！

八仙桌的桌腿旁边有一只痰盂，周文化撑着桌面站起身来，伸长颈子一挣，"啊"地往痰盂里吐了口痰。

感觉着嘴巴里是不是苦的？

苦，是苦的！

王神仙起身往痰盂里斜了一眼说，绿痰，胆里的汁水。

周文化大吃了一惊，你是说我的胆破了……？

三天前，你是不是受了大的惊吓？

周文化还用两只眼睛望着他，嘴里仍是支支吾吾着，两眼的光已经散了。

我王龟鹤再过两年就是一百岁了，一辈子看病无数，你这个病我看不了，你还是去另请高明！

啊呀该不会是，该不会是没救了吧……？

有救没救我且不说，只是中医讲究一个望闻问切，我问你的话你都不说，你是存心要让我误诊，败坏我王龟鹤的名声是不？

王神仙半寸多长的指甲壳上亮光一闪，三个指头随着就张开了，从他的手腕子上抬了起来，接着又用另一只手撑着膝盖，身子慢慢地往起站着。这时候，猛听得八仙桌的对面扑哧了一声，像是有一个软的物件掉在地上，转过脸去一看，对面太师椅上的周文化没有了，地上倒有一个人向他跪着，眼泪顺着脸直往下淌，长悠悠，亮晶晶的。那张脸上破了块皮，泪水流到这里得停顿一下，绕一个弯子再往下流。

盗墓贼 **207**

我说！我说还不行吗？……我是受了惊吓，那是三天前的夜里，天快亮时……

周文化横下一条心来全都说了，流完了泪的脸上又接着流汗，那汗是冰冷的，不光脸上，前胸后背的冷汗把他贴身的衣服都打湿透了。外面的衣服跟他脸上那样破了一块，没破的地方也沾着一些黄土末子，像是它的主人刚才参加过一次生产劳动。

果不其然，果不其然，果不其然叫吴掌柜一张臭嘴给说中了！

王神仙连着说了三个果不其然，说完弯着腰重新坐下，一手挪过桌上的处方笺，一手从蓝墨水瓶里抽出蘸水笔。那只握笔的手就悬在处方笺的上面，摇了两摇，又放下来，眼睛往上翻着屋顶说，这第一味药，不知道吴掌柜肯不肯给你，听说你得罪过吴掌柜？

我编过他的诗，我说新坟里骂的是吴先生……可这治病救人的事，他总不至于不卖我药吧？这是一味什么药，不行我到别的药店配去……

这味药叫良心，也不要多，有一分做引子就够了！

这么一说，周文化死白的脸上有了血色。

王神仙斜眼看着跪在对面的人，重新拿起笔来又摇了两摇，然后写下一服药方。写完把笔插回瓶口，半寸长的指甲壳子亮光一闪，手里的药方从桌上推过去，这时却猛地想起了一件事，示意他坐起来道，起来，起来，你坐起来我问你话，你是不是先到派出所去打听一下，看看在那里熬中药方不方便？实在要是不方便的话，最好你再去看个西医，不过西医断不了你的根，无非是服刑时……

周文化大惊失色道，啊？您的意思……是要我去……投案自首……？

亏得你还叫周文化，你都犯了案了你还不明白？你自己去投案总比来人抓你好吧，这叫积极主动！再说你这一去，病就去了三分，中医的说法是……

好你个王龟鹤，你这是见死不救！

周文化居然吼了一声，吼出来的是九十八岁的王神仙身份证上的名字，样子是吼，声音却比刚才求人时大不了多少，短促而且嘶哑，中气是基本上没有了。吼完他就站起身子，想拍一下屁股转身走人，但他又想把拍屁股的力气省下走路，手到裤子边上又缩了回去，他的力气已经很有限了。他尽量地不让自己用手扶墙，不扶却又实在迈不开腿，就是扶着墙身子还两边打晃，才走几步，差点儿一跤摔在了地上。

王神仙一不留他，二不相送，纹丝儿也不动地坐在自己的太师椅上，手中的蘸水笔是彻底地插回蓝墨水瓶里了。望着眼前这个摇摇晃晃的背影，野狐狸镇的老中医长长叹了一口气说，唉，可惜了你的一肚子文化，喊我救你，却不知道何者为救，如何能救，把你周老三往哪里救！

门外的人听不到他的叹气声，只听到耳边阴风呼呼，身后的小鬼又追来了。

5

回到家里又过一天，一辆警车开到他家门前，这时的周文化正仰面朝天倒在床上，连下地的力气也没有了，两个警察说声跟我们走，一人一边把他架上了警车。警车开到镇派出所，初步审讯的时候他仍然站不起来，审讯者允许他坐着，背靠墙壁。

说，怎么想起来要做这种缺德的事？

我没觉得缺德呀，我当时想的是人都死了，还要那些东西做什么呢？还不如把它们都贡献出来，为还活在世上的人发挥一点儿积极的作用。

诡辩！贼的哲学！你要是盗了慈禧太后的陵墓岂不是更有道理？

说到慈禧太后，他觉得跟文物扯上关系，马上不作声了。

好好坐着，别一个劲儿地抖！

我也想坐好，也不想抖，可它不听我使唤啊！

说，你这病真的是盗墓时吓出来的吗？

真的是，我听见有两个人在里面说话，说宝贝儿别怕……我一下子就吓坏了……

你这个蠢盗墓贼，那是死者家属放的录音你不知道？

现在我才知道，可那会儿真把我吓坏了！……我承认我是个掘墓人，不过你们应该给我看病，我有权享受法律的人道主义。

周文化大着胆子说，王神仙说他五脏六腑俱损，又说他嘴里吐的苦水是胆汁，他怀疑损坏的重中之重是他的胆。但是胆虽损了，东西还在，关键时他还敢说出这样的硬话。

你放心吧，送交法院以后，有人会带你去体一个检！一个警察人道主义地回答他说。

不就是干坏事把苦胆吓破了吗？找个给自行车补胎的师傅给你补补不就是了！另一个警察冷笑着，言语比上一个要恶劣得多。

派出所的所长端着一只茶杯，亲自来参加审讯了，连着几座新坟被盗之后，这事成了野狐狸镇的一件大案要案。所长对他刚才说的一个名词发生了兴趣，扬着眉问，你再说一遍，刚才你说你是个什么人？

刚才？我说我是个掘墓人……

什么……墓？

掘墓人，挖掘坟墓的掘。

我还以为是撅着个臭屁股挖坟呢！盗墓贼就是盗墓贼，取那么好听的名字干什么呀？

取这名字的不是我，是全世界最伟大的人，你们不妨上网去查一查，它的另一个名字叫助产婆。

警察们都笑了起来，笑的不是"掘墓人"，也不是"助产婆"，而是"不妨"。

你不妨告诉我们一下你为什要做掘墓人吧？小镇上的警察们平时除了办些小偷小摸的案子，业余时间就是喝酒，打牌，看韩国电视剧，抓到这么个人觉得新鲜，纯粹是逗他玩儿，问完了又笑个不停。审讯室里的气氛非常活跃，他们都认为抓捕文化人是警察的一大享受，以后应该每隔几天抓一个文化人，改善一下沉闷的生活。

周文化的女人跟弹棉花的四川人跑了，犯罪嫌疑人没有亲属可以通知，派出所只好通知他的两个哥哥。周棺材直到此时才相信了，镇子上人人痛恨个个咒骂的，那个挖钱寡妇、陈老爷子、宝贝儿坟的贼，真是自己家的老三，回想起那天晚上跟吴掌柜说过的狠话，一时无言。

周杂货问，大哥，你对吴掌柜说这事要真是我们家老三干的，你就把他打死了也埋进坟里，有人会把这话死死地记着，你信不信？

废话！人都被警察抓走了，砍头挨枪都是人家的事，还临得我去把他打死吗？老二，我倒是同意你那晚说的，不对他大义灭亲，也得跟他割袍断义……众人面前，他玉龙子真给我们周家丢尽了脸！

不是个屁，我们弟兄三个数他有文化，数他丢人！

还当站长，还当诗人，也难怪连女人都跟一个弹棉花的跑了！

怪不着人家，我要是他女人我也得跑！

声讨完这周家丢尽了脸的老三，正式割袍断义之前，两个胞兄还要做到仁至义尽，他们一人夹着一条被子，一人提着一袋衣服和吃食，迈着沉重的步伐来到镇派出所。派出所人过去配合公检法验尸办案，大都认识周棺材和周杂货，加上又正好是那天来通知他们的警察值班，就客气地告诉二位，对不起，你们现在还不能见他，东西可以放在这里由我们转交，我们一口都不会吃他的，放心吧！放心！

周棺材无地自容地说，听你说的这叫什么话！那就麻烦你们了，被子里面还裹着一封信，请你们一定转交给他！

警察又说了一遍放心，周杂货的心里却是一震，大哥真的写绝交书了！

从派出所里出来，经过镇子中间的中药铺，两人不约而同地想起了吴掌柜，担心他会当街拦住他们，故意打听自家老三的事，就又不约而同地闭了嘴，迈开大步直想快些过去。不料吴掌柜早就把他们看见了，丢下拣药的顾客，从柜台里面纵身而出，真的当街拦住他们说，二位老板慢走，我想打听个事，那天我在铺子里正给人拣着药，只听得门外车子呜儿呜儿地叫，未必这镇子上有哪家失了火？

吴掌柜屁股一撅，周杂货知道他要拉什么屎，还假装把警车说成是消防车，心里生气，又想不出回他的话。周棺材却淡淡一笑道，多谢吴老板忧国忧民，是我家失了火！

咦，没听说是周老板家呀，你那铺子里可净是……

净是棺材对不对？可这火烧的不是睡人的棺材，它烧的是人，把我家盗墓的老三烧到局子里去啦！

啊，你家老三？是你家那个当过文化站长又会写诗的三弟吗？不对呀，你这个周老板，你怎么把你三弟跟盗墓扯在了一起……？

不争气呗，岂止是盗墓，坏毛病还多着呢！自己没本事开中药铺，倒写诗骂中药铺的吴先生，这不是活该让中药铺的吴先生看笑话了？

周杂货听到这里，明白大哥周棺材为什么要这么说了，这叫一不做二不休，索性把吴掌柜一掌抵到南墙，把他想要的话都说出来，看他还有什么话说。周杂货想明白了以后，也再接再厉地补充一句，我家老三也真是的，写诗就写诗，你写"新坟里骂的是吴先生"做什么呢？就算新坟里的人是吃吴先生的药吃死的，一个镇子的街坊邻居，抬头不见低头见，你也不能给人家写出去呀，写出去了往后人家还怎么开中药铺嘛！

吴掌柜一听周家兄弟二人将他识破，笑眯眯地作一个揖，说声好走，转身回到自己的中药铺里，继续给顾客抓药去了。他是从王神仙那里听说周文化得了怪病，心中暗自庆祝着，你要是住进了新坟里，可骂不着我吴先生呀！

问题是吴掌柜不说，并不等于别人不说，在往后的一段日子里，野狐狸镇的一街上下，到处都在传说着周文化盗墓的事。而且连说带笑，连笑带骂，骂他果真被王神仙的一句话说灵验了：你们都给我看着，这人总有一天要遭老天报应的！听听，神仙到底是神仙，还没过上几天，老天这不就报应了吗？

这些话周文化都听不到了，很快他由镇派出所移交到县公安局，又很快由县公安局移交到县法院，接着很快，他被判处了一年零六个月的有期徒刑。这个刑期在盗墓案中是比较短的，原因第一盗的不是古墓，第二被盗的东西不值钱，第三盗者的态度不错。法官对他说了一句实话让他后悔得直想打自己一顿，说他那晚如果听了王神仙的一番良言，前来投案自首，为派出所节省一点儿车费人力的开支，量刑可能还会轻。

不过从另一方面考虑，他不仅不后悔了，反而还希望有期徒刑再长一些。因为正式住进监狱之后，他被送到医院全面检查了一次身体，结果完全如王神仙所言，他的五脏六腑俱损，需要长期治疗，医生说这种罕见的怪病会伴他终生，一旦断药性命难保。他发现医生给他开的药都很贵，其中有几瓶还是进口的，野狐狸镇人叫他周文化，他却只认识药瓶上的几个字母，连起来就不知道是什么意思了。

俗话说的光阴似箭，日月如梭，一年半的时间转眼就要过去了。这一天监狱长来查看监狱的伙食和卫生，周文化趁机向他举了个手说，报告监狱长，250号犯人有一件重要的事请你转告法官！

什么事？监狱长望着这个得了怪病的犯人，以为他对监狱里的伙食不满。

我有一个请求，请求把我的刑期再加几年！

哟嗬，太阳从西边出来了嘿，世上还有这样的事？

盗墓贼

监狱长走过去，用手在他的额头上摸了一下，没有发烧，证明不是胡话。

你为什么要提出这么一个请求？

我的病情十分严重，在里面还能得到有效的治疗，出去以后我做不了事，挣不了钱，看不了病，买不了药，那不等于判我的死刑吗？所以我情愿还在里面，再判十年二十年也是一个活刑呀！

监狱长用指头点着他说，你这个狡猾的盗墓贼！

周文化望着监狱长走远的背影，小声地纠正说，我还是不同意你这个叫法，我还是认为应该叫觉悟的掘墓人。

他的请求肯定没有得到批准，一年零六个月徒刑期满的那一天，正好是一个阳光灿烂的日子，由于他的病症没有根除，法院派了一辆轿车把他送回野狐狸镇。除了大哥周棺材送他的被子，二哥周杂货送他的衣服，他的行李包里还有一个大纸盒子，盒子里装着他吃的药，够他再吃三个月的。三个月后，他这个终生服药者就得自己花钱买了。

当天晚上，有一个人在他的房前屋后转了一圈又一圈，快半夜时，那人敲开了他的门。周文化认出是他二哥周杂货，他看二哥的样子没变，二哥看他却变得快要认不出来了。一头长发变成了一颗光头，这是在电视里见过囚犯的人都能够想到的，想不到的是不该那么白，那么胖，两只眼睛都胖眯了缝，细细的，弯弯的，活像用手指甲在发面团上掐出的两道印。

我做梦看见你又黑又瘦，你倒好，坐牢坐成个大白胖子了！

吃药吃的，那药里有激素，不吃又不行。

他的身子已经不怎么抖了，心里却还一天到晚惊慌不安。心惊肉跳四字他治好了一半，接下来他只要一断药，身上的肉立刻又会扑扑乱跳。

周杂货从兜里掏出几张票子，扯过三弟的手，把钱拍在他的手心里说，老三，别给大哥说我来过……你二嫂也别说！

二哥，你的意思是……大哥真的不认我了？

周杂货抢在眼泪要流出来之前，硬了一硬心肠，转身直着走了出去。

6

没有人告诉他王神仙死了，一年半后他第二次去敲王神仙的门，开门的是一个比他年轻得多的人。年轻人在他的脸上看了又看，说出的话跟他二哥差不多，白了，胖了，变样了！你是来找王神仙认错的吧？

他觉得这人未必也是个神仙。你怎么知道？你是他什么人？

我是他最小的一个孙子，王幼鹤。

小时候老搀着你爷爷到槐树下去的那个？你爷爷呢？

死了，半个月前的事，你要是早些出来还能见上他的。临死之前他对我说，说要是有一个刑满释放的盗墓人来找他，就把他前年开的这张药方交给那人，劝那人拿这方子去抓药吃。他说西药治不好那人的病，想要断根非得中药不可，还得吃他说过的那一味药引子。你是不是那个……盗墓人？

周文化的脸就热了，想到王神仙对他说的良心，还想到那天晚上他要是听了王神仙的话，至少还能早些出来，甚至根本不用进去也说不定。如果那样的话，他就能够见上临终前的王神仙了。但他再一想到在里面免费吃药，加起来足有几万块钱，也不觉得有多大的后悔。

我就是那个掘墓人，我从牢里出来了，想来看看你爷爷，没想到他死了！

既然你是我爷爷说的那个人，那就进来坐坐！

王幼鹤让开道请他进去，他想了想就进去了。屋子里的摆设都没有变,一张八仙桌,两把太师椅,桌上一个肥皂盒大的垫枕,靠墙那边的一叠处方笺,敞开盖的蓝墨水瓶,一支蘸水笔插在瓶口里。周文化在他那晚坐过的椅子上坐下来,低头往桌腿边上看了一眼,就又看见了那只他吐过一口绿水的痰盂。

镇上人都说他自己说的,说他要活到一百岁,可他今年……?

对呀,今年他正好一百岁,过完大寿的第二天中午,坐在椅子上打了个盹儿就过去了。就像古时候的得道高僧,这是修积到了,无疾而终,这叫坐化你懂得吗?当时他坐的就是你坐的这把椅子,不对,是我坐的这把椅子,他一辈子就坐这一把太师椅。

你记得他提到我时,还说了一些什么……

让我想想,他好像说过你这怪病要想断根,除了照他开的方子吃药,还得去找吴蔬谷,让吴蔬谷带你去做一件事!他怨我爹不该做了生意人,要是从小跟他学医,这些医理就不用吴蔬谷去讲给你听啦。

吴……蔬谷是谁呀?

镇上中药铺的吴掌柜你不知道?他拣了我爷爷几十年的方子,相当于我爷爷的半个徒弟了,如今反过来我还要跟着他学!

周文化在心里"啊呀"一叫,只是没有出声。在王神仙家喝了杯茶,他从王幼鹤的手里接过那张一年半前开的药方,要付看病开方的钱给王幼鹤。王幼鹤说,我爷爷人都死了,你实在要给就麻烦到你二哥的杂货铺里,换成冥币烧给他吧。王幼鹤坚决不肯收下。周文化就道一声感谢,起身告辞。从王神仙家出来,回家的路上他又为难了,要不要去找那个吴蔬谷,吴蔬谷会带他去做一件什么事呢?

他并没有见到吴掌柜,快转弯时却见到了吴掌柜的娘子,花枝招展的玉姑娘双手叉腰,站在街道的中间把他看着。看样子她知道他去了哪里,专门在这里等着他。

嘿,周玉龙,今天你休想从我面前绕过去!

他心里这一惊可是不小，周玉龙的名字连他都觉得陌生了，镇子上的人叫他周文化，哥嫂家的人叫他周老三，局子里的人叫他250号，案子发生以后，差不多所有的人都叫他盗墓贼。野狐狸镇的这个大美人为什么要叫他周玉龙，为什么要站在街道中间等他，她是不是想落井下石，想为那一句"新坟里骂的是吴先生"报仇雪恨？

钱小玉，你今天要痛打我这条落水狗，是吧？

他也豁了出去，叫她本来的名字，不跟别人一样叫她玉姑娘了。

你是狗吗？你落了水吗？你这个自己骂自己的没出息人！我们家吴掌柜找你有话说呢！你不是到王神仙家去过了吗？王神仙的孙子对你怎么说的来着？

周文化一听这话就站在了原地，然后他怀着一种复杂的心情朝钱小玉走过去。一街两边很快涌现出不少的人，他们对着他的一颗光头指指戳戳，一个个还嬉皮笑脸的。玉姑娘一左一右地训斥他们说，指什么指，笑什么笑，不认识他还是怎么？

过去总听人说，野狐狸镇人都听这个狐狸精的话，他还总不相信，这下亲眼所见，一街两边的人挨了她的训斥，都嬉笑着缩回自家屋里，才知道这个狐狸精还真是个女妖。他低了头跟着钱小玉走，走到中药铺的门前他先站了一会儿，硬了一硬头皮再往门里迈。

玉姑娘说，干什么？干什么？

不是刚才你自己对我说的，你说吴掌柜找我有话说……？

谁说有话就得在这里面说了？镇子后，墓地里，有个人在等着你！

玉姑娘何时也学会了作诗，而且就这随口出来的几句，谱上曲子就是绝好的歌词，比他的诗流行多了。原来这女人不光是个美女，还是个才女，这个卖药的人实在占了天大的便宜！他看玉姑娘在他前面一扭一扭地走着，当年有过的思想也随着扭动起来，联想起跟四川弹棉花人私奔的赵翠花，一百个也比不上她一个，心里更加不平静了。

吴掌柜真的是站在镇子后的墓地里，面对着他，身边是几座还没来得及长草的新坟。周文化老远认出，几座新坟都是他下手挖过的，现在又被人砌好了，砌得比他挖之前还要结实。他记得坟里埋的人有老有小，老的是郑老爷子，小的是宝贝儿，还有一个不老也不小的女人，就是他最早掘墓的孙寡妇，那应该算他的处女作吧。

还有一座更大的新坟，坟前摆满了花圈和纸幡，不用说都出自他二哥的杂货铺。花圈和纸幡上写着死者的名字：王龟鹤。

突然，他想起王幼鹤的话，后悔没去二哥的杂货铺，把欠王神仙的药方钱换成冥币。

你过来，我告诉你，这里谁要是再砌新坟也得被人挖掉了！

吴掌柜提到新坟的时候向他招了个手，他摸不着这个动作的虚实，想起他诗中的"新坟里骂的是吴先生"，越发不敢贸然过去。

反正我是不会再掘了，通过这一年零六个月，我怎么还没长记性呢？

我说的不是你，我说的也不是这几个坟，我说的是野狐狸镇背后的这一片坟地都被一个老板承包了，他要在这里建一片果园，园子里再建一个埋骨灰的碑林。

好主意！他怎么想起要这样做？

不是他，是镇上，镇上要推行火葬，他的棺材铺子开不下去了！

说到棺材铺子，周文化就知道了这个独一无二的老板原来是他大哥。想起二哥嘱咐他的话，他一句都不再说，单等吴掌柜接下来要带他做什么。

吴掌柜也不说，却换了玉姑娘说，周玉龙，王神仙给你开的方子你还打不打算抓药吃了？

不抓药吃我白白地等死呀？

那你连吃饭带吃药，每月总共要花多少钱？你该不会又到吴掌柜的铺子里去赊牛黄解毒丸吧？玉姑娘是听吴掌柜说的这事，问完以后笑个不停。

周文化的脸又热了,低头说,没钱我就不吃药,死了也罢,王神仙活着时不是说了,这人总有一天要遭老天报应的!报应就报应吧,老天要报应我想跑也跑不脱!

吴掌柜嘴里嘿嘿地笑,不,有人要雇你给他干活儿,每月工钱五五开,五成给你吃饭,五成给我抵你的药钱,就看你愿不愿意干了!

不是愿不愿意干,而是干不干得了,现在我都是个半残疾的人啦!

看果园、守陵墓,偷果子吃的人要逮,挖死人坟的人更要逮!除这以外还有一件重要的事,给坟上的每对碑柱编一副联子,让石匠给凿出来,一副联子不就是两句诗吗?这不正好是你长项!"旧坟里不知骂何人,新坟里骂的是吴先生"编得多好!

周文化想起一句老话,地上要是有一条缝,他就从地缝里钻进去。

顺便我再教你一招,编到那几个你挖过的坟上,你得把你的良心编进联子,王神仙说人有良心有病治病,无病长寿,这话经得起实践的检验啵!

他的心里猛一喜,又猛一悲,又低头说,我给我们周家弟兄丢尽了脸,我大哥早已经跟我割袍断义,这辈子他雇乌龟王八蛋也不会雇我了!

不雇你他对我说个什么?他说他不是雇你,他是救你。还说你总给他们的铺子取名,他也给你取一个,叫护墓人。

玉姑娘跟她男人一唱一和。有一天,你正坐在这里护墓,护着护着,看见远远地走来一个穿白衣服的女人,走拢了,冲着你龇牙一笑。

妈呀,孙寡妇的阴魂吧?

错了,既不是你妈,也不是孙寡妇,而是赵翠花!你没听说?那个弹棉花的四川人犯了重婚罪,你进去不久他也进去了,你出来了以后他还没出来,赵翠花思前想后,跟你一样良心回归,所以,早晚她还会回来找你的!

周文化认为,这个狐狸精在对他编一个故事,但是这个故事让他心里一暖,身上的病像好多了。

在袁太太家的最后一个夜晚

1

庞大然强打精神,出去买菜,刚把六个挑好的茄子码在秤上,发现身边有人偏起头来瞅他,瞅着瞅着那人开了口说,怎么这茄子有点蔫儿不溜叽的呀?

卖菜的女人从秤上拿起两个茄子,击鼓一样嘣嘣击打着摊子说,你把我这茄子买回家去,让你老婆摸一摸,看是你蔫还是它蔫!

那人怪笑道,我说的不是你的茄子!

说了又用眼睛瞅庞大然,庞大然听出话音,转过脸来,认出那人戴着一顶礼帽,是谈冰清楼下一层那个看门的,过去每次见他出去都要跟他调侃几句,这一次他就主动打招呼说,你也买菜来了,谁个在给你顶班?

看门的说,有楼长呢,本来我也想买几个茄子,可一见你这个蔫儿不溜叽的茄子样又不想买了!

庞大然使劲挺了挺腰,个子仍不能跟周围的人平等,比卖菜的女人也还差那么一点点,他在脸上做出一个息事宁人的表情说,我怎么蔫了?

看门的嘴里扑哧一声,手指朝着天上戳了戳说,蔫不蔫还能瞒过我的眼睛?是不是要跟局长太太掰了?不过你得想开一点,好歹占了人家十年,如今物归原主,人得知足,你这矮子也该让位了啵!

这话只一出口,庞大然脸色陡然变白,一时竟想不出如何对答,看门的说完这话又瞅他一眼,转身走到别的菜摊去了。卖菜的女人不懂那人说的黑话,却帮庞大然打抱不平道,矮子怎么啦?俗话说得好,山大无柴，树大空心，矮子里头净出大人物呢，再说这位大哥还不算矮，还有矮的你没看到，大哥再来几根黄瓜？都是带花带刺儿的！

庞大然受了打击，心思已不在黄瓜上，随口答道，来几根吧。

卖菜的女人给他码了六根黄瓜，继续动员说，再来几条苦瓜？我这个苦瓜可是正宗的苦味！

庞大然心想苦瓜的苦味还分正宗不正宗的，那我现在的苦味是不是有点不正宗呢？又随口答道，你说什么好，就给我拿什么吧，反正今天是买你最后一次菜了！

卖菜的女人问，怎么？搬家了？请保姆了？换成大姐买了？

庞大然说，都不是，是大姐不要我了！

卖菜的女人大笑起来道，大姐不要你了你跟我吧，白天我卖菜，你收钱，夜里我们两个打牌！

走出菜市场的时候，庞大然才发现自己菜买多了，弄得他简直像个餐馆里的伙计。他两手轮流提着那只巨大的塑料袋，快速回到谈冰清住的高楼，一路上提心吊胆，害怕再次遇见楼下那个戴礼帽的看门人。还算不错，直到走进电梯，那个可怕的人物也没有跟来，这是因为他今天买菜速战速决，整个时间还没花到过去的一半，他是想在告别这个菜市场之前，留给卖菜的女人一个豪爽的印象。再说也没必要横挑鼻子竖挑眼的，反正他只能吃这一餐了，大量的不都是留给那个劳改释放的贪官回来吃吗？

回到谈冰清的家里，庞大然把菜拣出几样丢进盆子，放些清水泡着，剩余的轻车熟路装入冰箱，然后坐下来喘一口气。今天是他在这里的最后一天，明天一早就要离开，从此再不来了，他的眼睛满屋子里看来看去，眼光中不免露出几星留恋。

一小时后，女主人和她的宝贝女儿就陆续回家了，在这之前他得把菜洗净，把饭做熟，等她回来操刀掌勺，然后三人共进晚餐。谈冰清和她的女儿都不喜欢吃他炒的菜，嫌他不放作料，没有味道，因此这十年来，关于厨房里的分工，这对母女与他达成了这样的协议，他只负责采购和淘洗，案板和灶台上的操作都是谈冰清的。

当然，这个协议只是一个无关紧要的细节，玩笑中的说法而已，执行起来不会那么认真和严格。决定着庞大然去留的却是一个真正的协议，那才是纲领性的双方契约，协议的主要内容是说，在男主人袁达通服刑期间，庞大然作为替身驻扎在女主人家，除了写作，再适当地干些家务，公司有了急事他也可以帮着做一做，属于灵活备用的多功能角色。吃饭穿衣自然是由谈冰清包管，每月在必要的花销之外，还按普通员工的标准给他开一份薪水。

但是有一条铁打的原则，袁达通什么时间刑满释放，他就什么时间离开这里，一刻也不能够拖延，离开以后永远不再见面，永远。庞大然经过慎重的思考，最后接受了协议的内容，他理解这个贪官的女人，不仅理解，还有一定成分的同情和敬重。同情是因为她一夜之间，由一个局长太太沦为一个劳改犯家属，敬重是因为她并不抛弃自己犯罪的男人，跟那些有福同享，有难却不同当的女人绝不一样。这样的女人其实是好女人，可惜这样的好女人竟让一个贪官给弄去了，世上的事情真说不成！他愤愤然地为她打抱不平，就像吃亏的人是他自己。

这个世上的事情真他妈的说球不成！有天晚上他喝了酒，忍不住还骂出声来，并且在电脑台上很响地拍了一掌。不过在听到谈冰清闻声赶来的脚步声时，他又开始在键盘上啪啪啪地写文章了。

他对女主人的敬重还有另外一个深层的原因，谈冰清居然是一个才女，当他正式进驻这个家庭以后，有一天他在电脑里看到了她写的博客。她的网名叫作谈何清洁，缺乏诗意而又了无生趣，像是一篇杂文的标题。但是文章却别有一种怪怪的味道，他从照片上认出了她，幸亏附有博主的玉照。

这一下子真把他给惊呆了,他认为她的才气其实在他之上,要是像他一样矢志不渝地坚持写作,她有可能是一个出色的女作家。这时候他才想起他们的第一次见面,她何以给了他一个知音的感觉,原来这里面有着深刻的道理。

2

那一年他离开老家,到省城来谋求发展,跟一位志同道合的叶诗人合租了一间破平房住着,白天打工,晚上写作。他以自己切身经历写了一部长篇小说,寄给多家出版社都没有受到重视,最后他把它贴在了网上。真是运气来了门板都挡不住,恰好碰上网络小说大奖赛,跟成千上万语文成绩突出的中学生相比,他这部作品中的生活气息吸引了大赛评委,居然评了他一个头奖。

同时荣获头奖的还有一位名叫何玉洁的作者,想必是位年轻的女性。庞大然大受鼓舞,决定这一辈子就以写作为业,遗憾的是头奖却不给他寄来奖金,反而通知他寄钱过去给他出书,他哪里能有这个实力,此时他连破平房的房租费都欠下三个月了,一天只能吃一顿饭,这顿饭被他科学地安排在承先启后的中午十二点钟。

叶诗人给他出了一个主意,同时也给自己,建议他们去给有钱的企业老板写报告文学,收取对方的各种经费,然后把这些钱一部分用于结集出版,蒙哄那些以公款购买私人名声的土包子,一部分用于租房、吃饭、坐车、打电话、添置极其廉价的应季服装。多少还有一点剩余价值,就把它作为继续奋斗的成本,存起来几元几角地谨慎开支,比方说书刊,报纸,打印,邮票,因为这些项目的花销,都直接和间接地关系到他们下一步的写作。

有了饭吃，有了房住，人先活着，然后才能写出不死的作品。叶诗人为他们制定了十六字的战略方针：以文养文，以屈求伸，曲线求国，十年成名。他们相信，一旦有了看得见的创作成果，就会赢得社会声誉和文坛地位，这些东西将会帮助他们实现更大的人生梦想，改变他们妻儿一家的命运。

庞大然觉得，叶诗人的话句句都说到了他的心坎里，那一年他的儿子还在小学读书，老婆用喂猪卖肉的钱交儿子的学费，他狠着心肠抛妻离子，出来奋斗，正是怀揣这样的抱负，两人相遇在省城的一间破平房里，像沦落天涯的两颗星星碰出刚才那样的火花。第二天破平房里的双星就按照十六字方针开始行动，四处奔走，早出晚归，一边写着挣钱的报告文学，一边写着赔本的小说和诗。

叶诗人激愤地说，兄弟呀，我们就像是两个有良心的婊子，领了嫖客的工资，拿回家给病在床上的男人买药！

庞大然认为他的总结精辟极了，感慨地回应道，怎么不是呢？怎么不是呢？

随着时代的发展，社会的进步，土包子们的水平也逐渐提高，日益变得成熟起来，他们给报告文学取了一个难听的名字，叫作要钱的文学，给写报告文学的作家取了一个更难听的名字，叫作叫花子作家。这样一来，形势在双星的面前变得严峻了，这一次庞大然花了八天的工夫，找到七家公司，却遭到十四个正副老板的调笑，其中有个秃子真是该死，看见他说得满头大汗，对门卫说，屋里太热，请把这位作家送到门外去凉快凉快。

第九天快到黄昏的时候，他找到了第八家公司，这是一家房屋中介信息公司，门脸的上方挂着天下寒士这四个字。庞大然的眼睛陡然一亮，他立刻想到一首杜甫的长诗，首先觉得自己就是一个寒士，在八月怒号的秋风中像一片树叶满街飘零。随后又想，从招牌看，这家公司的老板应该是一位充满诗情和爱心的人,否则这四个字就是花钱雇人想出来的。

他走进去,看第一眼,女老板被他认成了女店员。这是一个年纪不大不小的女人,她用一双忧郁还有点感伤的眼睛,懒洋洋地看着窗外树上的一只小鸟,听到他的自我介绍才转过脸来,起身递给了他一张名片,他才知道她是总经理谈冰清。谈总经理伸手请他坐下,吩咐手下的女孩儿给他倒了杯水,然后就用那双忧郁还有点感伤的眼睛长久地盯着他。她的公司员工不多,看到的只有那个倒水的女孩儿,这一点不像很多虚张声势的公司。

庞大然从来没被女人这样盯过,包括他老家乡下喂猪的老婆,老婆的眼睛一有空就盯在猪的身上,对他这个男人基本上是熟视无睹。他被女老板的眼睛盯得脸红心跳,他的话早就说完了,她的眼睛还没有盯完,他怀疑这个给他水喝的女老板是想用她特殊的眼睛,把他所剩无几的一点尊严先都扒去,扒成一个光屁股的男人,然后表出跟前几个老板差不多的态来。只不过话比请他出去凉快凉快要好听一些,这样她倒是省事了,这个忧郁感伤而又懒洋洋的女人。

他的心里蹦出一句刻薄的话,他想问她是花钱买一篇文章呢还是买一个老公,还想问她本人的名字和她公司的名字是谁取的,是不是也花了钱,那么好听,富有诗意。但他没敢问出口,是他自己找上门来,懒洋洋的女老板并没请他。接着他想改说一声对不起,打扰了,站起身来大步走掉,回去指天发誓,从此再也不要从事这种下贱的工作。但是就在这个时候,他看见女老板轻轻笑了一下,她说明天,你再把你的代表作拿来给我看一看吧!

庞大然记得当时他的心里发生了地震,他听她说的是代表作,跟前面几个老板的说法大相径庭,那些土包子们听完他的介绍统统这么问他,你,你都写了一些什么东西?或者,你都会写什么玩意啊?女老板说话的时候嘴唇微动,从轻轻开合的唇缝里发出声音,她的嘴唇涂着一层淡色的唇膏,跟大街上那些满嘴血红的女郎拉开了距离。说到代表作的那个"作"字,她的声音尤其变得细小而又徐缓,故意让音调拉长半拍,好看的口形像吹一只长笛,脸上布满圣洁的表情。

庞大然凭着直觉,断定这个女人要么懂得文学,要么懂得音乐,甚至,她什么都懂。

他给她送去两篇得意之作,一心盼望着奇迹发生。果然三天后的一个中午,他接到女老板打来的电话,她告诉他,如果他想有个安定环境写作的话,天下寒士公司希望他去,每月她以工资的形式,付他一笔不少于写一篇报告文学的报酬,但是不需要他写那个什么歌功颂德的报告文学,具体工作,去了再做商量。庞大然听她在电话里说到文学和作品这两个词时,声音格外柔美动听,特别是最后的一句话,让庞大然的两行男儿泪不争气地流在了电话筒上。女老板的这句话很朴素,她说她不希望一个有文学才华的人没有饭吃,没有房住,没有活干,没有钱用。

当天晚上庞大然擦干泪水,在灯下奋笔疾书,把这个名叫谈冰清的女人写进了日记。

3

告别了叶诗人,搬出了破平房,很久以后他才知道,是她自己轻轻笑着对他说的,那一次他找到她,是她男人被判处十年有期徒刑的第一年,是她公司开张的第二个月,是她下决心换一种活法的第三周半。这个还算漂亮也还不算老的女人,她说她决心要跟她守活寡的命运打一场持久战,不过她并不想打游击,她得建设一个可靠的根据地,同一条战壕里要住着自己可信的战友。

她对这位上门卖文的青年作家表示感谢,窗外树上的那只鸟儿,在她忧郁还有点感伤的眼里是一只喜鹊,它没有叫,可是它飞到了她寂寞的心上。

这样的好事跟他作为男人的外表没有半点关系,庞大然是一个矮子,而且黑皮糙脸,神情黯淡,上面有两只阴沉的近视眼,下面是一张地包天的嘴,这样的相貌女人大多是看不上的,紧俏的男人堆里更不会有他的份儿。他的乡下矮子老爹当初为他取名大然,主要因为他的辈分是"大",其次他被生下地时重达八斤,矮子老爹满心欢喜,误以为庞氏家族会在他的身上结束矮史。但是当他一长到十二岁,应该直长的身子却往横处长了,这个不靠谱的名字成了他的一个把柄,害得他经常被人抓住,任意取笑。

他记得第一次去见谈冰清,他的两眼也是向上看着她的,习惯已经成了自然,站在成年人的面前理当如此,不这样他就不能与对方的眼睛平行交流,也就只能看见对方脸上其他的器官。同在一间破平房里租住的叶诗人,有一次酒后用诗的语言对他戏谑,说他仰视的双眼,是两枚地对空的导弹,每天都想击落梦中的巨人。那次他也喝得半醉,愤怒地抓起一瓶啤酒要砸过去,同桌的几人将他拦腰抱住,劝他们在逆境中更要保持团结。他把手里的酒瓶放了下来,一口咬掉盖子,给"地对空"的发现者斟了一杯,承认自己的确不够伟岸,诗人的想象和夸张源于生活。

人们这才知道,矮子的身体内部也有血性,只不过外壳矮人一等,生活中才有更多的隐忍和伪装。那时不会有人想到,正是他的仰视,他的矮小和谦卑,还有从他的代表作中展示的才华,后来刚好符合了某一种特殊女人的需要,这真叫作歪打正着。谈冰清对他的怦然心动,应该与这些因素不无关系,这一心动成就了他们的十年之约。至于他的年龄比她要小五岁,这又有什么要紧呢,别说他们是有期合作,即便终生厮守,新浪网上已有青年作家发出号召,为了在保障生活的前提下搞好创作，应该一人找一个富婆包养。这事已被广大网友们讨论得轰轰烈烈，不管是用电脑写作的庞大然，还是在网上开有博客的谈冰清，都不可能没有看到。

在庞大然正式进驻这个家庭之前，谈冰清辞退了她的家政助理，也就是她家阿姨，她不希望有人知道她藏了一位神秘嘉宾。如果嘉宾的叫法不妥，还可以叫合同期男主人，总之，这是一位不宜公开的异性。他们签订了协议，虽然由于多种原因没有付诸文字，但是采取口头约定的形式，似乎更能体现君子淑女的诚信和道德。协议的内容包括，双方合作的期限、责任、纪律、报酬，还有一些暂且不会想到，随时可能出现的事项，那些事项一旦发生，将由双方和平友好地协商解决。不过有一条不用协商，那就是如果袁达通提前释放，合同也要提前中止。

合作基本上是愉快的，初级阶段两人配合得还算默契，尤其是当庞大然从这家女主人的口中得知，男主人被捕前是一位土地局的官员，被本市的市民戏称为土地老爷的时候，他的心里百感交集。他把对土地老爷的满怀憎恨变成报复，尽情地倾泻在土地老奶一身奶豆腐一样的细皮嫩肉上，那可是他乡下喂猪老婆没有的好东西。

他一边气喘喘地踩躏着她，一边恶狠狠地审问着另一个人，你知道我们乡下农民的土地有多金贵吗？你知道把土地卖给房地产商人从中受贿要得报应吗？你知道你的女人在用你坐牢换来的钱养着别的男人吗？问到后来他在心里得意地笑了起来，哈哈，你这个贪官没想到吧，你的女人竟成了我庞矮子的啦！

谈冰清听不到他心里的那个声音，但对他的疯狂没有丝毫的意见，相反她表现得比他更加疯狂。两人在做这件事情的时候，她的心情完全不像庞大然那么复杂，这一刻她既是忘我的，也是忘他的，彻底忘了她家那个名叫袁达通的人。天下寒士房屋中介信息公司的女老板才不会想那么多呢，人一思考上帝就发笑，她承认女人最有思想的地方是她的肉体,就如同填塞女人肉体的最好武器,天生就长在一个男人的身上。

往往她还主动出击,把庞大然当作一匹矮小但却精悍的战马,握缰伏鞍,尽情地颠簸跳跃个不停。她觉得自己的眼力不错,除了个头,这个会写文章的青年在做这件事上,一点也不比她家的那个人差,事实上袁达通在进去之前的那些年里,就已经很少跟她做这件事了。

庞大然进驻她家的第一个星期就看出来了,这个城里女人跟自己的乡下老婆完全是两种风格。他的喂猪老婆直到现在还像一个害羞的村姑,表情痛苦,消极抵抗,一看到她是那个样子他浑身的干劲都没有了。谈冰清却是进攻型的,甚至有些蛮不讲理,有一段日子他的写作进入了高潮,对这事的兴趣淡下来,她却想要就要,不由分说。在整个事件中她所表现出的歇斯底里,跟他第一次去见她时那个用一双忧郁还有点感伤的眼睛,懒洋洋地看着窗外树上一只小鸟的女人,完完全全是两码子事。

他从她饥渴的身上发现了她是一个被遗弃的女人,那个名叫袁达通的贪官可能早已遗弃了她,那时候他还睡在她的身边。贪官们一般都是这样,他们要贪的东西很多,一贪到自己家里就储存起来,接着又去贪外面的。

4

有一天晚上庞大然突然害起怕来,他怕这个女人从一个不明不白的地方知道了他老家乡下的情况。虽然一开始她就有言在先,他们不会出现结婚那种关系,但是她仍然不希望他有老婆,因为这里面涉及两个问题,一个是秦香莲会不会带着一双儿女前来寻夫,一个是关云长会不会人在曹营心在汉。又有一天晚上他做了个梦,梦见她真的从一个地方知道了，不过她出奇的冷静，一点也没生气，她还提前发了他最后一个月的工资，轻轻对他说，你可以走了，别忘了带上你的代表作。

关于他的家庭状况，庞大然最初对她是这么说的，他说为了实现自己的文学梦想，至今他还是一个单身，有人称他是从乡下到都市的独行侠。这篇谎言是他的即兴创作，他回忆自己第一次来找她赞助出书，脑子里想也没有这样想过，是第二天他给她送代表作去，从她那双忧郁还有点感伤的眼睛里发现了求偶的渴望，那时候她的懒洋洋没有了，给人的感觉是积极的，活泼而热情的。

完全是鬼使神差，庞大然的那一段谎话脱口而出，话一出口他把自己吓了一跳，想解释他是故意调侃自己，但是已经来不及了。他记起了驷马难追这个古语，只可惜他刚才说的并不是君子之言。不过运气真好，女老板对他半点都没产生怀疑，她轻轻笑了，接着伸出手来在他肩上轻轻拍了一下，又轻轻说了一声不错。一切都是轻轻地，像她昨天从嘴里轻轻吐出那个代表作的时候。

事情果然就发生了，那是他们的第三个月里，怪他自己不小心露出了一只马脚。起因正好是与工资有关，他用她发他的工资给儿子买了一只书包，给老婆买了一件毛衣。原本他计划买了当天就寄回老家，但他走出超市发现天色已晚，看看时间已经五点多了，一是担心赶到邮局人家下班，二是他还急着回家做饭，就给自己改成明早再上邮局。

这些年来，他在省城一边打工，一边写作，留心寻找改变命运的时机，把老婆孩子丢在老家乡下的两间破房子里，老婆靠喂猪养鸡抚养着儿子，他连一件价值十元以上的东西也没给他们买过。儿子上三年级了，老婆正好三十岁，这只书包，这件毛衣，就算是他送给他们母子的第一件礼物吧。跟谈冰清签订协议以后，庞大然心里有一种找到工作的感觉，这种感觉是踏实可靠，有一份稳定的收入，夜里睡得着觉，白天不再恐慌，至少在这十年之内，全家三口的基本生活有了保障。

他把老婆的毛衣装进儿子的书包，挎在肩上带回家来，害怕被谈冰清发现，顺藤摸瓜，摸出他有老婆孩子的底细，想来想去也想不出一个稳妥的藏点，后来就把它使劲压扁，塞在了他的枕头下面。这只枕头是枕他头的，不是枕她头的，绰绰有余的席梦思大床上，放在他的这边而不在她的那边，按理说应该万无一失。睡觉以前不会有人去碰它一个指头，一上床就把它枕在头下，清早起来被子一叠，被罩一搭，又不会有人去碰它了。

他没考虑到这天晚上会出问题，明明是昨晚做过的事情，今晚谈冰清怎么又要跟他做。谈冰清洗完澡，披散着一头湿发就上床了，她每次的规律是离开自己的床位，把身子转移到他的这边，为的是事情做毕以后，各扫门前雪，由这边的床主人收拾残局。因此当她披散着一头湿发向他靠拢的时候，庞大然知道一场翻江倒海就要到来，这一瞬间他想起他的枕头下面藏着的礼物，心里暗叫一声，要想挪走已经来不及了。

不出他所料，高出一截的枕头让谈冰清的身子无论如何也躺不平展，后颈下面的东西把她硌得难受，她随手往出一抽，一只填得实实在在的书包轱辘一下就露了出来。庞大然闭上眼睛，这会儿的态度是听天由命，事到临头，他反而不惊慌了，脸上呈现出一种死猪不怕开水烫的从容和安详。奇怪的是，他看见谈冰清的神情也没有怎么变，只是当即停下要做的事，坐起身子，口气十分平和地询问他道，你说实话，你家里还有什么隐瞒着我？

既然枕头下的书包出卖了他，他就不再打算抵挡她的追问，索性坦白从宽，如实招来。庞大然泪流满面，承认了他有一个在老家乡下喂猪的老婆，还有一个上小学的儿子，老婆叫李光秀，儿子叫庞如培，当初他之所以对她隐瞒了这一对母子，是他似乎看出她很在意他的婚否，而他又太想跟她在一起生活了，这种善意的隐瞒有别于坏人的骗财骗色，他绝不是那种卑鄙龌龊的坏人。

他对谈冰清真诚地道了声对不起,请求她千万不要一怒之下,以欺诈罪和重婚罪对他起诉,为了他幼小的儿子,可怜的老婆,他自己的名誉,特别是还有他旭日东升的写作事业,他愿意接受法律以外的另一种惩罚,那就是拉斯可尼科夫式的道德和良心的惩罚。

话是这么说着,眼泪是这么流着,庞大然的心里却已经做好了另一手准备。他想如果谈冰清真要告他骗财骗色,欺诈重婚,他就将她天下寒士公司的内幕一把撕开,露出其中的不为人知的秘密。什么房屋中介信息,它一周也从中介绍不了一套房屋,信息倒是每天都有,但是没有得到合适的住房,谁个愿意交她信息费呢?他在这家公司混事的三个月里,一次也没看到天下寒士脸上的欢颜,他们都到别处寻找大庇去了,公司账上反映出来的营业额和利润,其实全都是袁达通留下的资金。他想既然你不仁,那就别怪我不义,既然你做在初一,那就别怪我做在十五了。

谈冰清一点也不像他往坏处想的那样,刚才一听到拉斯可尼科夫,她的眼睛像星星一样闪了一下,从庞大然嘴里出来的这个名字,让她立刻进入了文学,进入了陀思妥耶夫斯基的《罪与罚》,与有志于写作的庞大然又心心相印了。她的心一点一点地软了下来,眼里也流出同情的泪水,她决定做一个博爱的女人,从法律到道德,都不让这个跟老婆孩子一样可怜的青年作家受到惩罚。

她慢慢地穿上睡衣,静静地靠在床头,闭着眼睛想了一会儿,然后开始对他进行耐心的批评。这时候她在床上的那种疯狂彻底没有了,人又回到了凝望树上鸟儿的忧郁和感伤,嘴唇微动,从唇缝里吐出一句句轻言细语,落在他的心上,字字有着千钧之力。

她批评他虽然是个青年作家,骨子里却隐藏着农民的小伎俩,商贩的小算盘,穷人的小心眼,因此小看了一个知识女性的胸怀和风度。她说如果那一天,他事先把话全都说明,她也会接受他的历史,接受他还有老婆和孩子的既定事实。

5

庞大然为自己的小人之心感到了羞愧,他全身精光,坐在床上放声大哭,一边哭一边不争气地打着喷嚏。谈冰清用手指一指墙上的挂钟,又指一指隔壁和楼上楼下,意思是深更半夜,不要吓着了女儿,更不要惊动了周围上下的邻居。有邻居的房子就有这点不好,谈冰清特别不愿住有邻居的房子,她怀念此前居住的一幢别墅。

那是一位房地产老板送给袁达通的独栋别墅,周围有三百米的青草花园,爬墙虎从墙基爬上屋子的尖顶,一层是客厅、厨房、餐厅和健身房,二层是可容十人的保姆和客屋,他们夫妻和宝贝女儿住在最安全的三层,楼顶四层是袁达通读书的书房和习画的画室,屋外的露台造着假山、喷泉和鱼池,四脚扎地的紫藤葡萄是一架天然的凉棚。一家人住在里面真是自由自在,无法无天,夜里别说是痛哭和打喷嚏,就是摇滚狂欢都没人听到,实在是太人性化了。可是袁达通的受贿案发生以后,别墅被公安局打上了封条,她们母女又回到这套与人为邻的楼房,面积小小,弊病多多,私人空间不免受到他人的侵犯。

谈冰清帮他把衣服披在身上,两人就这么并肩而坐,相互听着对方的诉说,当然在剩下来的后半夜里,基本上是以这个犯了错误的男人诉说为主。在谈冰清的提醒下,庞大然止住了野狼一样的哭声,他流着眼泪,哽着喉头,从头回忆自己进驻这个家庭以后的日子。

他说这是他受到的第七次大的批评,此外差不多全是表扬,表扬的话他就不重提了,批评的话他迄今记忆犹新,可以说是时时都在他的耳边回响。第一次是批评他不该偷着抽烟,第二次是批评他的卫生习惯不好,具体反映在清早刷牙不刷舌苔和晚上睡觉以前不冲淋浴,还有坐便器的使用方法不够得当等等,每次都是有的放矢,准确地击中他的要害。

羞愧难当的庞大然说他万万没有想到,谈冰清跟他之前认识的所有女人都不一样,自己的乡下喂猪老婆就更不能比了,她是那样的豁达大度,每一次批评他之后不仅不嫌弃他,惩罚他,反而还安慰他,鼓励他,为他指出正确的方法和努力的目标。

听着听着,谈冰清的鼻孔里突然扑哧一响,有几星轻微的鼻涕喷了出来,同时震落了几滴挂在脸上的泪水。她觉得从事写作的男人就不一样,一番忏悔,一通认错,就像是一篇叙事散文,有些句子稍稍裁剪一下简直是诗。她被他感动了,她可以原谅他了,他也应该得到她的原谅,既往不咎,一切都朝前看,继续维持合作是他们双方共同的需要。不过,根据情况的变化,协议中必须增加新的条款。

谈冰清慢慢擦去脸上的鼻涕和泪水,直视着已经抬不起头来的庞大然,虽是警告,却依然轻言细语。她要他立下保证,保证他乡下喂猪的老婆,第一不到她家来撒泼,第二不到她的公司去犯横,第三最好根本不许到这个城市里来!

庞大然的头一下子抬起来了,想也没想就答应了她,他说他的老婆这辈子还没进过县城,因为她天生不是坐车的命,那一年她怀了身孕,坐拖拉机到镇上扯布做宝宝衣,路上差点把几个月的胎儿都吐了出来。从那以后有人再提让她坐车的事,她拿起菜刀就会跟他拼命,而你想想要是不坐车,千把里路她怎么能到这个城市来呢?谈冰清再一次被他的散文语言逗得笑了,她说既然这样,协议里就再加一条,从现在起,每三个月回老家探一次亲,看看老婆和儿子,往返车费可以在公司里报销。每年过年,也回去跟老婆儿子团一个圆,腊月二十八号动身,正月十五过了返城,相当于给他放一个大学生的寒假。

多少天后他总算看穿,天下寒士房屋中介信息公司还是这么一个性质，他开始心安理得地享受谈冰清给他的待遇。土地老爷袁达通虽然服刑，过去在位时他曾帮过的朋友，现在反过来要帮他了，他们从四面八方向他的太太伸出援助之手，这个公司又跟他们的业务有关，如同土地跟房屋有关。他被她招去公司做事的时候，没发现那些事跟房屋中介有什么关系，因此也没有什么业务。庞大然觉得这个公司有些虚张声势，装模作样，是存心开给别人看的一个幌子，对外界公布的收支和利润，实际是那个名叫袁达通的贪官过去的积累。

庞大然的心安理得就来自这里，袁达通们偷走的钱都是他们这些人的，而这些钱通过谈冰清们归还到他们这些人的手里，本来这就是应该的事，归还得还远远不够，不过是九牛一毛，沧海一粟，差得多呢！有一天，他在报亭翻看一本叶诗人过去爱看的诗刊，无意中正好看到这个名字，四边却被打上了黑线，他吃惊地打电话给编辑部，得知叶诗人是给一家公司写要钱的文章，想出版一本自己的诗集，文章写了，人累倒了，临死公司也没有给他一分钱。

庞大然听到自己的牙齿咯嘣咯嘣地响了起来，他替悲惨的叶诗人恨起了那些官商勾结，不守信义的土财主，同时再一次为自己感到庆幸，当年本是叶诗人出的主意，他们分头行动，叶诗人不幸牺牲，他却成功地遇上了知己，而且是红颜的。思考完毕，他把明白写进作品，糊涂装在脸上，以防谈冰清发现了他的发现，为了保住公司的秘密，提前结束他们的协议。

直到窗外天色熹微，谈冰清一头披散的湿发变得蓬松干爽，在吹进窗孔的晨风中丝丝颤动，他们什么事情也没做成。不过两人却都有了新的收获，从长远的利益来看，这种收获远远胜过枕席之欢。

三个月后，那只轱辘滚到床下的书包，连同塞在里面的那件毛衣，被第一次探亲的庞大然亲自带回乡下老家。临行前谈冰清还买了几样城市人爱吃的点心，让他带给那对不允许来到这个城市的母子，只是告诫他说，不准对他们说是她送的。庞大然的眼睛又一次湿润了，泪光中的谈冰清从此由女人和富人，变成了好人和恩人，而在他的内心深处，他已经把她当作自己的爱人了。

6

以后他就每三个月回家一次，每次回家他都会带些吃穿和学习的用品，另外再带回一些钱去，一部分交给老婆李光秀，一部分直接交给儿子庞如培。庞大然对儿子一直谎称他在省城打工，每次回家都要给儿子做一篇政治思想工作报告，语调动人，目光热切。他讲自己打工挣钱是如何的不容易，以此激励儿子的学习斗志，直讲得儿子握紧拳头，上牙把下嘴唇由红咬白，失去了应有的血色。然后抱着课本，搬起一条凳子奔到后院，坐在花椒树下去读唐诗。

有了钱的庞如培一天天茁壮地成长起来，不仅懂得要好好学习，天天向上，还懂得樱桃好吃树难栽，不下苦功花不开，有钱的幸福生活来之不易，为他们母子创造幸福生活的爹在省城挣来的钱来之不易。儿子用生硬的口气关爱着他的爹说，你在外面干活要是累死了，饿死了，病死了，被汽车轧死了，挣多少钱都没用了，连我跟我娘都是人家的了！庞大然第一次被儿子感动了，他用狡猾的眼光回答儿子，爹干的那个活是全世界最好的活，累不死也饿不死，病不死也轧不死，不过就是对你娘有点亏欠！

李光秀对他的心疼更加感人至深，夜里他洗了脚睡在自家的凉席上，越想越觉得亏欠了老婆，就努力地动员自己，把跟谈冰清用剩的精力安慰性地拨给她一点，只当是缴纳一个做男人的税。但她看见她的男人动作迟缓，磨磨蹭蹭，以为他累垮了，就用粗大变形的手指头作为梳子,在他头上一下一下地梳理着说,人都累成这个样子了,在外面肯定干了一些好活,肯定也干了一些不是人干的坏活,不行你就算了吧,做这事也伤身子的!

庞大然听了这话难过地想,可不是吗,活都干到女老板的身上去了,回家可不就是不行了吗?再看她鸡胸上长着的一对瘪奶,眼前突然出现两只装零用钱的小口袋,挂在一方没有抹平的石灰墙上,向他展示,里面已经空了。扑哧一下,庞大然好不容易动员挺起的身子又塌了下去,后半夜再也挺不起来的了。

三个月一次的假期满了,他把精力又带到省城,还是交给了等他回来顶职的谈冰清。

那天晚上,他看见一个歌星在电视里泪流满面,要死不活地唱着,我拿什么奉献给你,我的爱人。他闭上了眼睛,小声地告诉歌星,是啊,我拿什么奉献给我的爱人呢?谈冰清知道他用这种方式表达忠心,是故意地问给她听,就轻轻一笑说,用她给你的空间和时间,写出你自己的作品吧!说完以后,她却轻轻重复了歌星的另一句歌词,我拿什么奉献给你,我的朋友。

庞大然记着她的话,这些年他读了大量的书刊,也写了不少的作品,一些发表在国内的杂志上,一些贴在自己的博客里。做好充分的准备以后,他又开始写一部新的长篇小说,而那部在网上获了头奖的长篇,谈冰清也在他不知情中帮他投资出版了。当出版社把他的样书寄来,他发现该社从前退过他的书稿,写退稿信的李杰正是此书的责任编辑。一时之间,庞大然差不多成了一颗冉冉升起的文学新星,名声直逼另一位网上头奖作者何玉洁,虽然何玉洁出书更多,也虽然她一本比一本写得更好。

面对媒体记者的采访,庞大然牢牢记着谈冰清的话,只谈写作,不谈其他。万一被问及与写作无关的生活、工作、家庭、亲人,他一概装聋作哑，闭口不答，最好的办法是推荐记者去读他发表在杂志上的创作感言。他想短命的叶诗人要是能够熬到今天，做他的代言人该有多好，还能趁机宣传自己的诗集。出书后的庞大然只用手机与外界保持联系，决不让人知道他的行踪和住所，包括杂志社寄来的稿费和样刊，全都通过谈冰清的天下寒士公司收转。

这样一来，他又成了一个神秘人物，没有人知道他的苦衷，都说他装神弄鬼，故弄玄虚，假意把自己隐藏起来，希望引起别人加倍的关注，这是目前社会伪名人炒作自己的一种高级手段。庞大然偶有耳闻，只能忍着，他要严格遵守与谈冰清签订的协议，不能伤害这个有恩于他的好女人。那么甜蜜的生活他都享受了，一枚小小的苦果算个什么。

受益最大的还是庞如培，在他遥远的老家乡下，同村的几个孩子因为贫困先后辍学，儿子却在书学费的保障供应下，从一个村办小学顺利升到县城重点中学。与此同时，身材也长到了他和老婆之间，就是说已经有点超过他了，而且还没有横向发展，还有继续直长的可能。这对庞家来说不啻于又一个捷报，意义一点也不亚于升学。

更大的捷报还在以后，就在今年，天气最热的日子里，他家这个名叫庞如培的少年创造了全村近代史上的奇迹，收到一封来自北京大学的录取通知书。庞大然闻讯坐车回家，唯有这一次还不够三个月，他发现人逢喜事精神爽，人逢喜事个子也高，庞如培抓住这个大好形势，把自己又恶狠狠地往上蹿了一截。

庞大然在巨大的喜悦中思考了三天，决定将自己在省城的生活状况，适当透露一点给大学生庞如培，只透露一点，透露他在女老板的公司就业，不透露他在女老板的家里顶职。而对他那勤劳朴实的喂猪老婆，则半点也不能透露，因为她的文化还没达到理解的程度。庞大然希望儿子在去北京上学的时候，路过省城转乘火车，顺便来跟这位帮助他们的女老板见上一面，鞠一个躬，叫一声谈阿姨，说一句衷心的感谢话。

产生这个念头的那一刻钟,他的心里像做贼一样扑通乱跳,过去九年,他从来没有动过这个念头,因为双方订有协议,谈冰清绝不可能见他的儿子。现在的情况有了变化,如果儿子带上北大的通知书,到她家来展示一下出息,也展示一下身高,证明这两样东西都大大超过他这个身材和身份都矮人一等的父亲,那么谈冰清的态度,会不会随着这个变化而变化呢?

这还只是他的一半目的,另一半可能更加深刻,更有战略意义。他在这么想着,儿子如培到家来认识谈冰清的时候,自然会认识她的女儿凝雪,称呼谈冰清阿姨的时候,自然也会称呼凝雪妹妹。如果他们命中有缘的话,如培和凝雪这辈子就有可能成为朋友,接着还有可能成为爱人,在这方面会比他们的父亲和母亲来得正规,最终两个有情人就有可能成为公开的眷属。那样一来,当他们十年期满,他离开她了以后,他们的后代还将继承和发展他们的过去,开创自己更加美好的未来。

为了取得谈冰清的同意,他给自己想了这样一个理由,就说儿子要去北京上学,乘坐火车必须要从省城走,现如今外面到处是小偷,遍地是流氓,儿子来了他给儿子找个旅馆住下,让儿子把行李放在她家,天一亮就提到车站,上车走了。他想只要谈冰清点一个头,如培就能跟她母女二人见一面了,或者一早一晚,还能见上两面。

但是谈冰清没有点头,她把头轻轻摇了两摇,接着又轻轻笑了一笑。当他说儿子考上的不是普通大学,而是北京大学以后,谈冰清脸上的表情居然一点都没有变。这使庞大然多少感到有点意外,他再一次想起他们的协议,看来这个贪官的女人要把协议进行到底了。他猜想她的笑里藏着这样一个申明,你已经打了我的主意,就不要再让你儿子打我女儿的主意了吧!庞大然的脸有些红了,他的饱经风霜的脸是不轻易红的,在她面前这只是第二次发红,第一次就是他到天下寒士公司去联系写要钱文学的时候。

庞大然不好意思地搓着双手,搓一搓又停一停,停一停又搓一搓,后来像公司里的员工那样把手剪到背后,等待着女老板的正式决定。这是何必呢?谈冰清望着窗外轻轻叹了口气,她家楼房的窗外没有高达十丈的树,有几只鸟儿却在远处的天上飞着,再看那是地上人放的风筝。

但是她的眼光依然是忧郁而带着感伤的,从她嘴里轻轻吐出的字也是这样。她说,反正时间快要到了,他一回来我们就结束了,我的女儿是没法不让她知道,可是你的儿子,能不让他知道为什么还要让他知道呢?

7

开往北京的列车晚上就有一趟,早知道谈冰清不同意他的儿子到她家来,庞如培就不用住一夜旅馆,他真是白住了一个夜晚,一百多元现金花得冤枉。不过庞大然很快又想通了,他让儿子借此看一看省城的夜景,开阔视野,丰富阅历,这也是一件有意义的事。儿子长十八岁,还没到过省城,当然也没坐过火车。这么想着,他又狠心买了两张明天的卧铺,下铺已经没了,只有一上一中,他把上铺分给儿子,中铺留给他自己卧。

看完夜景,早些安歇,第二天父子两个登车出发。北上的列车咔嗵咔嗵地响着,父子两个都无心睡觉,看见对面铺上的人都集合在下铺打牌,北大学生庞如培从上铺倒吊下一颗脑袋,咳了一声,又咳了一声,直到中铺的庞大然惊恐万状,昂起头来问他怎么了,他有点不好意思地问父亲说,爹,可不可以问你个事?

庞大然落下一颗心说,问吧问吧,一到学校就问不成啦!

庞如培又不好意思起来,他又咳了一声,这才大着胆子问了出来,有个事我早就想问你了，这些年你在省城，是不是有外遇了？

庞大然想不到儿子问的是这个事，火速看了一眼打牌的乘客，两眼向上瞪着他道，爹要是有女朋友，你娘李光秀还不抹颈上吊往水井跳，吃老鼠药喝敌敌畏，一把火点了房子把自己烧成个黑疙瘩呀？

庞如培想了又想，想明白了父亲的意思，把吊下来的脑袋又提上去，在列车的前进声中放心地睡觉了，梦里他看见了想象中的北京，比他们村子大得多呀！

庞大然却再也没法睡着，儿子的这个问题，可能在他的小罐子里闷了十年，都快闷出芽子来了，一直都不敢敞盖子，这下上了北大觉得有问的资格了。你这个小兔崽子，也不想想，没有你爹的外遇能有你的北大吗？

他把儿子安全送达首都北京，当夜就踏上返程的列车，天亮时分又回到了谈冰清的身边。他回来做的第一件事，是把跟儿子在未名湖边拍的一张快照，拿出来请谈冰清过目。谈冰清看了照片好像有些意外，这正是他希望看到的表情，他看见她的两条弯眉往额头上跳了两跳，"呀"的一声赞出声道，眼睛和嘴虽然像你，可是个子比你要高多了，恐怕要高出半个头吧？不过也是，再只有你这么高就太不像话啦！

风尘仆仆的庞大然一听高兴坏了，那个被镇压下去的念头立刻又昂了起来，向她凑过身子去说，你看出他比我要高半个头吗？的确是的，他还能长，我们庞家也能出高个子的！接下来他得寸进尺，高声叫喊着她的女儿，凝雪，凝雪，袁凝雪，你也来看看北京大学校府的景色，往后你也到北大去读书吧！

正在自己小房做着作业的凝雪，今年刚刚升上高中，已从老师嘴里知道了北大的重要，听到声音就从屋里窜出来，一把夺过妈妈手里的照片，第一眼看的却不是什么校府，而是站在校府前面的人。

凝雪用手指着他们两个问道，这个矮子是你，这个高子是谁？他是你的儿子吗？你老家乡下的儿子能考上北大吗？

这一刻庞大然幸福得快要晕过去了，他的阴谋总算是得逞了，谈冰清的女儿终于看到了他的儿子，看到了比他要高出半头的儿子庞如培。

凝雪虽然是贪官的女儿，但她也是谈冰清的女儿，而且更加是谈冰清的女儿，从小跟在她妈妈身边，当她的贪官爸爸被逮捕判刑，她又被她妈妈一人带着。五岁以前，她只是外表长得像她妈妈，五岁以后，她渐渐地从外到里都像她妈妈了。她还特别听她妈妈的话，所有的话只有一句不听，那就是她妈妈让她把庞大然叫叔叔，她至今也没有这么叫过，当着他的面她就说你，当着她妈妈的面她就说他。

庞大然人矮量大，全不在意，本来就是八竿子打不着的两个人，是谈冰清这根绳子把他们从九竿子以外连接起来，他哪里还敢有什么奢求。随着他在她家的旷日持久，他越来越喜欢这个凝雪了，凝雪成冰，她简直就是一个小谈冰清。

庞大然一听凝雪问起他的儿子，赶快欢天喜地回答她道，是呀是呀，这就是我的儿子，你看他长得是不是帅呆酷毙？个子比我要高出半个头吧？他今年才十八岁，比你只大三岁，还能再长半个头呢！不错，他考上了北大，他的理想是将来当一个著名的科学家！

凝雪听着听着，嘻嘻地笑了起来，嘴里出来的话像一根棒槌，打得他快要闭过气去。她的双手像握着一只拉力器，往两边一扯一扯地说，那他当了科学家就发明一种扯人机，把你们的个子都扯长一些呀！你说他高，他只是比你要高那么一点点，比起我的爸爸可差远啦！

谈冰清听到发明扯人机的时候忍不住笑了，笑了一半戛然而止，瞪着眼睛吓唬凝雪道，再没礼貌，看我不用创可贴把你的嘴巴封住！

吓唬过后，又把没笑完的一半笑了出来。这时凝雪已经嘻嘻地笑着跑进小房，关上门做她的作业去了。庞大然对凝雪的印象突然有了九十度的转弯，到底有一半是贪官的女儿，根本比不上他家的如培。物以类聚，人以群分，如培没到她家来见她，没跟她这样不懂事的女孩儿交上朋友，应

在袁太太家的最后一个夜晚　　243

该说不是一件坏事。北大的漂亮女生多得是,昨天他在未名湖边拍照,一眼就看中了十好几个,他们父子的合影就是其中一个女生照的。

凝雪说起她的贪官爸爸,声音里仍然显得那样骄傲,就像他没有被判处十年有期徒刑,还在土地局里受着房地产商的贿赂一样。他的个子到底有多高,庞大然从来没有真正见过,见到的只是那个挂在卧室墙上的人,在镜框嵌着的一幅结婚照里,右边的女人清纯秀丽,简直就像今天的凝雪,左边的男人英姿勃发,比目前的如培大不了几岁。

真人是不可能在这里见到的,原因非常简单,如果那人不搬出去,他就住不进来。百分之百,他们这一高一矮两个男人必须这么阴差阳错,失之交臂,否则就没有今天的故事。

那是一幅盘膝打坐在草原上的照片,背后是蓝天白云和蒙古包,那人把美丽的新娘搂在怀里,看不到他的身子到底有多高。不过庞大然有自己的思想方法,这些年他就靠着这些方法支撑自己,走到今天。

他想冷兵器时代已经过去,就算你是一个巨人,只要你不打篮球,当个贪官除了贪占更多的纺织品资源之外,长那么高又有什么用呢?古人说有志不在年高,有用也不在身高,你身高,你腿长,你有本事,你就从牢里跨出来呀!你倒是跨呀!你跨一个给我看看呀!

8

他一边回想着般般件件如烟的往事,一边洗好了菜,做好了饭,抬头看了一眼墙上的挂钟。这个时候门锁传出转动的声音,他觉得应该是谈冰清回来了,因为现在这个时间,正是她每天从公司回家的钟点。他快步走到门后,协助着外面的人把门打开,眼前正在从锁孔里往外拔着钥匙的女人果然是谈冰清。庞大然笑着问了一句废话,回来啦?

谈冰清也笑着答了一句废话,回来啦!接着她像是故意讨他的好,耸着鼻子狠吸了一口气说,啊,真香!

庞大然心想米还是昨天的米,饭还是他做的饭,怎么单单今天她说好香,分明就是精神作用,她的男人袁达通明天就要回来,闻到狗屎她也会说是八月的桂花!

这样想着,庞大然又笑着问了一句废话道,凝雪怎么还没回来?

谈冰清这次却认真地回答他说,她不是每天都比我要晚一点吗?今天她更得晚了,刚还给我打了手机,说她跟同学去了花市。

庞大然通情达理地"哦"一声,那我们就晚一点吃饭,等她回来!说完又补了一句,我记得凝雪跟别的女孩儿不大一样,她好像不怎么喜欢花花草草的呀?

谈冰清知道女儿为什么买花,她的嘴唇轻轻张了一下,又闭上了。庞大然从她的表情琢磨开去,心里一动,想到自己就要离开这个家庭,离开她们母女,莫非这女孩儿忽然学懂事了?这倒也是,十年的朝夕相处,从五岁到十五岁,从幼儿园到高中,别说是人,就是一只宠物多少也有一点感情。他对凝雪的印象突如其来地有了好转,心里甚至还有一些隐隐的激动。

谈冰清系上围裙,把厨房的门从里面插上,打开吸顶灯和抽油烟机,小屋子里立刻光和声都有了。她做菜时喜欢大动干戈,透过厨房门上的磨砂玻璃,可以感到里面人影游移,声音变化,先是咚咚咚地切菜,再是哔哔啦啦地炒菜,尤其是青菜和肉丝被炒干以后往油锅里放一点水,那滋的一声惊天动地的爆响,伴着葱姜辣椒呛人的气息,庞大然觉得是那样的熟悉和亲切。

就今晚这一次了,明天就再也听不到闻不到也吃不到啦,他想起外国有一个达·芬奇,那老头儿有一幅油画叫《最后的晚餐》,今晚可不就是他的最后的晚餐!

在袁太太家的最后一个夜晚 245

庞大然给她准备的菜并不多,他想的是还跟平时一样,有个四菜一汤就行了,在他临走之前没有必要举行饯行的仪式,又不是什么重要人物,充其量不过是一个卖身投靠的合作者。他只从买回来的蔬菜里随便拣出几样,丢在水里浸泡清洗,等她回来主刀操勺。可他隔着一道磨砂玻璃门,在客厅里听出她炒菜的规模,已经远远地突破了他的安排,他听到了油炸的声音,闻到了鸡鱼和大虾的香气。

庞大然不由得感动起来,真是一个有情有义的女人,俗话说一夜夫妻百夜恩,过去他总认为他们不是夫妻,在她来说就不存在什么恩不恩的,现在看来错了,她还是把他当夫看待。

不过的确,有的夫妻一辈子十年还不到,她跟那个人的夫妻也没有跟他长,她跟他是十年,跟那个人六年就分开了,当时凝雪只有五岁。那个名叫袁达通的男人是她的亲夫,他是她的野夫,是那个人的替身。说到替身这个词儿,庞大然又进入了文学的想象,他觉得自己就像武侠片里的替身演员,论起武功比演员表上的演员扎实得多,摸爬滚打,真刀实枪,全都靠他这个幕后英雄。可惜银幕上没有他的名分,人一替完,吃个盒饭,领罢工钱就走了,没人能够记得住他,连被替的演员都不知道他是谁。这正是谈冰清的希望,她真是一个好导演,不过她没有对不起他,盒饭和工钱都没少他的。

他一边牢骚一边感动,一边感动一边牢骚,这期间厨房的磨砂玻璃门从里面打开了,谈冰清一脸汗光走了出来。她一路把两手伸到背后,从细腰上解下围裙,嘴里吩咐着他擦桌端菜,并且从酒柜里拿出一瓶干红葡萄酒。在她这里的漫长十年,庞大然把他老家乡下人爱喝的白酒彻底戒了,如同戒烟,这都是他们协议中的内容,是这个高雅的女人成功地改造了他,等会儿喝葡萄酒时别忘了说声感谢。

庞大然往厨房探头一望,那叫作好家伙,案子上盛满佳肴的瓷器让他想到了大年三十。他又使劲搓着自己的双手,好像责备它们两个没有及时地进行制止，满脸怪难为情地望着谈冰清，用她有一次不同意庞如培的口气说，何必呢？谈冰清轻轻笑道，什么何必，我看有必。

庞大然走到窗口，往楼前的人行道上看了一眼说，再等会儿吧，我看凝雪快到了。谈冰清像吐葡萄籽一样轻轻吐出一个字说，不。她吃葡萄就是这样，清水漂洗两遍，盐水浸泡一遍，最后一遍又用清水把盐滤去，吃的时候用指甲一颗一颗地剥去葡萄皮，吃完把葡萄籽吐在自己的手心里，声音就像轻轻说不。

日久天长，庞大然也学会这样吃葡萄了，把老家乡下大声咀嚼水果的劣习彻底改掉。谈冰清说完那个"不"字以后，接着又说了一句话，她说不等凝雪，我俩先吃，正好我还有一些话要跟你单独地说，吃完以后，晚上还有好多要做的事呢！

听到晚上还有好多要做的事，庞大然的心里不免乱跳，在此十年，最后一夜，她肯定要做那件必不可少的事情。这个有情有义的女人会给他一个最后的交代，作为纪念，又相当于一场漫长晚会的闭幕典礼，两个人的晚会，小品专场。同时也是她的需要，这真是个有着烈火一般欲望的女人，跟她的似水外表和名字正好相悖，就在上个周末的晚上，她还跟十年前的第一次没有两样，洗罢了澡披散着一头湿发，突然就向他的这边转移过来。

庞大然认为她的次数过于频了一些，越到最后几年，他就越有这种感觉，真是奇怪，他感到自己一年比一年老，在这方面一天比一天不顶事了，大他五岁的谈冰清却依然那样朝气蓬勃，光彩照人的脸上就像早上八九点钟的太阳一样。只要一洗了澡，那种忧郁而又有些感伤的，呆望着窗外树上鸟儿的眼神立刻就没有了，她的眼里会放出金光，平时懒洋洋的身子从头到脚都充满了活力。

他猜想着，那个名叫袁达通的贪官如果不去服刑，如果像他一样每个夜晚里捆缚在她的身边，说要就要，没完没了，那个贪官应付得了吗？何况，外面还有那么多的女人需要应付，贪官都是那样，没有一个能够例外。

9

屋子里温馨极了，谈冰清熄了电灯，点燃蜡烛，让蜡烛朦胧乳白的光影照在彼此的脸上，使他们每人都减去十岁。这十年来每逢年节和三人的生日，谈冰清都要改用蜡烛照明，这时候她脸上一些细碎暗淡的皱纹和斑点都没有了，再喝点红葡萄酒，整个夜晚就漂亮得像个少女。

今晚她点的是一支红蜡烛，小风入窗，被染成红色的烛光摇满一屋，使人想起过去的洞房花烛夜。可今晚又不是结婚，说离婚还能沾上点边，庞大然有些滑稽地想着，一咧嘴差点笑出声来。谈冰清看不清他脸上的表情，她只顾拿开瓶器打开酒瓶，在两人的高脚杯里都斟上三分之二的酒，然后端起自己的杯子，伸过去跟庞大然"当"地碰了一响。

三杯，干完三杯之后，听我给你讲一件事，谈冰清率先轻轻地抿了一口。庞大然知道她只有三杯的量，三杯干完什么话都可以说，什么事都可以做，即便凝雪坐在身边也全无顾忌。好，三杯就三杯吧，庞大然喝了一大口说，他想早些听到她酒后吐出的真言。她一定有一件要紧的事要跟他说。他们干了三杯，谈冰清的脸在庞大然的眼里变成了墙上的挂历，甚至比挂历上的明星还要迷人，因为她的眼睛里面有水，而且会动。

这十年来，难道你就从来也没有怀疑过，你这样一个身材矮小其貌不扬的小男人，当初我为什么会选择你吗？谈冰清从两片红嘴唇里轻轻提出这样一个问题，她的嘴唇是第三杯红葡萄酒染红的，跟大街上满嘴血红的女郎不同。

庞大然愣了一下，接着笑了，我记得你在电话里说，你不希望一个有文学才华的人，没有饭吃，没有房住，没有活干，没有钱用。

谈冰清也笑了，我可以给你这四样东西，但我有什么必要跟你在一张床上睡上十年？

庞大然问，那你是为什么？

谈冰清反过去问，你还记得那次网络作品大奖赛的两个头奖，除你之外还有一个何玉洁吗？

庞大然说，我一直在关注她的作品，最近我还看见她出了一本新书。

谈冰清把喝干了的高脚酒杯倒扣在桌上，又把它轻轻翻过来说，现在我要正式向你揭晓，我就是那个何玉洁。

庞大然大惊失色，他的嘴里只说了一个"啊"，就被谈冰清接了过去。

那次本来只有一个头奖，我的内线说是我的，想不到半路上又杀出一个程咬金来，所以我对此人好奇有加，我给网络征文大赛组织打了电话，请他们调查你的档案，你有老婆孩子的事我很快就知道了。

庞大然的嘴里又说了一个"啊"，却又被谈冰清接了过去。我当时想，既然我们是一对并蒂莲，那我们就索性再并一次吧，再说我的确是需要一个人，男人，年轻的男人，时时在我身边的年轻男人，而且有共同的爱好和语言。我喜欢稳定，厌倦动荡，周围有无数的追求者，他们无一能让我感到安全。

庞大然惘然道，那你怎么知道我会找到你的公司？

谈冰清肯定地说，当然知道，你跟那个叶诗人采取的行动是地毯式的，像日本鬼子侵我中华，还有我那天下寒士四字，一个从事文学的人难道不特别地为之心动吗？

庞大然闭上眼睛，忽然叹了一口气说，何玉洁，我服了你了！

谈冰清说，想听的话，我再给你说说我的丈夫，你不要出于一种概念去套解他，这是我发明的网络语言，就是套式理解。如果你能沿着我的讲述摸清他的来龙去脉，对你的写作会有莫大的帮助。

庞大然真诚地回答道，想听，这十年来我早就想听他的事了，没有他就没有我，没有他的出去就没有我的进来，他是一个与我休戚相关的人，只不过他在明处，我在暗处。

谈冰清说，说出来你不要感到惊讶，他原本是一个才华横溢的大学老师，他还在读大学时就开始发表作品，我是他教书时的在读学生，我崇拜他，我们全班的女生，甚至全校的女生都崇拜他。不说他的身材相貌，气质风度，演讲口才，就说你最大的长处，或者说唯一的本事文学写作，像你这样的水平也是不可以跟他相比的。

她已经告诉了庞大然不要感到惊讶，庞大然还是感到惊讶了，不惊讶是不可能的事，因为从她那两片葡萄酒色的嘴唇里轻轻描述出来的那个男人，已经完全超出了过去他对贪官的认识，尤其是她说的崇拜。

他的心里除了惊讶，接踵而来的还有自卑，还有嫉妒，但他把这些都埋了下去，就像这十年来的每一天。他假装玩笑，开口问道，那他后来怎么又变成土地老爷了呢？

谈冰清用一双动了感情的眼睛直视着他说，看来你也听说他这个绰号了，不错，很多人都叫他土地老爷，有人还叫我土地老奶呢。命中注定，也是性格和抱负注定，后来他下海经商，后来他又步入政界，后来他在土地开发和房屋建设上做出了巨大的成绩，再后来他就被人检举了。他的确是有分外之财，那是因为社会体制的落后，因为他的分内之财与他超出本分的能力和贡献不相匹配，同时他更是为了开拓以后的事业。

庞大然心里冷笑了一声，想说每一个贪官的亲人都会找到一套与法律辩论的哲学，你这样慷慨陈词当然就不足为奇了。但他嘴里说出来的话却是，所以，你愿十年等一回！

这句话十年来一直种在谈冰清的心里，如今在最后的一个夜晚，被这个陪伴她度过十年的矮男人一语道破，她也就像白素贞一样现出原形，眼里立刻有了西湖化作的泪水。在飘忽摇曳的红烛光中，庞大然发现她的眼泪不是流出来的，而是从她葡萄酒色的眼眶里咕噜一下滚出来的，像是荷叶上的雨珠滚下池塘。他就越加明白，谈冰清刚才所说的他们是并蒂莲，无非是一句信口的调侃，她生命里的并蒂莲并没有他，他是被秋风吹落在花枝上的一只虫子，当第二次莲花双开的时候，他就得蹦回草丛中去了。

门外的锁孔响了，沉浸在故事中的谈冰清坐着没动，她知道是凝雪。庞大然却弹子一样弹起身子，看见凝雪怀里抱着一大把白色的百合，打开房门走了进来，顺手按了一下墙上的电灯开关。朦胧温馨的屋子顿时变得雪亮，灯光下的凝雪看清了他们的嘴脸，用刚从高中学来的知识嘟哝了一句说，真是小资情调，卿卿我我！

庞大然见谈冰清已经醉得不能说话，自己不得不跳上前线道，凝雪快吃饭吧，妈妈给你做了好多好吃的菜，你跑那么远去买花，是想着明天我就要离开你们了吗？

凝雪的眼光一下子古怪起来，像看生人一样地看着他，突然鼻子里"哼"的一响，你想得倒美，我是要明天跟我妈妈一道去接我的爸爸！

庞大然觉得自己的脸红了，不是因为酒，三杯红葡萄酒对他一个喝烈性白酒的农民儿子来说小菜一碟。他用委屈的眼光向谈冰清投诉着，凝雪的妈妈却避开他，把她红红的脸转向女儿，心疼地说，宝贝，快吃饭吧，明天妈妈会带你去的！

凝雪还不善罢甘休，继续说道，刚才我回来的时候，一楼那个看门的又跟我说话了，他说考我一个成语，鸠占鹊巢是什么意思？我回答是斑鸠占了喜鹊的屋，他哈哈大笑，又打个繁体字的字谜要我猜，说是虫落凤窝，鸟飞出了。我不认识繁体字，他教我是个"风"。接着又打一个要我猜，虫出风中，鸟飞回了，我还是不认识，他又教我是个"凤"。我总觉得他说这些都跟他有关系！

她说到第二个"他"的时候，狠狠地剜了庞大然一眼。

在袁太太家的最后一个夜晚 251

谈冰清说，别跟他答什么成语，猜什么谜语，那人跟特务一样，讨厌死了！

庞大然一听就知道，这一个成语和两个谜语都是针对他的，嘴里却故意装糊涂说，真没看出，这个看门的还是个文化人！

10

庞大然受了挫折，提前下席，把自己的位置让给凝雪，让她们母女二人亲亲热热地对面而吃。明天他们就凑齐了，他们三个才是一家，自己不过是个老外。庞大然鬼使神差地想到老外这个词，他被自己给逗笑了，老外的意思是外国人而不是外来人，他这么一点高的个子能是哪国人呢？只能是个日本人吧。他心里好笑地自问自答着，转身走到平时写作的那个房间，开始收拾自己的东西。

其实几天前他就收拾好了，一皮箱换季的衣服，谈冰清陆续给他买的，他不带走她也得逼他带走，不然留给她家那个名叫袁达通的男人倒是个麻烦；一纸箱书，他自己买的，不过谈冰清都让公司给他报销了，他打算走时给她留下，因为他发现她很喜欢其中的几本，可是她也让他带走，她说一本好书是要经常读的。除了这两只箱子，再就是他的一些日常小零用品，洗漱餐饮器具和剃胡刀之类，他装在一只塑料口袋里，计划明早下楼的时候，皮箱和塑料口袋一只手提着，纸箱里的书重，单独用一只手。

不会有人送他，他都知道，谈冰清是不便送，凝雪则是打死也不愿意。她恨不得一觉醒来就不见了他这个矮子的踪影才好，这小丫头片子生来是个贪官的种，十年来不管他对她多么照看，都不能温暖她一颗冷如其名的心。庞大然有些伤感地想，把这三样行李提走之后，一个住过十年的矮男人就算在这里彻底消失，如一只麻雀飞出窗口，任何痕迹都没有了。

不过，换个角度从他这方面来说，他又吃了什么亏呢？来的时候他只拎着一个人造革的公文包，跟叶诗人合租的破平房里本来还有一条旧棉被，几件长短内外的衣裤，他要回去取来，谈冰清不让，说这些东西放在她家不大合适，希望他由表及里成为一个告别过去的人。这么一想他又觉得自己赚了，十年挣了她一百二十个月的工资，从经济到物质，他都应该说是空手而来，满载而归，特别是培养儿子上了北大，他自己还写了那么多的作品。

谈冰清说晚上还有好多要做的事，庞大然把这话理解错了，吃完饭她并没有急着洗澡，而是趁着酒劲翻箱倒柜，还叫庞大然去协助她一下。庞大然正在把自己的行李往一处集中，以便明早像一首歌里唱的那样背起背包就出发，听到她的叫声及时地奔了过去，问她需要他做什么。

谈冰清说，今晚我喝多了，看衣服都是一个颜色，一个式样，认不出哪是我的，哪是老袁的了，你来帮我认一认，明天我得带套衣服去接他，总不能让他穿着号服回家吧。

庞大然一听老袁心里就不舒服，但今晚是他在这里的最后一个夜晚，他得站好最后一班岗，听从召唤，积极协助。他响亮地回答了一声，好呐，我去洗个手就来了！

他只一眼就认出柜子里有很多是男人的服装，顺手抽出一样，是条裤子，抖开一看，暗叫一声我的妈呀，两只裤脚已落了地，一个三尺多宽的大裤腰还齐到了他的胸脯。过去他只知道那个人高，却不知道那个人有这么高，他想起那次送儿子上北大回来，凝雪看着他们父子在未名湖的合影说过的那句难听话，这才相信比自己高出半头的如培，比起那个人来还矮半头不止，可想而知他跟那个人有多大的差距。

问题是这个差距不仅在身高上，用谈冰清的话说，连他最拿手的写作也不可比。谈冰清的话不像她的女儿那么难听，但比她的女儿更加要命，他明白在她们母女二人的心里，他们父子两个永远都别想打败那个人了。

今晚看到这条贪官的裤子以后，他更是死了如培跟凝雪联姻的心，并且还由此及彼生出联想，大船烂了三百钉，小筏子拼起命划，挣出屁来，划到哪里也是一只不起眼的小筏子呀。庞大然叹了口气，把裤子递给谈冰清说，这条就是袁局长的，我看下边穿这条挺好，上边再找一件西服，领带就别打啦！

庞大然决定早睡早起，然后早走，洗漱完毕又匆匆洗了个澡，就倒在了他的这半边床上。他觉得早睡的意思不够明确，应该说是早些上床，把当做的事情抓紧做了，争取早些休息。他听到了浴室里的水响，那是谈冰清洗澡发出的声音，她习惯脱光身体，先把喷头对准贴身的墙壁上下左右扫射一遍，像用喷雾器为农作物杀虫，又像一阵细碎的急雨洒在庄稼叶上，这种声音他在老家乡下听得多了，第一次在贪官女人家里听到，使他油然产生还乡之感。以后他才知道是她在用喷头射墙，因为当她每次洗毕，水湿的墙砖都比她头顶的部位高出三尺。

在她正式洗澡的时候，水声就变成了瓢泼大雨，她家每月的水费总比别家要多，暴雨一来庞大然就仿佛看见，电表像一架水车被水冲得飞转。而他每次洗澡，谈冰清都嘲笑他是给茄子浇了点水，连一层紫皮都没打湿。她真希望他能把外皮扒开，连里面的肠肠肚肚都翻洗一遍，洗尽他老家乡下的土气，但他洗了十年也没达到她的要求。

我又不是一头猪，开膛剖肚洗干净了让你过年好吃，有时庞大然产生逆反心理，故意粗枝大叶，潦草塞责，真的给茄子浇一点水就去应付她的差事。好在她虽然这么严格要求，浑身的劲头一来，也顾不得仔细检查他了。

现在他躺在床上一边等她，一边想着明天的事情，明天，明天睡在这半边床上的就不是他,就是那个名叫袁达通的人啦!明天,明天他离开这张床后到底往哪里去呢?是先回一趟老家乡下,还是找个地方把行李寄存起来,再在这个城市谋求新的生机?

浴室里的大雨停了,一刻钟后,谈冰清披散着一头湿发走了进来,走到她的这边床前,脱下裹着身体的白色浴衣挂在衣钩上,屋里立刻弥漫起一阵微热的水汽。

庞大然侧过脸来看她,同时把自己往过挪了一点,跟往常一样为她腾出所需的位置。她的动作比李光秀大,场地相应地得大些,要是他老家乡下的那个喂猪老婆,有一条板凳也就行了。

但他看见谈冰清脱下浴衣,又穿上睡衣,滋溜一下钻进被子以后,身子久久地按兵不动。他想起李清照说的才下眉头又上心头,感觉她的这件睡衣真是不该穿上,反正今夜总要来的,那就让她早些来吧,让暴风雨来得更猛烈一些吧!风停雨住以后他好好地睡上一觉,天亮就得踏上新的征程。

他耐心地等待了一会儿,那边还是没有动静,动静的意思也不够明确,此时应该说是静而不动,过去母狮一样疯狂的谈冰清,今夜居然静得像一只懒猫,卧在那里哼也不哼一声。庞大然试探着问,还有什么事吗?

谈冰清知道他问的是什么事,这也正是她想跟他商量的,她突然沮丧地告诉他说,奇怪,怎么今夜没有冲动了呢?

庞大然想了想说,一点也不奇怪,你的冲动已经转移到明天去了!

后半夜时,一直没能入睡的谈冰清冲动有了,她趁热打铁,立即向他这边靠拢,打开壁灯,伸手按在仰脸打着呼噜的庞大然嘴上,只过三秒钟庞大然就醒了。庞大然打呼噜的臭毛病本来已经被她治好,她发明的办法是从公司拿回一只超大纸夹,命令他临睡前把上下嘴唇夹住,这样呼噜一来,不能从嘴里找到出路,只好返回去改道再从鼻孔,而鼻孔又太小,一下堵住人就被憋醒了。庞大然的呼噜治好以后,睡前不再用纸夹,但他在这最后一个夜晚,喝了酒又受了累,警惕再一放松,呼噜就趁机又跑了出来。

庞大然一头坐起在床上,惊惶四顾,这个样子反把谈冰清吓了一跳,只见他翻着白眼问她,出什么事了?

谈冰清说,你不是想做那件事吗?

庞大然又问,什么事?

谈冰清说,你知道的,明天一早你就走了!

庞大然突然明白过来,他不说话了,两眼死瞪着对面的墙壁,神情悲壮,像在进行一种生命深处的体验。这样过了很久,谈冰清看见他的表情慢慢变着,最后变得像哭一样,他可怜巴巴地望着她说,奇怪,我的冲动也没有了!

11

庞大然一手提着皮箱和塑料袋,一手提着纸箱,一级一级走下楼梯。这幢高楼是有电梯的,平时他出门买菜或做其他的事,下去上来都乘电梯,今早是个特殊的时辰,出门之前,谈冰清以商量的口吻轻轻问他,能不能你自己走下去?这本不是协议的内容,而且他们的协议已从此时结束,庞大然还是坚决地点了点头,他理解她,愿意最后帮她一次。

谈冰清投向他的那双希求的眼光,立刻有了深深的谢意,她的手里捏了一张钱,把它塞到庞大然的手里,是给他乘坐出租车的。

他不能走得更早,因为一楼有戴礼帽的看门人。走得太早反而引起那人的询问,这样很快就会惊动楼民。庞大然左右开弓,转弯抹角,在黑暗无光的转折性楼梯中歇了三次,走下一层的时候身上已经出了一身热汗。他低着头走出楼门,看也不看戴礼帽的一眼,出门后把行李放在离楼口三米远的地方,快步走到马路边上,招手叫了一辆出租车,让司机把车开近楼口。

当他把行李放进后备厢里,司机砰的一声锁上厢门的时候,他的头顶好像被人用银针扎了一下,而且针头还在继续往里深入。他突然有了一种感觉,感觉有一双眼睛正居高临下地俯视着他。他就仰脸向上望去,果然看见了她,那扇熟悉不过的临街窗户已经打开,窗口有一双忧郁的、带着一些感伤的眼睛,这次不是凝望窗外树上的鸟儿,而像舞台上的聚光灯一样随他而游移着。

他的心里有一点乱,一只手自己抬了起来,可能想学一次电视里每天都有的镜头,对这个曾经跟他有关的女人挥上两挥。但他看见,她的手抢先向他挥了,那只手先是伸出窗口外的,后来又像被人从里面抓住一样缩了进去。他看懂了那不是挥手,她把手挥得比小鸽子要飞之前扇动翅膀还快,性质也就变成了摇手。她对他摇手的意思,可能是说不要这样,快些走吧!

庞大然把手垂了下来,继而把头也垂了下来,用那只告别未遂的手拉开车门。这时他感觉他的后脑勺上也有银针扎着,他让自己不要回头,可他想着想着,那头还是不由自主地向反方向扭了一下。这一扭他看见了一个站在楼口的人,那人戴着一顶礼帽,像一个老朋友那样为他送别,默默无言,动都不动。庞大然当然认出他了,又是昨天在菜市场说他蔫不拉唧,晚上又给凝雪打字谜的本楼看门人。

那人一直都在等待他的目光,看见他的目光一跟自己相遇,就把自己头上的礼帽摘了下来,捏在手里,扣住腹部,慢慢地弯下腰去,向他庄重地行了一礼。庞大然第一次发现,本楼看门人原来是个秃瓢,秃得让人想起得道的高僧,还有寺庙里闪闪发出白光的长明灯。难怪他一年四季戴着礼帽,难怪他一眼就能看破玄机。他茫然的眼睛一只盯着那人的胸口,一只盯着那人的胳膊,心想再要是佩上白花和黑纱,就更像在

在袁太太家的最后一个夜晚　257

告别会上为他送行，祷告他一路走好了。

出租车司机等得不耐烦了，从车窗里闪出半张脸说，你到底走不走哇？

庞大然醒过神来，慌忙说了个走，钻进车里，关上车门。

司机问，去哪？

庞大然刚才已经想好了一个地方，司机一问他反倒忘了，就先应付他说，顺大路直走！

司机说，我还不知道直走，踏斜的是马，不是车！我是问你要我把你送到哪里？

庞大然拼命地回忆着，嘴里嚷道，急个什么？你一边走我一边想！

车子已经在开动了，这时却又停了下来，司机说，那你先出去凉快凉快，想好了再打一辆吧！

出去凉快凉快这句话一下子把庞大然带回到十年前，在还没有结识谈冰清以前，有一家公司的老板让门卫把他赶出去，当时就是这么说的。他的心情就更坏了，一生气掏出谈冰清塞给他的钱，丢到司机的面前说，你不是计程车吗？从现在起开始打表，跑多少，付多少，先付你该放心了吧？

车子就又跑了起来，跑到一个修路的地段咕咚一颠，把庞大然的屁股颠离了坐垫，重新落下去时一个想法突然诞生了。他对司机叫道，想起来了，重来街的那个男子汉广场！

司机问，是叫从头再来吗？

庞大然说，是！

司机打量了他一下问，求职？

庞大然眼睛看着窗外没有回答，司机自顾自道，那地方好，我这工作就是在那地方找的。

小恐龙出壳之谜

1

后来有人编了一段顺口溜,说是"天不怨,地不怨,只怨恐龙要下蛋;爹不怪,娘不怪,只怪恐龙坏的菜"。坏菜就是坏事的意思,鄂西北语,一盘菜放坏了,无论是天上飞的还是地上跑的,吃进人体之内都要腹疼拉稀,这能是好事吗?不能,所以坏菜就是坏事。也有的调侃宁天宝人如其名,天生是个宝器,宝器也是鄂西北语,这个词的意思又跟字面相反,不是用金玉一类原材料做成的玩意儿,而是形容人蠢,不识时务,永远也成不了俊杰。还有的感叹江天富太聪明,聪明前面加一个"太",就反而要被同一个东西所误了,管你天狠地毒,最终不还是应了一句古言?

回头再说恐龙蛋。这宝贝疙瘩是在修建南水北调工程的时候,被当地几个农民工发现的。农民工用洋镐挖引水渠,有一天挖出一个圆咕噜嘟的石头,黄不黄红不红的,有西瓜那么大,上面一层瓜子大的裂纹,像是煮熟的茶鸡蛋被人捏了一把。只有小学文化的农民工一声惊呼,高喊着挖到了地胆,挖进地球的肚子里去了!包工头骂他说喊个鸡巴,还不快挖,农民工说不敢挖啦,再往下挖就会挖出国际问题,读书时地理课老师讲地球是圆的,美国跟我们是脚对着脚的呀。

趁着两边争论的工夫,有个小农民工要夺头功,骑上摩托就往市里报信去了。

这件事应该归市文化局管,那一天市文化局在召开会议,开的正好是文物工作会,把市委宣传部的江部长也请了来。骑摩托的小农民工站在窗子外面,手也是比,嘴也是动,屋里的人都懒得搭理他,最后来了一个保安,手里拿根电棍要赶他出去,小农民工灵机一动,说是小个便再走,一转身溜进厕所里面躲着,想的是等会儿保安走了他再出去比画。事有凑巧,这个文物工作会开得相当长,中途江部长出来上厕所,小农民工一看正是刚才坐在主席台上的那个人,扑过来就喊领导,江部长被他吓了个倒退,厉声问道:"你是谁?你要干什么?"

小农民工投降一样举着手说:"领导别误会,我是搞南水北调的农民工,我们挖水渠挖出了一个怪里怪气的石头,大小跟西瓜差不多,样子像炸了壳的煮鸡蛋,都猜是个宝,可又说不出个公獐母麂,我怕哪个不懂事的给弄破了,就赶紧跑来向领导报告!"

江部长瞪着眼睛还没听完,咝的一下把解开的裤链拉上了,拍拍小农民工汗得透湿的脊背说:"走!"

小农民工骑着摩托在前方带路,江部长的小汽车在后面跟着。来到工地,连报信的小农民工都惊呆了,原以为这种怪石头只有一个,想不到就在他去市里这么一会儿工夫,回来时工地上都卧了一大片,远看就像洪水退去以后河滩上趴满的乌龟。农民工们围着这些乌龟看了又摸,摸了又看,有的还夸张地撅着屁股,做出往出下蛋的姿势,逗得其他的农民工们嘻嘻哈哈笑个不停。

江部长从车子里跳下来,一边高喊着不许动,一边奔到这些石头面前,弯下腰去看着看着,嘴里轻轻发出了一个呻吟说:"我的个母亲哪,这不是恐龙蛋吗?"

话一出口,所有的农民工都停止了嘻哈,一律瞪圆两眼,看看石头又看这个坐小汽车赶来的人。突然间,包工头发现他长得很像昨晚电视新闻里的一个头头,再看就叫出声道:"哎呀,你是江部长吧?"

江部长顾不上答话,报信的小农民工自以为功高盖世,替他回答说:"江部长正在……开会呢,我去一请就把他请来了!"话到嘴边他给改了,没好说他正在上厕所。

"我的个母亲哪,这可是一件大事呀!"江部长这时又轻轻地呻吟了一句。

江部长是个有才华的宣传部长,年轻时写过一些诗歌和散文,激动时喜欢用母亲这个书面语言,取代普通人所说的娘和妈。他的诗文写得相当的有气势,呼天喊地,涕泪交加,曾经有人说江天富是白话版的屈原。后来他入了仕途,一时停笔,但也有人说是写不出来才去做官,为此还引用了一段鲁迅先生的话。当地的文坛政界一直存在着以上两种说法,更多的人倾向于后者。

主持会议的人见江部长去上厕所,半天也不回来,担心是不是出了问题,就派了一个人进去看看。一听派去的人回来说厕所里并没有人,主持人就更加慌神了,又派人去向保安打听,保安说江部长是跟一个骑摩托的小农民工走的,小农民工为了见他赶都赶不走,在厕所里隐藏了老半天,两人去的方向好像是南水北调的工地。主持人料定那里有了紧急情况,立刻宣布散会,带着与会的文物工作者们一同坐车,直奔工地而去。

大队人马赶到现场的时候,那里已经挖出几千只恐龙蛋了。其中有一只的周围站满了农民工,有人嘻嘻哈哈地用手去戳,说是一个小鸟样的脑袋正在往外面拱呢,就有另一人及时去打他的手,正颜厉色地警告他说,万一戳掉一片小碎渣渣,他这辈子砸锅卖铁都赔不起,那人就吓得赶紧把手缩了回去。

用江天富的话说,这简直是石破天惊,一夜之间,从前并不知名的这个城市大放异彩,接下来的可能是全地球的考古工作者都将蜂拥而至,以此带动这块土地旅游业的发展。还有一个潜在的好处,可以申报列为世界文化遗产,得到联合国教科文组织的一大笔资金。这一会儿,江天富觉得自己是一个幸福的部长，在他五十岁的这一年，老天爷给他送来了一件厚礼。

今年他正好五十岁，子曰，五十而知天命，文化这一块是归他管的，他知道他的天命就要来了。

2

但是，五十岁的江天富并不知道，还有一个五十岁的人要坏他的菜，这里又要说到坏菜了。在本市的领导干部当中，江天富是唯一在网上写博客的一个，前面说过天富同志早年是爱好文学的，写过一些诗歌散文，从政以后公务缠身，不能潜心写这个了，不过他身上的文学细胞还没有消失，他在自己的博客里发表言论，往往带着文学的色彩，因此一出手就不同凡响。

这样一来，很多认出他是宣传部长的粉丝就在跟帖里对他大加赞赏，赞赏他的思想深刻也赞赏他的文采斐然。恐龙蛋的事情出现以后，当天晚上，江天富又在博客里写了一篇，题目是《我们从恐龙之死想到了什么》。他在博文里想了很多，只是没有想到，在一大堆粉丝的跟帖中间，有一个署名仰天啸的在他身上踩下了这样一只脚印，仰天啸说："我想到的是，还有一只正在出壳的小恐龙，有人挈妇将雏，藏之密室，你说这事该怎么办呢？"

这一脚踩得太他妈恶毒了，言下之意，是说有人把那只小恐龙正在出壳的恐龙蛋偷走了，而且偷走的还有它的母亲，也就是老恐龙的蛋，而这事像是跟他有关，至少他是知晓的。江天富被踩了个措手不及，脸都红了。红过之后又变成了青，他顺手就拿起电话，打给他的司机说："小赵子你来一下。"

房门一响，小赵应声而到。江天富问："那天去看恐龙蛋，你是一直跟着我的吧？"

小赵子说："是啊！"

江天富问："三大纪律八项注意，你没拿谁一针一线吧？"

小赵子说："没啊！"

江天富点点头说："这就好，我听说你还是个网络高手，你去给我查一个人，查一个网名叫仰天啸的，查出他的真实身份，你来告诉我一声。"

小赵子拍着自己的胸口笑道："我还以为出了什么大事呢，原来还是这个呀，小菜一碟！"

司机小赵子的正式名字叫什么，是否就叫赵小梓，赵小滓，或者赵小紫，天天坐他车子的江天富从来就没有搞清楚过，因为名字对于司机来说意义不大，要用车时只要喊一声小赵子，小赵子就会及时开着车子来到他的面前，车门一拉，他就坐进去了。小赵子以后开车开老了怎么叫呢？改一下就是，叫老赵。市委小车班里有个叫老赵的师傅，那就是小赵子未来的称呼，临到小赵子叫老赵的时候，现在的老赵也就不能再开车了。当然，有的小车司机直到退休，名字也叫小什么子，这也没有什么关系。

说小赵子是网络高手的人叫蒋白露，江天富的妻子，有一天蒋白露坐小赵子的车，听他一边开车一边讲起自己的故事，回家就对江天富夸他，一直夸到零点。她说小赵子是个了不得的人物，曾经配合公安局的刑侦人员，在网络上抓获了一名畏罪逃逸的肇事车司机，也怪那人是个文学爱好者，被捕前用"司马逸"的网名，隔三岔五要在博客上写一篇文章，这就不免要露出几只马脚，包括在网名上。蒋白露是市艺术学校的党委书记，主抓政治思想教育工作，第二天一回到学校，又号召全校喜欢玩网络游戏的学生，要向那位网上擒贼的司机叔叔学习。

小恐龙出壳之谜　　**263**

小赵子受命之后，当夜无眠，天亮的时候思路突然来了，他略施了一个小计，用仰天啸的名字在很多人的博客里留言，故意把言留得狗屁不通，粗俗不堪，还一个劲儿地跟博主唱反调。这一下就激起了众粉丝的蔑视与愤怒，点起他的名字进行臭骂，说你别他妈的胡啸乱叫了，你仰到狗屎堆上去望天哭吧！仰天啸的城府和智商比司马逸高不到哪里，这么一来他忍无可忍，终于挺身而出，在留言处像武松一样写道："仰天啸乃俺宁天宝也，大胆蟊贼，敢冒俺名，待俺抓住关你的禁闭！"

小赵子圆满地完成了江部长交给他的任务，把侦破的结果原原本本告诉了江天富。江天富一听宁天宝的名字，直觉得自己的胸口要炸，宁天宝跟他家住同乡，出生同年，小学同级，中学同班，上了大学又是同校，高中时两人还同过一张桌子，名副其实是同桌的你。宁天宝会写文章，江天富也会写文章，一桌二人比翼双飞，校报校刊上以及教室后墙的专栏上，不断出现他们的名字，把班上的同学们羡慕得眼放红光。大学毕业，两人又分配到同一个城市，一个在报社，一个在电台，别人就在背后议论他们，有说是天生奇缘，也有说是前世冤家。根据中国一山不容二虎的原则，这些人说，总有一天，你们看着。

这样的话他们多半是听不到的，偶有耳闻，哈哈一笑就过去了，至少宁天宝是这样的。接下来他们还在一起谈诗论文，直到发生了一件可笑的事情，两人从此才开始搞掰。那件事是这个城市管辖的一个县，有一年接到市里下达的指标，要他们利用山坡和青草的地域优势，打一场全民养羊的战争，人平三只，户平五双，全县全年要完成一百万只羊，从而一举成为鄂西北山上的内蒙古大草原。县里明知道这个指标打死他们也完不成，但又不能抗上，眼看着市里就要派人来视察了，就紧急召开各乡的乡长开诸葛亮会。

果然有一个姓郎的乡长，献了一条聪明的计策，说是等上面来人的那一天，各乡动员村民和小学生，一人身披一张白色的塑料薄膜，弓着身子在山上走来走去,老远看去,满山不都是大羊和小羊了吗?郎乡长说,按照以往的历史经验,上面来人一个个那么肥的肚子,那么大的屁股,那么细的两根小腿,难道还能爬上山来不成?爬个球哟!参加诸葛亮会的县乡干部们一致认为,这个办法有一定的可操作性,于是就这么操作了。那一天上面来了一个车队,从山下仰看山上,满山都是青青的野草,白白的羊群,有人甚至还听到咩咩的叫声。

江天富那一年是电台的首席记者,著名的快枪手,上午随队参观,中午饭也不吃,奋笔疾书,写了一篇急稿,当天晚上就在电台播了。同时他把稿子给了报纸一份,一稿两投倒不是为了多挣几个稿费,主要目的是宣传鄂西北的内蒙古。报社的编辑就是宁天宝,收到老同学的稿子不仅压下不发,反而哈哈大笑地给江天富打了一个电话过去,说是他可以料定这事有诈,不日他将另写一篇文章进行揭发。江天富心里就有火了,但这火发不出来,电话里他就也哈哈大笑道:"你这个宝器呀,那我就等着看你的讨武檄文啦!"

说这句话的时候,他还以为宁天宝是一时兴起,说着玩儿的,没想到这人说写就写,出手丝毫不比他慢。几天以后,南方一家大报上真的登出一篇文章,江天富一看大吃一惊,用他的话说,他平生第一次领教了宁天宝的心狠手毒,翻脸无情。那篇文章的题目是《一群披着羊皮的"郎"》。"郎"字打着一个引号,指的是诸葛亮会上那个献羊皮计的郎乡长。

这篇文章轰动了全市,宁天宝的名字就像傻子阿甘一样家喻户晓,有人也给他取了一个长长的名字,叫作"一只长了狗胆的'宝'",与他的文章题目形成对应。后面那个"宝"字也打引号,意思是说他好大的狗胆,竟敢跟市委对着干。

羊皮丑案出在羊年,羊年过去,猴年到来,大年初一清早,宁天宝带着妻子李霞去给父母拜年,出来后返身锁门的时候,发现昨晚贴在门框上的对联被人换了一副。这副新对联的上联是"羊皮撕去假消息",下联是"猴手写出真文章",横额是"后事如何"。猴手也是鄂西北语,说人性子急,手脚快,猴手猴脚,这样的人做事往往是要出问题的。宁天宝把新对联从右到左,抑扬顿挫地念了一遍,不由得大笑了说:"嗨,早知道有人给我送对联来,我自己就省得花钱买了!"

李霞却噘着一个染红的嘴巴生气:"你还在笑,人家是在为你担心,那个后事如何是什么意思?"

宁天宝说:"叫你读书你不读书,你就只会跳舞,不知后事如何的后面是且听下回分解呀!"

3

后事也并没有太大的悬念,无非是从这一年开始,江天富和宁天宝的关系变得有点微妙起来,两人见面还是握手,还是说话,还是笑,但是笑出来的声音不再是哈哈哈的,而成了嘿嘿嘿的。再往下去,只看见两张嘴巴一咧一咧地动,却听不到一点声音。到了最后,两人连嘴巴也不咧了。

在这个关系变化的过程里,他们各自的地位也发生着变化,江天富顺着竹竿嗖嗖嗖嗖,由电台的记者到主任,到台长,到局长,一鼓作气又爬到了市委宣传部。宁天宝的变化跟他相反,江天富是从下往上嗖嗖嗖嗖,宁天宝是从上往下唰唰唰唰。报社先是发现了像他这种人,是不能掌握新闻发稿权的,把他从新闻部调到副刊部,接着发现他编发的杂文似乎也有立场问题,又把他从副刊部调到校对科。宁天宝把报社的部门想了个遍,心想不能再调了,再调就剩下上大街卖报纸了,他下决心要做一个好校对,当晚他去超市买了一把尺子,次日一早来到新的岗位,走马上任,用这尺子压在当天的报样上,移动一行,校对一行,目不转睛,心无旁骛,觉得这样总该不会出错了吧?

江天富正好是主抓新闻与文化的副部长,这两条战线是最不好抓的,也是最经不起抓的,过去别人只抓政治思想,把左边的一只眼睛睁着,不抓文字质量,把右边的一只眼睛闭着,手也是一只硬来一只软。新官江天富上任之后,一心要烧把好火给人看看,他两眼睁得一样大,双手也是一样硬,使劲儿一抓,就在经不起抓的报纸上,抓出来了一个错别字。报社马社长是他的铁哥们儿,江天富拿起电话就打过去:"我的个母亲哪,老兄一上任,你荣华子就给我来个下马威是不是?什么时候不能错,什么地方不能错,什么字不能错,你偏要把人家的名字都搞错,听邓丽君唱歌是不是?邓丽君死了你们也想死吗?谁的编辑,谁的校对,实习生还没培训就上岗是不是?我看你得拿出个处分意见来,荣华子!"

马荣华拿起报纸,汗珠从身体的很多部位冒了出来,他请本报当日责任校对宁天宝,到他这里来有事相商。马社长用了一个"请",接着又用了一个"商",除了宁天宝,他对手下的任何人可不这样。过去他很想当一个好记者,追着宁天宝的屁股叫老师,给他打开水,擦桌子,有一次出外采访两人住一间房,还给他洗过一双袜子和一条短裤衩。弃文从政是后来的事,后来他无意间发现了新大陆,好记者的稿子发不出去,好记者的职务升不起来,他试着调整了一下前进的方向,立刻就被江天富发现了一个好苗子。

室门推开,宁天宝乖乖进来。其实宁天宝比他们先知先觉,报纸一出来他就知道了,甚至报纸还没出来他就猜到了。他一手握着尺子,一手端着报纸,走到马社长的面前,首先向他深深鞠了一躬说:"我代表犯错的三方,向受害的三方表示歉意!"

"宁老师请坐,你不要用曲里拐弯的文学语言,你就用直截了当的新闻语言跟我说说不就行了吗？"马荣华还是叫他宁老师，要是换了别人，他指着对面座位的那只手这时正在拍着桌子。

"好，"宁天宝一听又觉得自己是老师了，就在他对面坐下来说，"我认为，首先，错在报上登的那位有帝王恶嗜的先生，他效法武则天，追随清王室，为避百姓同名，专造奇名怪字。他的儿子也有错，得知自己的名字除台湾以外，在大陆所有辞书中已经消失的时候，就应该通过户籍管理单位用一个同音或者同义的字来做更换，以免为文字的传播和阅读造成障碍。其次，我两次把这个误排的怪字校正过来，都没有得到电脑编辑的依样修改。最后，即将付印的终校稿第三次送到我的桌上，你应该记得，那天晚上整座大楼突然停电，一片漆黑，长达一个小时之久，我摸黑下楼去取应急灯，这时电灯又像鬼一样突然亮了，我回来时发现桌上的校稿已经被人取走……"

"那宁老师你认为，这件事哪三方受到了伤害呢？"马荣华像在听他说书，可他说的又句句属实，一番话论证确凿，无懈可击。鄂西北语，简直叫作鸡嘴子都捣不烂。

"第一是无辜的读者，第二是咎由自取的奇名怪字者本人，第三还有本报和全体员工，包括你在内。"宁天宝实事求是地说。

马荣华刚要点头，中途又改成摇头了："我听你说得有理，可也不能说江部长的意见就没有理，泰山压顶，请你体谅，我还是决定再把你的工作调整一下。我发现宁老师你不仅有文才，还有口才，调整到广告科怎么样？去那里可以充分发挥你的才能，给处于经济重压下的报纸拉点广告，做点贡献，单位兴亡，匹夫有责呀！"

"哈哈哈哈！"宁天宝仰天大笑道。

"要不你去求求你的同学，饶了我们，也饶了你？"马荣华给他出谋划策说。

"这可能吗？可能吗？你还是告诉我广告怎么个拉法吧。"宁天宝把笑全部收起来了。

马荣华没有告诉他广告的拉法,第二天通报错字责任的社委会上,只宣布了广告部经理助理宁天宝的任务指标,每月平均三个广告,全年合计三十六个,纯收入不得少于八十万元。最后,马荣华说了一句幽默的话作为鼓励:"这就好比杀猪,杀屁股还是杀脑壳,方法你定,我不管你,只要把猪杀死就是一个好杀猪匠。宁老师,你要争取做一个完成任务的好杀猪匠啊!"

全体大笑,宁天宝也跟着笑。笑过了,他问马荣华说:"我要是杀不死猪,你是不是要杀死我哇?"

马荣华板下脸说:"宁老师,不要说这些有伤感情的话嘛!"

4

宁天宝首次出去"杀猪",差点儿挨了人家一顿打。市里有一家民营企业,从前生产婴儿的尿不湿,后来转产妇女的月经带,芳名叫浸不透,最近又推出一样高科技的新品种,它既是婴儿的尿布,又是妇女的卫生巾,注册商标为双不漏,打出一个八字口号,叫作"一物二用,长幼咸宜"。通过本市一个经常向报纸投稿的通讯员介绍,宁天宝骑着一辆自行车下去联系,企业的女老板过去看过他的文章,有一定的认识基础,见他谈吐风趣,文如其人,答应得还是很爽快的。

女老板叫黄晓玉,年龄有四十多岁,风韵犹存,尤其两只细长的眼睛像狐狸一样。她认为自己的魅力并没有减,提出报纸要拿出三分之二的版面,刊登这样一幅宣传图片,图片的中心是她亲自抱着一个小宝宝,一人系一件双不漏的样品,面向读者,伸出两根象征胜利的手指头。黄晓玉用一双狐狸的眼睛看着宁天宝说:"宁记者,你觉得这个创意怎么样啊？"

宁天宝想了想说："谈不上新颖，也算不得过时，目前国内广告的水平取决于国民的水平，太讲艺术，过于超前，云里雾里看不到庐山真面，反而让观众对产品发生歧义。鉴于上述情况，应该现实主义，创意就这样吧，只是在拍摄上要下些功夫。广告词是你方提供，还是……？"

黄晓玉微微一笑，说她自费读过一年传媒大学，编几条广告词还是没问题的，接着她就一边请宁天宝坐下喝茶，一边低头构思，不多一会儿抬起头说："这样说吧：尿不湿，浸不透，不如买个双不漏，母子二人都能用，叫你一次爱个够。耶——！……我的嗓子最近有点儿发沙，制作时不要搞同期声，后期配音我本来想请辣妹子小宋，再想人家太忙，那就在省里面找一个吧！"

两人在一起谈了三个小时零二十分钟，把广告的价钱敲定下来，拟好合同，谈好付款方式，约好带灯光摄像师来拍摄的时间，宁天宝向黄晓玉告辞了。他骑着自行车打道回府，一路上哼着愉快的歌儿，好像是打靶归来。他觉得人才就是人才，混到拉广告的地步也是人才，人才杀猪也不同于一般的杀猪匠，一不杀屁股二不杀脑壳，与君一席话，一头丰满的小母猪就摇摇摆摆地跟他走了。

半个月后，宁天宝带着灯光摄像师来到这家企业，黄晓玉已经提前安排员工，把挂满奖状奖牌和奖杯的会客厅整理一新，变成了一间临时摄影棚。她自己身着披风，怀里抱着一个系了"双不漏"的大胖小子，那是她从手下员工那里借来的"道具"，等着灯光打亮，她把披风轻轻抖落，也露出那件高科技的产品，笑着比出两根指头，朱唇微启，没出声地说了个"耶"。

这个画面应该说还算可以，国内很多类似产品的广告都是这样。但是就在摄像师即将开拍的一刹那，兼当导演的宁天宝突然鬼使神差，用右手的食指顶着左手的掌心,像篮球裁判一样做了一个暂停的动作,他对黄晓玉说:"慢,我发现了一个漏洞,首先从年龄看,我发现你和小宝宝不像母子两个,实在要这么说读者也会认为是晚年得子,说不定还会考虑到产品的副作用……"

黄晓玉惊讶地问:"你说什么?"

宁天宝接着说:"其次,广告词说'母子二人都能用',我又想了,由于双方的臀部、腰围、身形、体积,以及生殖器官的不同,一件产品是不可能母子二人都能用的。如果就这样登出去,用户必然认为是虚假广告,企业由此也达不到销售的目的。因此我们是不是……"

摄像师停了下来,眼睛转向灯光师,霎时间两人笑成了一团。笑声中黄晓玉的脸色看着看着红了,笑容看着看着淡了,接着她把怀里的小宝宝往地上一放,光着身子跑到宁天宝的面前,照他就是一个巴掌打来,嘴里骂道:"你这个不要脸的臭流氓,你对我做什么下流动作?你两只贼眼那样把我盯着,你发现我什么漏洞了?"

宁天宝一时还没反应过来,只顾得双手把头护住,慌乱中找不到他停在门外的自行车了,一招手打了辆出租车逃回报社。他实在也想不通,自己明明是一番好意,为了保证广告产品的效应,希望换上一位年轻些的母亲,比方说请李霞在她们艺校找个长得漂亮的小女教师,怎么他的好心成了驴肝肺,她反而骂他是不要脸的臭流氓呢?

这事很快像风一样就吹了开去,在新闻行业吹一吹也就罢了,千不该万不该,不该突破范围吹进李霞的耳朵里。李霞在艺校教跳舞和体操,随着别人丈夫的越跳越高,她对自己原地踏步的丈夫是越来越不满的,当年她决定嫁给宁天宝,对他的设计是跟江天富齐头并进,不分伯仲。没曾想羊皮丑案发生以后,她的计划变成了笑话,梦想变成了胡思,宁天宝从她心中的鞍马上吧唧一声掉了下来。这么一个前途无量的男人,在黑暗中走完一生也就罢了,可他还要借着微弱的烛光,去打一

小恐龙出壳之谜 271

个做卫生巾的女老板的主意。

　　告诉李霞的这个人，还是她们的校党委书记蒋白露，蒋书记在告诉李霞这件事情之前，曾经发现了部长丈夫手机里的一条短信。那天他在外面喝的是啤酒，一回家就直奔卫生间，匆忙中把刚接听的手机扔在了沙发上，手机一响，蒋白露按了，发来一句杜甫的名诗，"两个黄鹂鸣翠柳"，屏幕显示，发信的是他报社铁哥们儿马荣华。如果只是这一句，如果没有下一句，如果下一句不把杜甫的原诗篡改几个字，蒋白露还会以为他们之间酒后风雅，怀念唐诗。你看，春天来了，柳树绿了，两只可爱的小鸟儿站在柳枝上快乐地啁啾着，一道多么美丽的风景呀！然而，马荣华发来的下一句不是"一行白鹭上青天"，而是"气得白露喊青天"，这一个"气"，这一个"喊"，这一个"白露"，可就一下子让她怀疑上两个黄鹂了！

　　蒋白露的脑子里灵光一现，相信自己破译了这两句黑话。江天富从前写诗歌散文，用的笔名江柳，现在时不时地还有人提起这个名字，依然赞叹不已。本市有两个风流女人，一个是卷烟厂的黄叶子，一个是卫生巾厂的黄晓玉，被称作是"男人个个都爱哼那么两句儿的山二黄"。爱哼山二黄的男人们，都知道山二黄巴结江天富，希望宣传部长能派部下去宣传她们的业绩。手机里的两个黄鹂，必定是那两个姓黄的婊子无疑，她们无耻地攀在一棵虽然已经不翠，但却越发粗壮的老柳树上，真要活活气死她这只原本栖在枝头的老鹭鸶了！

　　在心中埋下仇恨的蒋白露，接着又听说了黄晓玉怒打宁天宝，她不是为宁天宝鸣不平，她是为她自己鸣不平，她要借她部下李霞之手，去在黄晓玉那张涂脂抹粉的狐狸脸上，当着众人的面狠狠打一个耳刮子。最好再用她跳舞练功的脚，在那一股臊气的小肚子上踢它一脚，只要不出人命，一切有她兜着。

5

李霞辜负了蒋白露,她要么完全没有领会上级的意图,要么缺乏为夫报仇的信心和力量,要么就是觉得责任主要还在自己的丈夫这一方。因此她没去卫生巾厂严厉批评那个女老板,而是带着满腔怒火回家发动内战,逼着宁天宝开展自我批评。当天晚上,吃罢了饭,李霞把女儿关进小屋去做作业,剩下他们两个在另一间屋里,嘶的一响她拉开坤包,从包里取出一根教学生们练功用的五彩棒,就是艺术体操选手在比赛时跳着跳着往天上一扔,做上几个漂亮的高难动作,然后又用双手把它接住的那种体育器材。

"说,你到底把那个黄晓玉怎么了?你不知道她是江部长的人?你也不尿泡尿照照自己的猴相,黄晓玉也是你能随便……那个的吗?"李霞咄咄逼夫,五彩缤纷的体操棒在她手里一抡一抡的。

直到这时,宁天宝才知道李霞已经听说了这件事,也才知道黄晓玉不是一个普通的女老板。古往今来,跟名男人有染的女人自然也是名女人,宣传部长江天富至少在本市还是有一点名气的。这么说他跳来跳去,永远也跳不出江天富的手掌心,一动身又被他手下的人马绊了一跤。宁天宝的身子发僵,两眼发直,耳边听着李霞的逼问,心里回想自己这些年来被人持续反复地调整着,每调一次,都要瘦上八至十斤,现在他不用尿泡尿照,也知道当年最讨李霞喜欢的那张国字脸没有了,展现在人们眼前的不是猴相,又是什么?

他想最后再向李霞解释一次,努力使她接近事实的真相,可是解释着解释着,他发觉自己的解释不仅不起作用,反而在解释的过程中由于用词不当,又引发出了她新的怀疑和愤怒。他就索性不再解释了,望着李霞手里的棒子,用手指了指女儿的房门,意思是可以象征性地打他

小恐龙出壳之谜 273

两下,出一出心头的那口恶气,在不惊动女儿的前提下争取早些结束战斗,千万不要大打出手,发出巨响。

女儿的名字是他取的,叫作宁可,此时他这个做父亲的想法却是宁可委屈自己,不可打扰宁可。宁可今年在读高二,明年就考大学,父女两个的共同愿望,是女儿考上中国人民大学的新闻系,将来做一名真正的记者。比他强,比江天富更强。

艺校女教师流下了心酸的眼泪,最终她把棒子扔在地上,放弃了对丈夫的继续拷问。但是一个比这更大的惩罚,在她的心里萌动了一下,从此它像一只会钻空子的肉虫,一到她恼恨的时候就及时地爬出来,一会儿她把它拈走,过一会儿它又拱了进去,特别的顽强,特别的不容易被消灭,钻得她的心万分矛盾和难受,她都不知道下一步她该怎么处置它了。

宁天宝首战失利,还得抖擞精神,接着去完成报社为他制定的任务,因为这项任务要跟他的工资奖金挂起钩来,而这些东西又是他生活的基本保证。上次帮他介绍黄晓玉的那位通讯员,听说他的广告没有拉到,反而差点儿挨打,心怀歉意,再接再厉,又为他介绍了新的一家。不过这次不是本人,是托自己一个神通广大的江湖朋友。牵上线了以后,朋友直接给宁天宝打来电话,为的是把行业内的规矩跟他做个沟通。宁天宝在电话这头一个劲儿地道谢,可就是不说怎么个谢法,耗了人家半个多小时的电话费,对方估计手机快没电了,抓紧问了他一句道:"宁先生,这事要是成了,你给我多少回扣?"

他被问了个白翻眼,在他的脑子里根本就没有回扣这个名词,他就一脸的困惑,反过去问:"回扣是什么意思?广告费还要往回扣吗?扣过以后钱如果少了的话……"

结果这笔广告连同这个朋友一道,从此就消失了。过了一月,本报刊登出一个他很熟悉的广告,再看就是他谈来谈去谈丢了的那一个,回到科里他一打听,是坐他对面的毛毛给拉来的。毛毛十七岁,初中毕业,是马荣华小姨妹子的女儿,姨妹子和姨妹夫要去加拿大打拼,暂时把毛毛寄放在姨父这里。毛毛见了宁天宝嘻嘻一笑,扔给他一块口香糖说:"谢宁叔啊!"

两次帮他都没获取成功的通讯员,受了打击心灰意冷,叹一口气,没有能力再帮他第三次了。时间先是一天一天地过去,后来是一周一周,再后来是一月一月,季度结算的日子来到了,宁天宝的任务没有完成,不是没有很好地完成,而是一点儿也没有完成。报社的制度是严格的,最初他拿不到奖金,接着他拿不到全额工资,又接着他连半额工资也拿不到了。

宁天宝觉得维持生存的唯一办法,只能是发狠地熬夜,发狠地写文章,力争换成稿费,把他亏损的工资奖金弥补回来。但是他写的文章很难在外面发表,本报就更不用说了,唯有南方那家刊登过《一群披着羊皮的"郎"》的报纸,才对他的文章情有独钟,经常还能给他寄来几百元钱。不过报社的编辑告诉他说,该报最近又整顿停业了一次,总编换了,他的名字也被人盯上了,不能连篇累牍刊登他的,平均每月一到三篇,还得适当地换换笔名。

南方报纸最近刊登他的一篇文章,有人说是"羊皮"的姊妹篇,这又是他亲眼看到的一件奇事。半个月前省里来人检查市区绿化,市林业局派人买了大量的立邦漆,把绿化区的房屋白墙都刷成绿色,让人老远看去一片林荫。宁天宝给他这篇文章的题目取作《长在墙上的"树"》,"树"字又打了引号。文章发表以后,他所在的城市再次轰动,但是当他去领三分之一工资的时候,财务科的女会计眨巴着两只不想得罪人的眼睛,左右看看然后悄悄地告诉他说,马社长刚才来对我们说了,宁老师的工资从本月开始冻结。

上次没忍心用棒子拷打丈夫的艺校女教师,更加感到自己生命的重负,家庭前景的渺茫,这一次她咬了咬牙,又在心里跺了个脚,决定向他提出女人们最终的那个要求。她背过脸去,轻声地说:"我们离了吧!"

普通丈夫第一次听到这话，一般会有三种判断，一是真离，二是假离，三是假中有真半真半假地离，情况相当于实战之前的军事演习，敌退我退，敌不退我就真打。可是书呆子宁天宝很不适应这种战略战术，他的判断只有一个，她说什么就是什么。从发生广告事件的那一天起，夜里他已多次梦见这个结局，因此除了在经济上，其他各方面他都做好了充分的准备，有备之战使他表现得异常的坚决和果断。

　　宁天宝的回答好像子弹，只打了一发，他说："离。"

　　李霞觉得自己被击中了，但她不能后退，又提出了第二个要求："我要女儿！"

　　宁天宝朝她打了两发子弹："随她。"

　　李霞不敢再说话了，因为一心扑在艺校，照顾不上女儿，她有些担心女儿会站在他那一边。鄂西北语，女随爹，儿随娘，两个都不随的是白眼狼。随有两层意思，一是跟随，二是酷似，女儿不仅长相像他，秉性更像他，随他而去的可能性是很大的。过去他们夫妻和睦，有一次全家外出旅游，在车上她开玩笑地提出这个问题，女儿的回答让全车人有耳共听，一个缺心眼的女人趴在她的耳朵边问，这丫头是不是前房生的？

　　果然宁可表态了，连说话的语气都像她的父亲："你要是真的跟我爸离婚，我宁可要饭，我宁可饿死，我也要跟我爸！"

　　旗帜鲜明的宁可把父亲感动得哭了起来，男儿泪从他的手指缝里一滴一滴往下流着。李霞以为他后悔了，心里猛然一喜，趁机提出一个真正的条件："要想挽救这个家庭，除非今晚你跟我到江部长家去，向他承认这些年你做错了！剩下的事你都别管，有我跟她爱人蒋书记摆平！"

　　宁天宝斜着眼睛看她，看够了，从鼻子里发出一个硬邦邦的声音："等我死了，你把我的尸体背到他家，伪造一个遗书念给他听吧！"

　　最后李霞哭了，一边哭一边跺着她跳舞的脚说："你浑蛋，你不可救药！"

6

据李霞对她艺校的同事说，他们的离异其实含有赌气的成分。她承认是她利用黄晓玉的广告事件，先向宁天宝发起的进攻，进攻的力度的确大了一点。但如果他是个稍稍聪明的男人，只要假装举手投一个降也就罢了，双方就会接着再往下走，哪怕一路上磕磕绊绊，三天两头打这么一架，却也不见得真的走到这般地步。放眼身边，有几对夫妻不是这样拼着凑着？有几个家庭不是这样掩着盖着？随着儿女一天比一天长大，自己一天比一天变老，对这个世界一天比一天看得比水珠气泡还要透彻，闹来闹去，闹到最后，不都是一个不了了之吗？可是宁天宝不是这样，他不但硬抵硬抗，而且还打防守反击，这样一来她连条隐身的退路都没有了，只好狠着心肠强攻，直到把一个虚弱的堡垒攻破为止。

蒋白露得知她关心的事情是这么一个结果，简直有些痛心疾首，她经常听说有人歪打正着，怎么到她却是正打歪着呢？好比说她借给李霞一支枪，实指望李霞去把黄晓玉打个人仰马翻，李霞倒好，接过枪去就对准丈夫，一枪把他给撂倒了，自己也一个屁股墩子摔出了门外，而罪魁祸首黄晓玉却连一根人毛都没有伤到。而且，黄晓玉看见倒下的宁天宝，狐狸脸上还会露出幸福的微笑，因为宁天宝当着灯光摄像师的面，公然贬低她是广告宝宝的祖母，这话对她伤害的程度，不亚于损失了一万条双不漏牌卫生巾。

这天下午，蒋白露找到李霞，后悔得眼泪都流了下来。她拉着李霞的手说："都怪我没把话说清楚，是黄晓玉勾引你家老宁，勾引了他又羞辱他，错的是她，而不是他！你要是听我一句话，就赶紧去跟老宁和好，两人一道，去把那个骚婊子当众教训一顿！"

李霞哭着摇头说："离就离了，和不好了，就是和好了早晚也还得离，天宝跟天下所有的男人都不一样，他是头犟牛，是头蠢猪，还是头叫驴子，嚷起来全市都能听到！人家背后喊他宝器，我看他倒像从土里挖出来的恐龙蛋，浑身上下没有心眼，里里外外都是实的，可人家恐龙蛋能卖天价，他呢，屁都不值，还死硬……"

在她说到恐龙蛋的时候，她发现蒋白露的眼睛轻轻动了动，接着又更大更亮地盯着她了。李霞觉得自己在受重视，她犹豫了一下，决心顺着这话说下去："说到这里，蒋书记我还想求你一件事，虽然我们现在不是夫妻了，我还想求你在江部长面前帮他说句话，请江部长做做马社长的工作，还让天宝做编辑吧，他哪里是拉广告的料，再要逼他，早晚他会累死饿死气死的呀……"

蒋白露掏出一块纸巾，展开来轻轻擦着她眼里的泪水说："李老师你跟黄晓玉不同，你其实是一个很善良的好女人，能够帮你，我一定会帮你的！"

李霞感激地望着她说："你可千万别说是我求的你……"

在李霞暗中为他求情的时候，宁天宝也正看着墙上的婚纱照回首往事，像写文章一样总结前妻。李霞不坏，也没有别的大错，无非跟天下所有的女人一样，都是这个世界上最虚荣最爱面子也最愚蠢的动物。她们每天夜里做梦，梦见男人能做大国总统，起了床就把男人当成泥巴，这里补一坨，那里刮一铲，只要能够塑造成一个好形状，情愿把自己给累趴下，死了也行。但是就这么努力地塑着造着，男人不仅成不了她梦中的角色，而且连总统厨子亲戚家的王八蛋小狗子都敢欺负和蔑视他，这样一来她们就生气了，直想扑出去骂那些王八蛋小狗子，甚至抠了它们的两只狗眼。可惜自己比没出息的丈夫更没出息，男人无权无势，却还有一副与人相拼的体魄，女人连个子都长得又软又弱，小不点的。最后她们恨天无路恨地无门恨谁都恨不成，就只好把恨转移到自己最爱的男人身上，没事就用刀子一样的话，去剜他的自尊心。

他们夫妻大抵也是这样。李霞虽然不塑造他，也不奢求他当总统，却寄希望于他自我塑造，不必有多么高大，有江天富那个样子就可以了。她觉得宁天宝行，照着他的本事，比江天富只会有过之而无不及。她就经常这样地提醒他，两口子在一起走着路，吃着饭，睡着觉，说着话，她的嘴里咕噜一下就冒出这个名字。他怕争论，总不作声，她听他不作声就咬牙也不再作声，以后跟她说天大的正事她也不作声了。

　　日子沉默地往下过着，他等待着沉默中的死亡，但是沉默还有爆发的时候，卫生巾厂女老板怒打报社记者的丑闻，使沉默的艺校女教师终于爆发了。她就此入手，坤包里藏着一根五彩的凶器，回家来对他实行逼供了。不要认为这是误会，也不要认为这是偶然，宁天宝心里比李霞自己还明白九倍，只要他的地位一天不能得到提高，她的态度就一天不能发生改变。因此他劝自己，唉，长疼不如短疼，晚离不如早离。

　　他们离得相当体面，女儿归了宁天宝，房子也归了宁天宝，房子外的固定资产随同房子一道也归了宁天宝。流动资金，也就是存折上的三万块钱，李霞只取走一半，另一半也归了宁天宝。其实那一万五千块钱李霞都不想要，是宁天宝从银行取出来，坚决塞进了她那只曾经装过凶器的坤包。李霞只把宁天宝不能穿用的自己的衣物，收拾了两大拖包，计划暂时带回她的娘家。宁天宝从走廊里推出他久经考验的运载工具，提出要最后送她一次，李霞连人带自行车看了一眼，把东西飞快地拖出门去，肇事司机一样钻进一辆出租车里。

　　宁天宝看见了前妻的动作，也又一次检验了女人的虚荣，他笑起来，把自行车放回原处。不过在他们的最后一天里，他又能够理解她了，在这个不大的城市，稍稍体面一点的男人女人都是开车飙行。街上像他这样出门骑车的当然也有，后架竖着一只麻袋，那是做小本生意的乡下贩子，前杠坐着一个小孩，那是卖黄色光盘的农村女人。而艺校女老师李霞，穿上芭蕾舞鞋就是一只凌空飞来的小天鹅，她能肿着眼睛，

小恐龙出壳之谜　　279

抱着拖包，像麻袋一样竖在他的自行车后架上，迎着学生以及家长的目光穿街而过吗？

这一天女儿并不在家，是他们精心把时间延宕到女儿高考以后，为的是尽量不影响她的复习。但是在爹娘的冷战中，宁可仍然没能如愿以偿。真是处处都不如人，在报纸登出江天富的女儿成为本市高考状元的时候，宁天宝也得到了另一个消息，他的女儿考试成绩离人大新闻系相差甚远，最终她只上了一所自费大学。李霞把刚刚分走的钱又拿回来，跟宁天宝的那一半合在一起，再向银行贷了两万元，给宁可交够了第一年的学费。

十七岁的宁可实在是太懂事了，不亚于跟她同龄的李铁梅，穷人的孩子早早能当自己的家，为了替父亲省下她的吃饭钱，她宁可去伙食科报名做服务生。钟点一到，她冲出教室，奔向食堂，替大师傅们端盘递碗，打菜盛饭，按照学校的规矩，服务生的饭费可作减免。

7

小赵子进一步打探到了这些情况，回去再次向江部长汇报，说是宁天宝在单位停发工资，妻子离他而去之后，他把档案关系扔在报社不要了，人就索性离开了单位。在他发给新朋旧友的名片上，印着的头衔是自由撰稿人。这种迹象，足以证明往后的日子他想以写作为生，以此养活他和他的没娘的女儿。

这些情况早在小赵子之前，马荣华已对江天富说了。不过小赵子还知道一件马荣华并不知道的事，这件事原本他没打算对江天富说，觉得与主题关系不是太大，但他想了想还是说了。他说宁天宝穷得交不起女儿的饭费，却在旧电器市场买了一台照相机，经常像挎盒子枪一样把它挎在肩膀上，骑着一辆破自行车出去拍照。拍什么呢，什么都拍，见什么拍什么。

那个样子你想多么滑稽呀，小赵子说着说着就好笑了。他说有人称宁天宝是敌后武工队的队长，大街上一见他的自行车咯吱咯吱迎面骑来，就直冲他打招呼："宝队长又要去哪儿了？"他就留下一手掌握车把，腾出一只手来指向前方："高家庄！马家河！"这两个地名出自上个世纪六十年代的一部黑白电影，当时随着电影一道风靡全国，这句台词差不多男女老少，人人会背。

江天富感到的可不是滑稽，他觉得人家说得不错，他那老同学其实就是一个武工队长，要到他的后方偷袭他的碉堡。过去的历史已经证明，披着羊皮的"郎"，长在墙上的"树"，以及披露在南方报纸上的很多奇闻，不都是这个武工队长抓去的舌头吗？

"你真是小看他了，"江天富批评小赵子说，觉得他也就是个司机的水平，"事情有这么简单吗？另外我再问问，那天他赶到工地看恐龙蛋，背没背你说的那个东西？"

"让我想一想，好像是……"小赵子不大敢负责任地摇了一下头。

江天富笑起来，一巴掌亲切地拍在他的后背上："没关系，背了也没关系的。"

晚上他打开博客，在他那天写的文章的评论处，新取了一个名字留言道："兄弟是真的仰天啸吧？改天请到寒舍喝茶啊！"

他以为宁天宝还会跟他打打机锋，斗斗嘴皮，然后他再摘下面具，约个时间见面聊聊。但是他没想到，留言以后过了一天，又过了一夜，真假仰天啸都没搭理他。他一心要找的这个人像是洞察了他的心思，故意要跟他杀杀山羊，捉捉迷藏。江天富不由得纳起闷来，他决定去一趟卷烟厂，跟滕咏梧碰碰头，也跟黄叶子见见面，他们有几天没有碰头和见面了。

小恐龙出壳之谜　281

滕咏梧是卷烟厂的老厂长了,跟江天富成为铁哥们儿的那一年,江天富还不是台长局长和部长,还是电视台的一名首席记者,地位与报社主力编辑宁天宝旗鼓相当。那时候他给卷烟厂写的一篇软广告文章,里面一些借烟民之口说出的精彩句子,卷烟厂的女工直到今天还背得津津有味,比方他把古人的咏竹赞花诗拼在一起,加以改造:"宁可食无肉,不可嘴无烟,宁在烟下死,做鬼也翩翩。"虽然随着他的步步高升,这样的文章以后他不再写了,但是他跟卷烟厂厂长滕咏梧的关系,已经是铜墙铁壁,牢不可破。

宁天宝没跟滕咏梧成为铁哥儿们,原因完全在他。滕咏梧在找江天富写文章之前,先找的是宁天宝,因为宁天宝这个报社编辑,是编采合一的编辑兼记者,滕咏梧是懂得一点宣传的厂长,对报社的兴趣又大于电台。报纸上的文章可以镶嵌在门口的橱窗里,可以张贴在厂办的墙壁上,还可以折叠起来,跟卷烟一起送给省市以及外地来参观的领导同志。电台却不行,文章进了电台就变成广播里的声音,哇里哇啦念过以后就没有了,好比是一阵风刮过,说好的文章刮走的是桂花香,说不好的文章刮走的是一个屁。

滕咏梧许给宁天宝的条件是一万个字,三万元钱,文章的篇幅可以长达两万。报纸或者刊物发表以后,再给报纸三万元的版面费。宁天宝接到厂方的邀请,他有点动心,想挣个五六万元,存着给女儿上大学,自己横竖不过跑几趟路,熬几个夜也就行了。他提出先去厂子看看,然后回去再酌情动笔,滕咏梧在省里开会,派了一个最好看的公关小姐黄叶子,亲自开车去把他请来。宁天宝一进车间就像猎狗一样,耸着鼻子这里一闻,那里一闻,闻够了他要黄叶子不必陪他,由他自己去找女工们聊一聊天。

这是一家半机械半手工操作的卷烟厂,把烟丝做成烟卷是机器,把烟卷装进烟盒是手工。宁天宝在跟女工聊天的时候,发现了一个不好的迹象，女工们嫌戴手套动作不灵，有也不戴，而且在装烟期间上洗手间，出来以后并不洗手，两手在裤子上磨蹭那么几下，接着又开始装烟了。有一个眼睛眯缝的麻脸女工从他面前走过时，嘴里还唠叨了一句"又停水了"。宁天宝觉得这是个问题，当天晚上滕咏梧坐飞机赶回厂子，澡也没洗就跑来为他摆酒接风，他却见了滕咏梧就问："你们这里经常停水吗？"

黄叶子看着她们的厂长直笑，她想说一句滕咏梧听着讨好，宁天宝听着幽默的话："我们的水可没人的觉悟高，厂长一走它也走了，厂长一回来它也回来了！"

宁天宝望着她说："可我也没发现人有多高的觉悟，有个女工在洗手间待了一阵子出来，没有洗手就又接触烟卷，虽然我不主张吸烟，但我也不主张用大肠杆菌对吸烟者进行惩罚呀！"

黄叶子的笑脸率先红了，她想起别说女工，自己在停水的日子里也是这样。滕咏梧过了一会儿才明白这话的含意，先是对着宁天宝呵呵直笑，接着就明白他笑的原来是他自己，就拿筷子指着黄叶子说："去，去车间给我查一下，把那个没洗手的女人给我开了！"

宁天宝笑道："一个女人倒下去，另一个女人站起来，黄小姐你也是个女人，你总不能在公示栏里宣布女人八小时内不许上厕所吧？"

欢乐的接风酒宴从这时开始变了味道，主宾们嘴里吃着鱼虾，眼前总是浮现出一个女人用上完厕所的手，在这些小动物的身上撒放香料和味精的影子。宴会结束以后，宁天宝又提出明天还想看看烟叶的清洗与晾晒，滕咏梧借着喝了几杯酒，掏出烟来推一支进自己嘴里，让黄叶子给他点燃了，喝茶一样深深地吸了一口，一股浓烟连同刚才的恼火一并喷出来道："人既然敢吸烟，就不怕短阳寿，我给他们讲个球的卫生！怕死的，嫌脏的，别来找我卖烟的！"

宁天宝也喝了几杯酒，他的酒量不如久经沙场的滕咏梧，连女流之辈黄叶子也比不上，酒一下肚他的脸就涨得血红，批评滕咏梧说："你这话说得就没道理了，别人都不找你，你又找我干什么呢？"

说完他起身去上厕所，回来时有点晕头转向，稀里糊涂走错了路，绕了几个车间绕到厂子的后门。后门外有一块苞谷地，随风吹来新鲜苞谷的清香，他感到外面的空气比酒席上好多了，就顺着苞谷地走下山坡，在路边打了一辆出租车，回家睡觉去了。

滕咏梧觉得天下没有这样的人，既不好合作也不好伺候，决定换将，三天以后黄叶子又开车请来了江天富。江天富跟宁天宝大不相同，跟厂里所有人的关系都处理得好极了，写出的文章完全符合滕咏梧的要求，句句话都说在了他的心坎上。这篇文章在电台连着播了三天，后来又发表在一张国家级的报纸上，发了整整的一大版，还登了一张传主的照片。

按照事先的约定，滕咏梧要付给江天富三万元钱，他让财务人员去银行取来一捆现金，用一张红纸包着递给江天富，同时还拎来一箱极品卷烟。江天富把两样东西各自斜了一眼，笑起来道："这不过是举手之劳，一挥而就，滕厂长何必要认真呢？再说这文章千古事，一字千金也不为过，今天拿你三万元，不仅小看了我，而且也便宜了你，还不如我们交个朋友，合作的事来日方长！至于这烟，你没见我从来都不抽它吗？"

滕咏梧觉得这人太了不起了，雄才大略，气度非凡，未来不可限量，远不是宁天宝之流可以比的。他就伸出两只手来，紧紧握住江天富的一只手说："江哥，以后我就叫你江哥好吗？恭敬不如从命，我听你的，以后我就是你的人，我的厂就是你的厂了！叶子，给江哥上酒！"

江天富果然是从这一年开始走的官运，三年一跳，五年一蹦，三跳五蹦就成了这座城市的宣传部长，而且还是个正的。因为宣传部是党的喉舌，这个喉舌部位就比管农业林业以及畜牧业的肚子屁股部位更加重要，遵照这个行当的规矩，他又成了市委的常委。

他就用常委的身份关照着这家卷烟厂。随着它的名声越来越大，关于它的谣传也越来越多，有一次有人写了一封匿名信，检举这个厂偷税漏税，数额仅次于刘晓庆；还有一次有人打匿名电话，揭发滕咏梧动用上千万元的资金，买通了市委一把手，把他贪污腐败的情况压住不许上报；特别是还有一个人在告状信中画了一间密室，密室里光芒四射，装满珠宝和钞票，还有几个光着屁股跷着大腿抽烟的女人。江天富把这些函电都压了下来，年终全市评选精神文明标兵，滕咏梧的名字依然一马当先，坚决出现在光荣榜上。

滕咏梧把当年的三万元钱作为种子，埋在自己的地里长大了一百倍，仍然没有惊动江天富，而是把它打进了蒋白露的账户。做完这件事情，他回忆起自己的当年，不经意间买下一个市场还没看准的绩优股，如今一路飙升，照这股市行情，下一步还不知道要涨到什么程度。

当年最先被他看好的宁天宝，现在却是没人要的垃圾股了。

8

这天早晨刚下过一场暴雨，雨一停宁天宝就骑车背机，辗着稀泥烂浆的路面前往卷烟厂去。快到厂子门口的时候有一个斜坡，上到坡顶有一道铁栅栏门，门里有一幢高楼和一个场院，还有两条看门的狼狗，脖子上各自用一条皮带拴着。这是卷烟厂的总经理部，几个车间、储库和营销部门也在楼里，他记得多年前他第一次来的时候，这家卷烟厂还没有如此的规模。那次是厂长派本厂的形象大使，公关小姐黄叶子开车来接的他，为写一篇文章。结果酒也喝了，饭也吃了，文章没写，人从后门苞谷地里溜了。

如果天晴路干，宁天宝觉得自己稍微使一把劲，就能把自行车蹬到坡顶，再要是没有狼狗和铁栅栏，他还能把自行车直接骑进大门。但是现在他不行了，一来是年纪不饶人，二来路面上铺满了泥浆，上坡时车轮会被泥浆粘住。他想着再蹬几脚就下车推着行走，这时身后响了一声汽车喇叭，宁天宝纵身下地，连人带车往路边一闪，但是他的速度比不上汽车，汽车轮子卷起的泥浆朝着他的后背追了过来，扑哧一声，他的两只裤脚都溅上泥了，远看就像本市刚刚时兴的女人的绣花裤。

　　他骂了一句从没骂过的话，再看汽车，已经威风凛凛地开进了铁栅栏门，两条狼狗分别往后打着倒退。他推着车子继续上坡，上到坡顶正要进门，那两条退得远远的狼狗却吼叫着冲上来，从左右两侧来夹攻他，宁天宝吃了一惊，幸好皮带勒住了它们的脖子，他用两只胳膊护着肩挎的照相机，快速从狼狗身边跳过，找个地方把泥车锁了，人就走进一间最气派的大厅。这间大厅他好像来过，那一顿饭就是坐在这里吃的，不过那时还没这么气派。

　　几个人坐在厅里，围着一张桌子愉快地说笑，他第一眼认出了脸对着他的江天富，第二眼又认出了背对着他的滕咏梧，接着是两边的黄叶子和另一个年轻人，年轻人可能是江天富的司机，黄叶子比那年胖了一圈儿，但她穿的还是紧身衣裤，这就更加显出起起伏伏的曲线。一个穿旗袍的小姐手里握着一副扑克牌，走过去放在那张桌子上，滕咏梧伸手拿起来在空中唰唰地洗着，正在这时那个年轻人认出了他，用手推了江天富一把说："部长你看，他是不是你要找的人？"

　　江天富的身子往起抬了一下，突然大声地喊出来："我的个母亲哪，那不是天宝吗？"

　　滕咏梧也把身子往起抬了一下："宁记者你来了？"他看见了宁记者的泥巴裤脚，为宁记者的突然到来感到万分奇怪，想也没想嘴里就冒出一句话说，"那年你怎么连招呼都不打一个就那么走了呢？"

　　黄叶子也赶紧附和道："就是嘛，就是嘛，宁记者……"

"都别喊我记者,我早已经不是记者啦,你们都随江部长喊我天宝,喊我老宁也行!江部长好!滕厂长好!还有黄叶子小姐……"宁天宝笑着朝他们走了几步,走过的地方立刻多出几个泥脚印子。送扑克牌的小姐又拿着抹布碎步跑来,翘起一个小屁股飞快地擦着。

江天富又喊了他的司机说:"小赵子,刚才我们在路上看到的是不是我这个老同学?天宝,你是骑自行车来的吗?"

"是呀,还是你们的汽车溅了我两腿泥呀!"宁天宝提起两条腿中的一条,把溅满泥浆的裤脚亮给他们看,一点也没有生气的样子。他走过去坐在黄叶子的身边,把裤脚上的一坨泥巴刮了下来,拍一拍手,然后扶了扶肩上挎的照相机,故意要让他们想到,他来是跟这个有关的。

所有的人都笑了起来,滕咏梧就怀疑起这次他来的目的性了,盯着他怀里抱的东西说:"宁记……老宁,你是不是后悔那年没给我写那篇文章,现在怀旧又想来写了?还想拍几张片子?想写你再给我写一篇就是,价码我还可以再给你提一提,听说你的女儿……"

"我是为写文章来的,可我不是为写这个文章,"宁天宝拦住他的话头说,"我的文章是写挖出来的那些恐龙蛋,特别是那个小恐龙要出壳的,文章早就写好了,报纸也要发表了,编辑要我再配一幅小恐龙出壳的图片,那天我明明是亲眼看见了的,可是带了相机到文化局管文物的部门去拍照,怎么也没看到这一只,我听有人说是放在你这里……"

"我这里是卷烟厂,我要恐龙蛋做什么?我又不生产恐龙蛋牌香烟,何况我就是生产恐龙蛋牌香烟,也没必要弄个恐龙蛋摆在这里呀,"滕咏梧指了指他的照相机,"拿这个拍张照,印到烟盒子上不就行了吗?真是的,切!"

"滕厂长你不要有什么顾虑,"宁天宝使劲地摆着手说,"我不是来刺探你贪没贪占公物,私没私藏文物的,我的确只是来拍张图片。我听人说你这里有一间密室,还有两条狼狗看着,好东西都放在那里面,从来没人敢去偷的。"

黄叶子冷静地听了一会儿,听出来他是什么意思了,她就用眼睛斜着瞟了江天富一下,这个时候才开始插话。她不把宁天宝叫宁记者,也不叫天宝和老宁,她叫的是宁先生,声音软叽叽的像香港台湾的人:"宁先生,宁先生,你不相信我们滕厂长,不相信我们行政科,难道你还不相信你的老同学江部长吗?"说了又斜瞟了江天富一眼,然后就着这双眼睛朝宁天宝轻轻一闭,过了一会儿才睁开来,内容丰富地看着他。

江天富就笑了说:"是啊天宝,他一个造烟的要这个石头干什么呢?你实在要拍照那个什么……那个什么小恐龙出壳是不是?哪天我帮你去发动群众查一查不就是了?另外天宝我还想问你一个事呢,你是不是在我博客上留言的那个仰天啸?"

宁天宝想了想,想出一句经过改造的流行语说:"你说是,我就是,不是也是。听你这么一问,我就只好承认我是仰天啸了,是不是岳飞《满江红》里的那几个字?"

江天富用手指头捣着他说:"佛家面前不打妄语,看来你还是不吐真言。"

"啊,你皈依佛门啦?"宁天宝故作吃惊地问。

"生在武当山下,我就是要出家也会去做道士,周末还能回家跟老婆孩子过双休日,何必要去做和尚呢?不过话说回来,有时我倒真想学学你的清静高洁,超凡脱俗,单位都不要了去做自由撰稿人,可是我想脱,能脱吗?"江天富说着摊开两只手,学的是来市里办合资企业的外国人。

宁天宝也用手指头捣着他说:"你才是在佛家面前打妄语,你不去当那个部长,国家还会派军队来把你满门抄斩了不成?只怕是你屁股后面排起三公里的长队,等着你自然减员呢。你说我单位都不要了,是单位不要我了还是我不要单位了?说来说去,在我国现阶段还是当官值钱,江部长你的路走得对呀!"

黄叶子从他话里听出讽刺的味道,又及时地插进来说:"其实你不当官不知道当官累,江部长都快要累死了!"

"鸟为食亡,"宁天宝没说人为财死,"你没见只要是长两条腿的,是人不是人都打破脑袋去抢官当?"

"你们听听,你们听听,这就是我的老同学,你们听听他说的是什么话!"江天富挤出一脸的苦笑,对他身边的三个人投诉说。接着又转脸对着宁天宝,看看他怀里抱的照相机,又看看他裤腿上的泥点子,"天宝我们都是五十的人了,孔夫子说五十而知天命,老百姓说人到五十黄土埋了半截,可你怎么还像个小孩子呢?张口就说,提笔就写,这样对你有什么好处呢?白露对我说了你家的事,工作吧工作丢了,老婆吧老婆离了,倒是还有个女儿跟着你,可女儿上学连学费都交不起,还在食堂要饭吃,这都是你这个……咳,天宝哇我们是老同学,你只要稍微地换个脑子,我就好去给你们马社长说,让你回报社还是做你原来的事,你要出门给你配车,你想照相给你买个好相机,啧啧,你看你拿的这个多丢人哪,你再看你那破车子,还有你那脏裤子!啧啧啧啧!"

小赵子觉得江部长指着的脏裤子跟他有关,忍不住咯咯地笑了起来。滕咏梧笑得把手搭在黄叶子的腿上,突然又缩回来,飞快地看了江部长一眼。黄叶子掩着嘴嘻嘻地笑,后来笑声太多掩不住了,她就索性把手挪走,像男人一样开怀大笑了。

宁天宝发现这个女人也老了,大笑时露出一个掉了板牙的黑洞,他想建议她去把它补起来,她是卷烟厂的形象大使,卷裹着滕咏梧与江天富的一片灿烂金叶,应该有补牙的钱。但他话到嘴边,想起黄晓玉那天的无端恼怒,也就把话又咽下去。现在他只想跟江天富说一句话,想着他就说出了口道:"我倒也想换个脑子,可是我的脑子不让我换脑子啊!"

小恐龙出壳之谜 **289**

9

宁天宝最终也没有拍到小恐龙出壳的图片，南方那家报纸久等不来，只好先登了他的文章。这一天他又骑着破车，挎着破机出发，到一个塌死矿工的小煤窑去采访。小煤窑出事当天就封闭了，死了三个大人一个童工，伤了五个。目前死的已经火化，伤的送进医院，不死不伤的多数回家歇着，窑主留下几个亲信在这里善后，应付不断前来观光盘查的人，自己几天前已花大钱打通市里，又花一点小钱安葬了死者，抚恤了家人。事情基本上快要摆平了，却听说有记者没事找事又来调查，那人还是揭发过羊皮和绿化丑闻的，刚刚还把小恐龙出壳的化石失踪一事报了出去，就赶紧提前溜走，去找拿了他好处的紧要人物。

一见他脖子上挂的照相机，还不等他开口窑主的亲信就先开口了："请问你是哪里来的？干什么的？"

宁天宝说："以前我是报社的记者，现在还做这个工作。"

亲信们说："不管以前还是现在，请出示你的身份证件，现在全国到处都是假记者！"

宁天宝伸手进兜里掏记者证，掏了一阵，掏出来的却是一张身份证。亲信们振奋起来，齐声喊道："假记者吧？假记者吧？"

他们一边把宁天宝扣住，一边打电话给派出所，说是这里跑来一个假记者，很有可能是想进行经济方面的诈骗活动。两小时后一辆警车开到现场，把宁天宝连人带照相机又带自行车，一揽子全都装进警车，运到区派出所去进行审查。罪名是冒充报社记者，以揭露问题为名，对企业进行威胁和敲诈，谋取不当利益。

宁天宝据理力辩，说他过去就是报社的记者，警察说记者怎么没有记者证？他说他的记者证离开报社时没有带上，警察说离开报社还能是报社的人？他说就算他不是记者也不是报社的人，然而作为一个公民，难道就不能够调查另一些公民死亡的真相吗？警察听到然而就发了怒说，你然而个鸡巴然而，调查也得要经过公安机关的批准，不批准你就是孙悟空来都调查不成！

更要命的是派出所称，他们早就接到了举报，被威胁和敲诈的除了这座小煤窑外，还有一家卷烟厂，有一个被报社开除的无业人员，还想以写报告文学的方式勒索该厂一笔巨额资金，有见证人黄叶子的亲笔材料为凭。宁天宝的脑子里像是飞机起飞，乱哄哄地响了一阵，接着他想起了小恐龙出壳的化石。他怀疑这件事是不是跟那件事有些关联，是不是跟滕咏梧和江天富有些关联。

宁天宝被送进了公安局，犯罪嫌疑人一旦受擒，结案以前都要关在这里，这叫收审。根据犯罪事实，收审的时间可长可短，情节可轻可重，处分可宽可严。办案人分为两拨，外面一拨调查取证，里面一拨审讯记录，两拨人一直要忙到这人判刑，或者释放。宁天宝住的是第九号房间，编号也是九号，看到这两个数字都是九的时候，他还有心思想起他买手机的一段往事。

那次是在西门诺基电子市场，导购小姐劝他加钱选号，宁天宝说他一不加二不选，小姐就随便给他一个，见号码尾数是两个九，还是多要他九十九元，理论是九九就是久久，久久就是永远，幸福不能从天降，吉祥就得多花钱。这钱他花得一百个不情愿，回家当晚就又写了一篇文章，题目是《如果是零零，给她两个蛋》。文章发表以后，小姐对号入座，给报社写了一封信，骂他是个臭流氓，跟后来黄晓玉骂他的一模一样。

宁天宝换上九号服装，往九号房间走的路上还在想着这事，忍不住扑哧一声笑了出来。看守走在他的背后，听到笑声吓了一跳，骂道："你是个神经病哪？坐牢还高兴！"

宁天宝顾不得理他，心思又转到别处去了。现在他不是买手机，

小恐龙出壳之谜　291

九九自然不是好号，是暗示他一时半会儿出不去吗？这工夫他想起他那没娘的女儿，现在快到中午开饭时间了，千里之外，大学食堂里的学生都举着碗，嘴里喊着宁可的名字，争着让她先给自己碗里打饭。他来这里宁可还不知道，在这之前连他自己都不知道，不能让她知道，最好出去以后也不告诉她，让她永远都不知道。宁天宝想把这个想法告诉他的亲朋好友，请他们对宁可严密封锁他的消息。特别是对李霞，在这期间她应该关照一下自己的女儿，过去她关照得实在太少了。

他发现自己的想法已经无法传出去了，衣服兜里的东西没有了，连他的衣服都没有了，换了一件难看死了的号服，号码尾数九九的手机跟他一样也被收审。这玩意儿，用得好将是一样破案工具，好在它像打鱼的人拦在河流中的鱼篓，打猎的人下在树林里的兽夹，按兵不动，悄然无声，让外来的各种情报自投罗网，办案人就从中清理、辨别、选择、解剖，得出一些与案情有关的东西。宁天宝对这一点非常自信，在他的手机里，无论是打来的电话还是发来的短信，永远都会是一些干干净净的动物，绝没有被威胁和敲诈以后提出的条件，什么巨额资金之类。

宁天宝迫切地想见李霞，这种欲望多少年前曾经出现在他们的恋爱中，结婚以后再没有了，离婚以后当然更不用说。当看守为他们九号房间送饭的时候，他端着饭碗发了好一阵呆，然后请看守向上级转告他的这个要求。

"怎么？嫌这里的生活不好？"看守翻了他一个白眼。

"不是这个生活，不是吃的。"宁天宝解释说。

同一间房有个仰脸正在睡觉的汉子怪笑道："那就是性生活啦！刚进来就想跟老婆过性生活了？哈哈哈哈！"

"她不过是我的前妻！"宁天宝又解释说，他为这里的囚徒感到可悲。

"那她就是人家的东西了，你把她叫来还能搞个球哇！"那个汉子又大笑起来。

"我是有话要对她说,请她不要告诉我的女儿你知道吗?"宁天宝对他大吼了一声。

"哟嗬,你他妈还怪厉害的啊?"那人从地上一跃而起,扑过来就是一拳,宁天宝被打了个仰面朝天,倒在地上就像是他刚才的姿势。

"知道老子为什么打你吗?老子是司马逸,这下你该想起来了吧!"

宁天宝听到这个名字就想起来了,司马逸的本名叫常小强,是个货车司机。几年前轧伤人后驾车逃走,他曾写过一篇文章进行谴责。后来这人以司马逸的网名开了一个博客,被人顺藤摸瓜擒获以后,他又写了一篇文章进行嘲讽。司马逸不思己过,听说这事,却把写他文章的人恨入了骨髓。

今生也想不到他们竟会被关在一间房里。宁天宝抹了一把脸上的血,转眼想看一下看守的态度,他看到的是看守的背影,看守提着一只饭桶已经走出去了。

10

李霞第二次来探视,已经是阴历的十月了。那一天是立冬,她单薄的身上穿着棉衣,她也给他送棉衣来。为送这件棉衣她得花出比这棉衣更多的钱,托了人去打点所长,看守这里也得有点小的表示,但是冬天不送棉衣是不行的,花钱也得这样。此外她还有些话要对他说,那都是些要紧的话。李霞觉得离婚之后,特别是他住进这里之后,自己反而更像一个妻子,她有些困惑,不明白这是一个什么原因。

看守所批准了她来探视,看守把她送来的棉衣上下里外地检查了一遍,还笑着说有这好的老婆,老公的这个牢坐得也值。又盼咐她还跟上次一样在探视室里坐着,等着他去传宁天宝出来。看守去传宁天宝的时候,发现宁天宝又像上次那样趴在地上,后背骑着一个司马逸。司马逸用两手揪着他的两个耳朵,姿势像骑一辆摩托,隔一会儿就提起一只脚来,在他的腰上蹬上一脚,当作是踩油门,嘴里问一句到哪里了?下面的摩托回答三堰,又踩一脚问到哪里了?摩托回答五堰,又踩一脚问到哪里了?摩托回答六堰,骑摩托的司马逸就松了两手,一骗腿从他的头上跨下来,说声老子到了,明天再骑吧!

同房的另外几个听着他们一问一答,一次一次发出欢乐的大笑,骑摩托的游戏刚一结束,立刻争着摸出自己的烟来献给司马逸抽。谁给司马逸烟抽他都一概收下,从中挑出一支好的叼在嘴里,其余就夹在耳朵根上,抽完这支再抽那支。

"你倒是很会玩儿哪,"看守眼看着他把摩托骑完了,才笑着批评了他一句,接着又板下脸来对宁天宝说,"起来把你的衣裳揪一揪,揪平展了出去,你的前妻来啦!"

宁天宝明显地愣了一下,有些不信任地看着看守的脸。刚进来时他向看守所要求见过一次李霞,那是为了请她瞒住女儿,稳定宁可学习的军心,见完那次面后他就不想再见她了。当然她也未必再来,本来她就没有了探视的义务,他也没有了要求的资格。在这里的日子已快半年,按照法律,拘留的时间早已过限,要么释放,要么判刑,在这里不明不白关上半年算什么事。但是他的假记者敲诈勒索案一直还在调查,一直还没调查清楚,他就一直不能被判和被放。从黄叶子提供的证词来看,顶多只能判他一个敲诈未遂,而小煤窑的窑主他连面都没有见上,还在现场拍照就被几个亲信赶走了。他们是想给他凑上七八条,最好再来一条大的,然后把他一枪撂倒。

司马逸骑他摩托的事他向看守反映了多次,每反映一次,都要遭到肇事司机一顿更重的拳脚。不反映时只骑二十分钟,从三堰骑到六堰,反映以后要加骑二十分钟,从六堰再骑到张湾,骑到红卫,骑到白浪开发区。中途路过一段高低不平的坡路，骑手就在他的背上发狠地颠簸着，屁股抬起来又坐下去，边骑边问："你他妈的再要是反映，老子还把你往武汉骑，往首都北京天安门骑你相不相信！"

看守听了反映先是想管，却管不了，后来就索性把这当作小品节目，觉是还是很好看的，反正房间内外都没有电视，大家谁也看不到中央台的文艺演出。宁天宝就渐渐地不再反映，他想全胳膊全腿地活着出去，外面有他的女儿宁可。一想到宁可他就什么都能忍受了，他宁可受尽污辱也要活着出去见他的宁可。宁可快要放寒假了，他想他在这里的日子也该满了，他不能让宁可看见他在这里，被一个肇事司机揪着耳朵骑摩托车。

他嘱咐自己不要受到李霞的感动，但他一看见坐在探视室里的李霞，心里的感动还是来了。虽然李霞的脸上没有表情，棉衣也没有捧在怀里，而是随意地扔在桌子上，见他走进来身子连动也没有动。宁天宝认出她送来的不是他穿过的那件棉衣，这是一件新的羽绒服，衣服上的商标还没撕掉，他的眼睛就瞪大了说："我的那件还是好好的，你何苦要给我买新的？"

李霞也用眼睛瞪他："废什么话，你的房子我还进得去吗？"

宁天宝一想也是。他感到有些奇怪，怎么他对李霞的态度还像以前没离婚时一样，李霞对他也是。他突然不好意思起来，坐下以后把脸扭到一边，看着墙壁上自己的影子。

"我来给你说一个事。"李霞把声音放得很小地说。

"是宁可的？"宁天宝的脸扭了过来，脸上的颜色都煞白了。

"你的！"李霞的口气中透出恼怒，她明明看见看守在窗子外边走来走去，要说的话她还是要说。她想反正她已送了他们好处，有话不说白不说，"你的事是江部长一手弄的，你知不知道？他给管政法的市委书记写报告说，这些年一直跟市委作死对的就是你，什么羊啊，树啊，

小恐龙出壳之谜

现在又想去打煤窑的主意，一个假记者，也不怕在阴沟里翻了船……"

跟李霞的猜想大不一样，宁天宝听了一点都不吃惊，他居然还笑了说："我早就知道是他！只是你从来都不知道他是什么样的一类人物，总拿我跟这样的人比，我能比吗？能吗？……"

"离都离了，你还跟我说这些话做什么！"李霞的脸气红了，她的脸在宁天宝的眼里很瘦。

"那你为什么要跟孟姜女一样给我送寒衣来？"宁天宝却是嬉皮笑脸地说，他的脸在李霞的眼里更瘦，皮包骨头，长满乱毛，她想起她骂过他是一副猴相。

"江部长升成市委副书记了你知不知道？"李霞又问。

宁天宝愣了一下，但是马上又笑了说："这个我不知道，不过我知道他早晚都是要升的。"

"知道我为什么要给你说这些事？"李霞看了一眼墙上的挂钟说。

"毕竟夫妻一场，你想帮我一把，"宁天宝觉得这一点自己是有把握的，"你想的是解铃还须系铃人，求那个姓江的把我放出去。"

"知道就好，那就要看你的态度……"李霞在说这句话时，也在看着他的态度。

"我的态度是决不允许你去求他！"宁天宝还没等她说完自己就说了。

李霞咬牙点了点头，决定不再往下说了。他也不再往下说了，只是看着那件新羽绒服。后来她又看了一眼墙上的挂钟，时间其实还没有到，她却提前站起身来。

"有天夜里我做了个梦，"宁天宝突然开了口说，"梦见那个人被抓了起来，跟我关在一间牢里，从他们的密室里搜出几百个恐龙蛋，其中有一个还真是小恐龙出壳，还有钱，还有……"

"你会做梦你就做你的梦去吧！"李霞慢慢地直起身来，从他面前走过的时候,她看见他的两只耳朵又红又大,就像用红糖卤过的猪耳朵一样。她的眉毛随着她的心颤了一下,但她冷笑着,梗着脖子从探视室里走了出去。

"衣服……"宁天宝追着她的背影喊了一声。

11

要说谢天谢地,宁天宝出去的第七天,宁可才从学校放了寒假回来,这七天的阴差阳错,就避开了他们在那个地方的父女相逢。宁天宝出去的当天没有见到宁可,倒发现有一群他认识的大学生在球场上踢球,这证明大学里已经放了寒假,他想为什么别人都回来了,唯有他的女儿还不回来呢?是不是连回家买车票的钱都不够,可怜的宁可给人打工挣钱去了?想到这里他的心中又难过起来,这一难过就像是心灵感应,第二天宁可就回来了。宁天宝急着追问她迟回的原因,宁可神秘兮兮地笑,说是过罢了年再告诉他。

宁可离家不到半年,懂事得像是长大了五岁,却又像小了五岁那样撒娇。晚上吃过饭父女两个坐在沙发上看着电视,宁可双手搂住他的脖子说:"老爸你瘦了,就跟里面的那个老头儿一样!"

宁天宝害怕她一转脸会发现他的耳朵,他有一只耳朵的根子化脓了。他就用手指着电视屏幕说:"你说我跟那个老头儿一样?我比他可帅多啦,老爸年轻时是个小帅哥呢,你妈……我看你倒是读书读瘦了!"

宁可松开他的脖子说:"错,临上火车以前我还过了秤的,比在家时胖了八斤七两,因为在食堂做服务生,每顿都吃得特别饱,不吃白不吃呀!"

从宁可的嘴里他怎么听也没听出任何破绽,他就深深地感激李霞

小恐龙出壳之谜　**297**

了,归功于她替他在女儿那里严守的秘密。这么近地说着笑着,宁可还是没有发现他的耳朵,忽然又说:"老爸我要告诉你一件事情,你先说你是高兴还是悲哀?"

宁天宝说:"死丫头,你得先说什么事情我才能表态呀!"

宁可说:"那我就给你直说了吧,江山娇被她们的大学开除了!"

宁天宝问:"江山娇是谁?"

宁可说:"你又忘了上次我们市的高考状元,我的那个高中同学,江部长,不对,江副书记和蒋书记的宝贝女儿呀!"

宁天宝眼睛都瞪大了:"啊,为什么?"

宁可说:"有人告她作弊,高考成绩偷换了别个考生的,告状的是一位考生的家长!"

宁天宝紧盯着女儿的眼睛,盯够了问:"这样的事你怎么要问我是高兴还是悲哀,你认为呢?"

宁可说:"我当然希望你高兴哪,你知道我是怎么想的吗?我在想她是不是偷换的我的成绩!她爸她妈当官有权又有钱,花人价买通考官还不是毛毛雨呀?还有人说她爸给人送了一个小恐龙出壳的恐龙蛋呢!"

宁天宝为这句话异乎寻常地惊喜起来,他一把抓住了女儿的手说:"谁说的?谁说的?谁说的?还有人真的知道那个恐龙蛋吗?"

宁可看见老爸在流着泪,她吓了一大跳说:"老爸你怎么哭了……"

宁天宝说:"喜极而泣,女儿回来我高兴哪!"

出来后的几天宁天宝一直在家闲着,暂时还没找到合适的事做,他到公安局去要他的照相机和自行车,结果只把自行车要了回来。照相机的去处有两种说法,一种说是交法院了,一种说是早销毁了,倒有一个小头目对他说了句大实话:"就那破玩意儿?二手货不说还是个水货,又值不了几个狗卵子钱,你把它要回去摆在家里,每天看着它心里不难受哇？按你目前的这个身份别想去拍这拍那了，只当是那天在煤窑上被人给砸了吧！"

他想也是，话虽难听却是实情，稀里糊涂地被人关了半年，在别人眼里不就是一个劳改释放犯吗，还能去拍个什么图片呢？经过这场磨难，能把他生死与共的自行车骑回家就已经很不错了。家里的电话和电脑网络自他走后就已中断，回家以后他才补交欠费恢复起来，他想在网上找到一份工作，重新走上正常的生活之路，找来找去竟找不到一种适合他的。正想着书生的百无一用，无意中却在一条简讯中看到江天富的名字，说他代表市委参加下岗再就业的动员大会，会上发表了一个精彩的演讲，声称自己如果下岗之后就去注册一家绿色油条公司，让全市人民都能吃上放心油条。简讯说江书记演讲完毕，全场掌声雷动，笑声一片，下岗职工的眼前好像出现了一道风雨过后的美丽彩虹。

宁天宝对着网络骂了一声操你妈的油条，这是他今生骂的第二句话，他觉得自己别说是开油条公司，就连摆一个油条摊子都不容易。昨天他去看一家餐饮公司的现场招聘，台上一人正在要他出示健康证和二级以上烹调证书，另一人就等不及地问他是不是有肝肺部位和呼吸道病史。他说对不起，我不是来参加招聘的，而是来观察你们的招聘是否认真是否严格，是否为消费者安全负责的。台上的两人齐声说谢谢你，所以我们劝你去医院拍一张片子，有病早治千万不要把自己给耽误了。

像他这样的人即便有证，炸出的油条别人吃着也未必放心，由此可见宁天宝的出路不在这里。那么他的出路在哪里呢？他正想着，却打死他也不会想到，第二天他的出路自己来了，那是他这辈子都不愿见到的一个人，一个女人。吃罢早餐宁可去了图书馆，过一会儿门铃响了，他以为女儿有什么东西忘在了家里，开门一看，卫生巾厂的风流女老板黄晓玉出现在他的面前，两只手里提着两兜水果和营养品，像是去医院看望病人。

小恐龙出壳之谜　299

"宁记者你还记得我吗?"黄晓玉的狐狸脸上彬彬有礼,可是并没有笑。

"你找上门来这样叫我,是不是又想让人诬陷我冒充记者?"宁天宝见到这人,身上的血一飙就涌到了脸上,他的脸立刻被血涨红了。

"我一个女人有勇气来向你负荆请罪,你一个男人却没有风度请我进来谈谈!"黄晓玉激将他说,还是不笑。

"真是笑话!我可以请你进来,但我老婆走了,女儿这会儿也不在家,我必须大开房门,还得喊几个左邻右舍来做见证!"宁天宝大声地嚷叫着,"防止你又骂我是臭流氓,我可是刚从里面出来的人!"

黄晓玉在他的嚷叫声中,已经不管三七二十一地走进他的房间,放下礼物,像是房间的女主人一样坐了下来,拿起杯子就倒水喝。饮水机里一滴水都没有了,她嘴里说声"怎么回事",随即拿起电话拨了个号说,"来一桶纯净水,娃哈哈的!宁记者你来告诉水站你家小区楼层和房号!"

宁天宝走过去接过话筒,把它依然放回话机上说:"我的水不纯净,也没工夫跟你打什么哈哈,有话你就抓紧跟我说吧!"

"好吧,我抓紧说,"黄晓玉说,"我想聘你到我厂子做专职策划,我会给你让你满意的高薪。"

宁天宝在她的狐狸脸上注视了一会儿说:"你内疚了?"

"有这个因素,但不仅仅是。"黄晓玉坦率地说。

"你要是想同情我现在就请你出去!"宁天宝差不多要愤怒了,他一直站在门口不敢坐下,说这话时他还用手指了一下门外。

"你完全理解错了,应该同情的是我,应该帮助的也是我!一个弱女子,这些年孤苦伶仃地拉扯着一个企业,有多少人打她的主意,她的人,她的厂,她的资产她的一切,为了生存她八方应酬,逢场作戏,外面谣传一些跟她有染的男人,不过是她利用他们的权势而已,她的眼里哪里真正看得起他们！"直到这时黄晓玉才笑了一声，是一声冷笑。她把一条玉腿跷在另一条上，随手抽出一支香烟，点燃了悠悠地吸起来。

宁天宝终于看见这个风流女人的另一面了，从她自己口中讲出的这一面，渴望得到男人同情和帮助的这一面很可能是真实的。他听她说的那些被她利用的男人里，应该有一个是江天富，今天她对他说起这些男人，是决心把她真实的一面亮给他看了。

"我听说你老婆是我给害走的，我还听说有人骂我，其实我也骂我自己，那天怎么就鬼迷了心窍，我恨不得赔你一个老婆才好！"黄晓玉说到这里一支烟正好抽完，她站起身子，随意地看了他一眼说，"我走了，去不去我厂子工作你想好了再来找我，我只是希望，绝不勉强！"

黄晓玉转身走出他家的时候，两人的眼光都跟她刚来时有了不同。但是在她走后几日，宁天宝坚决不去找她，他怀疑这个女人聘他去做职业策划的同时，顺便想把自己也赔给他，顶替李霞的想法不能说是没有，甚至这个才是她的主要意图，她在走前的那句话里已经露出端倪。

这可不行，宁天宝想。无论生活有多么困难，他都得稳住自己的阵脚，绝不能跟江天富跳进同一条战壕，团结在这个风流女人的周围，以她为核心成为新的肮脏战友。

12

晚上宁可从图书馆回来，宁天宝忍了又忍，没有对女儿讲他白天经历的事，因为女儿既不认识黄晓玉，他也不想通过她让李霞知道。倒是宁可也试了又试，夜里对他讲了一个愿望，说是哪天把妈妈从外婆家里接来，原来的一家人聚在一起吃一顿饭，这一顿饭由她来做，她在学校食堂已经学会做饭了。为了防止他不愿配合或者坚决抵触，宁可还对他讲了一个她老师的故事,老师跟他的妻子离婚以后,两人还每个周末跳一次贴面舞,舞会结束他给妻子穿上外衣。

宁天宝不等说完就笑了起来,他说:"死丫头,我不让你在家里做饭,我到外面去请你们!"

他选了一家价格便宜的农家乐,在那里订了一桌饭菜,让宁可去请她的妈妈前来聚会。这次聚会的意义是双重的,一是庆祝爸爸从那里出来,二是欢迎女儿放寒假回来,李霞没有理由拒绝参加。但是李霞还在为那天探视室里的事生气,吃饭时只是看着女儿说话,临到要看他了就潦潦草草地一眼带过。

趁着高兴,宁可把对爸爸说过的话又对妈妈说了一遍,想不到李霞却冷冷地说:"我早就知道了,天理昭昭,恶有恶报,隔代报再加现世报!那小妮子回家喝了一瓶安眠药,要不是她娘发现得及时,恐怕连小命都没有了!害人的人有好下场吗?有吗?"

父女二人都为这条消息发出一声惊呼,这立刻就招来一片邻桌的眼光。宁天宝像吃了一块重量级的辣椒,控制不住地吸溜着嘴说:"不过孩子是无罪的呀!"

宁可到底是没有城府的,本来说好,有一件事要等过了年再告诉爸爸,当然也有妈妈,但是只过了几个夜晚她就沉不住气了。宁可说:"爸,妈,我不想瞒着你们了,我报考了政法大学寒假自修班,放假后晚了几天回来就为此事。我的择业方向不再是记者了,我是越来越看透了当记者没有一点意思,记来记去都记了一些什么东西!我想我以后呀,能当律师就当一个好律师,能当法官就当一个好法官!"

宁天宝打了一个愣怔,接着就用眼睛飞快地看向李霞。李霞也正把吃惊的眼睛向他看来,当着他的面她好像是洗白自己,转过脸去逼问他们的女儿道:"你怎么会产生这种想法?"

哇的一声,宁可到底大哭了起来:"你们不要再搞那种所谓善良的欺骗和隐瞒了！多么落后，多么俗套，这其实是一种轻视，轻视我直面现实的勇力和能力！我什么都知道了！而且我还咨询了政法大学的彭教授，彭教授说一个健全的法制社会不应该发生这样的冤案，即便发生，一个健全的法制社会也应该纠正这样的冤案！"

听到哭声，听到法制，听到冤案，农家乐里所有的吃客都停下手中的酒杯和筷子，前后左右地向他们看来。宁天宝和李霞也互相看着，自从坐下以后，只有这一眼才得相当的长久。

这顿饭宁天宝原本订了六个菜，取一个顺的意思，可是他们只吃到第二个，听宁可一哭都没心思往下吃了。三个人就这么伤心地坐着，直到农家乐的老板娘亲自走来，问他们是不是打包带走，宁天宝才狠狠地点了个头。

他完全忘记了买单的事，看着站在他们面前迟迟不走的老板娘，李霞伸手把她的坤包拿了过来。宁天宝一见这只坤包就想起那只五彩的体操棒，却还是没有想起买单，直到她从包里掏出一张红色的纸币，他才猛地一下子向她扑去。这时老板娘已经把李霞的钱接到手里，举在眼前辨认了一下真假，笑嘻嘻地走了。

宁天宝退一步想，李霞买单也没什么不可以，目前他们这三个人里，也只有李霞一个人是有钱的。

农家乐的聚会没有给他们带来快乐，却让他们近了一些，不过就算双方还在继续靠拢，也仍需要宁可做其中的桥梁。宁可在他们之间蹦来跳去，所有的事情都靠她来传递，包括宁天宝在网上找到了一份工作，给一家牛奶公司做直销代理，就是每天骑车给牛奶订户送新鲜牛奶，月薪从效益中按比例提取。江天富被双规的事简直有些突如其来，这个情报是宁可从艺校带回来的，她一路蹦跳高兴的样子让人联想到她跟她的妈妈学习了舞蹈。宁天宝听了目瞪口呆，他从女儿的声音里听出江天富的劫数到了，但是说来有人不信，这个政界熟知的名词他一直都心存狐

小恐龙出壳之谜　303

疑，不能确定到底是双规还是双轨。如是前者，就说明有两种规定，一事二规，那实际上就是没有规矩了；如是后者，用两条轨道来运行一件事，最终也不知道会运到哪一条轨道上去，说到底还是没有规矩。宁天宝像走路累了一样呼哧直喘，竟然对女儿不耻下问道："那究竟是哪两个字呢？"

宁可瞪着她大名鼎鼎的文人父亲说："我看你高兴糊涂了吧？就是规定时间，规定地点，勒令交代他的犯罪事实呀！也就是说，江山娇的市委副书记老爸被监禁起来了，他也快要坐牢了！"

接着她就向完全傻呆了的老爸爆料，说是事情的败露就是因为那名考生家长的检举，不然的话永远也不会有人清查到他的头上。初步清查的结果是他受贿的赃款有两百多万元，名人字画两百多幅，恐龙蛋也有两百多个，其中果然有那个正在出壳的小恐龙。"那个东西，"宁可想着老爸刚才向她请教过"双规"二字，这一次主动地班门弄斧道，"可是价值连城的宝贝啊，有人要是偷渡到美国，一个能卖上亿美元！"

宁天宝脑子里转了半天，转出他对黄叶子说过的"鸟为食亡"这四个字来，又像舒气，又像叹气，从嘴里轻轻地出了一口说："可他渡得出去吗？"

"上次是江山娇吃安眠药，这次是她妈妈吃安眠药，"最后，宁可爆到了她的同学和妈妈的同事，"幸亏艺校的老师打120急救车，救活以后又引发了心脏病，现在还睡在医院里打点滴呢。"

宁天宝强烈地同情起蒋白露母女二人了，特别是为他们的女儿着起急来："真是屋漏更遭连阴雨呀，江天富被雨淋死，被雷劈死都是应该的，他是自己作恶多端要受天谴！蒋白露不看天气预报，只顾闷头跟丈夫走，自己也有一半责任！不幸的受害者只是江山娇这孩子，老天可不能惩罚她啊！宁可，明天你把她带到我家来吧，我想给她说几句话！"

宁可心想如果没人揭发，谁又是有幸的受益者呢？她问："老爸你会不会唱《心太软》？"

宁天宝问："什么心软心硬的？"

宁可说："本世纪初香港的一首流行歌曲，歌词是你的真实写照。"

宁天宝明白了女儿的意思，是不支持他管江山娇的事，这个意思可能也是李霞传染给她的，他也就不再提起那家人了。但是那家人已经住进了他的心里，从现在起他有事没事都会想起他们，晚上他打开电脑，用鼠标在网上点击江天富的新闻，一条都没有。搜索到的只是几天前的旧事，市委副书记江天富在道教圣地武当山上，把干部的清廉作风和道家的固贫思想结合起来，对旅游区的管理人员进行了一次别开生面的教育。宁天宝暗笑一声，再去点击他的博客，却发现他很久没写一个字了，最后的那篇文章还是《我们从恐龙之死想到了什么》，最后一句留言还是写给仰天啸的，"改天请到寒舍喝茶。"

他就想着，双规的人，可能是没有上网的自由吧。

13

第三次骑车到卷烟厂，是给卷烟厂的一个名叫杨纯芳的牛奶订户送新鲜牛奶，负责送这户牛奶的女孩儿要去一家商场做导购小姐，宁天宝被公司录用以后就接替了她。女孩儿走前告诉他说，这个奶户白天家里没人，要么晚上送到家里，要么白天送到她上班的卷烟厂。宁天宝选择了后者，因为白天到卷烟厂去送牛奶，还可以顺便探听一下滕咏梧和黄叶子的近况，且看江天富的贪赃一案，对这两个男女有多大的株连。

宁天宝推车走进那道铁栅栏门，这次没有看见那两条皮带拴着的狼狗，他想莫非是小恐龙出壳的化石被盗案发，窝藏点的警卫也跟主人一样被双规了？两条狗都如此，更何况两个人！宁可想请她的老师彭教授做他的诉讼代理，那么如果见不到他们滕黄二人，他又怎么能够取得诬陷的人证？宁天宝觉得自己这时的思想有些卑鄙，他希望他们暂时不被双规，要双规以后再双规吧，哪怕三规四规坐牢都行。

但是，所有的情况都让他感到意外，首先他一找到那个订奶的杨纯芳，看见她麻脸上的两只小眯眼，立刻认出是那个上完洗手间没有洗手的女工。女工用手接过牛奶时也把他认出来了，好像是大天白日遇见了鬼，两眼绿豆一样瞪着他道："啊，怎么变成你啦？你怎么不写文章却跑来干这个啦？"

宁天宝请她在奶卡上签完字说："我怎么不能干这个？我不能一边送奶一边写文章吗？"

"哦，我明白了，"杨纯芳说，"你是在体验生活！"

"就算是吧，"宁天宝心想她还懂得这个，"你们的滕厂长和黄科长呢？江书记出了事他们两个……"

"你还不知道哇？"杨纯芳又用见鬼的小眯眼紧瞪着他，看样子对他这半年的情况毫不知晓。"滕厂长调到烟草局当副局长去了，黄科长目前是副厂长，一把手暂时让滕副局长兼着，不过厂长早晚也是她的。"

"那两条狼狗……？"宁天宝痴呆了一阵，用手指着铁栅栏门。

"市里前天发现一具女人的裸尸，公安局的狼狗一条感冒了，一条怀孕了，就把我们的狼狗借去破案了。"杨纯芳的话里有一种骄傲，她是这个厂子的人。

"你们的狼狗还有这大的本事啊？"宁天宝讥笑地说。

"嗨，吓唬给作案的凶手看呗，这不跟假装测谎一样，胆子大的照吃照喝，胆子小的就去投案自首了，真让他们去破案，他们能破个猴子！"杨纯芳这次说的倒是实情，说完她提着牛奶，走回车间。

这时候他就看见黄叶子颤颤摇摇朝他走来，宁天宝让自己站着不动，单看她猛然见到他时的第一个表情。跟他想象的完全不同，黄叶子见到他的表情相当正常,她只停了一步就接着往前走了,边走边对他一扬手说:"出来啦?"

宁天宝冷笑说:"谢谢你,我出来了,今天专门看你来了,走得匆忙没有给你带点礼物,你不会见怪吧?"

黄叶子大大方方地笑道:"昨夜做梦我还看见你呢,见面你说的就是这句话,简直是一模一样!我见怪你什么?你不见怪我就行了!今天你专门来是不是就为这事?是就进来坐坐!"

宁天宝不客气地随她进到厅里坐下,大厅还是那个气派的大厅,小姐还是那几个穿旗袍的小姐,只是没有了上次那三个围桌而坐的男人。"你来得太好了,"黄叶子亲自给他沏上一杯茶说,"我正想问你一个事呢,听人说我的姐姐去找过你了,有没有这回事?她可是个心比天高的女人!那你到底是想跟李霞复婚,还是想跟我姐姐重组啊?我要是个男人,我要是你,我要是你现在这个情况,我就觉得跟我姐姐合适,跟了她连老婆带工作都有了!"

"这么说我跟你不也合适?如果我是一头公猪的话!"宁天宝望着她的俗脸豁出去说,"谁认识你的姐姐?谁想跟谁重组?"

"你你别揣着明白装糊涂了,全市男人都认识的大美人黄晓玉,你还能不认识吗?"黄叶子笑嘻嘻地当着母猪,还像少女一样把头歪起来看他,这一歪头间认出了他衣服上印着的"幸福送奶",她就扑哧一下笑出声说,"你情愿把奶送给别人,也不把奶送给我姐姐呀?"

"我不跟你说这个事,"宁天宝听着这话像手机里的黄段子,说不定是江天富从前发给她的,"今天我来是为了问你,我们前世无冤今世无仇,你为什么要诬陷我敲诈你们卷烟厂?"

黄叶子长长地叹了一口气,这一口气是提前存在喉咙里的,因此叹起来格外顺溜,她瞟一眼他手里的茶说:"喝茶,你一边喝,我一边说!是啊,我也在想,为什么呢?我们都认识这么多年了,我认识你比

小恐龙出壳之谜　307

认识江书记还早,我们都是老朋友了,可我为什么要那么说呢?不就是因为人在江湖身不由己,端人家碗受人家管,人家要我那样说我不那样说行吗?我不说换一个人还得说,这年头人不都是这样?……"

"你说的人家指谁?"宁天宝打断她的话问。

"你可以自己去想,但我不能告诉你。"黄叶子坚持着她的原则说。

"好,那我请你告诉我另一件事,江天富现在关在哪里?"宁天宝又问。

"怎么,你想去见老同学一面?"黄叶子又把头歪了起来看他,好像纯情的少女。

"我只是想跟他探讨一下,他私藏的那只小恐龙出壳的化石为什么那样珍稀。"宁天宝说。

"那你说为什么呢?"黄叶子把身子坐直了问。

"因为在无数只恐龙蛋里,唯有它破壳而出,也唯有它看见了那个世界狰狞的真相。"宁天宝严肃地回答她说。

"看见又怎么了?没看见又怎么了?看见没看见它不总是一死吗?"黄叶子笑道。

宁天宝觉得跟这个女人说不下去,但是从她句句话里,都可以听出她仍然是江天富的人,他也笑道:"是啊,总是一死,不过临死之前还是应该多明白一些道理才好。"

黄叶子感觉到他说的不是小恐龙,右边的嘴角动了一下,突然反问出一连串的话说:"你怎么就知道他会死?他要是不死,他要是出来还当书记,或者大不了换个地方,或者换个职务呢?……对不起,我不知道他的地方,知道也不能告诉你,告诉你你也未必见得着他!你是不是以为他会跟你们这些人一样被关在牢里,穿着号服,剃着光头,你抢我夺的连饭都吃不饱,有时还要挨看守的打呀?你真是的……"

宁天宝的耳朵疼了起来,他不想让黄叶子看到他的耳朵,就像他不想让黄晓玉看见他的耳朵一样。他红着脸，站起身说："你说得对，谢谢你，你提醒我了！"

他骑上自行车，从坡顶一路滑向坡底的时候，脑子里忽然想起了文章。他想起他有很久没有写文章了，他想把黄叶子刚才说的给写出来，这个女人的这一番话，在现实中很可能都是真的。

14

李霞通过宁可给他传话，说是帮他找好了一家律师事务所，近日由他自己去见一个名叫卫频珠的律师，谈谈他的蒙冤过程，希望得到卫律师的帮助，对诬陷和收审他的单位个人提起诉讼。宁天宝特意带上自学法律的宁可，抽时间去见了卫律师，开口只说一句话，卫律师就叫他先去交了律师代理费，持发票再来这里跟他详谈。宁天宝的手情不自禁地往衣兜里伸了一下，又迅速地缩回来，他问："能不能等到胜诉以后，律师费从索赔的精神损失费中扣除？"

"全世界包括西方的律师界目前暂时都还没有这样的规定，"卫频珠笑了一下，口齿伶俐外加条理清晰地回答他说，"而且你这是民告官，更何况你告的是公检法，因此即便理由充分证据十足也不会有太大的胜算，如果你不预先缴纳应缴的律师费，案子判决之后我们之间容易发生不必要的经济纠纷，这样的先例近年来本所已经发生过多起。"

"是按索赔的比例交吗？"宁天宝心想他要的是一个清白，赔偿费只是象征性的，因此代理费也许不会太多。

"不，不不，"卫频珠又笑了一下，是一个内行对一个外行的轻蔑表情，"这只是其中一项，还有一项是按项目收费，也就是说无论你最终能够成功索赔十万元或者一千元，还是反赔十万元或者一千元，项目收费都一律是三千元。"

"老爸我们走吧！"宁可狠狠拉了一下他的手说。

"这是我的名片，有事可以随时咨询。"卫频珠并不挽留，起身把一张名片递到宁天宝的手里。

父女两个走出门外，宁可夺过老爸手里的名片看了一眼，把它扔在路边的垃圾桶里，又朝那个桶口吐了一口说："你看他叫的这个名字：喂猪！谁个有那么多钱买饲料喂它呀！就像是请人捉贼，贼抢的钱一分没有要回来，还要先给骗子骗走一些！"

当天晚上宁可瞒着老爸，给政法大学的彭教授打了一个电话，请问这个市的律师界里有没有他的学生，能不能帮助她含冤的父亲。想不到彭教授自告奋勇，愿意代她父亲对诬陷收审他的单位和个人提起诉讼，分文不取，连旅途乘车食宿都是自费，目的是把此案作为一个典例带回京城，讲课也罢，写书也罢，这都有着重要的意义。宁可立刻把这个喜讯对老爸讲了，她说彭教授跟那个喂猪的律师不同，非常有正义感又非常有水平，是京城的法律顾问和著名律师，一旦出马，必胜无疑。

宁天宝感谢他的女儿，自从在律师事务所见到卫频珠后，他基本上已放弃了诉讼的念头。这些日子，生活所迫，除了给订奶户递送当日的新鲜牛奶，几乎没有精力再去思考这件事了。从明天起，他的订奶户中又增加了一个新的名字，蒋白露。宁天宝拿着她的奶卡想了又想，他想这证明吞服安眠药的蒋白露已经出院，回家又恢复过去的正常生活了。

奶卡上写的是订奶户的家址，他觉得这样正好，免得他去艺校的时候有可能遇见李霞，他不希望李霞知道他在从事这项工作，也知道李霞不希望她的同事知道他在从事这项工作，因为他是她的前夫，而她又是一个虚荣爱面子的女人。他还觉得他能把新鲜牛奶送到蒋白露家，是老天爷有心给他创造的机会，要他趁机打听一下她家男主人的近况如何。

宁天宝知道喝奶的奶主是蒋白露，蒋白露却不知道送奶的奶工是宁天宝，这情况相干这两个有着特殊关系的人在一次遭遇战中，一个在暗处，另一个却在明处。当宁天宝按响门铃，蒋白露打开房门，二人面对面地站在房门内外的时候，吃了一惊的只有蒋白露一人。蒋白露吃惊过后身子往后退了半步，同时抓紧了房门的把手，准备随时把门关上的样子。她有些红肿的眼睛还飞快地向他手里扫了一下，还好没有看到刀子一类的凶器，看到的却是两袋牛奶，这使她浑身上下的紧张顿时消了。蒋白露问："你……"

宁天宝把牛奶递给她，又把奶卡也递给她说："签个字吧！"

蒋白露说："刚才我没有认出你来，你是我们老江的同学和朋友，你的爱人是我们艺校的教师！"

宁天宝笑了笑说："艺校那个是我的前妻，你爱人也是我的前朋友。其实我们还有一层关系，你女儿又是我女儿的前同学……"

"哦，听你说的！要不……进来喝一口水？"蒋白露说完这话就后悔了，她不明白自己刚才为什么要这么说，家里明明坐着两个商量大事的男人，他这一进来可怎么办呢？

但是后悔已经晚了，宁天宝要的就是她这句话，他必须进到她的家里，才能试着打听她的丈夫。他嘴里应了一声"好吧"，一只脚就迈了进来，随后第二只脚也迈了进来。

他看见她家的小客厅里坐着三个人，两个男人和一个女孩儿，女孩儿是她的女儿江山娇，男人中一个是江天富叫他小赵子的司机，另一个真是巧极了，竟是那个律师事务所的卫频珠。三个人都没顾得看他一眼，要么以为出去又进来的只是女主人蒋白露，要么以为随同她进来的是一个收水电费的，所以他们继续讨论着刚才的问题。

宁天宝在挨门的大客厅里轻轻坐下，默不作声地听着他们说话。他看见卫频珠手里捏着一支圆珠笔，在一张白纸上画了一下说："如果她

小恐龙出壳之谜　311

现在向法院提出离婚的话,财产分割的问题会是一个比较敏感的问题,也会是一个比较麻烦的问题。"

小赵子说:"只要资金反映在蒋姐的账户上,还是可以往外转移的吧?"

卫频珠说:"夫妻二人有一方在双规期间原则上是不可以的,不过在我国任何事情都事在人为。"

江山娇突然插了一句话道:"卫律师,小赵叔,我妈真的要跟我爸离婚呀?"

小赵子说:"这样对你和你妈妈都好,当然,对你爸爸其实也并没有什么不好。"

卫频珠说:"蒋书记你来一下,你女儿提出的这个问题也正是我在思考的问题,你们这样做仅仅是一种保护财产的方式吗?"

"不!"蒋白露扔下宁天宝,走过去坚定地告诉他们说,"产生这种想法已经有很多年了,他在外面……我一直在容忍,容忍,容忍,现在我终于忍无可忍了!"

"我特别能够理解蒋姐,很多事瞒得过别人瞒不过我,作为一个妻子……"小赵子看了叫他小赵叔的江山娇一眼,临时换了一件事说,"我的心里不也是这样吗?别个头儿对司机都有感情,开上几年都能提个什么,可我倒好,直到如今我的名字他都没有记住!对不起,小恐龙的事是我说的又怎么啦?我他妈的豁出来了……"

"你叫赵什么?"卫频珠问,"到时证人证词要签字的。"

"赵——石——锁!"小赵子扬眉吐气地报了出来。

宁天宝差点笑出了声,这个名字容易让人听成照实说。突然他同情起江天富了,刚才说话的是这人的亲人和心腹,他们的身体日夜轮流陪伴着他,但是他们的心早已背叛他了,就像他早已背叛了他们。宁天宝接着就想离开这里,原本打算从蒋白露的嘴里打听出江天富的些许情况,现在他不想了,连小恐龙出壳的故事也不想告诉他了。这人比他想象和希望的还要糟糕,已经输惨了,鄂西北语,输得贴身的裤衩都没有了。

蒋白露对卫频珠律师控诉了丈夫之后,想起大厅的墙角还坐着一个孤独的人,他给她送牛奶来,她得给他倒杯开水。蒋白露走向饮水机的时候,宁天宝觉得她的背面很像李霞,不过李霞的正面比她好看多了。他奇怪自己怎么会从一个女人的背面,看见另一个女人的正面,这么奇着怪着,他的身子慢慢地站了起来。等蒋白露手里握着水杯来递给他时,厅门大开,墙角的人已经没有了。

宁天宝骑车走在回家的路上,发现迎面而来的人眼睛都朝他看,他不明白看他什么,一个骑破车送牛奶的人有个什么看头。又往前骑,一颗冰凉的东西落在了他的手背上,他以为是树上的鸟屎,仰脸看树,冰凉的东西又流进了他的嘴里。他用一只手抓住车把,腾出另一只手来摸了摸脸,这一摸,就摸出满脸都是冰凉的东西。

野莽主要著作目录

长篇小说

荒诞斯人.哈尔滨:黑龙江人民出版社,1994.

王先生.北京:中国戏剧出版社,1997.

陈谷新香.北京:中国文学出版社,1999.

禁宫画像.北京:中国文学出版社,2000.

纸厦.武汉:长江文艺文版社,2002.

行色仓皇.北京:新世界出版社,2003.

云飞雨散.石家庄:花山文艺出版社,2004.

阿羊的别墅.北京:中国工人出版社,2010.

寻找汪革命.北京:新华出版社,2012.

迷失.北京:中国工人出版社,2012.

黑鸟.北京:中国工人出版社,2016.

纸厦(评点本).北京:中国工人出版社,2019.

长篇传记

刘道玉传(上、下).北京:华文出版社,2013.

中短篇小说集

野人国.北京:中国文联出版公司,1989.

乌山故事.桂林:漓江出版社,1993.

乌山人物.桂林：漓江出版社，1993.

乌山景色.桂林：漓江出版社，1993.

世上只有我背时.北京：中国文学出版社，1993.

京都人兽.北京：中国文学出版社，1994.

黑梦.北京：中国文联出版社，1995.

窥视.武汉：长江文艺出版社，2001.

死去活来.北京：蓝天出版社，2003.

独乳.北京：群众出版社，2004.

不能没有你.昆明：云南人民出版社，2005.

人活一世.北京：中国工人出版社，2005.

黑夜里的老拳击手.郑州：河南文艺出版社，2006.

流泪的百合花.北京：光明日报出版社，2010.

麦琪的礼物.北京：地震出版社，2014.

少年与鼠.文化发展出版社，2016.

女人与猫.厦门：鹭江出版社，2018.

痛苦.北京：中国言实出版社，2019.

公元1985年的逃跑事件.北京：中国文史出版社，2019.

逃婚记.北京：文化发展出版社，2019.

方志小说系列

庸国·伐纣.北京：中国工人出版社，2009.

庸国·叛魏.北京：中国工人出版社，2009.

庸国·攻城.北京：中国工人出版社，2009.

庸国·破寨.北京：中国工人出版社，2009.

庸国·越狱.北京：中国工人出版社，2009.

散文随笔集

墨客：目睹三十年之文坛现状.北京：中国工人出版社，2008.

竹影听风.北京：地震出版社，2012.

印在手纸上的恨.南昌：江西高校出版社，2012.

教育诗.成都：四川文艺出版社，2012.

此情可待.北京：地震出版社，2014.

难得聪明.北京：地震出版社，2014.

记得.北京：中国言实出版社，2018.

电影剧本

祝你好运.上海：电视 电影 文学.2001，第3期

学术著作

诗经选译.北京：外文出版社，2001.

志怪选译.北京：新世界出版社，2001.

史记选译.北京：新世界出版社，2001.

评点何典.北京：中国盲文出版社，2002.

外文版

开电梯的女人（法文版）.巴黎：中国之蓝出版社，2001.

打你五十大板（法文版）.巴黎：中国之蓝出版社，2003.

玩阿基米德飞盘的王永乐师傅（法文版）.巴黎：中国之蓝出版社，2003.

与书友一起 读野莽笔下的 人世间

加入本书交流群
微信扫描二维码

【入群步骤】

微信扫描二维码； 1

根据提示选择并加入交流群； 2

群内回复关键词获取阅读资源和应用服务。 3

【使用说明】

　　本书配有读者交流群，群内配有丰富的读书活动和资源服务，您可以根据喜好选择并加入社群，找到志同道合的书友，通过回复关键词获取优质的阅读资源、参与精彩的读书活动，享受卓越的阅读体验。

【群分类及服务介绍】

[读书活动群] 群内配有书评文章、野莽小传、采访音频等，您可以回复相应关键词获取资源，与其他书友共读人间世。

[读者交流群] 您可以在群内找到志同道合的书友，交流阅读心得，共同提高，共同进步！

建／议／配／合／二／维／码／一／起／使／用／本／书／

野莽笔下的百味人生

2